Hazel Gaynor
Nur einen Ozean entfernt

Die Autorin
Hazel Gaynor stammt aus Yorkshire, England, und lebt heute mit ihrem Mann, ihren zwei Kindern und einer Katze in Irland. 2012 gewann sie den Cecil Day Lewis Award für Nachwuchsautoren und wurde 2015 vom Library Journal als eine der zehn besten neuen Autorinnen ausgewählt. Sie hat bereits mehrere Romane bei Blanvalet veröffentlicht, unter anderem »Das Mädchen aus dem Savoy« sowie »Miss Kelly und der Zauber von Monaco«, den sie gemeinsam mit ihrer Autorenkollegin Heather Webb verfasst hat.

Hazel Gaynor

Nur einen Ozean entfernt

Roman

Ins Deutsche übertragen von
Claudia Geng

blanvalet

Die Originalausgabe erschien unter dem Titel
»The Lighthouse Keeper's Daughter«
bei HarperCollins, New York, 2018.

MIX
Papier aus verantwortungsvollen Quellen
FSC® C014496
FSC www.fsc.org

Klimaneutral*
Druckprodukt
ClimatePartner.com/14044-1912-1001

Penguin Random House Verlagsgruppe FSC® N001967

1. Auflage 2022

Redaktion: Ulrike Nikel
Umschlaggestaltung und -motiv: © punchdesign
LO Herstellung · sam
Satz: Vornehm Mediengestaltung GmbH, München
Druck und Bindung: GGP Media GmbH, Pößneck
Printed in Germany
ISBN: 978-3-7341-0862-4
www.blanvalet.de

Für tapfere Frauen überall.
Ihr wisst, wer ihr seid.

Ich fürchte mich nicht vor Stürmen, denn ich lerne,
mein Schiff zu segeln.
LOUISA MAY ALCOTT

Es gibt zwei Arten, für Licht zu sorgen:
Man kann die Kerze sein oder der Spiegel, der sie reflektiert.
EDITH WHARTON

PROLOG

Matilda
Cobh, Irland, Mai 1938

Man nennt ihn Heartbreak Pier, Pier der gebrochenen Herzen, der Ort, von dem aus ich Irland verlassen werde. Es ist ein Ort, der zu viele Abschiede gesehen hat.

Vom Balkon des Reedereigebäudes beobachte ich unter mir die Passagiere der dritten Klasse, die sich schluchzend an ihre Liebsten klammern, Erinnerungsstücke austauschen und versprechen, einander zu schreiben. Die emotionalen Szenen bilden einen scharfen Kontrast zu unserem Schweigen, als ich dort oben zwischen meiner Mutter und Mrs O'Driscoll stehe, die mich als Anstandsdame auf meiner Reise begleiten wird. Ich habe das ganze Weinen, Flehen und Protestieren bereits hinter mir und spüre nur noch dumpfe Resignation angesichts dessen, was das Schicksal für mich auf der anderen Seite des Atlantiks bereithalten mag. Es ist mir inzwischen fast gleichgültig.

Des Wartens müde, an Bord der Tenderboote zu gehen, nehme ich meinen Fahrschein aus dem Portemonnaie und lese die fein säuberlich getippten Details zum x-ten Male. *Matilda Sarah Emmerson. Neunzehn Jahre. Kabinenklasse. Von Cobh nach New York. »TSS California«.* Seltsam, dass sie so viel über mich aussagen und zugleich wiederum gar nichts.

Ich spiele an der Pappkarte herum, zupfe an den Knöpfen meiner Handschuhe, schaue auf meine Uhr, lasse das mit einer Kamee verzierte Medaillon, das ich um meinen Hals trage, an seiner Kette um die eigene Achse kreiseln.

»Hör mit der Fummelei auf, Matilda!«, zischt meine Mutter mit verkniffenem Mund, dessen Lippen in der kühlen Frühlingsluft blassviolett aussehen. »Du versetzt mich in Unruhe.«

Ich lasse das Medaillon erneut rotieren. »Und du versetzt mich nach Amerika.«

Sie funkelt mich wütend an, Zornesröte steigt an ihrem Hals empor, und ihr Kiefer spannt sich, wenigstens verkneift sie sich eine vernichtende Antwort.

»Wenn ich fort bin, kann ich so viel herumfummeln, wie ich will«, füge ich provozierend hinzu. »Und du wirst nicht mitbekommen, was ich gerade treibe. Oder in welcher Gesellschaft.«

»In *wessen* Gesellschaft«, verbessert sie mich und wendet sich mit einem übertriebenen Naserümpfen ab, schluckt ihren Ärger hinunter und heftet ihren Blick auf die Unglücklichen unten auf dem Pier. Ein süßlicher Duft von Veilchenwasser dringt von der papierdünnen Haut an ihren Handgelenken empor, der mir Kopfschmerzen verursacht.

Meine Finger wandern trotzig zu dem Medaillon zurück, ein Familienerbstück, das einst meiner Ururgroßmutter Sarah gehörte. Als Kind habe ich viele Stunden damit verbracht, den filigranen Verschluss zu öffnen und zu schließen, mir Geschichten über die beiden Menschen auszudenken, die auf den Miniaturporträts abgebildet sind. Eine hübsche junge Frau, die neben einem Leuchtturm steht, und ein attraktiver junger Mann, bei dem es sich vermutlich um George Emmerson, einen viktorianischen Künstler und entfernten Verwandten der Familie, handelt. Für ein gelangweiltes kleines Mädchen, das in den zugigen Räumen eines großen Landhauses sich selbst überlassen war, boten diese winzigen Menschen einen verlockenden Blick auf eine Zeit, in der nach meiner Vorstellung jeder glücklich lebte bis in alle Ewigkeit. Heute, aus der ironischeren Perspektive einer Erwachsenen, vermute ich, dass das Leben der beiden Personen aus dem Medaillon genauso eintönig und eingeschränkt war wie mein eigenes. Beziehungsweise so eintönig und eingeschränkt, wie mein Leben gewesen ist, bevor eine halbe Flasche Whisky und ein leichtsinniger Flirt mit einem britischen Soldaten von der ansässigen Garnison alles veränderten. Falls ich damals die Absicht hatte, die Aufmerksamkeit meiner Mutter zu erlangen, ist mir das definitiv gelungen.

Laut dem Arzt bin ich im vierten Monat. Die restlichen fünf werde ich in Amerika bei Harriet Flaherty verbringen, einer Verwandten, die zurückgezogen in Newport, Rhode Island, lebt, wo sie einen Leuchtturm bewacht. Der perfekte Ort für eine junge Frau in meinem Zustand, um sich zu verstecken, und insbesondere eine praktische Lösung für die Tochter eines Lokalpolitikers, die ein uneheliches Kind erwartet.

Um Punkt ein Uhr dirigieren die Stewards uns an Bord der Tenderboote, die uns zur *California* hinausbringen, die auf der anderen Seite von Spike Island ankert, um die Schlickbänke in der Bucht von Cork zu meiden. Als ich mich zum Gehen wende, umklammert Mutter theatralisch meine Hand und presst ein Taschentuch aus Spitze an ihre pergamentenen Wangen.

»Melde dich, sobald du angekommen bist, Liebling. Versprich mir, dass du uns schreiben wirst.« Es ist eine sorgfältig inszenierte Zurschaustellung von Gefühlen, aufgeführt für die Umstehenden, die uns die Farce von einem Urlaub in Amerika abkaufen sollen. »Und pass gut auf dich auf.«

Brüsk ziehe ich meine Hand zurück und sage Lebewohl, habe nie zuvor diese Worte ernster gemeint. Meine Mutter hat ihre Meinung ganz klar zum Ausdruck gebracht: Was immer mich auf der anderen Seite des Atlantiks erwartet, ich werde mich ihm alleine stellen müssen. Erneut lege ich meine Finger um das Medaillon und konzentriere mich auf die Worte, die auf der Rückseite eingraviert sind: *Selbst die Mutigen fürchteten sich einmal.*

Mag sein, dass ich es gut verbergen kann, aber in Wahrheit habe ich schreckliche Angst.

BAND 1

Ich hatte im Grunde nur den einen Gedanken, meine gesamte Kraft aufzubieten, so tief erschütterte der Anblick dieses furchtbaren Geschehens meine Seele, und in meiner Vorstellung sehe ich noch immer die hohen Wellen über dem Schiff zusammenschlagen.

Grace Darling

KAPITEL 1

Sarah
SS Forfarshire, 6. September 1838

Sarah Dawson zieht ihre Kinder unter ihren warmen Umhang, als der Raddampfer einen fernen Leuchtturm passiert und sie die dunklen Lücken zwischen dem aufblitzenden Licht betrachtet, sie mit ihren Gedanken füllt. James bemerkt, wie hübsch es aussieht. Matilda möchte wissen, wie es funktioniert.

»Ich weiß es nicht genau, mein Herz«, antwortet Sarah, mustert das erwartungsvolle Gesicht ihrer Tochter und fragt sich, wie sie jemals etwas derart Perfektes hervorbringen konnte.

»Mit einer großen Menge an Kerzen und Petroleum, nehme ich an«, sagt sie, obwohl sie nie über die Funktionsweise von Leuchttürmen hatte nachdenken müssen. Für solche Fragen war immer John zuständig gewesen. »Und mit Spiegeln, schätze ich. Um das Licht zu reflektieren.«

Matilda stimmt die Antwort nicht zufrieden, sie zieht ungeduldig am Rock ihrer Mutter. »Und wie kommt es, dass es sich die ganze Zeit dreht, Mummy? Bewegt der Wärter eine Kurbel? Wie steigt das Petroleum bis ganz nach oben? Und was ist, wenn das Licht mitten in der Nacht ausgeht?«

Sarah unterdrückt ein mattes Seufzen und beugt sich herunter, sodass sie mit ihrer Tochter auf Augenhöhe ist. »Was hältst du davon, wenn wir Onkel George fragen, sobald wir in Schottland sind? Er kennt sich mit Leuchttürmen bestimmt aus und kann dir auch deine Fragen zu Mr Stephensons *Rocket* beantworten.«

Das Gesicht des Mädchens leuchtet auf bei der Aussicht, mehr über die berühmte Dampflokomotive zu erfahren.

»Und ich werde malen«, fügt James hinzu, und seine helle Kinderstimme erfüllt Sarahs Herz mit so viel Liebe, dass es zu platzen scheint. »Du hast versprochen, dass ich Onkel Georges Pinsel und Farben benutzen kann.«

Sarah streicht einen feinen Nebel aus Meeresgischt von den sommersprossigen Wangen ihres Jungen und lässt ihre Hände für einen Moment dort ruhen. »Das ist richtig, mein Schatz. Du wirst reichlich Zeit zum Malen haben, wenn wir in Schottland sind.«

Sie richtet ihren Blick auf den Horizont und denkt an die vielen Seemeilen und Häfen, die auf ihrer Fahrt von Hull nach Dundee noch vor ihnen liegen, und wünscht sich, dass die Stunden rasch vergehen mögen. Als Frau eines Matrosen bei der Handelsmarine hat sie dem Meer nie getraut, beargwöhnte seine launische Unvorhersehbarkeit, wenngleich John immer sagte, dass er sich auf See am lebendigsten fühlte.

Der Gedanke weckt eine tiefe Sehnsucht in ihr nach ihm, nach der tröstenden Berührung seiner Hand. Sie stellt sich ihn vor, wie er an der Hintertür stand und seinen Umhang überstreifte, bereit für die nächste Fahrt. »Nicht verzagen, Sarah«, sagte er, wenn er sich zu ihr herunterbeugte, um ihr einen Kuss auf die Wange zu geben. »Bei Sonnenaufgang werde ich zurück sein.«

Er sagte nie, bei welchem Sonnenaufgang, und sie fragte nie danach.

Als der Leuchtturm aus dem Blickfeld gleitet, reißt ein heftiger Windstoß Matilda ihre Flickenpuppe aus der Hand und weht das Spielzeug über das Deck, sodass Sarah ihm über die regennassen, rutschigen Planken hinterherjagen muss. Ein Monat in Schottland, fernab von zu Hause, wird für die Kinder anstrengend genug sein. Ein Monat in Schottland ohne das Lieblingsspielzeug wäre sogar unerträglich. Nachdem die Puppe wieder sicher in Matildas Armen ruht und das Gespräch über Leuchttürme und Malerei vorübergehend vergessen ist, führt Sarah ihre Kinder unter Deck, den Rat ihrer Mutter beachtend, feuchte Meeresluft zu meiden, die der Lunge schadet.

In der Kabine bringt sie die Kinder zu Bett und summt Wiegenlieder, bis sie einschlafen, eingelullt vom Brummen der Motoren und dem Schaukeln des Schiffes und der Vorfreude, einen Monat bei ihrem Lieblingsonkel im schönen Schottland verbringen zu dürfen. Sarah versucht, sich zu entspannen, lässt aus Gewohnheit das Medaillon, das sie um ihren Hals trägt, an seiner Kette baumeln, und ihre Gedanken wandern zögernd zu den beiden Locken aus Babyhaar, die sich darin befinden – die eine hell wie Sommergerste, die andere dunkel wie Kohlenstaub. Sie muss an die dritte Locke denken, die den anderen beiden Gesellschaft leisten sollte, spürt die quälende Abwesenheit des Kindes, das sie eigentlich mit James und Matilda in ihren Armen zu halten wünschte. Der Anblick des stillen, blau angelaufenen Säuglings, den sie in jenem Sommer zur Welt brachte, zerrt noch immer so stark an ihr, dass sie manchmal das Gefühl hat, in ihrer Verzweiflung zu ertrinken.

Matilda rührt sich kurz, James ebenso, doch der Schlaf übermannt sie rasch wieder. Sarah ist froh über die Unschuld ihrer Kinder, froh darüber, dass sie die Melancholie nicht wahrnehmen, die wie ein Nebel über ihr schwebt, seit sie das Baby verloren hat und Wochen später zusätzlich ihren Mann. Der Arzt diagnostizierte bei ihr ein Nervenleiden, aber sie ist sicher, dass sie allein an ihrer Trauer leidet. Nachdem Arzneitränke und Pulver nicht geholfen haben, verordnete ihr Bruder ihr diese einmonatige Auszeit in Schottland, die zugleich ein letztes Heilmittel sein soll.

Während die Kinder tief schlummern, nimmt Sarah einen Brief aus ihrem Umhang und liest noch einmal Georges Worte, stellt sich lächelnd seine kastanienbraunen Locken vor, seine Augen, dunkel wie reifes Bier, sein Lächeln, breit wie der Firth of Forth. Der liebe George. Die bloße Aussicht, ihn wiederzusehen, hat eine belebende Wirkung.

Dundee, Schottland
Im Juli 1838

Liebe Sarah,
ich schreibe dir ein paar Zeilen, um dir mitzuteilen, wie sehr ich mich darauf freue, dich wiederzusehen, und ebenso den lieben kleinen James und die liebe kleine Matilda. Allerdings vermute ich, dass die beiden nicht mehr so klein sind, wie ich sie in Erinnerung habe, und dass ich es wohl bereuen werde, ihnen das Versprechen gegeben zu haben, sie huckepack durch den Lustgarten zu tragen! Ich weiß, du sorgst dich wegen der Reise und der Abwesenheit von zu Hause, aber ein Urlaub in Schottland wird euch allen guttun, davon bin ich überzeugt. Versuch, dir keine Sorgen zu machen. Sei ganz

entspannt und genieß eine Kostprobe vom Leben auf hoher See (falls dein Magen mitmacht). Ich habe gehört, die »Forfarshire« sei ein feines Schiff, und bin schon gespannt darauf, sie mit eigenen Augen zu sehen, wenn sie in Dundee anlegt. Hier gibt es keine Neuigkeiten, abgesehen davon, dass ich neulich in Dunstanburgh durch Zufall auf Henry Herbert und seine Schwestern traf. Alle drei sind wohlauf und erkundigten sich nach dir und den Kindern. Henry, der arme Tropf, war langweilig wie immer. Dabei ist er neben seiner politischen Tätigkeit ein passionierter Reisender, der gute Earl. Glücklicherweise fand ich Ablenkung durch eine Miss Darling, die die Geschwister begleitete – sie ist die Tochter des Leuchtturmwärters von Longstone Island, das zu den Farne-Inseln gehört. Wie du an den Skizzen am Rand sehen kannst, habe ich eine gewisse Vorliebe dafür entwickelt, Leuchttürme zu zeichnen. Sei's drum, ich werde dir mehr darüber erzählen, wenn du hier sicher angekommen bist. Ich muss mich nämlich beeilen, um den Brief noch rechtzeitig aufzugeben.
Ich wünsche euch eine glatte Überfahrt und rufe euch ein »Schiff ahoi!« zu, meine Matrosen!
In Liebe
Dein ergebener Bruder George

P. S. Eliza freut sich sehr darauf, dich zu sehen. Sie wird uns mit ihrer Mutter besuchen, wenn du hier bist. Beide können es nicht erwarten, mit dir die Hochzeit zu besprechen.

Sarah bewundert schnell noch die kleinen Leuchttürme, die George auf den Rand gezeichnet hat, bevor sie den Brief wieder ordentlich zusammenfaltet und in ihrem Umhang verstaut. Sie hofft, dass Eliza nicht plant, ihnen den ganzen Monat Gesellschaft zu leisten, denn sie hat für ihre langweilige kleine Cousine nicht sonderlich viel übrig, und erst recht nicht für deren überhebliche Mutter. Immerhin hat sie sich damit abgefunden, die beiden nun, da das Verlöbnis feststeht, zu tolerieren. Eliza wird für George zwar eine angemessene Ehefrau sein, dennoch kann Sarah sich nicht des Gefühls erwehren, dass ihr Bruder weit mehr verdient als eine gerade mal schickliche Verbindung. Würde er hin und wieder von seiner Leinwand aufblicken, könnte er sicherlich eine Frau entdecken, die viel besser zu ihm passt. Aber George wird immer George bleiben, und Sarah bezweifelt, dass ein Monat genügen wird, um seine Meinung zu ändern. Nichtsdestotrotz will sie es versuchen.

Hinter dem Bullauge senkt sich die Nacht aufs Meer hinunter, durch die das Schiff weiter Kurs auf Dundee nimmt. Noch eine weitere Nacht auf See, sagt Sarah sich und verdrängt die Sorgen und Ängste, die in ihrem Kopf kreisen. Noch eine weitere Nacht, nicht mehr, und sie werden wieder sicheren Boden unter den Füßen haben. Ihre Hand umschließt das Medaillon auf ihrer Brust, und sie vergegenwärtigt sich die Worte, die John auf der Rückseite eingravieren ließ: *Selbst die Mutigen fürchteten sich einmal.*

Nicht verzagen, Sarah, sagt sie sich. *Nicht verzagen.*

KAPITEL 2

Grace
Longstone Lighthouse, 6. September 1838

Die Morgendämmerung zeigt sich über den Farne-Inseln mit pastellrosa Schäfchenwolken. Ich bewundere das Schauspiel durch mein schmales Kammerfenster, allerdings nicht ohne Argwohn. Gerade wir Inselbewohner wissen, wie rasch das Wetter umschlagen kann, und es gefällt mir nicht, wie sich die Form der Wolken verändert, wie sie sich zunehmend zusammenbrauen.

Nachdem ich die ganze Nacht Wache gehalten habe, lockere ich alle meine verspannten Muskeln in Nacken, Hals und Rücken, bevor ich zum Laternenraum hochsteige. Eine Nacht ohne Zwischenfälle ist stets ein Grund für stille Dankbarkeit, und ich spreche mein übliches Gebet, während ich die Argand-Lampen lösche, die heller sind als normale Öllampen und deren Arbeit bis zum nächsten Sonnenuntergang getan ist. Die Abläufe sind mir so vertraut, dass ich sie fast ohne zu überlegen ausführe: das Trimmen der Dochte, das Reinigen und Polieren der Reflektoren, um sie von jeglichem Ruß zu befreien, das Abdecken der Linsen mit Leinentüchern zum Schutz vor der Sonne. Eine notwendige Routine, die ich mit Stolz und Sorgfalt in dem Bestreben verrichte, mich als ebenso fähig wie meine Brüder zu erweisen und meinen Vater zufriedenzustellen.

Ein Seemannslied legt sich auf meine Lippen, und selbst wenn ich mich bemühe, mich auf meine Arbeit zu konzentrieren, wandern meine Gedanken hartnäckig zurück zu George Emmerson. Warum ich ständig an ihn denken muss, ist mir ein Rätsel. Schließlich währte unsere Unterhaltung bloß kurz, allenfalls zwanzig Minuten, doch sein melodischer schottischer Akzent, seine besondere Art, das R zu rollen, seine Art, beim Betrachten der Landschaft den Kopf zu neigen, und vor allem sein Interesse an Mary Anning und ihren Fossilien sind an mir haften geblieben wie Seepocken an einem Felsen.

Sagt mir, Miss Darling, was haltet Ihr von Miss Annings sogenannten Seedrachen, hat er mich gefragt. Die Erinnerung an seinen ungewohnten schottischen Dialekt lässt mich lächeln, aber ich zwinge mich zur Ruhe, decke den letzten Reflektor ab und verhülle dabei müßige Gedanken an attraktive Schotten gleich mit.

Nachdem ich mit den Leuchten fertig bin, umrunde ich die Laterne, um die Schönheit des Sonnenaufgangs aus allen Winkeln zu betrachten. Seit dem ersten Mal, als ich, im Alter von zehn Jahren, die Wendeltreppe erklomm, ist hier oben der Platz, wo ich mich am liebsten aufhalte: an der Spitze des Turms, die Wolken fast in Reichweite, unter mir die starken, sechsundzwanzig Meter hohen Steinmauern, die uns beschützen. Der freie Blick auf die Farne-Inseln und die Küste Northumberlands erinnert an ein riesiges Gemälde, präsentiert lediglich für mich, und obwohl mein Magen knurrt, habe ich es nicht eilig, nach unten zu gehen, um zu frühstücken. Ich nehme Vaters Teleskop aus dem Regal und folge einem Schwarm Brandseeschwalben auf ihrem Weg in den Süden, bevor ich die Möwen beobachte, die im Wasser schaukelnd auf die Rückkehr der Heringsflotte warten. Das Muster des Lichts auf der Wasseroberfläche erinnert mich an Mary Herberts schimmerndes Seidenkleid, in dem sie letztes Jahr auf dem Ernteball einen Reel tanzte.

Die gute Mary. Trotz unserer Freundschaft halten sie und ihre Schwester Ellen mich immer für ein seltsames Geschöpf, und es fällt ihnen schwer, zu verstehen, wie jemand der windumtosten Isolation eines Inselleuchtturms den Vorzug geben kann gegenüber dem fröhlichen Trubel eines Tanzsaals. *Werden wir dich dieses Jahr auf dem Ball zu sehen bekommen, Grace? Alle sind gespannt darauf und fragen sich, ob es ihnen diesmal gelingt, mir einen passenden Ehemann zu vermitteln.* Dabei treibt mich das Thema Heirat nicht wie andere junge Frauen in meinem Alter um, die offenbar an nichts anderes denken können.

Selbst meine drei Schwestern, die mittlerweile auf dem Festland leben, ziehen mich fortwährend damit auf, dass ich mit dem Leuchtturm vermählt sei. »Du wirst niemals einen Mann finden, wenn du dich immer in deinem Turm verkriechst, Grace. Schließlich kannst du nicht erwarten, dass die Tide dir einen anschwemmt.« Wieder und wieder habe ich ihnen geduldig erklärt, dass ich im Fall einer Heirat nichts anderes täte, als das Leben einer pflichtbewussten Tochter gegen das Leben einer pflichtbewussten Ehefrau einzutauschen, und ich nach allem, was ich beobachtet habe, nicht davon überzeugt sei, dass die Institution Ehe diesen Tausch wert ist. Ein triftiges Argument, dem sie schwer widersprechen können.

Auf dem Weg zum Dienstraum, der sich direkt unter der

Laterne befindet, halte ich auf der Treppe inne, denn die Stimme meines Vaters dringt zu mir nach oben.

»Kommst du herunter, Gracie? Mam hat frisches Brot gebacken. Sie besteht darauf, dass es gegessen werden muss, bevor die Mäuse sich darüber hermachen.«

Seine Trinity-House-Dienstmütze erscheint auf der Treppe, gefolgt von seinem Gesicht mit den dichten Augenbrauen, weiß wie die gekalkten Turmwände. Ich greife nach seinem Arm und helfe ihm die letzten Stufen hoch.

»Du solltest ruhen«, sage ich tadelnd.

Sein Atem geht schwer. Seine Wangen, gerötet von Jahrzehnten in Wind und Sonne, glühen von der Anstrengung, die dreiundneunzig Stufen vom Erdgeschoss emporzusteigen.

»Ich weiß, mein Engel. Deine Mutter gibt mal wieder keinen Frieden. Also dachte ich mir, ich suche mir besser einen Ort zum Ausruhen, wo sie mich nicht sehen kann.« Er zwinkert mir zu und lässt sich erleichtert auf seinen Lieblingsstuhl sinken, dann nimmt er mir das Teleskop ab und hebt es vor sein Auge. »Gab es besondere Vorkommnisse?«

»Es war zum Glück ruhig«, antworte ich und mache im Logbuch meine Einträge zum Wetter, zur Stärke des Seegangs und zu den Gezeiten. »Ein paar Frachtdampfer und Fischerboote zogen vorüber, und die Robben sind zurück auf Harker's Rock.«

Vater sucht den Horizont ab, hält nach etwas Ungewöhnlichem zwischen den Wellen Ausschau, deutet ihre Höhe und Länge, ihre Kämme und Täler. Es ärgert ihn, dass seine Sehkraft nicht mehr so gut ist wie früher, und er ist froh darüber, dass er mich als sein zweites Paar Augen hat.

Wir sind ein gutes Gespann; er der geduldige Lehrer, ich die fleißige Schülerin.

»Robben auf Harker's Rock, soso. Unsere Fischer würden sagen, das sind Vorboten eines aufziehenden Sturmes. Mam ist ohnehin in Sorge wegen der Rückkehr deines Bruders.«

Er richtet das Teleskop auf die Wolken und hält nach Anzeichen für ein Unwetter Ausschau, nach aufsteigendem Nebel oder etwas anderem, das auf einen plötzlichen Witterungsumschlag deutet. Mein Vater liest die Wolken und das Verhalten der Seevögel wie andere einen Kompass und zieht daraus Informationen über das Herannahen von Schlechtwetter, Schnee oder Nordwinden. Auch ich besitze etwas von diesem Wissen, einesteils durch die väterliche Unterweisung, andernteils durch einen angeborenen Insulanerinstinkt, den ich in meinen fast dreiundzwanzig Lebensjahren entwickelt habe. Wobei sich selbst der erfahrenste Seemann mitunter täuschen kann.

Mein Vater reibt über sein Kinn, wie immer wenn er überlegt. »Ich traue der Sache nicht, Gracie. Du weißt, was man über einen roten Himmel am Morgen sagt.«

»Abendrot, Gutwetterbot – Morgenrot, Schlechtwetter droht«, antworte ich. »Aber eigentlich ist der Himmel zartrosa, Papa, nicht rot. Und außerdem sieht er viel zu hübsch aus, um uns pessimistisch zu stimmen.«

Wie so häufig schmunzelt er über meinen Einwand und legt das Teleskop in seinen Schoß, schließt die Augen und genießt die wärmende Sonne in seinem Gesicht.

Mich bekümmert es, zu sehen, wie sehr er in den vergangenen Monaten gealtert und nicht mehr so kraftvoll ist wie ehedem. Doch entgegen der ärztlichen Anordnung, sich zu schonen, besteht er darauf, seine Pflichten als Leuchtmeister fortzuführen. Da er ebenso stur wie bescheiden ist, hat es wenig Sinn, mit ihm zu diskutieren. Leuchtfeuerwärter ist nicht einfach sein Beruf – es ist sein Leben, seine Leidenschaft. Ich könnte genauso gut von ihm verlangen, das Atmen einzustellen wie die vertraute Arbeit, die er seit Jahrzehnten gewissenhaft ausführt.

»Du wirkst müde. Hast du schlecht geschlafen?«

Papa wischt meine Sorge beiseite, amüsiert sich darüber, dass sein kleines Mädchen die Elternrolle übernimmt, wie das in letzter Zeit häufiger geschieht. »Mama hat wieder einen ganzen Wald zersägt. Ich hielt es zunächst für Kanonendonner aus Bamburgh, um ein havariertes Schiff zu vermelden.« Er öffnet ein Auge. »Erzähl ihr ja nicht, dass ich das gesagt habe.«

Ich verspreche es ihm lachend, nehme das Teleskop von seinem Schoß, hebe die kalte Fassung an mein Auge und beobachte ein Fischerboot, das von North Sunderland Kurs auf die äußeren Farne-Inseln nimmt. Hoffentlich bringt es Post von Trinity House, der Leuchtfeuerverwaltung des Landes, wegen unserer Jahresinspektion. Das Warten auf den Bericht versetzt meinen Vater immer in Unruhe, dabei hatten die vorausgegangenen Begutachtungen durchweg den außergewöhnlich hohen Standard, der auf Longstone Island eingehalten werden soll, festgestellt und unseren Leuchtturm zu den bestbewachten in ganz England erklärt.

»Stolz führt zum Sturz«, antwortet Papa jedes Mal, wenn ich ihn daran erinnere. »Und Hochmut kommt vor dem Fall. Buch der Sprüche, Kapitel sechzehn, Vers achtzehn.« Er ist kein Mann, der sich auf seinem Erfolg ausruht, vielmehr sind derartige Belobigungen eher ein Ansporn für ihn, noch härter zu arbeiten. Von den vielen Eigenschaften, die ich an ihm bewundere, schätze ich diese Bescheidenheit am höchsten.

Jetzt stemmt er sich von seinem Stuhl hoch und gesellt sich zu mir ans Fenster. »Die Haare in meinem Nacken kribbeln, Grace. Schlechtwetter ist im Anzug, ich kann es in der Luft spüren. Und vorhin flog ein Vogel unten durch das Fenster herein.«

»Nicht schon wieder?«

»Deiner Mutter blieb beinahe das Herz stehen. Du weißt, sie sagt immer, ein Vogel, der ins Haus kommt, bringt einem der Bewohner den Tod.«

»Mir ist es lieber, die Vögel fliegen ins Haus, als hart an den Scheiben aufzuschlagen.« Genau das ist nämlich ein Problem. Zu viele Vögel prallen gegen die Laterne, geblendet vom Licht der Sonne. Wie oft habe ich eine steife Lumme oder einen Papageientaucher gefunden, wenn ich auf die Außengalerie ging, um das Glas zu reinigen.

»Was denkst du, Gracie, wen von uns wird es treffen? Ich bin nicht in der Stimmung, das Zeitliche zu segnen, und hoffe sehr, du ebenso wenig? Bleibt also niemand als deine arme alte Mam übrig, Gott sei ihr gnädig.«

»Papa, du bist gemein«, sage ich und gebe ihm einen liebevollen Klaps auf den Arm. Vor allem freue ich mich, dass das Funkeln in seine Augen zurückgekehrt ist, selbst wenn es auf Mamas Kosten geschieht.

Die Zänkereien meiner Eltern sind mir so vertraut wie die Gezeiten, doch trotz allen Murrens und Seufzens weiß ich, dass die beiden einander tief verbunden sind. Meine Mutter käme ohne Vaters praktische und vernünftige Art niemals zurecht, und er wäre ohne ihre unerschütterliche

Findigkeit verloren. Sie passen zusammen wie das Salz und das Meer, und ich bewundere, wie sie gemeinsam das Leben meistern, wenngleich Mama zwölf Jahre älter ist als er und die Bedingungen auf einer Insel oft beschwerlich sind.

Papa blättert im Logbuch und fügt in seiner sorgfältigen Handschrift ein paar Ergänzungen hinzu. *6. September, erste Morgenstunde: Ruhiger Seegang. Leichter Wind aus Südwest. Dampfschiff am Horizont auf zwei Uhr. Aufbau von Wolken im Süden.* Dann nimmt er meine Hand und drückt sie so fest wie früher, als ich ein kleines Mädchen war und an seiner Seite über die Strände der Insel Brownsman wanderte, unserer ersten Heimat auf den Farne-Inseln.

»Ich danke dir, Grace.«

»Wofür?«

»Dafür, dass du hier bei mir und Mam bist. Es ist bestimmt nicht einfach für dich mit anzusehen, wie deine Geschwister sich alle verheiraten und aufs Festland übersiedeln.«

»Und warum sollte ich mich verheiraten und auf dem Festland leben wollen? Wo wäre ich lieber als hier, bei dir und Mama und bei den Lampen und den Robben?«

Die Frage ist aufrichtig gemeint. Äußerst selten, so gut wie nie, schweifen meine Gedanken über das Meer zu einem imaginären Leben als Schneiderin oder Frau eines Tuchhändlers in Alnwick, aber diese Vorstellungen halten niemals lange vor. Zu oft habe ich gesehen, wie Frauen durch eine Heirat in ihrer Persönlichkeit schrumpfen, wie sie lediglich auf eine andere, unbedeutendere Art Verwendung finden. Hinzu kommt, dass ich nicht in eine geschäftige Stadt mit überfüllten Straßen und lauten Werkstätten und Fabriken passe. Mein Platz ist hier, bei den Vögeln und der See, bei den stürmischen Winterwinden und den unberechenbaren Sommern. Ein Erntefestball mag für Mary und Ellen Herbert, meine Freundinnen vom Festland, das Schönste sein, mein geliebtes Longstone Island hingegen wird mich weitaus länger und intensiver in seinen Bann schlagen.

»Die Insel gibt mir die größtmögliche Freiheit, Papa. Woanders würde ich mich gefangen fühlen«, sage ich zu meinem Vater, der verständnisvoll nickt.

»Trotzdem, du hast meinen Segen, solltest du es dir jemals anders überlegen, das musst du wissen.«

Ich löse meine Hand aus seiner und streiche meinen Rock glatt. »Gewiss, und du wirst der Erste sein, der es erfährt.«

Mit diesen Worten lasse ich ihn alleine und steige die Wendeltreppe hinunter, wobei die Schritte meiner abwesenden Brüder und Schwestern in dem Echo, das ich erzeuge, mitzuschwingen scheinen. Ohne das rege Treiben meiner acht Geschwister, über die ich zuvor ständig stolperte und mit denen ich täglich Händel austrug, herrscht im Leuchtturm eine erschreckende Leere. Zum einen genieße ich den Platzzuwachs, den mir ihre Abwesenheit verschafft, zum anderen sehne ich bisweilen ihre laute Rückkehr herbei.

Wie immer fröstele ich auf der zugigen, kalten Treppe und ziehe mein kariertes Fransentuch eng um meine Schultern, eile dann rasch zu meiner kleinen Kammer unter dem Dienstraum, wo die Sonne helle Flecken auf den Boden wirft und mich augenblicklich wärmt. Ich hoffe, dass sie schönes Wetter versprechen. Der Raum misst nicht mehr als ein halbes Dutzend Schritte von einer Seite bis zur anderen. Gottlob ist keines von uns Geschwistern besonders groß gewachsen oder von kräftiger Statur, ansonsten hätten wir früher zu so vielen unsere liebe Müh und Not in dem engen Raum gehabt. An einer Wand steht mein Schrankbett, das ich mir früher mit meiner Schwester Betsy teilte. Ein altes Schreibpult, auf dem jetzt ein Wasserkrug, eine Waschschüssel und ein Kerzenleuchter stehen, nimmt die Raummitte ein.

Vor einer kleinen Teekiste, die unter dem Fenster steht, gehe ich in die Hocke, nehme den Deckel ab und taste nach meinem alten Nähkasten, der inzwischen ein kleines Kuriositätenkabinett beherbergt: zerbrechliche Vogeleier in einem schützenden Nest aus weichen Daunenfedern; Muscheln in jeglicher Form und Größe; glatte, rund geschliffene Steine aus grünem und blauem Meerglas. Ich hoffe, dass die Sammlung eines Tages hinreichend eindrucksvoll sein wird, um sie Vaters Freunden von der National History Society zu präsentieren. Vorerst begnüge ich mich damit, meine Meeresschätze zu sammeln und zu bewundern, ähnlich einer feinen Dame, die sich an den kostbaren Juwelen in ihrer Schmuckschatulle erfreut. Ein unpassender Vergleich, denn so wenig ich für einen Ehemann oder eine Arbeit als Schneiderin empfänglich bin, so wenig bin ich es für Juwelen.

Nachdem ich eine smaragdgrüne Strandscherbe aus meiner Rocktasche gezogen und sie zu den anderen in den Nähkasten gelegt habe, wandern meine Gedanken zurück zu dem indigoblauen Exemplar, das ich Mr. Emmerson geschenkt habe, und zu seinem warmen Lächeln, das ich im Gegenzug erhielt.

Allen Dingen wohnt eine Individualität inne, Mr Emmerson, sagte ich damals. *Betrachtet man Muschelgehäuse näher, erkennt man, dass ihre Muster nicht identisch sind, sondern dass jedes davon einzigartig ist.*

George Emmerson war nicht wie Henry Herbert oder die anderen Männer, mit denen ich bekannt bin und die sich gerne ihrer eigenen Interessen rühmen und den Standpunkt einer Frau sofort abtun, sollte sie es wagen, einen zu besitzen. Mr Emmerson dagegen zeigte großes Interesse an meinem Wissen über die einheimische Fauna und Flora an der Küste von Dunstanburgh. Bei unserem Abschied sagte er mir, unser Gespräch habe ihn sehr fasziniert, ein weit größeres Kompliment, als gerade mal für hübsch oder geistreich gehalten zu werden.

»Grace Horsley Darling. Was für ein Unsinn«, schelte ich mich selbst laut für meine Albernheit, weil ich damit nicht besser bin als eine kichernde Debütantin mit einer leeren Tanzkarte und mich mit einer unbedeutenden Begegnung aufhalte. Energisch klappe ich den Deckel zu und verfrachte den Nähkasten zurück in die Teekiste.

Dann verlasse ich meine Kammer, gehe treppab und vorbei an dem Raum, wo meine Schwestern Mary Ann und Thomasin einst in ihrem Stockbett schliefen und wo sie bis tief in die Nacht tuschelten und kicherten und diese besondere Intimität teilten, die ausschließlich Zwillingen zu eigen ist. In der nächsten Etage befindet sich das Zimmer meines Bruders Brooks, dessen Stiefel noch unter dem Schreibpult stehen und dessen Nachthemd nach wie vor über der Stuhllehne hängt und auf seine Rückkehr wartet.

Am Fuße der Treppe angelangt, betrete ich die große runde Wohnstube und sehe, dass meine Mutter damit beschäftigt ist, am Tisch ihre schlechte Laune in große Brotteigklumpen zu kneten. Nebenbei schimpft sie leise vor sich hin über Faulpelze, die untätig herumhocken wie ein großer schwerer Kohlensack, wohingegen sie, *der Herr ist mein Zeuge*, jeden einzelnen ihrer alten Knochen im Leib spüre.

»Endlich! Ich dachte bereits, du würdest niemals herunterkommen«, sagt sie schnaufend und wischt mit dem Handrücken über ihre Stirn, das Gesicht von der Anstrengung gerötet. »Ich bin geschafft. Wenn ich das alles hier verarbeitet habe, werden wir ausreichend Brote haben, um damit einen zweiten Leuchtturm zu bauen. Dummerweise kann ich den Teig nicht liegen lassen, oder das Brot wird flach wie eine Flunder aus dem Ofen kommen. Hast du Vater gesehen?«

»Er ist im Dienstraum. Ich habe versprochen, ihm einen heißen Trank hochzubringen.«

»Schau bitte zuerst nach den Hühnern, ja? Ich bin voller Mehl und Teig.«

Ich nehme meinen Umhang und meine Haube vom Haken neben der Tür und gehe hinaus zum Hühnerstall, wo ich vier braune Eier und ein weißes einsammele und anschließend spontan beschließe, einen kurzen Abstecher zu den Uferklippen zu unternehmen und etwas frische Luft zu schnappen, bevor das Wetter umschlägt und die Flut aufläuft. Die Tümpel zwischen den Felsen sind gewissermaßen Miniaturaquarien und temporäre Heimstätten für Seeanemonen, Algen, Erbsenkrabben, Miesmuscheln und Napfschnecken. Als der Wind auffrischt und die ersten Regentropfen meinen Rock sprenkeln, knote ich die Bänder meiner Haube zusammen, ziehe meinen Umhang eng um die Schultern und eile zurück zum Leuchtturm, wo meine Mutter im Eingang steht und stirnrunzelnd zu dem sich verdunkelnden Himmel emporblickt.

»Komm rasch ins Haus, Grace. Du wirst dir bei diesem Wind sonst den Tod holen.«

»Du übertreibst, Mama. Ich war gerade mal ein paar Minuten draußen.«

Sie ignoriert meinen Einwand und legt mir ein zweites Plaid um die Schultern. »Vorsicht ist besser als Nachsicht. Ich hoffe, dein Bruder verschiebt seine Rückkehr«, sagt sie seufzend. »Dieser Wind verheißt nichts Gutes, doch du weißt ja, wie stur dein Bruder sein kann, wenn er sich etwas in den Kopf gesetzt hat. Genau wie sein Vater.«

Und seiner Mutter nicht unähnlich, denke ich, erwidere stattdessen, dass sie sich keine Sorgen machen soll. »Brooks wird sich die Zeit im Olde Ship vertreiben und mit den anderen eifrig Seemannsgarn spinnen. Bestimmt wird er nicht ablegen, solange es nicht sicher ist. Zwar hat er einen Dickschädel, ein Narr ist er aber nicht«, sage ich und hoffe, dass mein Bruder tatsächlich mit den Fischern an Land bleibt. Unsere Mutter wird keine Ruhe haben, solange sie ihn nicht in Sicherheit weiß.

»Nun, wollen wir hoffen, dass du recht hast, Grace. Vorhin hat sich ein Vogel ins Haus verirrt. Das weckt sofort böse Vorahnungen.«

»Bloß wenn du es zulässt«, sage ich, während mein Magen laut knurrt, um mich daran zu erinnern, dass ich noch nichts zu mir genommen habe.

Bevor der Regen kommt, schickt sich unsere Mutter noch an, mit schweren Schlägen den Kaminvorleger samt ihren Sorgen an den dicken Turmmauern auszuklopfen. Ich hingegen gehe in die Küche, stelle den Korb mit den Eiern auf den Tisch, nehme mir eine Scheibe von dem warmen Brot, bestreiche es mit Butter und setze mich zum Essen ans Feuer. Den Wind, der wie ein ungeduldiges Kind an den Fenstern rüttelt, ignoriere ich, verlasse mich darauf, dass der Leuchtturm sich gegen das schlechte Wetter wappnet und schützend seine Arme um uns schlingt. Innerhalb seiner stolzen Mauern fühle ich mich ebenso sicher und geborgen, wie es die Vogeleier in ihrem Daunennest in meinem Nähkasten sind. Gleichzeitig weilen meine Gedanken bei all jenen auf See, denen möglicherweise Gefahr droht, falls der Sturm sich zu einem richtigen Unwetter ausweitet.

KAPITEL 3

Sarah
SS Forfarshire, 6. September 1838

Sarah Dawson und ihre Kinder schlafen eng umschlungen und ahnen nichts von dem Sturm, der sich auf der anderen Seite der Bullaugen zusammenbraut, und auch nichts von dem Drama, das sich im Unterdeck abspielt, wo Kapitän John Humble seinem Obermaschinisten den Befehl gibt, den undichten Kessel auf der Steuerbordseite abzupumpen. Trotz hitziger Diskussionen und Auseinandersetzungen innerhalb der Besatzung hat Humble beschlossen, nicht den Hafen von Tynemouth anzusteuern, um das Leck zu reparieren, sondern die Fahrt küstenaufwärts fortzusetzen, da er fest gewillt ist, planmäßig am nächsten Morgen bei Tagesanbruch in Dundee einzulaufen.

Obwohl das Schiff in zunehmend starkem Seegang schwankt und schlingert, schlürft Humble, gegen die Tür des Ruderhauses gelehnt, an einem heißen Grog mit Whisky und studiert seine Seekarten, konzentriert sich auf den Kurs, dem er folgen muss, um den gefährlichen Klippen rund um die inneren und äußeren Farne-Inseln auszuweichen, und erinnert sich der spezifischen Leuchtfeuersignale, die ihn sicher durchlotsen werden. Er hat diese Route Dutzende von Malen befahren, und trotz des ausgefallenen

Kessels versichert er seinen Männern, dass es keinen Grund zur Beunruhigung gebe. Die *SS Forfareshire* stampft deshalb weiter nordwärts, während der Sturm immer näherrückt.

Dundee, Schottland

An einem schmalen Tisch vor dem Kamin seiner Unterkunft in der Balfour Street sitzt George Emmerson vor einem Glas Porter, wirft einen Blick auf seine Taschenuhr und nimmt eine kieselsteingroße indigoblaue Strandscherbe vom Tisch. Er denkt oft über die junge Frau nach, die ihm das Seeglas als Andenken an seine Reise nach Northumberland geschenkt hat. Ein Schatz aus dem Meer, so nannte sie es und fügte hinzu, wie faszinierend es sei, dass aus etwas Gewöhnlichem wie einer weggeworfenen Arzneiflasche mit der Zeit etwas derart Schönes geworden war.

George legt die Scherbe beiseite, lehnt sich auf seinem Stuhl zurück und betrachtet das Skizzenblatt. Er ist unzufrieden mit seiner Arbeit, frustriert von seiner Unfähigkeit, das Bild einzufangen, das er so deutlich in seinem Kopf hat: ihr schmales Gesicht, ihre leicht aufgeworfenen Lippen, ihr lockiges, von der Sonne beschienenes braunes Haar, ihr verwirrtes Stirnrunzeln, als könnte sie seine Person nicht richtig einschätzen und müsste sich stärker konzentrieren.

Grace Darling. Ihr Name zaubert ein Lächeln auf seine Lippen.

George stellt sich Eliza an seiner Schulter vor, wie sie Interesse an seinen Bildern heuchelt und ihn gleichzeitig drängt, ihr zu sagen, welchen Stoff er für die neuen Vorhänge bevorzugt. Sogleich schämt er sich für diese Gedanken, zerknüllt das Skizzenblatt, wirft es ins Feuer und schaut ungeduldig auf seine Taschenuhr.

Sarah dürfte inzwischen den größten Teil der Strecke hinter sich gebracht haben. Ihr Besuch kommt zur rechten Zeit. Gerade jetzt benötigt er mehr denn je den klugen Rat und die pragmatische Haltung seiner Schwester. Anders als er, dessen Gedanken häufig um romantische Ideale schweifen, hat Sarah keine Zeit für geistige Spielereien dieser Art und wird ihn entschlossen auf den Boden der Tatsachen zurückholen. Noch ist sie allerdings nicht hier.

Seufzend beschließt George, das recht problematische Feuer, das für eine gewisse Miss Darling in ihm entbrannt ist, zunächst einmal zu ignorieren. Genau wie den aufbrausenden Wind, der die bleiverglasten Fenster zum Klappern bringt und die Kerzenflamme zum Tänzeln. Er schenkt ihm keine Aufmerksamkeit, sondern streicht mit beiden Händen seine Haare zurück, löst die Hemdnadel an seinem Kragen und zieht ein frisches Blatt Papier heran. Dann nimmt er die tiefblaue Strandscherbe vom Tisch und schließt seine Finger um sie. Mit der anderen Hand greift er nach seiner Zeichenkohle und beginnt von Neuem damit, die junge Frau aus der Erinnerung zu skizzieren. Er ist fest entschlossen, es richtig zu machen, bevor das Kerzenlicht erlischt.

KAPITEL 4

Grace
Longstone Lighthouse, 6. September 1838

Am späten Nachmittag hat der Himmel die Farbe von Granit angenommen. Im Schutze der rußgeschwärzten Stubenwände sucht sich jeder eine Ablenkung von den immer heftiger wehenden Sturmwinden. Die Mutter sitzt an ihrem Spinnrad und murmelt von Vögeln, die ins Haus fliegen, der Vater beugt sich über den Tisch und flickt ein beschädigtes Fischernetz. Ich fege mein Unbehagen mit dem Staub beiseite, den ich nach draußen kehre.

Die Wohnstube ist der Ort, wo wir unsere Zeit verbringen, wenn wir uns nicht um die Lampen kümmern, Wache halten oder im Bootshaus beschäftigt sind. Jeder Meter des Raumes wird auf eine Art genutzt, die Besuchern vielleicht willkürlich erscheinen mag, aber für uns optimal organisiert ist. Selbst wenn wir nicht gerade viel besitzen, mangelt es uns an nichts.

Hauben und Umhänge belegen die Haken neben der Eingangstür, jederzeit griffbereit, um rasch übergestreift zu werden. An der Wand über dem Kamin hängen Töpfe und Pfannen, der alte schwarze Kessel schwebt an einer bewegbaren Eisenstange beständig über dem Feuer, wärmt klamme Hände und bietet Frierenden stets einen wärmenden Trank. Feuchte Strümpfe, Unterröcke und Schürzen trocknen auf einer Leine über unseren Köpfen. Muscheln in jedweder Form und Größe besetzen die Fensterbänke. Ausgestopfte Lummen und Lachmöwen, die der Tierpräparator aus Craster meinem Vater geschenkt hat, wachen mit Glasperlenaugen über uns. Selbst der scharfe Geruch der Sole, einer starken Salzlake zum Einlegen von Lebensmitteln, hat seinen Platz im Raum, genau wie der Wind, der vor den Fenstern heult und darauf drängt, hereinkommen zu dürfen.

Als die Abenddämmerung anbricht, steige ich zur Laterne hoch, wo ich sorgfältig die Petroleumbehälter auffülle, bevor ich die gestutzten Dochte mit meiner Handlampe anzünde. Ich warte dreißig Minuten, bis die Flammen ihre volle Höhe erreicht haben, dann entsichere ich die Gewichte, die das Uhrwerk antreiben, und kurbele sie zum ersten Mal an diesem Abend empor. Langsam beginnen die Lampen, sich zu drehen, und der Leuchtturm erwacht zum Leben. Vorbeifahrende Schiffe werden alle dreißig Sekunden den gebündelten Lichtstrahl aufblitzen sehen. Nachdem alles zu meiner Zufriedenheit funktioniert, mache ich einen Eintrag im Logbuch: *SS Jupiter als letztes Schiff zur Dämmerstunde gesichtet. Stürmischer Wind mit orkanartigen Böen aus Nord bis Nordost. Starkregen.*

Da Vater die erste Wache hält, verlasse ich das für alle Schiffe beruhigende Licht der Laterne und kehre zurück in den dunklen Turmschacht. Meine Schwester Thomasin sagte früher immer, sie stelle sich die Treppe wie eine lange Ader vor, die dem Herzen des Leuchtturms entspringe. Wir alle haben diesen alten Steinmauern auf die eine oder andere Weise menschliche Eigenschaften zugeschrieben, sodass der Leuchtturm beinahe zu einem Mitglied der Familie wurde, statt einfach ein Gebäude zu sein, das uns beherbergt. Der Sturm weckt in mir automatisch den Wunsch, alle im sicheren Inneren der Leuchtturmmauern zu wissen, doch meine Brüder und Schwestern leben mittlerweile an der Küste verstreut, kommen mir vor wie Treibgut, das von der Strömung erfasst und an einen anderen Ort getragen wurde. Thomasin vermisse ich besonders.

Die Minuten verrinnen schleppend auf der Kaminuhr, deren Ticken neben dem Surren von Mamas Spinnrad das einzige Geräusch im Raum ist, überlagert indes vom lauten Jammern des Windes vor den Fenstern. Um mich abzulenken, lese ich in einem meiner Lieblingsbücher, einer Anleitung für junge Frauen zur Erweiterung ihrer geistigen Fähigkeiten, aber ich kann mich heute kaum darauf konzentrieren. Also greife ich zu einem schmalen Gedichtband von Robert Burns, dessen Verse mich ebenfalls nicht wie sonst fesseln und mir das Wetter draußen nur noch stärker ins Bewusstsein rücken.

Wenn Winter herrscht mit milder Macht
In sternenloser Mitternacht;
Wenn durch die Luft der Donner rollt
Und hohl der Sturm dem Walde grollt;
Wenn tosend sich die Brandung zeigt
Und auf dem Felsenufer steigt.

Ich lege den Gedichtband seufzend nieder, bin zappelig, nestele an meinem Rocksaum und zupfe an einem eingerissenen Fingernagel, bis meine Mutter mich ermahnt, mit dem Schnaufen und Schnauben aufzuhören und endlich zur Ruhe zu kommen.

»Du bist wie eine Katze, die gerade geworfen hat, Grace. Ich weiß nicht, was heute Abend in dich gefahren ist.«

Der Sturm ist in mich gefahren, der tosende Wind verursacht mir ein Kribbeln auf der Haut, antworte ich ihr stumm. Und es gibt noch etwas anderes, das mir keine Ruhe lässt. Selbst das Toben der Elemente kann die Gedanken an Mr Emmerson nicht aus meinem Kopf vertreiben.

Wäre ich mehr wie Ellen und Mary Herbert, würde ich bestimmt Ablenkung in den Liebesromanen suchen, von denen die beiden immer voller Begeisterung schwärmen, über die mein Vater dagegen spottet. Bücher und Kartenspiele dienen seiner Meinung nach der reinen Zerstreuung und sind in seinen Augen vertane Zeit – daher finden sich keine derartigen Bücher in unseren Regalen. Er ahnt nicht, wie viel Zeit meine Schwester Mary Ann mittlerweile mit solchen Dingen verbringt. Bei meinem dritten Gähnen schickt Mama mich ins Bett. »Ruh dich ein wenig aus, bevor du die Wache übernimmst, Grace. Du wirkst genauso erschöpft, wie ich mich fühle.«

Ich kann sie kaum verstehen, denn draußen holt der Wind tief Luft und stößt ein geradezu furchterregendes Geheul aus. Regentropfen prasseln wie Steine an die Fenster. Ich ziehe mein Plaid über meine Schultern und nehme meine Handlampe vom Tisch.

»Da kommt heute Nacht etwas auf uns zu, oder nicht?« Meine Stimme klingt wie die eines Kindes, das Bestätigung sucht und hofft, dass es halb so wild wird.

Meine Mutter wirkt gelassener, bedient das Pedal an ihrem Spinnrad im Einklang mit den flinken Bewegungen ihrer Hände, das beständige Klack, Klack, Klack ist mir wohlvertraut. Sie hebt nicht einmal den Blick von ihrer Arbeit. Raues Wetter ist ein fester Teil des Lebens auf Longstone Island, und sie ist davon überzeugt, dass man Stürme respektieren sollte, statt sie zu fürchten.

Wenn du zeigst, dass du Angst hast, bist du so gut wie tot, pflegt sie zu sagen. Obwohl das grausam klingt, hat sie oft recht.

»Schlaf gut, Grace.«

Nachdem ich ihr eine gute Nacht gewünscht habe, stülpe ich ein Sturmglas über meine Kerze und beginne mit dem vertrauten Aufstieg. Sechzig Stufen bis zu meiner Kammer. Sechzig Stufen, um mir tiefdunkle Augen, die aussehen wie das berühmte obergärige Bier Porter, in Erinnerung zu rufen. Sechzig Stufen, um mir vorzustellen, wie ein schmaler Bart sich zu einem Lächeln verzieht, breit wie der Tyne, ein Lächeln, das meine Wangen zu einem leichten Erröten bringt. Sechzig Stufen, um mich selbst zu tadeln, weil ich so gern an jemanden denke, mit dem ich nicht mehr als ein paar Minuten verbracht habe. Minuten, zu denen meine Gedanken beharrlich zurückkehren.

Ich steige noch eine Etage höher zum Dienstraum und verharre für einen Moment still auf der Schwelle, da es mir widerstrebt, Vaters Konzentration zu stören. Er sitzt vor dem Fenster, das Teleskop in Habachtstellung, als befände er sich wie eine Katze vor dem Sprung, alle Sinne in höchster Alarmbereitschaft.

»Du wirst mich bitte aufwecken, Papa«, sage ich leise. »Nicht wahr?« Ich stelle diese Frage jeden Abend, solange ich zurückdenken kann; ich möchte von ihm geweckt werden, wenn er Hilfe mit dem Licht benötigt oder wenn ein Notfall eintritt.

Kerzenlicht spiegelt sich in den runden Brillengläsern seines Kneifers, der auf seiner Nasenspitze sitzt, als er sich zu mir umdreht und anerkennend nickt. »Gewiss, mein Engel. Leg dich schlafen. Dem Wind wird bis zum Morgen die Puste ausgehen.«

Bei den wenigen Gelegenheiten, die er anderweitig beschäftigt war und ich mich um das Licht kümmern musste, habe ich mich stets bewährt. Ich besitze seine Geduld ebenso wie sein scharfes Auge, wesentliche Voraussetzungen, um die See zu überwachen. Manchmal frage ich mich, ob es ihn schmerzt, wenigstens ein kleines bisschen, dass die Zukunft des Leuchtturms bei meinem Bruder liegen wird und nicht bei mir. Brooks wird Vaters Nachfolge als Lichtmeister antreten, denn ungeachtet meines Fleißes und meiner Tauglichkeit bin ich zuerst und vor allem eine Frau.

Als ich mich zum Gehen wende, breitet sich in Vaters Gesicht ein Lächeln aus. »Schau dich an, Grace. Seit nunmehr fast dreiundzwanzig Jahren gedeihst du vortrefflich und erblühst in Schönheit, und dein Naturell wird deinem Namen vollkommen gerecht. Er ist das Gegenteil zu dem Krawall dort draußen.«

Ich wedele sein Kompliment fort. »Warst wohl wieder am Porterfass?«, necke ich ihn, bevor ich mich in meine weiter unten gelegene Kammer zurückziehe. Draußen brüllt der Wind drohend auf, mein Kerzenlicht flackert im Luftzug, und ein ohrenbetäubendes Donnern hallt von den Turmmauern wider. In meinem Zimmer angekommen, schaue ich aus dem Fenster, bin fasziniert von den entfesselten Wellen, die sich in der Tiefe auf die steilen Klippen stürzen, um als salzige Gischt zum Himmel emporzusteigen und wie Sternschnuppen zu verglühen.

Als ich die aufkommende Gefahr erkenne, greife ich nach meiner Bibel, knie mich vor meinem Bett nieder und bete für die Sicherheit meines Bruders, erst dann blase ich meine Kerze aus und krieche unter die Daunendecke. Meine Füße zucken vor den kalten Laken zurück, meine Zehen suchen nach dem heißen Stein, den ich unter die Decke gelegt habe. Anschließend liege ich vollkommen still in der Dunkelheit und stelle mir vor, wie sich die Lampen über mir mit der Regelmäßigkeit eines Pulsschlags drehen und wie sie ihr Licht in die schwarze Dunkelheit hinausstrecken, um jene, die sich auf See befinden, zu warnen und wissen zu lassen, dass sie nicht alleine in der Finsternis sind. In ruhigeren Nächten kann ich das Klicken des Uhrwerks über mir hören. Heute Abend höre ich nichts als den Sturm und meinen erhöhten Herzschlag.

KAPITEL 5

Sarah
SS Forfarshire, 7. September 1838

Sarah, die nie tief an fremden Orten schläft, ist augenblicklich wach, als ein gewaltiges Beben das Schiff erschüttert. Sie versucht sich in der Dunkelheit zu orientieren, eine Erklärung dafür zu finden, warum die Maschinen stillstehen. Ohne ihr beruhigendes Brummen ist der heulende Wind deutlicher zu vernehmen, das Stampfen und Rollen der See intensiver zu spüren. Sarah greift nach dem Medaillon um ihren Hals und erinnert sich an ihre Überraschung, als John es ihr zum Geschenk machte, gehüllt in ein kleines rotes Seidenviereck, das mit einem passenden Zierband verschlossen war. Nie hatte sie etwas Schöneres gesehen, sogar noch schöner dadurch, dass John Locken ihrer Kinder hineingelegt hatte.

James und Matilda rühren sich in Sarahs Armen, reiben sich verschlafen die Augen und wollen wissen, warum das Schiff angehalten hat, ob sie bereits in Schottland sind und wann der Morgen anbrechen wird. Ihre Mutter streicht ihnen sanft über die Haare und antwortet im Flüsterton, dass es nicht mehr lange dauern werde, bis sie ihren Onkel George zu Gesicht bekämen, und sie bis dahin noch ein wenig schlafen sollen.

»Ich werde euch beim ersten Licht des Tages wecken. Wir werden zusammen mit der Heringsflotte in den Hafen einlaufen, wo die Fischersfrauen mit ihren Pökelfässern stehen und die Schuppen der Fische auf dem Kai wie Diamanten funkeln …«

Ein grauenvolles Donnern zerreißt die Stille, gefolgt von einem Angst einflößenden Bersten von Holz und dem Kreischen von Metall. Sarah setzt sich kerzengerade auf und schlingt die Arme fest um ihre Kinder.

»Was ist das, Mummy?«, ruft Matilda mit banger Stimme. »Was geschieht hier?«

James fängt an zu weinen. Matilda vergräbt ihr Gesicht an Sarahs Schulter, als das Schiff sich schwerfällig zur Seite neigt. Schon dringt dunkles, eisiges Wasser mit einer erschreckenden Geschwindigkeit in die Kabine, steigt Sarah hoch bis zu den Beinen. Sie nimmt ihre Kinder, setzt eines auf jede Hüfte und beginnt in Richtung Tür zu waten. Angst und Panik schnüren ihr die Brust zu, erschweren ihr das Atmen noch mehr, dabei ist es bereits eine gewaltige Anstrengung, ihre weinenden Kinder zu tragen. Sie flüstert tröstende Worte, versichert ihnen, dass alles gut werde und es keinen Grund gebe, sich zu fürchten, weil Mummy sie beschütze. Und auf irgendeine Art gelangt sie tatsächlich ins Freie, wo der Wind an ihrem Umhang zerrt und der Regen ihr ins Gesicht peitscht, aber Matilda und James sind nach wie vor bei ihr und klammern sich verzweifelt an sie. Für einen kurzen Augenblick übermannt sie Erleichterung. Weil sie der Kabine entkommen sind, wähnt sie sich in Sicherheit. Bis mit einem Mal Wasser auf sie zuströmt und Sarah in Sekundenschnelle bis zur Brust erfasst und das Deck vollständig überschwemmt. Hilfe suchend blickt sie sich nach einem Rettungsboot um, nach irgendeinem Halt, als eine riesige Welle sie umreißt und in die See spült, wo schwarze Dunkelheit sie umfängt.

KAPITEL 6

Grace
Longstone Lighthouse, 7. September 1838

Ich döse nur in kurzen, unruhigen Intervallen, denn der Sturm tobt so heftig, dass mir richtig unbehaglich zumute wird, selbst im sicheren Schutz der Turmmauern. Während ich wach liege, muss ich an die Errichtung des Turmes denken – daran, wie fasziniert ich von dem hohen, konisch geformten Bauwerk war, das bald mein Zuhause sein würde, drei Meilen vor dem Küstenabschnitt zwischen Bamburgh und North Sunderland.

Eineinhalb Meter dicke Mauern. Stark genug, um allem standzuhalten, was die Natur ihnen entgegenwirft, sagte mein Vater damals, der ungemein stolz darauf war, dass unser Leuchtturm ähnlich konstruiert würde wie der Bell Rock von Robert Stevenson. Seit nunmehr zwölf glücklichen Jahren ist das Longstone Lighthouse meine zuverlässige Festung.

Vater weckt mich zur Mitternachtsstunde, indem er sanft an meiner Schulter rüttelt. Rasch springe ich aus dem Bett, kleide mich an, nehme meine Lampe und folge Papa nach unten, wo wir unsere Umhänge überstreifen und hinausgehen, um den Kahn im Bootshaus zu sichern, wohl wissend, dass die Flut erst um vier Uhr dreizehn ihren Höhepunkt erreichen wird und einen gefährlichen Gezeitenstrom mit sich bringen könnte. Die See wogt schwer im Wind, ihre Wellen donnern gegen die Klippen, als müssten sie das Felsgestein bezwingen. Ich kann mich nicht erinnern, sie jemals so entfesselt gesehen zu haben. Zurück im Leuchtturm, legt mein Vater sich schlafen, während ich die Nachtwache übernehme.

Wie immer setze ich mich vor das schmale Fenster in meiner Kammer, das Teleskop in der Hand. Der Himmel ist ein furioser Aufruhr schwarzer Wolken, die Sturzregen zur Erde schicken, der laut gegen das Fenster prasselt. Der Wind zerrt so wütend am Rahmen, als würde er ihn jeden Moment herausreißen. Alle meine Sinne sind geschärft bis zum Äußersten. Ich bin weder müde, noch fürchte ich mich, konzentriere mich ausschließlich auf die See und halte Ausschau nach einem Schiff in Not.

Die Nacht vergeht langsam, Stunde um Stunde verrinnt, der Zeiger auf der Pendeluhr an der Wand rückt Minute um Minute weiter, und über mir dreht sich im immer gleichen Rhythmus das Licht.

Gegen Viertel vor fünf, als die erste Andeutung der Dämmerung den Himmel schwach bleicht, bemerke ich eine ungewöhnliche Form auf Harker's Rock, der Nachbarinsel und Heimstätte für Kolonien von Papageientauchern und Tölpeln, die ich an ruhigen Sommertagen gerne beobachte. Durch den dichten Schleier aus Regen und Gischt ist die Sicht zwar stark behindert, aber ich fokussiere das Teleskop so lange auf mein Ziel, bis ich schemenhaft dunkle Silhouetten ausmachen kann, die auf den Klippen verstreut sind. Bestimmt Kegelrobben, denke ich, die mit ihren Jungtieren Schutz vor den reißenden Fluten suchen. Dennoch regt sich tief in mir ein ungutes Gefühl.

Als es um sieben Uhr bei Sonnenaufgang zunehmend hell wird und der Gezeitenfall mehr von Harker's Rock freilegt, schaue ich erneut durch das Teleskop. Mein Herz droht auszusetzen und lässt mich erstarren, weil ich einen steil emporragenden Fockmast sehe, der sich deutlich vor dem Horizont abzeichnet. Ich erkenne, dass mein Instinkt mich nicht getrogen hat. Das waren keine Robben, die ich am Rand der Klippen wahrgenommen habe, sondern Menschen. Schiffbrüchige.

Flugs schnappe ich mir meine Handlampe und haste nach unten, begleitet vom Tosen des Windes und der Wellen, die mich zur Eile antreiben.

Ich wecke meinen Vater mit einem hektischen Rütteln an seiner Schulter. »Ein Schiff ist am Harker's Rock auf Grund gelaufen! Wir müssen uns sputen, Papa!«

Müde Augen sehen mich verwirrt an. »Wie spät ist es, Grace? Was ist passiert?«

»Ein Schiff ist verunglückt, und es gibt Überlebende auf Harker's Rock. Wir müssen uns beeilen!« Meine Stimme zittert, meine Hände, die die Lampe halten, ebenso.

Inzwischen ist auch meine Mutter wach geworden und will wissen, ob Brooks zurück sei und was in aller Welt diese ganze Aufregung soll, während mein Vater mit unsicherer Hand wie ein Blinder nach seinem Kneifer tastet und sich im Bett aufrichtet. »Was ist mit dem Sturm, Grace? Mit der Tide?«

»Das Wasser fällt, doch der Sturm wütet noch immer.« Ich stelle mich ans Fenster, als könnte ich so diesen armen Seelen signalisieren, dass Hilfe kommt.

Vater seufzt, seine Hände sinken auf die Daunendecke. »Dann ist es sinnlos, Grace. Bei diesen See- und Windstärken, dazu bei dem hohen Wellengang, werde ich selbst Schiffbruch erleiden. Selbst wenn ich es bis Harker's Rock schaffen würde, auf dem Rückweg hätte ich keine Chance gegen die Strömung. Vom Wind ganz zu schweigen.«

Natürlich hat er recht, bereits auf dem Weg in die Schlafkammer meiner Eltern habe ich damit gerechnet, dass er genau diese Worte sagen würde. Aber ich will es nicht akzeptieren. Vor seinem Bett sinke ich auf die Knie, umklammere seine Hände. »Und wenn wir gemeinsam rudern, Papa? Wenn ich dich begleite, haben wir vielleicht eine Chance, oder nicht? Außerdem könnten wir die längere Route durch den Craford's Gut nehmen, wo wir besser vor dem Wind geschützt sind. Und die Geretteten, die kräftig genug sind, werden uns auf dem Rückweg bestimmt am Ruder ablösen.« Ich lege meine ganze Entschlossenheit, den armen Menschen zu helfen, in meine Stimme und in meine Augen. »Geh ans Fenster und versichere mir, dass ich mir das alles nicht bloß einbilde.« Ich erhebe mich und helfe ihm aus dem Bett, gebe ihm das Teleskop. In diesem Augenblick rüttelt die nächste heftige Sturmböe am Fenster und bringt das Gebälk über unseren Köpfen zum Ächzen, als wollte sie uns warnen.

Mittlerweile können wir genauer nach Harker's Rock hinübersehen. Meine erste Beobachtung bestätigt sich. Eine Gruppe menschlicher Gestalten ist deutlich auf den Klippen zu erkennen, wo der gebrochene Vorderrumpf aufgelaufen ist und der Rest des Schiffskörpers bedrohlich in der tosenden See schwankt.

»Siehst du?«, sage ich.

»Ja, Grace. Ich sehe.«

Mein Vater schiebt das Teleskop zusammen, ohne sich

vom Fenster zu entfernen. Ich lege meine Hand auf seinen Arm. »Das Rettungsboot in North Sunderland wird bei dieser Windstärke kein Segel setzen können«, sage ich und weiß, dass er dasselbe denkt. »Wir sind ihre letzte Hoffnung auf Rettung. Und der Herr wird uns beschützen«, füge ich hinzu, um meinen Vater ebenso zu beruhigen wie mich selbst.

Er versteht, dass ich angetrieben werde von meinem Helferinstinkt, der in mir gestärkt wurde, seit ich als Kind auf Vaters Knien den Berichten über gesunkene Fischerboote und tapfere Männer lauschte, die die Überlebenden aus dem Meer retteten. Ich spüre, wie Papas Schultern nach vorne sinken, ein Zeichen, dass er meinem Drängen nachgibt.

»Wohlan«, seufzt er, »wir werden einen Versuch unternehmen. Nur einen, ist das klar? Wenn er fehlschlägt …«

»Ich verstehe. Wichtig ist, dass wir keine Zeit verlieren. Lass uns sofort losziehen.«

Nachdem die Entscheidung gefallen ist, geht alles ganz schnell. Wir ziehen unsere festeste Kleidung an und eilen hinaus zum Bootshaus, um unseren Kahn herauszuholen. Der Wind peitscht mir die Haare ins Gesicht und verschlägt mir den Atem, reißt mich fast um. Ich muss mich mit aller Kraft gegen die unaufhörlichen Sturmböen stemmen, um nicht umzufallen. Eine Situation, in der ich mir wünsche, mein Bruder wäre hier zur Unterstützung, doch wir sind zu zweit und auf uns alleine gestellt.

Zum Glück hilft meine Mutter uns, das Boot zu Wasser zu lassen, das tut sie immer bei Bedarf. Jeder von uns hat seine Aufgabe, wie wir es viele Male zuvor getan haben. Worte sind nutzlos, werden vom Wind fortgeschleudert, sodass keiner genau weiß, was der andere gefragt oder geantwortet hat. Schließlich liegt das Boot im Wasser, schnell klettere ich hinein, schnappe mir ein Ruder und setze mich hin.

»Grace! Was tust du?« Mama wendet sich an Papa. »William! Sie kann dich nicht begleiten, das ist Wahnsinn!«

»Ich muss mit, alleine schafft er es nicht«, rufe ich.

Mein Vater nickt und steigt zu mir in das kleine Schiff. »Unsere Tochter ist wie dieser Sturm«, wendet er sich an seine Frau. »Sie wird nicht verstummen, bis sie ihren Teil gesagt hat. Ich werde gut auf sie achtgeben.«

Bevor wir ablegen, werfe ich Mama zuversichtliche Worte zu: »Mach dir keine Sorgen, leg trockene Kleidung und Decken bereit und sorge für heiße Getränke.«

Ergeben nickt sie und schickt sich an, mit klammen Fingern die Seile zu lösen, mit denen das Boot an der Mauer vertäut ist. Als wir uns abstoßen, sagt sie etwas, das der Wind übertönt. Der Sturm und das Meer sind nun die Einzigen, die sich uns mitteilen.

Kaum haben wir das schützende Ufer von Longstone Island hinter uns gelassen, wird offensichtlich, dass die Bedingungen in dieser aufgepeitschten See viel schlimmer sind, als wir es uns vorgestellt haben. Trägt eine Welle uns in einem Moment weit empor, stürzt sie uns im nächsten in ein tiefes Tal, und wir sind auf beiden Seiten den Elementen vollkommen ausgeliefert, eingeschlossen von hohen Wasserwänden.

Über den Wind hinweg dringen ein paar Worte an mein Ohr, und Papa deutet auf den Craford's Gut, einen schmalen Kanal zwischen Longstone Island und dem benachbarten Blue Caps. Ich nicke und richte meinen Blick wieder nach vorn und ziehe das Ruder noch härter durch. Das Licht, das der Leuchtturm über das Wasser wirft, macht mir ebenso Mut wie die Routine meines Vaters, mit der er mich nach Steuer- oder Backbord dirigiert, um Kurs auf die Leeseite von Longstone zu nehmen, was uns eine kurze Atempause von den orkanartigen Böen verschafft. Als wir schließlich das vorgelagerte Riff von Blue Caps umrunden und wieder in die offene See gelangen, sehe ich dagegen echte Angst in seinen Augen. Unser kleines Ruderboot, gerade mal sechs Meter lang, ist alles, was wir zu unserem Schutz haben, und wir sind uns deutlich darüber im Klaren, dass dies in einer derart aufgewühlten See nicht genug ist.

KAPITEL 7

Sarah
Harker's Rock, 7. September 1838

Hell. Dunkel. Hell. Dunkel. In der dichten Schwärze, die Sarah Dawson umgibt, erscheint ihr der blasse Lichtstrahl aus der Ferne besonders hell. Alle dreißig Sekunden gleitet er über die elenden Gestalten, die auf den Klippen kauern. Mit zusammengekniffenen Augen bemüht sich Sarah, seine Quelle auszumachen, und entdeckt zwischen Wellen und Gischt endlich den Leuchtturm. Eigentlich ein Warnsignal für vorbeifahrende Schiffe, jetzt ihre einzige Hoffnung auf Rettung.

Inzwischen schütteln heftige Krämpfe ihren Körper, so als würde er nicht länger ihr gehören. Lediglich ihre Arme, die James und Matilda eng an ihre Brust drücken, scheinen ihr noch zu gehorchen. Sie weiß nicht, wie viel Zeit seit der Havarie des Schiffes vergangen ist. Augenblicke? Stunden? Sarah ist zu erschöpft und zu benommen, um etwas wahrzunehmen, abgesehen von den halb erfrorenen, steifen Körpern ihrer Kinder und dem unablässigen Heulen des Windes. Hinter ihr knarrt und stöhnt der gestrandete Bug der *Forfarshire*, schlägt gegen die Klippen und bricht zunehmend wie trockener Zunder durch die Wucht der Wellen auseinander, wohingegen der obere Teil des Hauptmastes wie ein Meeresungeheuer aus einer alten Seemannserzählung zwischen den Wogen emporragt. Die hintere Hälfte des Raddampfers ist verschwunden, hat alle und alles mit sich in die Tiefe gerissen. Sarah muss an George denken, der in Dundee auf sie wartet. Sie denkt an seinen Brief, den sie bei sich trägt, an seine Leuchtturmskizzen. Verzweifelt starrt sie auf das blinkende Licht in der Ferne.

Warum kommt niemand?

Neben ihr stöhnt ein Mann – ein Laut, der nichts ähnelt, was sie jemals gehört hat. Sein Bein ist offenbar schwer verletzt. Sarah weiß, sie sollte dem Mann helfen, aber sie kann ihre Kinder nicht loslassen, schließlich könnten sie ins Wasser fallen. Das verzweifelte Jammern anderer Überlebender, die sich neben ihr an die rutschigen Klippen klammern, spricht Bände, denn alle müssen um ihr Leben fürchten. Sarah wünscht, sie würden still sein.

Der Sturm wütet weiter, sein Unheil verkündendes Heulen mischt sich mit dem Dröhnen und Donnern der Wellen. Zudem prasselt der Regen unbarmherzig auf ihren Kopf wie schmerzhafte kleine Steine. Sarah wiegt ihre Kinder in ihren Armen, beugt sich schützend über sie und singt ihnen Lieder vor, die sie lieben, besonders das vom blauen und grünen Lavendel. »Sie werden bald hier sein, meine kleinen Engel. Seht, es wird schon hell, und die Heringsflotte kann jeden Moment einlaufen. Ich habe euch ja erzählt, dass die Fischschuppen auf dem Pflaster wie Diamanten aussehen. Und wir werden zusammen nach Edelsteinen suchen, wenn die Sonne am Himmel aufgegangen ist.«

Die Kinder reagieren nicht, ihr Schweigen ist unerträglich, steigert Sarahs schlimmste Befürchtungen. Unfähig, ihre Angst länger zu unterdrücken, legt sie ihren Kopf in den Nacken und will um Hilfe schreien, doch heraus kommt ein klägliches Krächzen, das in ein herzzerreißendes Schluchzen mündet und erstickt wird von der nächsten mitleidslosen Sturzwelle, die hart auf den Felsen schlägt und den schwer verletzten Mann mit sich reißt.

Sarah wendet den Blick ab und schlingt ihre Arme fester um James und Matilda, umklammert sie mit einer Kraft, von der sie bisher nichts geahnt hat und die sie nun in die Lage versetzen soll, ihre Kinder nicht dem Meer zu überlassen.

Hell. Dunkel. Hell. Dunkel.

Warum bloß kommt niemand?

Minute um Minute verstreicht, die Zeit dehnt sich ebenso zur Ewigkeit wie die endlose See. Das Licht in der Ferne dreht sich fast zum Spott, weil noch immer keine Hilfe in Sicht ist.

James' kleine Finger fühlen sich steif und kalt an in Sarahs Hand. Matildas hübsches Gesicht ist blass und ausdruckslos, ihre Hände sind leer, ihre geliebte Flickenpuppe wurde ihr von der See entrissen. Sarah streichelt ihre Wange und die ihres Bruders und bittet ihre Kinder um Verzeihung, weil sie ihnen nicht erklären kann, warum vom Leuchtturm keine Hilfe kommt.

Als eine zaudernde Morgendämmerung den wahren Schrecken der Geschehnisse sichtbar macht, sinkt Sarah immer wieder kurz in die Bewusstlosigkeit. Sie glaubt, ein kleines Boot zu sehen, das auf sie zusteuert, sie jedoch nicht erreicht, sondern ein Spielball der weiß schäumenden See bleibt. Vielleicht träumt sie auch gerade oder sieht eine Fata Morgana, ein Gaukelbild wie jene von versunkenen Städten und Schiffen, von denen ihr verstorbener Mann ihr erzählt hat. Während die Wellen unerbittlich über das elende Häuflein Überlebender auf den Klippen spülen, schließt Sarah ihre Augen und rollt sich zusammen über ihren schlafenden Kindern, sodass alle drei nicht mehr sind als ein durchnässtes Bündel Lumpen, das am Waschtag darauf wartet, eingesammelt zu werden.

KAPITEL 8

Grace
Harker's Rock, 7. September 1838

Wir kommen frustrierend langsam voran, und die knappe Meile bis Harker's Rock dehnt sich durch den Sturm und die gefährlichen Klippen, denen wir ausweichen müssen, unerträglich in die Länge. Die Zeit brennt uns unter den Nägeln, trotzdem müssen wir äußerste Vorsicht walten lassen, um nicht mit unserem Boot zu stranden oder zu kentern.

Nach gefühlten Stunden kräftezehrenden Ruderns erreichen wir schließlich Harker's Rock, wo die See wild um sich schlägt und jede neue Welle uns umzuwerfen droht. Die Gefahr ist also noch längst nicht gebannt.

Mein Vater hebt seine Ruder ins Boot und dreht sich zu mir um. »Du musst den Kahn stabil halten, Grace!«

Ich antworte mit einem entschlossenen Nicken und ignoriere zugleich den sorgenvollen Ausdruck in seinen Augen und sein Widerstreben, mich zurückzulassen, bevor er auf die schroffen Klippen springt.

»Geh!«, rufe ich. »Und beeil dich!«

Im Boot auf mich alleine gestellt, beginne ich meinen Kampf mit der See, ziehe am linken Riemen und dann am rechten, pulle vorwärts und wieder rückwärts. Es ist ein verzweifeltes Bemühen, zu verhindern, dass das Rettungsschiff gegen die Klippen geschmettert wird. Mein Vater vermag mir nicht zu helfen, er verschafft sich einen Überblick über die Lage der Gestrandeten. Die Minuten ziehen sich hin wie Stunden, jede bringt eine größere Welle, die mich mit eiskaltem Wasser übergießt, Salz in meine Augen spült und mich fast blind macht. Mamas Worte kommen mir in den Sinn: *Einen Sturm sollte man respektieren, aber niemals fürchten. Wenn du zeigst, dass du Angst hast, bist du so gut wie tot.* Um ihren Rat zu befolgen, schreie ich dem Wind entgegen, dass ich ihn nicht fürchte, und verleugne den brennenden Schmerz in meinen Armmuskeln. Wenngleich ich mich nie einsamer oder ängstlicher gefühlt habe, bin ich wild entschlossen durchzuhalten.

Schließlich tauchen drei gebeugte Gestalten aus dem grauen Dämmerlicht auf. Männer. Verletzt und blutend. Die Kleidung zerrissen, die Schuhe verloren. Triefend vor Nässe. Zutiefst schockiert von ihrem Anblick, brauche ich einen Moment, um zu reagieren und das Boot längsseits der Klippen zu manövrieren.

»Schnell! Steigt ein!«, fordere ich sie auf, dabei unablässig die Ruder schlagend, um das Boot möglichst stabil zu halten.

Die Männer, zwei davon so schwer verletzt, dass sie sich bei jedem Schritt vor Schmerzen krümmen, taumeln halb kriechend, halb fallend in das Boot, das sich durch ihr Gewicht stark zur Seite neigt. Die beiden sind zu sehr entkräftet, um zu sprechen. Der dritte Mann dankt mir mit klappernden Zähnen und greift nach den Rudern in meinen steif gefrorenen Händen.

»Ich werde Euch helfen, das Boot zu stabilisieren, Miss.«

Widerstrebend lasse ich los, spüre erst jetzt den Schmerz in meinen Armen und Handgelenken.

»Wie viele sind es noch?«, frage ich und wische mir Salzwasser aus den Augen.

»Sechs Überlebende«, antwortet der Mann.

»Und der Rest?«

Er schüttelt den Kopf. »Ein paar haben sich in das Beiboot gerettet. Der Rest ist mit dem hinteren Teil des Schiffes untergegangen oder von den Klippen gestürzt.« Wasser fließt wie ein Rinnsal von den Ärmeln seiner Jacke und sammelt sich auf dem Boden des Rettungsbootes, wo es bereits einige Zoll hoch steht.

Noch zitternd vor Anstrengung klettere ich nach hinten, um mich um die Verletzten zu kümmern. Der Erste starrt mich an wie betäubt und murmelt immer wieder, ich müsse ein Engel aus dem Himmel sein.

»Leider nein, Sir. Ich komme nicht aus dem Himmel, sondern vom Leuchtturm auf Longstone Island. Ihr werdet bald in Sicherheit sein. Versucht, nicht zu sprechen.«

Das Boot schaukelt und schlingert heftig hin und her, während ich nach den beiden Verletzten schaue und mich frage, wo mein Vater bleibt.

Zu meiner großen Erleichterung wankt er einen Moment später durch den Regen auf uns zu, stützt eine Frau, die kaum mehr lebendig wirkt. Als er sie ins Boot heben will, beginnt sie, wild um sich zu schlagen und zu treten, um sich aus seinem Griff zu befreien, und stürzt auf den Felsen. Auf allen vieren kriecht sie von ihm fort und schreit wie ein Tier, das in einer Falle sitzt. Mein Vater hebt sie hoch und ruft: »Nimm sie, Grace!«, bevor er sie endgültig ins Boot hievt, wo sie mir aus den Armen rutscht und wie ein frisch gefangener Fisch auf dem Boden landet. Sofort rappelt sie sich auf und versucht, an Land zu klettern.

Der unverletzte Mann hilft mir, sie zurückzuhalten. »Ihr müsst im Boot bleiben, Mrs Dawson«, redet er auf die Frau ein. »Seid vernünftig!«

»Ihr werdet bald in Sicherheit sein«, versichere ich ihr, als sie sich an meinen Rock und meinen Umhang klammert. »Wir bringen Euch zum Leuchtturm.«

Sie erwidert etwas, das ich nicht richtig verstehe. Allein die Worte »meine Kinder« erreichen meine Ohren. Sie stößt sie unentwegt hervor, bis sie einen erschütternden Klagelaut ausstößt, den die nächste Sturmböe erstickt.

Zurück im Boot mit einem fünften Schiffbrüchigen, übernimmt mein Vater wieder das Ruder und stößt uns von den Klippen ab.

»Was ist mit den anderen?«, rufe ich, als ich entsetzt bemerke, dass die Hälfte der Gestrandeten zurückbleibt.

»Bei diesem Seegang ist es zu riskant, mehr ins Boot zu nehmen«, ruft er zurück. »Ich muss ein zweites Mal hinausfahren.«

»Und was ist mit den Kindern der Frau? Wir können sie schließlich nicht zurücklassen!«

Sein Kopfschütteln bedarf keiner weiteren Erklärung, und in einer entsetzlichen Schrecksekunde begreife ich, dass es für die Kinder zu spät ist. *Wir* sind für sie zu spät gekommen.

Als wir wieder in die rollende See hinaussteuern, sehe ich, wie sich die restlichen Überlebenden auf den Klippen zusammenkauern und auf die Rückkehr des armseligen Kahns warten, der sie abholen soll. Doch nicht sie sind es, die meinen Blick auf sich ziehen, das sind zwei sehr viel kleinere Gestalten, die ein Stück weiter links liegen, steif und reglos. Gierig schwappen die Wellen gegen kleine Stiefel, und ich muss an meinen Bruder Job denken, der aufgebahrt wurde, nachdem ein plötzliches Fieber ihn von uns genommen hat. Ich erinnere mich an seine Schuhe, die noch mit Sägemehl bedeckt waren von seiner Arbeit als Schreinerlehrling. In sein blasses, lebloses Gesicht zu schauen, das so gerne gelacht hatte, dazu konnte ich mich nicht überwinden. Entschlossen wende ich mich von dem Felsen ab und bete dafür, dass das Meer die Körper der Kinder verschont. Ihre Mutter hat unterdessen das Bewusstsein verloren. Ein Glück für sie, dass ihr die Qual erspart bleibt, die Klippen, wo ihre Kinder zurückbleiben mussten, in der Ferne verblassen zu sehen.

Mit fast übermenschlicher Anstrengung überwinden wir die schwere See und erreichen schließlich den Craford's Gut, der uns etwas Schutz bietet. Der erbarmungslose Wind und der stechende Regen sind hier ein wenig abgeschwächt, sodass eine eigenartige Ruhe die willkürlich zusammengekommene Gesellschaft erfasst. Jeder sitzt in sich gekehrt unter dem bedrohlichen Wolkenhimmel, während mein Vater und sein Helfer am Ruder sich darauf konzentrieren, uns sicher nach Longstone Island zu bringen, wo wir das Schreckensszenarium aus zerfetzter Kleidung, offenen Wunden, zertrümmerten Knochen und gebrochenen Herzen vielleicht ein Stück weit zurücklassen können. Ich bete zu Gott, dass ich so einen Anblick nie wieder ertragen muss.

Um etwas zu tun, wende ich mich den beiden verletzten Männern zu, verbinde provisorisch eine Wunde mit meinem Schultertuch und versichere, dass es nicht mehr weit sei bis zum rettenden Ort. Anschließend kümmere ich mich um Mrs Dawson, die noch immer bewusstlos am Boden liegt. Vorsichtig richte ich sie auf, lehne sie an mich und halte sie fest. Unvermittelt kommt sie zu sich und ruft mit fiebrigem Blick nach ihren Kindern, umklammert schraubstockartig meine Hände, sodass ich am liebsten aufschreien würde vor Schmerz, aber ihn still erdulde, weil ich weiß, dass meine Pein nichts ist verglichen mit ihrer. »Meine Babys«, schluchzt sie wieder und wieder. »Meine wundervollen Babys.«

Als die Ohnmacht sie erneut zu überwältigen droht und unsere leidgeprüfte Gemeinschaft in dem jäh kippenden Boot hin und her geworfen wird wie Puppen, halte ich Mrs Dawson eng umschlungen, da ich nichts weiter tun kann. Zu trösten ist sie nicht, denn kein Trost kann ihr helfen, das weiß ich. Deshalb frage ich mich für einen kurzen Augenblick, ob es für diese Frau nicht barmherziger gewesen wäre, mit ihren Kindern umzukommen, statt ohne sie weiterzuleben. Die Augen geschlossen, bitte ich Gott, ihr Kraft zu schenken, um dieses furchtbare Unglück zu überstehen.

Ich bete, dass wir alle es überstehen.

KAPITEL 9

Sarah
Longstone Lighthouse, 7. September 1838

Als Sarah Dawson ihren Kopf hebt, ist der Himmel über ihr kalkgrau. Ihr Blick richtet sich auf die junge Frau neben ihr, deren Augen sanft wie eine Sommerbrise sind und deren stützender Griff sie aufrecht hält. Benommen beobachtet sie, wie das Boot wieder ablegt und zum zweiten Mal den Unglücksort ansteuert.

Ihre Arme sind leer.

Wo sind ihre Kinder? Panik übermannt sie, und ihre Knie geben nach. »Sie fürchten sich in der Dunkelheit, Miss«, schluchzt sie und klammert sich an den nassen Rock der jungen Frau, reißt mit den Fingernägeln an dem Stoff, als fände sie so einen Ausgang aus dieser Hölle, in die sie unversehens geraten ist. »Sie werden schrecklich frieren. Ich muss zurück. Unbedingt!«

Die junge Frau erklärt ihr, dass sie hier in Sicherheit sei und sich zunächst einmal aufwärmen müsse. Ihr Vater werde die Kinder zurückbringen.

Die Worte bereiten Sarah Qualen. Warum wurde sie gerettet, ihre Kinder dagegen nicht? Wie soll sie es ertragen, dass ihre kleinen Engel dort draußen im Sturm sind, völlig alleine?

Ihre Knie werden wieder weich, als die Erinnerung an den Lärm und die Panik auf dem sinkenden Schiff sie überfällt. Sie spürt noch immer den ziehenden Schmerz in ihren Armen vom Tragen ihrer verängstigten Kinder, eines auf jeder Hüfte, als sie die Treppe hochstolperte, die auf das Oberdeck führte, und sich rücksichtslos an Passagieren vorbeidrängte, mit denen sie Stunden zuvor nett geplaudert hatte, aber deren Leben ihr nun gleichgültig war. Für sie waren in diesem verzweifelten Bemühen, das sinkende Schiff zu verlassen, einzig und allein ihre Kinder wichtig.

Sarahs Gedanken wandern zurück zu jenem warmen Sommertag, als die Hebamme ihr erklärte, dass das dritte Baby gestorben sei. Sie zeigte ihr das winzige Bündel, blau und starr. Und nun auch noch James und Matilda. Alle ihre Kinder, fort. Sie versucht zu sprechen, doch alles, was herauskommt, ist ein tiefes, kehliges Stöhnen.

Sie gibt ihren Widerstand auf und lässt es zu, dass die junge Frau und ihre Mutter sie halb tragen, halb fortschleifen. Bei jedem Schritt, der sie dem Leuchtturm näher bringt, möchte sie am liebsten laut schreien: *Warum seid ihr nicht früher gekommen?* Aber ihre Stimme lässt sie im Stich, und ihrem Körper fehlt die Kraft, um sich aufrecht zu halten. Sie kriecht die letzten Meter bis zur Eingangstür, wo sie ihre Augen zum Gebet gen Himmel hebt und das Licht erblickt, das sich über ihr dreht.

Hell. Dunkel. Hell. Dunkel.

Matilda möchte wissen, wie es funktioniert.

James möchte es malen.

Vollkommen erschöpft und zu verstört, um länger dagegen anzukämpfen, schließt sie ihre Augen und lässt sich von der Dunkelheit an einen schöneren Ort tragen, wo sie für ihre Kinder das Lied von Lavendel blau und Lavendel grün singt und wo ihr Herz nicht in tausend Stücke zersprungen ist, so radikal zerschmettert, dass es nie wieder repariert werden kann.

Dundee, Schottland

Es ist spät am Nachmittag, und George Emmerson wartet noch immer auf seine Schwester in einer Hafenschänke, wo er müßig auf den Rändern der Zeitung vom Vortag zeichnet, um sich von düsteren Gedanken über Schiffe und Stürme abzulenken. Der heulende Wind auf der anderen Seite der Bleifenster weht kalt in Georges Nacken und lässt die Kerzen in den Wandleuchtern flackern. Er faltet die Zeitung zusammen und wirft zum wiederholten Male einen Blick auf seine Taschenuhr.

Wo in Gottes Namen ist sie?

Die Stunden schleppen sich dahin, bis plötzlich die knarrende Eingangstür aufschwingt und Billy Stroud, Georges Zimmergenosse, hereinkommt. Als Erstes schüttelt er seinen Umhang aus und steuert dann auf den Kamin zu, Regen tropft von seiner Hutkrempe. Seine Miene drückt Bestürzung aus.

George versteift sich. »Was hast du?«

»Ich fürchte, dass ich schlechte Neuigkeiten bringe.« Stroud legt seine Hand auf die Schulter des Freundes. »Es gibt Berichte, dass die *Forfarshire* in der Nacht gesunken sei. Vor den Farne-Inseln.«

Ungläubig schaut George ihn an. Er versteht die Botschaft

nicht, sein Verstand ringt damit, den Sinn von Strouds Worten zu erfassen. »Gesunken? Wie? Gibt es Überlebende?«

»Acht Besatzungsmitglieder und ein Passagier konnten sich in ein Beiboot retten. Ein Fischkutter aus Montrose hat sie aufgelesen. Die Glücklichen. Man brachte sie nach North Sunderland. Von dort stammt die Nachricht.«

Ohne einen Moment zu zögern, nimmt George seinen Umhang, setzt seinen Hut auf, streift seine Handschuhe über und erhebt sich so abrupt, dass sein Stuhl scheppernd umfällt, dann stürmt er hinaus in den Wind und den Regen, gefolgt von Stroud.

»Wo willst du hin, mein Freund? Hier draußen tobt ein gewaltiges Unwetter.«

»Nach North Sunderland«, antwortet George und hält mit beiden Händen seinen Hut fest. »Von dort ist ja vermutlich ein Rettungsboot gestartet, sobald die ersten Überlebenden dort angekommen sind.« Furcht überkommt ihn, als ihm klar wird, was das bedeuten könnte. Er legt eine Hand auf Strouds Schulter und stützt sich auf seinen Freund, im Geheul des Sturmes und im Prasseln des Regens, der ihm ins Gesicht schlägt und ihn für einen Moment blind macht.

»Bete für sie zum allmächtigen Gott, bete für meine Schwester und ihre Kinder.«

Nachdem George von dem verunglückten Schiff erfahren hat, stopft er eine willkürliche Auswahl an Kleidung in eine Reisetasche und verlässt seine Unterkunft zur großen Bestürzung seiner Wirtin, die ihn warnt, dass er sich bei diesem Wetter den Tod holen und ohnehin keine Kutsche finden werde.

Als einem Mann, der sich nicht von lästigen Hauswirtinnen oder stürmischem Wetter aufhalten lässt, gelingt es ihm tatsächlich, innerhalb kurzer Zeit einen Kutscher aufzutreiben, der bereit ist, ihn an die Küste Northumberlands zu bringen. Die Fahrt kostet ihn ein Vermögen, aber er ist nicht in der Stimmung zu handeln und nimmt es hin, dass der Mann seine Not ausnutzt. Egal wie, er muss zu seiner Schwester und ihren Kindern gelangen. George hofft, dass sie in einer Taverne Schutz gesucht haben oder in der Hütte einer freundlichen Fischersfrau, wo sein Neffe James fantastische Geschichten erzählen kann über himmelhohe Wellen und darüber, wie er, der tapfere kleine Held, half, seine Mutter und seine Schwester an Land zu rudern.

Einesteils zur Ablenkung, andernteils aus Gewohnheit fertigt George kleine Zeichnungen an, während die Kutsche gen Süden rumpelt. Seine Finger arbeiten rasch, fangen die Bilder ein, die sein rastloser Verstand sammelt: sturmumtoste Schiffe, ein Rettungsboot, das zu Wasser gelassen wird, Fässer auf dem Hafenkai, bis zum Rand gefüllt mit Heringen, ein Leuchtturm, in dem Miss Darling wartet. Selbst jetzt sucht ihn die Erinnerung an sie heim. Ob sein Gedächtnis ihr Antlitz richtig gespeichert hat, fragt er sich. Oder bildet er sich die Form ihrer Lippen ebenso ein wie die Andeutung von Humor in ihren Augen? Warum kann er sie nicht vergessen? Sie ist nicht einmal außerordentlich hübsch, genau genommen nicht annähernd so hübsch wie Eliza, dafür besitzt sie eine besondere Ausstrahlung, die über ihre äußere Erscheinung hinausgeht. Jedenfalls ist Miss Darling ihm als vollkommen einzigartig erschienen, so individuell wie die Muschelgehäuse, die sie ihm gezeigt hat. Die Wahrheit ist, dass er nie zuvor einer Frau wie ihr begegnete und dass gerade ihre besondere Wesensart ihm bewusst gemacht hat, wie gewöhnlich dagegen Eliza wirkt. Seit Langem wird von ihm erwartet, dass er seine Cousine heiratet, und er hat diese Verbindung nie hinterfragt. Bis zu diesem Moment nicht. Miss Darling gibt ihm einen Grund zu zweifeln. Zu hadern. Zu grübeln. Cousine Eliza und ihre sich ständig einmischende Mutter dagegen verlangen von ihm, dass er sich fügt.

Der Regen hämmert unerbittlich auf das Kutschendach, das letzte Tageslicht verblasst, die Räder holpern über Wege mit tiefen Furchen, und George schwankt wie ein betrunkener Matrose hin und her, gleich den Laternen vor den Fenstern. Erschöpft fällt er schließlich in ein unbequemes Bett in einem trostlosen Gasthof, wo der Kutscher mit seinen Pferden über Nacht Rast einlegt.

Schlaflos durch den Sturm und durch seine Angst um Sarah, denkt George über die Grausamkeit der Welt nach, über die Willkür, dass manchen Rettung widerfährt und anderen das Verderben begegnet, und darüber, was er täte, wenn er sich auf einem sinkenden Schiff befände. Er schließt seine Augen und bittet Gott um Vergebung für seine herzlosen Gedanken über Eliza. Sie sei kein schlechter Mensch, und er möchte nicht gering über sie denken. Sein eindringlichstes Gebet allerdings hebt er sich für seine Schwester und ihre Kinder auf.

»Nicht verzagen, Sarah«, flüstert er in die Dunkelheit. »Sei tapfer.«

Wie zur Antwort brüllt draußen der Wind auf und rüttelt heftig am Fenster. Eine überdeutliche Mahnung, dass jene auf See mehr als Fürbitten benötigen, um Hilfe zu erlangen. Sie brauchen nicht weniger als ein Wunder.

KAPITEL 10

Grace
Longstone Lighthouse, 7. September 1838

Es ist ein anderes Zuhause, in das wir zurückkehren.

Ich war nie von größerer Dankbarkeit erfüllt als in dem Moment, als ich unseren vertrauten Leuchtturm aus dem Nebel auftauchen sehe. Natürlich weiß ich zugleich, dass sich alles verändert hat – dass ich mich verändert habe durch das, was geschehen ist. In meiner Seele hat sich etwas verschoben, weil ich inzwischen die schreckliche Tatsache erlebt habe, dass die Welt einer Mutter ihre Kinder ebenso leicht rauben kann, wie ein Dieb einer Dame ihre Handtasche entreißt.

Dann sehe ich meine Mutter, meine unerschütterliche, gewitzte Mam, die treu an der Landungstreppe des Bootshauses wartet. Ihr Anblick lässt meine Gefühle umschlagen, und plötzlich werde ich wieder zum Kind, das sich verzweifelt nach der Umarmung seiner Mutter sehnt.

Ihre Hände pressen sich auf ihr Herz, als sie uns entdeckt. »Dem Herrn sei Dank, dem Herrn sei Dank!«, ruft sie, kaum sind wir in Hörweite. »Ich dachte fast, ich hätte euch beide verloren!«

»Sei bitte Mrs Dawson behilflich, Mama!«, antworte ich laut genug, um das Brüllen des entfesselten Windes zu übertönen. »Papa muss wieder umkehren.«

»Wieder umkehren?«

»Ja, es gibt noch mehr Überlebende. Wir konnten nicht alle auf einmal bergen.«

Stocksteif steht meine Mutter da, ist einerseits erleichtert über unsere Rückkehr und andererseits gepackt von einem gewaltigen Schrecken darüber, dass ihr Mann ein zweites Mal hinausrudern muss. Da ich dringend ihre Hilfe brauche, versuche ich ihre Erstarrung zu lösen und brülle sie an: »Mama, nimm die Frau hier und hol sie aus dem Boot.«

Zum Glück reagiert meine Mutter prompt und streckt Mrs Dawson ihre Hand entgegen. Die verstörte Frau strauchelt auf der ersten Stufe und wendet sich um, als wollte sie ins Wasser springen.

Sofort klettere ich an ihre Seite und rede behutsam auf sie ein: »Mrs Dawson, Ihr müsst die Stufen emporsteigen. Meine Mutter hat für Euch trockene Kleidung und eine heiße Brühe zum Aufwärmen. Ihr steht unter Schock. Wir müssen Euch rasch in den Leuchtturm bringen.«

Sie klammert sich verzweifelt an meinen tropfnassen Umhang und spricht in einem heiseren Flüsterton, ihre Stimme vom Kummer erstickt. »Helft ihnen, Miss. Bitte. Ich flehe Euch an, helft meinen Kindern.«

Ich gebe ihr mein Wort und schiebe und ziehe sie mühsam die Stufen hoch. »Mein Vater ist ein guter Mann. Er wird Eure Kinder holen, darf jedoch keine Zeit verlieren. Deshalb müssen wir uns beeilen, damit er schnell wieder ablegen kann.«

Die beiden Verletzten folgen uns humpelnd und sind sichtlich froh über einen sicheren Platz, während die anderen beiden Männer, die so gut wie unversehrt sind, sich anbieten, bei der Bergung der restlichen Überlebenden zu helfen. Ich suche den Blick meines Vaters, als er in die Riemen greift. Ohne Worte versteht er, dass ich ihn bitte, auf sich achtzugeben, und ohne Worte verstehe ich, dass er diese Fahrt machen muss. Ich bete für ihn und kümmere mich gleichzeitig um Mrs Dawson, stütze sie erst mal auf dem Weg zum Leuchtturm.

In der Wohnstube machen Mutter und ich uns sofort an die Arbeit. Mama kümmert sich um die Wunden der verletzten Männer und verarztet sie nach besten Kräften, ich dagegen besorge mehr Holz für den Kamin und befülle mehrere Petroleumlampen, da es draußen noch immer nicht richtig hell ist. Anschließend schöpfe ich heiße Brühe aus dem Topf, der über dem Feuer hängt, und schneide Brot in grobe Stücke, bin froh über die zusätzlichen Laibe, die Mam gestern gebacken hat. Die klägliche kleine Gruppe, die nah am Feuer kauert, ist dankbar für das Licht und die Wärme, die eine Wohltat für ihre steif gefrorenen Glieder ist und durch trockene Kleidung und warme Decken noch unterstützt wird.

Nachdem die dringlichsten Bedürfnisse gestillt sind, wende ich mich Mrs Dawson zu. Ich hole einen Paravent herbei, um ihre Schamhaftigkeit zu schützen, und helfe ihr aus ihrer triefnassen Kleidung heraus, die ich wie Zwiebelhäute von ihr abschäle und in einen Weidenkorb werfe. Mrs Dawson wirkt unendlich gebrochen und verletzlich, als sie ohne einen Faden am Leib verlegen in unserer Stube steht. Sie zittert, ihre Hände verbergen einen Teil ihrer Nacktheit, ihre Haut sieht fast grau aus und ist an manchen Stellen verschrumpelt vom Salzwasser. Ich trockne sie so behutsam und respektvoll ab, wie ich kann, und helfe ihr anschließend in trockene Gewänder. Der Ausdruck in ihren Augen würde mir eine lange Zeit im Gedächtnis haften bleiben.

»Wie lange wird Euer Vater fort sein?«, fragt sie und blickt unruhig zum Fenster.

»Er ist ein guter Ruderer«, versichere ich ihr, »und wird bald zurück sein.«

Sie steht da wie in Trance und starrt auf die Sammlung von Muscheln und Meerglas auf dem Fenstersims. »Matilda werden die Glassteine gefallen«, murmelt sie leise und streicht mit den Fingerspitzen darüber. »Und James wird die Muster auf den Muschelgehäusen bewundern. Er liebt Muster und mag ihre Wiederholung auf den verschiedenen Dingen.«

Ich schließe ihre zitternden Hände um mehrere kleine Muscheln und eine smaragdgrüne Strandscherbe. »Behaltet sie«, sage ich.

Ihre Pupillen sind glasig, die Augen geschwollen von ihren Tränen. »Sie waren ganz kalt«, stammelt sie unter verzweifeltem Schluchzen. »Ich konnte sie nicht warm halten.«

Was soll ich sagen? Ich knie mich vor sie auf den Boden, um ihr ein Paar ausrangierte Stiefel von mir anzuziehen, und blinzele Tränen zurück, die in meinen Augen brennen. Ich muss stark bleiben und die Angst um meinen Vater unterdrücken, der noch immer dort draußen ist, der See ausgeliefert.

Ich zucke zusammen, als Mrs Dawson eine Hand auf meine Schulter legt. »Ich kenne Euren Namen nicht, Miss. Ich heiße Sarah.«

»Grace«, erwidere ich und hebe meinen Kopf. »Grace Darling.«

In ihrer kummervollen Miene scheint ein leichtes Lächeln aufzublitzen. »Ich danke Euch, Grace Darling. Euren Mut und Eure Güte werde ich niemals vergessen.«

»Ihr braucht mir nicht zu danken, Mrs Dawson«, erkläre ich und richte mich auf. »Mein Vater und ich haben nichts anderes als unsere Pflicht getan. Wir haben es Gottes Gnade zu verdanken, dass wir wenigstens ein paar Passagiere retten konnten.« Ich senke meinen Blick auf meine Schuhe. »Es tut mir weh, dass wir nicht mehr ausrichten konnten.«

Anschließend gebe ich ihr Brot sowie einen Teller Brühe und beobachte sie aufmerksam beim Essen wie eine Mutter ihr Kind und hoffe, dass mit jedem Löffel Suppe ihre Kräfte zurückkehren und sie irgendwie einen Weg finden wird, um das alles hier durchzustehen. Mein Blick fällt auf ein hübsches Medaillon, das sie um ihren Hals trägt. Es erinnert mich daran, dass jemand auf sie wartet, sie vielleicht sogar vermisst.

»Habt Ihr Familie, Sarah? Einen Mann? Geschwister?«

»Ich habe einen Bruder«, antwortet sie nach einer Weile, als hätte sie es vergessen. »Der arme George. Er wird sich schreckliche Sorgen machen, er erwartet uns nämlich in Dundee. Wir waren auf dem Weg zu ihm, um dort einen Monat …« Ihre Worte verlieren sich. »Ich schätze, es spielt nun keine Rolle mehr.«

Ich drücke fest ihre Hand. »Wir können später reden. Versucht, ein wenig zu ruhen.«

Zum Glück schläft sie ein, erschöpft von dem Schock und leicht betäubt von dem großen Schuss Brandy, den ich in ihre Brühe gegeben habe. Ich nutze die Zeit, um ihre nassen Kleider in das Nebengebäude zu bringen und sie in der Mangel auszuwringen, bis die halbe Nordsee um meine

Füße schwappt. Die Arbeit ist anstrengend für meine Arme, die noch vom Rudern schmerzen. Mit jeder Umdrehung der Kurbel stelle ich mir vor, ich säße nach wie vor im Boot und brächte Papa sicher nach Hause.

Als die Kleider das dritte Mal durch die Mangel wandern, ist er nach wie vor nicht zurückgekehrt. Ich muss an den Vogel denken, der gestern in die Stube flog, und daran, wie Vater darüber spottete.

Was denkst du, Gracie, wen von uns wird es treffen, ich bin nämlich nicht in der Stimmung, um das Zeitliche zu segnen, und ich hoffe sehr, du bist es ebenso wenig …

Ich schelte mich für meine sentimentalen Anwandlungen und trage den schweren Korb mit den feuchten Kleidern zurück in unsere Stube, wo ich sie auf der Leine vor dem Kamin aufhänge. Sarah Dawson schläft zu meiner Erleichterung noch, und so lege ich den Brief, den ich in ihrem Umhang gefunden habe, zum Trocknen auf den Herd. Sie wird ihn erhalten, wenn sie erwacht.

Es ist zehn Uhr – fast zwei Stunden nach Vaters erneutem Aufbruch –, als die Eingangstür aufschwingt und der triefende Rest der Überlebenden hereinstolpert. Mein Herz macht Freudensprünge, und in meinen Augen sammeln sich nicht zum ersten Mal an diesem Morgen Tränen. Erleichtert eile ich den Männern zu Hilfe, um zu verhindern, dass meine Gefühle mich überwältigen. Rührseligkeit ist derzeit nicht angebracht, Vernunft und praktisches Handeln sind gefragt.

»Die Kinder?«, flüstere ich Vater zu, als ich ihm aus seinem nassen Umhang helfe.

»Es gab nicht ausreichend Platz«, antwortet er mit einem

Kopfschütteln. »Wir haben sie auf dem Felsen gesichert, zusammen mit einer weiteren verlorenen Seele.«

»Gesichert?« Meine verwirrte Miene verlangt nach einer Erklärung.

»Sie liegen weit oberhalb der Wasserlinie«, fügt er hinzu. »Dort, wo das Meer sie nicht erreichen kann. Ich werde zu ihnen zurückkehren, sobald der Sturm nachgelassen hat.« Wir werfen beide einen Blick auf Sarah Dawson, und ich frage mich, wie man ihr diese Nachricht beibringen soll.

Erneut verwandelt sich unsere Stube in eine Kantine, Waschküche und Arztstation, und Mama und ich versorgen die Schiffbrüchigen mit guten Taten und Worten.

Tröstend lege ich ihr meine Hand auf die Schulter. »Wir schaffen das. Wenigstens ist Papa sicher heimgekehrt.«

»Aye, mein Engel. Ich schätze, wir müssen dankbar sein. Ich wünschte bloß, dein Bruder wäre auch hier bei uns.«

Meine Gedanken sind ebenfalls bei Brooks. Ich antworte ihr, dass er bestimmt auf dem Festland ausharrt, und hoffe im Stillen, dass ich recht behalte.

Insgesamt neun Überlebende konnten wir bergen und nach Longstone Island bringen. Acht Männer und eine Frau. Fünf Besatzungsmitglieder und vier Passagiere. In Anbetracht all jener, die sich an Bord des Schiffes befanden, als es in Hull ablegte, erscheint das eher dürftig. Allerdings ist meine Mutter sehr erfreut, dass wir neben dem Zimmermann, dem Kohlentrimmer und einem Heizer zusätzlich den Schiffskoch Jonathan Thickett sowie Thomas Buchanan, einen Bäcker aus London, beherbergen. Die letzten beiden sorgen schnell dafür, dass frisches Brot im Ofen bäckt und ein Eintopf über dem Feuer köchelt. Die Stube ist brechend voll mit all den Menschen, und die ruhige Harmonie, die gewöhnlich dort herrscht, ist eine vage Erinnerung. Wie immer spielt der Leuchtturm seine eigene Rolle und scheint sich irgendwie auszudehnen, um allen Platz zu bieten. Ich nehme mir am Treppenaufgang Zeit, um diesem Ort, den ich mit großem Stolz mein Zuhause nenne, meine Dankbarkeit zu bezeugen, zumal ich mir für diese armen Seelen keinen gastfreundlicheren Ort vorzustellen vermag.

Etwas später, als alle um das Feuer sitzen, unterhalten sich die fünf Besatzungsmitglieder in gedämpftem Ton, und jeder schildert seine Version der Ereignisse, erinnert sich der glücklichen Fügung, sich im vorderen Teil des Schiffes aufgehalten zu haben, als es auf die Klippen lief, oder an die große Verzweiflung, weil er anderen nicht helfen konnte. Mit besonders großer Betroffenheit höre ich jetzt von der fragwürdigen Entscheidung des Kapitäns, auf die Reparatur des Kessellecks in Tynemouth zu verzichten, was alle Überlebenden hart verurteilen. Ich bringe den Männern Brot und Käse und verabschiede mich. »Gentlemen, ich lasse euch alleine. Ihr habt sicher noch vieles zu bereden.«

Als den Männern bewusst wird, dass sie belauscht wurden, rücken sie ihre Stühle enger zusammen und blicken mir mit betretenen Mienen nach, als ich die Wohnstube verlasse. Offenbar merken sie, dass sie ein bisschen zu weit gegangen sind.

Am späten Vormittag ist es noch immer so düster, als wäre es Abend, und die Dochte der zahlreichen Kerzen und Lampen, die in der Stube verteilt sind, brennen schnell herunter. Nach dem anfänglichen Durcheinander und der Hektik, bis alle unsere Gäste versorgt waren, hat sich irgendwann eine eigenartige Ruhe über den Leuchtturm gesenkt. Ein

Mitglied der Besatzung stimmt ein Klagelied an, eine bewegende Melodie, in die wir schließlich alle im Rahmen unserer Möglichkeiten einstimmen. Die Kakofonie des Sturmes, der draußen weiter wütet, mischt sich in unseren Gesang. An eine Überfahrt auf das Festland, um Hilfe oder dringend benötigte Vorräte zu organisieren, ist überhaupt nicht zu denken. Unermüdlich stürzen sich die Wellen gegen die Klippen, jammert der Wind vor den Fenstern, und meine Gedanken schweifen immer wieder zu Mrs Dawsons Kindern, die auf Harker's Rock zurückgeblieben sind. Als es schließlich scheint, als habe der Sturm sich ein wenig abgeschwächt, frage ich meinen Vater, ob er erwäge, sie zu bergen.

Er schüttelt den Kopf und legt seine Hand auf meine Schulter. »Tut mir leid, mein Engel. Noch ist es zu gefährlich. Wir müssen für ihre Seelen beten. Mehr können wir nicht für sie tun.«

»Versteh das, Papa, ich muss ständig an sie denken. Wie soll ich ihre steifen kleinen Körper aus meinem Kopf verdrängen oder das Leid der armen Mrs Dawson?«

»Ich weiß nicht, ob eine Bergung wirklich möglich ist, Grace. Oder überhaupt geboten. Wir alle müssen vor unseren Schöpfer treten, wenn unsere Zeit gekommen ist, und die Hinterbliebenen müssen auf irgendeine Art die Kraft finden, um weiterzumachen. Unsere Pflicht als Hüter des Lichts besteht darin, andere zu warnen sowie Menschen in Not zu retten und ihnen eine sichere Zuflucht zu bieten. Wir haben unser Bestes getan, Grace, und du hast einen ungeheuren Mut bewiesen. Ich werde einen Bericht schreiben für das Trinity House und die Geschehnisse im Logbuch dokumentieren, und wir werden die Dochte trimmen und die Linsen prüfen, damit das Licht sich heute Abend dreht wie immer und die Welt mit ihm. Genau das, mein liebes Kind, ist unsere Aufgabe: weiterzumachen. Heute haben wir zugleich die schlimmste Seite des Lebens gesehen wie die beste.«

»Die *beste*?«

Er sieht die Verwunderung in meinen Augen. »Ja, die beste. Sieh dir diese Menschen an, Fremde in unserem Haus, in unseren Kleidern, von unseren Speisen zehrend. Schau, wie sie sich gegenseitig trösten und helfen. Schau, wie wichtig dir Mrs Dawson und ihre Kinder sind, obwohl du bis vor wenigen Stunden noch nie von ihnen gehört hast. Es wird immer jemanden geben, der bereit ist, uns zu retten, Grace. Selbst ein Fremder, dessen Name uns vollkommen unbekannt ist. Das ist das beste Beispiel für Menschlichkeit. Es ist das, was mich beruhigt an einem Tag wie diesem.«

Seine Worte dringen wie immer tief in mein Herz, verleihen mir die Kraft, um durchzuhalten. Ich verdränge sämtliche Müdigkeitserscheinungen und kümmere mich um das Feuer, fülle Wasser in den Kessel, um heilende und stärkende Aufgüsse zuzubereiten. Während ich beschäftigt bin, fliegt mit einem Mal die Eingangstür auf, und der Wind pfeift herein, bläst die Lampen aus und fegt die Zeitung vom Vortag über den Boden.

Der Sturm hat unerwartete Besucher gebracht.

Von ihrem Stuhl neben dem Kamin beobachtet Sarah Dawson die Neuankömmlinge mit einer seltsamen Distanziertheit. Wo waren all diese Leute, als sie kämpfte, um sich über Wasser zu halten? Wo waren sie, als ihre Kinder noch atmeten? *Zu spät*, würde sie ihnen am liebsten entgegenrufen. *Ihr kommt alle zu spät.* Doch sie sagt nichts, sondern schlingt die Arme um ihren Oberkörper und schaukelt vor und zurück, summt leise etwas von Lavendel grün und Lavendel blau und murmelt, wie leid es ihr tue, dass sie Matilda den Leuchtturm nicht richtig erklären konnte und dass James nie die Gelegenheit bekam, die Pinsel seines Onkels auszuprobieren.

Als sie ihre Hand hebt, um sich am Hals zu kratzen, stoßen ihre Finger gegen das Medaillon. Mit zitternden Händen löst sie die Kette um ihren Hals. Der filigrane Verschluss ist bereits geöffnet, die beiden Seiten des Schmucks klaffen auseinander wie Schmetterlingsflügel. Sie sind leer. Keine gerstenblonde Haarlocke mehr, keine tiefbraune. Das Meer hat ihr das letzte Stück von ihren Kindern geraubt und ihre Vergangenheit ausgelöscht, ihre Zukunft gestohlen. Ihre ganze Welt liegt in Trümmern, alles, was war und was hätte sein können und was nie wieder sein wird. Sarah klappt zusammen wie Matildas Flickenpuppe, den Kopf auf den Knien, und ihre Trauer ist so überwältigend, dass sie sich nicht vorstellen kann, jemals wieder ein normales Leben zu führen.

Schließlich nickt sie wieder ein, und ihre Finger öffnen sich wie eine Sommerrose, bis das Medaillon in ihren Schoß fällt und das smaragdgrüne Meerglas, das Miss Darling ihr geschenkt hat, ein Stück weit über den Boden kullert, wo es geduldig darauf wartet, dass eine andere Hand es aufnimmt.

KAPITEL 11

Matilda
Cobh, Irland, Mai 1938

Als ich mich in die Schlange einreihe, um an Bord des Tenderboots zu gehen, schließe ich meine Finger um den Glücksbringer aus smaragdgrünem Meerglas, den ich in meiner Jacke bei mir trage. Der Pier unter meinen Füßen knarzt unheilvoll, das Geräusch zerrt an meinen Nerven wie Finger, die an einem losen Faden zupfen. Ein beleibter Herr vor mir bückt sich umständlich nach seinem Ticket, das ihm heruntergefallen ist. Während ich darauf warte, dass er weitergeht, betrachte ich die anderen Passagiere und frage mich, wie viele von ihnen wohl unter ihren steifen Wollmänteln und den verstärkten Krempen ihrer Filzhüte schändliche Geheimnisse verbergen. Hinter mir schwätzt Mrs O'Driscoll unablässig darüber, wie wundervoll Amerika sei und dass der drohende Regen sich hoffentlich bis zu unserer Abfahrt zurückhalte. Ihrer endlosen Kommentare schon vor der Abfahrt überdrüssig, bin ich froh, dass die Seereise nur fünf Tage dauert.

Unser Transportboot, reserviert für die Passagiere der Kabinen- oder Touristenklasse, ist halb leer, als es von seinem Liegeplatz gleitet und langsam aus dem Hafen dümpelt. Ich spüre den Blick meiner Mutter, die auf dem Kai steht und von mir erwartet, dass ich mich umdrehe und ihr ein letztes Mal zuwinke, aber ich hefte meine Augen fest geradeaus und konzentriere mich auf den Horizont, bemüht, die aufkommende Übelkeit in meinem Magen zu ignorieren.

»Abschiede rühren mich immer zu Tränen«, macht Mrs O'Driscoll auf ergriffen und betupft ihre Wangen mit einem Taschentuch, als wir über das Deck gehen, um einen Sitzplatz zu finden. »Der Herr möge uns alle beschützen«, fügt sie hinzu, bekreuzigt sich und spricht rasch ein Ave Maria. Es heißt, jemand aus ihrer Familie sei auf der *Titanic* umgekommen, und aus diesem Grund würde sie ihre Gebete laut und deutlich sprechen. Dennoch wünsche ich, sie würde damit aufhören.

Ich mache es mir auf einem Liegestuhl bequem, lege eine Decke über meine Beine und nehme ein Buch aus meiner Reisetasche. Mrs O'Driscoll wählt den Platz neben mir, eindeutig will sie meine Gesellschaft nicht missen.

»Ganz sicher werde ich nicht ins Wasser fallen«, sage ich spitz. »Sie können mich getrost alleine lassen, sobald wir aus Mamas Blickfeld verschwunden sind.«

Ein verschmitztes Lächeln huscht über ihre Lippen, und sie zieht vielsagend eine Augenbraue hoch. »Nun, Matilda, weißt du, ich habe Constance, deiner Mutter, fest versprochen, dass ich dich sicher nach Amerika bringe, und genau das werde ich tun. Je eher du meine Anwesenheit akzeptierst, umso angenehmer wird die Reise für uns beide sein.« Sie kramt in ihrer Handtasche und nimmt eine kleine Papiertüte heraus. »Pfefferminz?«

Erst schüttele ich den Kopf, dann überlege ich es mir anders und bitte meine Anstandsdame um ein Bonbon. Sie stößt ein zufriedenes Brummen aus und gibt mir die ganze Tüte. »Behalt sie. Sie helfen gegen die Seekrankheit.«

Als verwitwete Bridgefreundin meiner Mutter, die zu einem Verwandtschaftsbesuch nach Long Island reist, wurde Mrs O'Driscoll als Begleitperson für mich ausgewählt, obwohl ich darauf zu bestehen versuchte, dass ich keine brauchte, erst recht keine Frau mit einem Truthahnhals und einer Vorliebe für Tweedmäntel und Samthüte.

Meine Mutter wollte natürlich nichts von diesem Wunsch hören und warf mir vor, ich würde mich absichtlich stur stellen, um sie zu provozieren. »Hättest du dich in anderen Angelegenheiten genauso eigensinnig verhalten, wären wir gar nicht in dieses schreckliche Dilemma geraten.«

Ihre Worte hatten viel schlimmer gebrannt als die dazugehörige Backpfeife. Letzten Endes wurden meine Proteste sowie alles andere, was ich zu dieser Reise zu sagen hatte, vollkommen übergangen.

Während das Tenderboot an Fahrt gewinnt, schlage ich mein Buch auf und hoffe, dass Mrs O'Driscoll den Wink versteht und mich in Ruhe lässt. Vergeblich.

»Was liest du gerade?«, fragt sie und beugt sich herüber, um den Titel zu entziffern. »*Handbuch für Leuchtfeuerwärter*. Nie davon gehört.«

»Das können Sie auch nicht. Es ist ein Familienerbstück. Oder so etwas Ähnliches.« Tatsächlich handelt es sich um ein uraltes Nachschlagewerk, in dem sehr ausführlich und sehr langatmig erklärt wird, wie man einen Leuchtturm bedient. Zusammen mit dem Medaillon wurde es an mich weitergegeben und lag jahrelang in einer Schublade, wo die Altersflecken auf seinen unbenutzten Seiten sich ziemlich dramatisch vermehrten.

Mrs O'Driscoll gibt ein unangenehmes Schmatzgeräusch mit ihrem Pfefferminz von sich. »Nun, ich nehme an, das Leben wäre furchtbar langweilig, wenn wir alle den gleichen Geschmack hätten.« Sie nimmt eine Ausgabe von *Vom Winde verweht* aus ihrer Tasche. »Scarlett O'Hara. Also, das ist eine Frau, die für Ablenkung auf einer langen Überfahrt sorgt.« Sie kichert mädchenhaft und schlägt den Roman bei einem Lesezeichen auf, um sich augenblicklich darin zu vertiefen.

Unterdessen betrachte ich mein Buch genauer. Der Einband ist rissig, die Titelprägung verblasst. *Handbuch für Leuchtfeuerwärter. Genehmigt durch den Rat der Landesverwaltung für Leuchtfeuer, Trinity House.*

Zwar konnte ich für das Thema des Buches nie Interesse aufbringen, aber die handgeschriebenen Widmungen übten eine besondere Faszination auf mich aus: *Für die liebe Sarah. Damit Ihr Euch sachkundig machen könnt. Grace.* Und gleich darunter, in einer anderen Handschrift: *Für meinen Engel Matilda. In Liebe von Mummy.* Darunter dokumentieren weitere Namen die diversen Empfängerinnen dieses Werkes über mehrere Generationen hinweg.

Die Entdeckung, dass es in unserer Familie eine andere Matilda gegeben hat, löste in mir Begeisterung aus. In meiner Kindheit stellte ich sie mir oft vor und redete in meinen Fantasiespielen mit ihr, bis sie real wurde. Eine Großtante erklärte mir nämlich hinter vorgehaltener Hand, dass diese andere Matilda die Tochter meiner Ururgroßmutter Sarah gewesen sei und mit ihrem Bruder auf tragische Weise bei einem Schiffsunglück ums Leben kam. Daraufhin trauerte ich um sie wie um eine Schwester. In gewisser Weise wurde sie sogar zu der Schwester, die ich nie hatte, zu der

Spielgefährtin, mit der ich so gerne lachen oder flüsternd Geheimnisse austauschen wollte. Da ich einen Großteil meiner Kindheit alleine verbringen musste und mich einen Großteil meines Lebens stets seltsam abgekoppelt fühlte, fand ich Trost in dem Handbuch und dem Medaillon, die beide auf Schicksal und Wissen meiner Vorfahren hinwiesen. Ich habe das Buch eingepackt, nicht weil ich es lesen will, sondern weil seine fleckigen alten Seiten mich mit meiner Vergangenheit verankern auf eine Art, wie es andere Dinge in meinem Leben nie getan haben. Etwas, das einmal meiner Ururgroßmutter gehörte und Teil unserer Familiengeschichte ist, hilft mir, mich der ungewissen Zukunft zu stellen, der ich entgegenreise.

Die Überfahrt zum Schiff ist glücklicherweise kurz. Als unser Boot Spike Island umrundet, wende ich meinen Blick von den Gebäuden der britischen Garnison ab und weigere mich, den düsteren Erinnerungen nachzuhängen, die sie hervorrufen. Stattdessen konzentriere ich mich auf den großen Transatlantikliner, der direkt vor uns aufragt. Bei seinem Anblick krampft sich mein Magen zusammen.

Mrs O'Driscoll steht auf und streicht ihren Mantel glatt. »Ein mächtig großes Schiff, nicht wahr. Zweimal so hoch wie der Carrauntoohil, der höchste Berg Irlands, würde man es hochkant stellen. Reichlich Platz, um mich darauf zu verlaufen, so viel ist sicher.« Ihre Augen haben einen beinahe verschmitzten Ausdruck, als sie unerwartet meine Hand nimmt und drückt. »Du hast vielleicht das Gefühl, als würdest du diese Reise alleine machen, Matilda, doch das bedeutet nicht, dass du auch alleine sein musst.«

Ihre Worte versetzen meinem Entschluss, sie nicht zu mögen, einen unerwarteten Schlag. Als Einzelkind und mit einer Mutter aufgewachsen, der es vollkommen gleichgültig war, was ich tue, solange ich sie nicht störe, bin ich von Anfang an das Alleinsein gewohnt gewesen, wenngleich ich immer das Gefühl hatte, dass es nicht richtig sei. Das Empfinden, etwas verloren zu haben, folgt mir wie ein zweiter Schatten, aber so wie meine Großmutter sich beim Betreten eines Raumes nicht mehr erinnern kann, was sie dort wollte, so kann ich nicht richtig ausdrücken, wonach ich suche. Jetzt, wo ich hier stehe und Mrs O'Driscolls warme Hand in meiner spüre, bin ich das Alleinsein sogar mit einem Mal leid. Vielleicht auch deshalb, weil das riesige Schiff mir gewaltigen Respekt einflößt, der mir Tränen entlockt und mich verschwommen sehen lässt.

»Na, komm«, sagt Mrs O'Driscoll fürsorglich und reicht mir ein Taschentuch. »Wir müssen einen Ozeanriesen besteigen, junge Dame.«

Sobald alle Passagiere an Bord sind, die Anker gelichtet wurden und die Maschinen das Wasser aufwirbeln, ertönt dreimal das mächtige Schiffshorn und gibt das Signal zum Aufbruch, woraufhin wir mit einem vom Kielwasser getragenen Seufzen sanft davongleiten. Nicht lange, und wir passieren den Old Head of Kinsale mit seinem stolzen Leuchtturm, der uns den Weg weist in den endlosen Atlantik, der sich vor uns erstreckt. Ich stehe an der Reling und schaue zu, wie Irland, meine Heimat, hinter einem leichten Küstennebel verschwindet.

»Ich bin etwas müde, Mrs O'Driscoll«, sage ich. »Vielleicht sollte ich mich kurz hinlegen vor dem Dinner.«

Sie mustert mich aufmerksam. »Hm, du siehst in der Tat ein wenig blass aus. Es kann ein, zwei Tage dauern, um sich an das Meer zu gewöhnen. Am besten, du ruhst dich aus. Wir haben einen langen Weg vor uns, bevor wir Lady Liberty zu Gesicht bekommen.«

Lady Liberty, die Freiheitsstatue. New York. Ich kann es kaum glauben, dass ich bald die berühmten, in den Himmel ragenden Wolkenkratzer sehen werde. Allerdings hält sich meine Aufregung in Grenzen, da ihr Anblick gleichzeitig nichts anderes sein wird als der Beginn meiner Verbannung und meines Exils.

In unserer Kabine lege ich mich ins Bett und versuche, das zunehmende Schaukeln des Schiffes zu vergessen und lieber meine Reiseroute gedanklich durchzugehen. Von New York werde ich nach Providence, Rhode Island, weiterfahren und von dort schließlich nach Newport zu Harriet Flaherty, einer entfernten Verwandten, die triumphierend wiederentdeckt wurde wie eine Trophäe und meinen Eltern als die perfekte Lösung für ihr Problem erschien. *Ihr* Problem. Nicht meins. Ich war bei ihren Diskussionen und Planungen nicht dabei, doch ich hatte genug gehört. Mutters Stimme, schrill wie eine Blechflöte; Vaters Stimme, selbstgerecht mit unterschwelliger Enttäuschung. Und mir wurde klar, dass Harriet Flaherty eine Art schwarzes Schaf der Familie ist, was ich schätzungsweise mit ihr gemeinsam habe.

Sobald die Entscheidung gefallen war, teilte Mutter mir die Modalitäten mit, als wäre ich ein Dienstmädchen, das angewiesen wurde, das Gästezimmer vorzubereiten. »Du wirst bei Harriet wohnen, bis das Kind kommt. Sie wird dir behilflich sein mit Arztterminen und solchen Dingen. Das Kind bleibt in Amerika, dein Vater wird die nötigen Vorkehrungen treffen, du hingegen kommst zurück nach Hause, und wir brauchen nie wieder ein Wort darüber zu verlieren.« Ein liebloser Entschluss, denn das bedauernswerte kleine Geschöpf würde wie ein Tumor von mir abgetrennt, damit die Familie erleichtert aufatmen und weitermachen konnte, als wäre nie etwas passiert.

Aus Mamas Mund klingt alles so einfach. Zu einfach. Ich frage mich, an welchem Punkt ihr kleiner gemeiner Plan ins Wanken geraten wird.

Trotz Mrs O'Driscolls Überzeugung, dass ich bald seefest werde, habe ich meine liebe Not damit. Nach drei Tagen hänge ich noch immer regelmäßig über der Reling und entledige mich meines Mageninhalts, als wäre es ein billiges Zirkuskunststück. Dabei schwingt das Medaillon um meinen Hals wie das Pendel einer Uhr, auf der die endlosen Stunden heruntertícken, während das Schiff durch den Ozean stampft und mein Magen unaufhörlich protestiert. So verstreicht die Zeit vom ersten Tag an, und bald wird Irland zum Schlusspunkt des ersten Abschnitts werden und irgendwann unglaublich klein in weiter Ferne entschwinden.

Je größer die Entfernung zu meiner Heimat wird und je schlimmer die Übelkeit mich quält, desto stärker bin ich auf Mrs O'Driscoll angewiesen. Fühlte ich mich anfangs von ihr gestört, bin ich nun richtig froh über ihre geduldige Anteilnahme, ganz zu schweigen von ihrem endlosen Vorrat an Taschentüchern, Pfefferminzbonbons und Stärkungsmitteln. Die Wahrheit ist, dass Mrs O'Driscoll in der kurzen Zeit, die wir zusammen verbracht haben, mich mütterlicher behandelt hat als Constance Emmerson in den ersten neunzehn Jahren meines Lebens.

Ich bedanke mich bei ihr, als sie mir wieder einmal an der

Reling hilft. »Ohne Sie wäre ich verloren, Mrs O'Driscoll. Oder längst von Bord gesprungen.«

Sie macht eine wegwerfende Geste, aber die Röte, die sich auf ihren Wangen bildet, verrät ihre Freude über das Kompliment. »Schluss jetzt mit diesem ganzen sentimentalen Unsinn«, sagt sie, schlingt jedoch entgegen ihren Worten ihre Arme um mich. Was mich veranlasst, mein Gesicht in das Revers ihres Mantels zu drücken, das gar nicht so steif ist, wie ich gedacht habe. Sie hält mich eine ganze Weile lang in den Armen, und ich lasse es bereitwillig zu.

»So, nun komm und setz dich«, sagt sie, »und atme erst einmal richtig durch. Du bist weiß wie ein Segel.«

Sie greift in meine Armbeuge und führt mich zu einem Liegestuhl, als wäre ich gebrechlich, steckt gewissenhaft eine Decke um meine Beine fest und bittet eine vorbeikommende Bedienung, süßen Tee und Riechsalz zu bringen. Und zwar rasch, die junge Frau hier leide furchtbar an der Seekrankheit, richtig schlimm sei das, erklärt sie. Ich zupfe an einem losen Faden auf der königsblauen Decke und lächle in mich hinein aus Bewunderung für ihre geradlinige, effiziente Art.

Die Serviererin kehrt flott zurück mit einer silbernen Teekanne und feinem Schiffsporzellan. Mrs O'Driscoll füllt zwei bernsteinfarbene Tassen mit Tee und gibt in meine zwei Stück Zucker hinein. Sie bleibt bei mir sitzen, bis ich alles getrunken habe und meine Wangen allmählich wieder Farbe bekommen.

Mit einem Mal legt sie ihre teigige Hand auf meine und sieht mich tröstend an. »Nur noch zwei Tage, dann hat die Schaukelei ein Ende, und du wirst wieder festen Boden unter den Füßen haben.« Ihr Blick senkt sich auf meinen

Bauch. »Die andere Übelkeit wird genauso vorübergehen. Du solltest bald das Schlimmste überstanden haben.«

Ich klappere mit meinem Teelöffel in der leeren Tasse und beiße mir auf die Unterlippe. »Sie wissen Bescheid?«

»Natürlich weiß ich Bescheid.«

»Hat meine Mutter …«

»Sie hat kein Wort darüber verloren. Das war gar nicht nötig. Du hast diese besondere Ausstrahlung einer Schwangeren – und in dieser Situation unternimmst du ausgerechnet eine Reise nach Amerika zu weit entfernten Verwandten? Die klassische Standardausrede.«

Obwohl es mir einerseits peinlich ist, bin ich andererseits erleichtert, dass sie Bescheid weiß, und noch mehr erleichtert, dass ich diese Farce beenden kann.

»Ich muss nicht alle Einzelheiten erfahren«, fügt sie hinzu. »Aber ich dachte, du bist vielleicht froh über den einen oder anderen guten Rat.«

Bei ihren Worten muss ich an meine Mutter denken, die sich jedem Gespräch verweigerte und dichtmachte wie die Venusfliegenfallen in ihrem Treibhaus. Ich bin es so sehr gewohnt, dieses Thema zu vermeiden, dass ich nicht weiß, was ich sagen soll.

»Litten Sie damals an dieser schlimmen Übelkeit?«, frage ich zögernd und nippe an meiner zweiten Tasse Tee, die dafür sorgt, dass langsam wieder Leben in mich zurückkehrt.

»Ja, ganz furchtbar, in beiden Schwangerschaften. Zum Glück geht die Übelkeit vorbei, und dann …« Sie driftet in Gedanken ab zu einem fernen Ort der glücklichen Erinnerungen.

»Und dann?« Wenngleich ich meinen Zustand noch immer nicht akzeptiert habe und die nahe Zukunft am liebsten ausblende, bin ich neugierig und möchte mehr erfahren. Unbedingt.

Mrs O'Driscoll dreht mir ihr Gesicht zu und kneift ihre kleinen Augen zusammen, aus denen plötzlich Tränen hervorkullern. »Und dann werden deine Wangen rund wie Pfirsiche, und dein Haar fühlt sich an wie hauchzarte Seide. Deine Haut beginnt, wie Porzellan zu schimmern, und du hast das Gefühl, als würde alles Gute in der Welt dir gehören. Es ist ein Wunder.«

Verlegen starre ich in meine Tasse und denke mit Scham daran zurück, dass der Startschuss für dieses Kind alles andere als ein Wunder war. Es war schrecklich. Man verbot mir den Umgang mit Dan Harrington, dem einzigen Jungen, für den ich etwas übrig hatte und der dennoch nicht als gut genug für mich befunden wurde. Daraufhin beschloss ich, es meiner Mutter heimzuzahlen. Ein Brite, noch dazu ein Protestant, war für sie die schlimmste denkbare Wahl, die ich treffen konnte, also suchte ich die Lokale auf, in denen die auf Spike Island stationierten Soldaten verkehrten. Dummerweise entwickelte sich aus einem harmlosen Flirt, mit dem ich meine Mutter schockieren wollte, viel mehr. Inzwischen frage ich mich, was Dan Harrington wohl dächte, wenn er den wahren Grund für meine Reise nach Amerika kennen würde. Vermutlich würde es ihn nicht groß kümmern. Immerhin hat er nicht lange gebraucht, um über mich hinwegzukommen und sich in eine andere zu verlieben, so wie alle Jungs es früher oder später taten.

»Egal, wie es zustande kommt«, fährt Mrs O'Driscoll fort, als könnte sie meine Gedanken lesen, »es ist so oder so ein Wunder. Wenn du das erste Lebenszeichen spürst, die erste Bewegung, es gibt nichts, was damit vergleichbar wäre.«

Ich rühre meinen Tee um und beobachte den Strudel, den ich mit dem Löffel erzeuge. »Haben Sie jemals Angst verspürt?«

»Oh ja. Natürlich! Angst ist völlig normal.« Sie tätschelt mein Knie. »Mit einer gehörigen Portion Mut wirst du es überstehen. Wahrscheinlich ist es nicht leicht, aber es wird nicht das Ende der Welt bedeuten.« Sie streicht die Decke über meinen Beinen glatt. »Man kann nie wissen, Matilda. Amerika. Das Kind. Vielleicht ist das sogar der richtige Weg für dich.«

Wir unterhalten uns noch lange an diesem Nachmittag; Mrs O'Driscoll freut sich über die Gelegenheit, in Erinnerungen an ihre Kinder zu schwelgen, ich hingegen verschlinge gierig ihre Weisheit und Erfahrung und erkenne, wie viel Defizit ich an praktischem Wissen für die neuen Herausforderungen habe, die vor mir liegen. Als wir uns abends gemeinsam zum Dinner an den Tisch setzen, bereue ich, dass ich Mrs O'Driscoll anfangs mit beleidigter Missachtung gestraft habe. Unsere Reise endet bereits in zwei Tagen. Mit einem Mal erscheint mir das viel zu kurz.

KAPITEL 12

Matilda
Newport, Rhode Island, Mai 1938

Ich rieche Aquidneck Island, wie Rhode Island auch genannt wird, bevor ich es sehe. Der Salzgeruch des Meeres sickert durch die offenen Fenster des Autobusses. Eine braun gebrannte Frau auf der anderen Seite des Ganges sieht, dass ich mir die Nase zuhalte. »Das ist der Seetang, Schätzchen«, erklärt sie mir. »Du wirst dich daran gewöhnen.« Ich lächele höflich und wünsche, Mrs O'Driscoll würde mit ihrem Riechsalz bereitstehen.

Schon jetzt vermisse ich ihre Gesellschaft und ihre amüsanten kleinen Eigenarten. Nachdem wir gemeinsam vom Deck aus beobachtet hatten, wie die Freiheitsstatue und das Empire State Building aus dem Nebel auftauchten, begleitete Mrs O'Driscoll mich noch nach Providence und war erst dann bereit, mich zu verlassen, als sie die Gewissheit hatte, dass der Bus nach Newport durchfuhr und mich sicher zu Harriet Flaherty brachte. Sie bestand darauf, dass ich ihr Harriets Adresse aufschrieb, und gab mir im Austausch die Anschrift ihrer Verwandten auf Long Island. »Wenn du irgendetwas brauchst, melde dich einfach«, sagte sie und drückte mir den Zettel in die Hand, als wir sehr gefühlsbetont voneinander Abschied nahmen.

Als ich im Bus sitze, der die Straßen entlangrumpelt, hole ich den Zettel heraus und falte ihn auf. Unter der Anschrift hat sie die Worte *Nur Mut* geschrieben. Ich halte das Papier unter meine Nase, atme den vertrauten Maiglöckchenduft tief ein und wünsche mir mehr denn je, sie säße jetzt neben mir.

Der Bus überquert eine lange, hohe Seilbrücke, die sich über einen Teil der Narragansett Bay erstreckt. Ich drücke meine Nase an der Scheibe platt, damit mir bloß nichts entgeht. Jachten und Segelboote sprenkeln die Bucht, die weiter reicht, als ich schauen kann. Gleich mehrere Leuchttürme stehen auf felsigen Inseln, und ich bin gespannt, für welchen davon Harriet Flaherty verantwortlich ist. Alles sieht sehr hübsch aus, vor allem, wenn das Wasser im Sonnenlicht glitzert. Es ist ein freundlicher Empfang, der die Zweifel und Unsicherheiten, die mich begleiten, vorübergehend vertreibt.

Von der Brücke aus fahren wir noch zwanzig Minuten bis Newport, folgen zunächst einer breiten Allee, bevor wir in ein Labyrinth aus schmaleren Straßen mit Namen wie Friendship Street und Old Beach Road abbiegen, die von Bäumen und grünen, weißen oder rostroten Schindelhäusern im Kolonialstil gesäumt sind. In den Vorgärten stehen Briefkästen auf Holzpfosten. Ein gelber Schulbus rumpelt an uns vorbei. Es ist alles typisch amerikanisch. Mit einem überheblichen Lächeln denke ich an die Leute zu Hause im provinziellen Ballycotton. Schade, dass sie mich jetzt nicht sehen können, denn ich empfinde ein wenig Stolz und sogar Mut, weil ich so weit gereist bin.

Mit quietschenden Bremsen hält der Bus schließlich auf einer langen Uferstraße. Der Fahrer beugt sich auf seinem

Sitz nach hinten. »Das ist Ihr Halt, Miss. Washington Ecke Cherry Street.«

Ich sammele rasch meine Sachen zusammen und gehe nach vorn, um auszusteigen. Der Fahrer wünscht mir viel Glück auf eine Art, als würde er wissen, dass ich es brauchen werde. Dann klappt er die Tür zu, und der Bus fährt weiter.

Alleine stehe ich auf der Straße und komme mir vor wie ein Gast, dem plötzlich bewusst wird, dass er auf der falschen Feier ist, und mein ganzer Optimismus und Mut verfliegen im Nu.

Nervös zupfe ich an meinen Handschuhen und an meinem Kleid aus Viskosekrepp, das an meinen Beinen klebt, dann setze ich mich in Bewegung. In der feuchten Seeluft kräuseln sich meine Haare unter dem Hut zu Ringellöckchen. Ein kurzer Blick in ein Schaufenster bestätigt, dass ich aussehe wie ein zerknautschter Kartoffelsack, aber ich bin zu müde, als dass es mich im Moment kümmern würde. Auch verzichte ich darauf, mich mit den amerikanischen Frauen in ihrer lässig-schicken Aufmachung zu vergleichen und sie nicht anzustarren, dabei komme ich mir neben ihnen altbacken wie eine Nonne vor.

Als erste Regentropfen den Asphalt sprenkeln, gehe ich die letzten paar Meter zu Harriets Haus etwas schneller. In der überdachten weißen Holzveranda klopfe ich an die Tür und warte. Ich klopfe wieder, etwas lauter. Keine Reaktion. Als ich meine Handtasche öffne, um die Adresse zu überprüfen, nehme ich eine Bewegung hinter der Fliegengittertür wahr. Gleich darauf öffnet sie sich mit einem lang gezogenen, schrillen Quietschen, das an Fingernägel, die betont langsam über eine Tafel kratzen, erinnert. Eine große Frau lehnt im Türrahmen, eine Pfeife zwischen den Lippen, aus der träge eine Rauchfahne quillt. Sie trägt einen mit Farbe bespritzten Strickpullover und eine dunkelblaue Cordhose, die grob in Gummistiefel gestopft ist. Ein gemustertes Kopftuch umrahmt ein eckiges Gesicht. Wir verschaffen uns auf die Schnelle einen ersten Eindruck voneinander, bilden uns ein Urteil und eine Meinung, vergleichen das, was wir sehen, mit dem, was wir uns vorgestellt haben, und fragen uns, wie die kommenden Wochen und Monate mit dieser Fremden sein werden.

»Matilda.« Es ist eher eine Feststellung als eine Frage, und doch schwingt ein Hauch von Überraschung mit.

»Ja.« Ich besinne mich auf meine Manieren und schenke ihr ein Lächeln, dabei möchte ich am liebsten zum Bus zurücklaufen.

»Matilda Emmerson aus dem fernen Irland«, sagt sie leicht ironisch, ohne mein Lächeln zu erwidern.

»Und du musst Harriet sein?«, sage ich zweifelnd in der mageren Hoffnung, dass ich vor der falschen Tür stehe und nach nebenan geschickt werde zu einer liebenswerten alten Dame, die mich mit einem nach Seife duftenden Küsschen und einem warmen Apple Pie willkommen heißt. Die Frau vor mir sieht aus, als hätte sie noch nie in ihrem Leben einen Kuchen gebacken.

Sie streckt eine Hand zur Begrüßung vor. »Harriet Flaherty. Willkommen in Amerika.« Ihre Stimme ist tief und rau, ihr Akzent eine seltsame Mischung aus irischem und amerikanischem Englisch. Ihre nikotingefleckten Finger schließen sich fest um meinen Baumwollhandschuh, und sie mustert mich intensiv, als sie meine Hand schüttelt wie ein Geschäftspartner, der einen Handel besiegelt. Ihre

Miene ist ernst, und die Art, wie sie mich ansieht, verursacht mir ein leichtes Unbehagen.

»Nun, worauf wartest du? Komm rein«, sagt Harriet und kehrt mir den Rücken zu. »Oder wolltest du über den Sommer auf der Veranda Wurzeln schlagen?«

Ich nehme meine Tasche vom Boden und gehe ins Haus, die Fliegengittertür knallt hinter mir zu.

Drinnen empfängt mich eine angenehme Kühle, eine willkommene Wohltat nach der stickigen Luft im Bus. Der Raum ist spärlich eingerichtet mit einem niedrigen Couchtisch und zwei Sesseln auf einem schäbig aussehenden Teppich. An der linken Wand steht eine Kommode, übersät mit kleinen Kästchen und Bilderrahmen, die alle mit Muscheln verziert sind. Aus einem Radioempfänger in der Ecke dringt die Stimme von Ella Fitzgerald, begleitet vom klickenden Geräusch eines Deckenventilators. Ein Strauß welker Lilien steht in einer Vase auf dem Couchtisch, ringsum auf dem Boden liegen vertrocknete, traurig aussehende Blütenblätter. Der Geruch von abgestandenem Blumenwasser mischt sich mit bitterem Seetangaroma, dringt tief in meine Atemwege und löst einen unangenehmen Würgereiz aus. Ich schaue zur Treppe und schätze die Entfernung zum Bad ab für den Fall, dass ich gleich hochstürmen muss.

Harriet hockt sich auf eine Sessellehne, legt ihre Pfeife auf einen rostigen Metallaschenbecher und starrt mich an, ist offensichtlich genauso verwundert wie ich, dass ich in ihrem Wohnzimmer stehe.

»Hübsches Medaillon«, sagt sie.

Mir wird bewusst, dass ich daran herumspiele. »Oh ja. Das ist seit vielen Jahrzehnten und Generationen in unserem Familienbesitz.«

»Ja. Ich weiß«, erklärt sie zu meiner Verwunderung und deutet übergangslos auf die kleine Reisetasche. »Ist das dein ganzes Gepäck?«

»Der Rest wird nachgeschickt. Von New York aus. Er sollte in ein oder zwei Tagen hier sein.«

Ich kann mich kaum erinnern, was ich alles eingepackt habe, es scheint so lange her zu sein, doch wenn ich sehe, wie Harriet angezogen ist, weiß ich schon, dass ich viel zu viele hübsche Röcke und Blusen mitgenommen habe. Meine Verwandte wirkt fast maskulin in ihrer schlampigen Arbeitskluft und mit ihrem Kopftuch, das ihre Haare vollständig bedeckt. In meinem adretten pastellgelben Kleid mit Hut und Handschuhen in der passenden Farbe entspreche ich wahrscheinlich genau der Sorte braves Püppchen, die Harriet Flaherty verabscheut.

»Du möchtest dich sicher frisch machen«, sagt sie und steht auf. »Ich zeige dir dein Zimmer.«

Ich folge ihr zu der einfachen Holztreppe und erzähle ihr von der schrecklichen Überfahrt und von Mrs O'Driscoll, die sich so lieb um mich gekümmert hat, aber sie ignoriert meinen Versuch, Small Talk zu machen, und stapft vor mir die Stufen hoch, hinterlässt dabei mit ihren Gummistiefeln sandige Abdrücke. Oben angekommen, stößt sie auf einem kurzen Flur eine verschrammte weiße Tür auf.

»Hier schläfst du. Das Bad ist gleich gegenüber. Die Klosettkette klemmt, du musst also mit einem kräftigen Ruck daran ziehen.«

Zögernd betrete ich das kleine Zimmer und stelle meine Tasche auf dem Bett ab. Ein Schrank, ein Nachttisch und eine kleine Kommode sind die einzigen anderen Möbelstücke. An den Wänden entdecke ich keine Bilder. Keine Fotografien. Ausgebleichte Kattunvorhänge hängen schlaff vor dem Fenster. Das Fensterbrett ist bedeckt von einer Sammlung bemalter Muscheln, der einzigen Dekoration im Raum.

»Danke«, sage ich. »Es ist hübsch.«

»Nun, hübsch würde ich es nicht gerade nennen. Immerhin gehört es dir für die Dauer deines Aufenthalts, du kannst dich hier wie zu Hause fühlen.« Sie lehnt sich an den Türrahmen und mustert mich erneut mit diesem leicht verwunderten Ausdruck. »Möchtest du etwas essen? Es gibt Clam Chowder.«

Selbst wenn mir der Sinn nicht nach Essen steht und ich außerdem nicht die geringste Ahnung habe, was Clam Chowder ist, nicke ich. »Gut, dann stelle ich dir unten einen Teller auf den Küchentisch. Du kannst dir alles nehmen, was du findest.«

»Gehst du weg?« Zwar ist mir Harriet nicht besonders sympathisch, trotzdem möchte ich fürs Erste nicht allein in diesem seltsamen kalten Haus bleiben.

Sie deutet mit einem Nicken auf das Fenster, hinter dem sich das Meer erstreckt, und im Dunst ist gerade noch der Umriss eines Leuchtturms zu erkennen. »Rose Island. Hat man dir nicht gesagt, dass ich eine Leuchtturmwächterin bin?«

»Ach ja. Meine Mutter erwähnte es …«

»Dort drüben verbringe ich die meiste Zeit. Ich habe deine Mutter nachdrücklich gebeten, dir zu sagen, dass du dich selbst beschäftigen musst.«

»Nein, davon hat sie nichts erwähnt.«

Harriet geht hinüber zum Fenster und nimmt ein bemaltes Muschelgehäuse vom Sims. Sie ist jünger, als ich dachte, denn ich habe angenommen, bei einer älteren Dame unterzukommen, bei jemandem wie Mrs O'Driscoll, Harriet dagegen sieht höchstens aus wie vierzig.

»Vielleicht war das ganz gut so. Sonst hättest du wahrscheinlich niemals zugestimmt hierherzukommen.«

»Ich hatte nicht gerade eine Wahl.«

Der wahre Grund, warum ich hier bin, hängt unausgesprochen zwischen uns. Schweigend setze ich mich auf das Bett wie ein trotziges Kind und merke, dass Harriet etwas zu wissen oder zu ahnen scheint. Sie dreht sich zu mir um und verschränkt ihre Arme vor der Brust. »Und von wem ist es?«, fragt sie und beobachtet, wie ich mich versteife und meine Wangen rot werden. »Dachtest du etwa, wir würden nicht darüber sprechen, sondern unsere Tage damit verbringen, Tee zu trinken und das Ave Maria aufzusagen und so zu tun, als wärst du ein braves kleines katholisches Mädchen?«

Verlegen starre ich auf die gekalkten Bodendielen. »Natürlich nicht. Ich will nur gerade nicht darüber reden«, sage ich und schaue sie an. »Wir kennen uns schließlich erst seit ein paar Minuten.«

Mein Versuch, sachlich zu klingen, scheitert, der hohe Unterton in meiner Stimme verrät mein Unbehagen. Plötzlich bin ich es leid, dass jeder in meinem Leben herumstochert, als wäre ich ein Nadelkissen. Erschöpft von der Reise, der ständigen Übelkeit überdrüssig und mich nach Mrs O'Driscoll sehnend, spüre ich, dass mir die Tränen kommen. Ich presse meine Lippen zusammen, um sie zurückzuhalten, da ich vor Harriet Flaherty bestimmt nicht losheulen will. Und auf gar keinen Fall riskiere ich, dass sie meiner Mutter schreibt, ich sei wie ein Fisch auf dem Trockenen, krank vor Heimweh, so wie sie es erwartet hat.

»Außerdem«, füge ich hinzu, »geht es dich nichts an.«

Harriet zieht ein spöttisches Gesicht. »Ach nein? Und ich dachte, du bist gekommen, um unter meinem Dach zu leben, was dein Verhalten sehr wohl zu meiner Angelegenheit macht.«

Sie deutet mein Schweigen anscheinend als Weigerung, mich in dieser Sache unter Druck setzen zu lassen, und geht aus dem Zimmer, knallt die Tür hinter sich zu. »Ich werde bei Sonnenaufgang zurück sein«, ruft sie, als wäre es ihr nachträglich eingefallen. Unten klappert sie noch kurz mit dem Geschirr, dann verlässt sie, begleitet vom Quietschen der Fliegengittertür, das Haus, und ich bin wieder alleine. Allein mit dem schrecklichen Gefühl, dass ich mir die einzige Person, die meine Verbündete hätte sein können, gerade zur Feindin gemacht habe.

»Das lief ja großartig, Matilda«, sage ich, erfüllt von Sarkasmus. »Einfach fantastisch.«

Da ich nichts Besseres zu tun habe, verfrachte ich missgestimmt meine wenigen Sachen in den Schrank, lege mein Buch auf den Nachttisch und gehe in das kleine Bad auf der anderen Seite des Flurs. Weiter hinten gibt es eine weitere Tür, vermutlich Harriets Schlafzimmer, falls sie jemals hier schläft. Als Nächstes suche ich die Küche, inspiziere sie und gieße den Teller Muschelsuppe, die Clam Chowder, in den Ausguss, begnüge mich mit einem Stück Brot und einem Glas Wasser. Da ich mich wie ein Eindringling fühle, ziehe ich mich in mein karges kleines Zimmer zurück, setze mich auf das Fußende des Bettes und nehme die bemalten Muscheln vom Sims. Es ist eine Mischung aus Jakobs- und Herzmuscheln, alle weiß grundiert und mit dunkelblauen spiralförmigen Mustern verziert oder mit heraldischen

Lilien. Sie erinnern mich an die Delfter Keramik, die meine Großmutter von einer Reise nach Amsterdam mitgebracht hat. Auf der Innenseite jeder Muschel steht der Name Cora. Wer immer diese Cora ist, sie hat eine ruhige Hand und ein Auge für Schönheit. Leider wirken ihre zarten Muscheln in diesem freudlosen Raum deplatziert, so als würden sie nicht hierhergehören. Ähnlich wie ich.

Trotz meiner Erschöpfung finde ich keinen Schlaf. Bei jedem Knacken und Knarren, bei jedem seltsamen Geräusch von der Straße, bei jeder Umdrehung des Leuchtturmlichts, das durch das Fenster in mein Zimmer dringt, zucke ich zusammen. Alles kommt mir so fremd vor. Das Kissen. Das Bett. Das spartanische Zimmer. Das Haus. Selbst mein Körper fühlt sich fremd an: mein Appetit, meine Gefühlslage, mein Geruchssinn, alles verändert durch das unsichtbare Kind, das ich nicht als real anzuerkennen bereit bin. Zumindest bislang verweigere ich das.

Schlaflos wälze ich mich hin und her bis zum frühen Morgen, dann gebe ich es auf und knipse die Lampe neben dem Bett an, greife nach meinem Buch und bedaure zugleich, dass Mrs O'Driscoll mir ihr Exemplar von *Vom Winde verweht* nicht überlassen hat. Scarlett O'Hara wäre jetzt sicher eine viel bessere Gesellschaft als ein alter, muffiger Schinken über Leuchttürme.

Lustlos schlage ich den Einband auf und fahre mit dem Finger langsam über die sauber eingetragenen Widmungen. Die erste ist von Grace an Sarah, die nächste für Matilda von ihrer Mutter, dann folgen alle anderen Empfängerinnen, seit das Buch von den Müttern an ihre Töchter weitergegeben wurde. Selbst jeder Besitzerinnenwechsel ist sorgfältig dokumentiert. Bis heute habe ich Mitleid mit der armen

Grace Rose, deren Name so drastisch durchgestrichen wurde. Immer noch frage ich mich, wer sie war und was ihr widerfahren ist. Bestimmt ist sie jung gestorben.

Weit hinten im Buch steckt ein gefaltetes Blatt Papier, vergilbt und fleckig vom Alter. Ich erinnere mich, wie es das erste Mal zwischen den Seiten herausfiel und in meinem Schoß landete, erinnere mich an meine Aufregung, als ich die ordentliche Handschrift einer Frau las, die vor hundert Jahren gelebt hat und mit meiner Ururgroßmutter bekannt war.

Alnwick, Northumberland
Im September 1842

Liebe Sarah,
von meiner Schwester erfuhr ich, dass Ihr mir in jüngster Zeit mehrfach geschrieben habt, und ich möchte Euch um Verzeihung bitten, weil ich Euch nicht früher geantwortet habe. Seit meiner Rückkehr von Coquet Island, wo ich im Sommer meinen Bruder besuchte, fühle ich mich ziemlich schwach, daher soll ich mich für eine Weile hier bei meiner Cousine in Alnwick erholen. Ich bekomme von allen zu hören, ich sei eine schreckliche Patientin – viel zu ungeduldig mit meinem Genesungsprozess, weil ich so rasch wie möglich nach Longstone Island zurückkehren möchte. Ohne das tröstende Wiegenlied der See vor meinem Fenster schlafe ich nicht gut.
Mit großer Freude habe ich vernommen, dass Ihr in Irland ein neues Leben begonnen habt. Die Grüne Insel ist ein wunderschönes Land. Ich weiß, Ihr werdet nie vergessen, was geschehen ist, aber manchmal kann ein anderer Ausblick am Morgen, ein anderer Alltag helfen, um selbst die tiefsten

Wunden zu heilen. Ich hoffe, Ihr werdet dort Euren Frieden finden.
Falls Ihr mit George in Kontakt steht, könnt Ihr ihm gerne ausrichten, dass ich an ihn denke. Tatsächlich denke ich sehr oft an ihn.
Ich wünsche Euch Gottes Kraft und Mut, für alle Zeiten.
Eure Freundin
Grace Darling

Durch aufgeschnappte Gesprächsfetzen auf Familienfeiern weiß ich ein bisschen über Grace Darling Bescheid und würde gerne mehr erfahren. Ich stecke ihren Brief zurück in das Buch, blättere vor zur ersten Seite und beginne zu lesen. Die Bedienung von Leuchttürmen stellt sich als sehr viel komplexer und interessanter heraus, als ich dachte.

Irgendwann nicke ich ein, wobei mein Schlaf immer wieder unterbrochen wird. Ich döse und werde wach, döse und werde wach, der Leuchtturm blinkt vor meinem Fenster, und ich drifte im Halbschlaf zu Grace Darling und meiner Ururgroßmutter Sarah, zu Frauen, deren Leben mit meinem verbunden ist und über die ich trotzdem so wenig weiß. Sogar Harriet erscheint in meinem Traum, eine Außenseiterin, eine Einzelgängerin.

Ich bin wieder wie das kleine Mädchen, das Geschichten erfand über die Menschen auf den Porträts in seinem Haus und in dem goldenen Medaillon. Und wie damals beginnt mein Verstand wieder zu kreisen und zu glühen, Fragen zu stellen und sich Antworten auszudenken, um die Lücken in der Familiengeschichte zu füllen.

Wer bist du, Harriet Flaherty? Was hast du verbrochen?

KAPITEL 13

Harriet
Rose Island Lighthouse, Mai 1938

Der Schlaf kommt nicht mehr so einfach, und ich lege keinen großen Wert aufs Träumen.

Ich gieße mir eine Tasse pechschwarzen Kaffee ein, lausche dem Seewetterbericht, drehe mir eine Zigarette. Ich stelle mir Cora neben mir vor, ihr Stupsnäschen nach oben gereckt, in ihren Augen ein verärgerter Ausdruck. »Zigaretten sind pfui«, sagte sie immer, wenn ich mir eine ansteckte. Sie fand es nicht schön, dass Mummys Fingerspitzen vom Nikotin gelb verfärbt waren, »pipigelb«, wie sie es nannte.

Wie oft habe ich ihr versprochen, damit aufzuhören? Zu oft. Gebrochene Versprechen waren in unserem Leben verstreut wie zerbrochene Muscheln, die sie sammelte und zusammenklebte für ihre kleinen Bilderrahmen. Cora war sehr geschickt darin, sich eine neue Verwendung für verlorene und kaputte Dinge auszudenken, die sie am Strand fand und in prall gefüllten Hosentaschen triumphierend nach Hause brachte. »Sieh mal, Mummy! Sieh mal!« Sie liebte es, ihre Fundstücke in etwas Nützliches zu verwandeln, bemalte ihre Muscheln, bis sie schöner waren als im Original. Wenn sie die Hälfte einer Muschelschale fand, suchte sie nach einem passenden Gegenstück und leimte beide zusammen. Sie reparierte und flickte ständig etwas. Vielleicht spürte sie schon immer, dass etwas fehlte.

Bei dem Gedanken an sie vergesse ich zu atmen. Cora. Die Sonne zu meiner Wolke. Die Ruhe zu meinem Sturm.

Ich gehe hinüber zum Tisch, nehme mir das Logbuch und mache es mir auf der Fensterbank bequem, den Rücken gegen die dicke Mauer auf der einen Seite gelehnt, die Sohlen meiner Gummistiefel an die gegenüberliegende Wand gestützt. Ein perfekter Platz für mich, wenn ich meine Knie anwinkele. Pa sagte immer, der Leuchtturm passe mir wie maßgeschneidert, als wäre er um mich herumgebaut worden. Hier verstehe ich die Dinge tatsächlich besser als anderswo. Routine und Ordnung ergeben für mich einen Sinn: das Steigen und Fallen des Wassers, das Steigen und Fallen der Sonne, das Kommen und Gehen von Schiffen und Stürmen, alles sorgfältig im Logbuch dokumentiert.

Wände getüncht. Lampen gereinigt. Vorräte angeliefert. Zwei Personen von havariertem Fischerboot geborgen. Fensterrahmen und Treppengeländer gestrichen.

Trotzdem ist vieles anders geworden. So vermisse ich schmerzlich die alten Arbeitsabläufe, seit die Automatisierung mir meine letzten Aufgaben geraubt hat. Es gibt keine Petroleumbehälter mehr, die neu befüllt werden müssen. Keine Uhrwerke, die aufzuziehen sind. Keine Kerzendochte, die ich zu stutzen habe. Inzwischen schalte ich die Lampen mit einem simplen Knopfdruck ein und aus. Das nennt man gemeinhin Fortschritt, ich nenne es Unsinn. Wie ein Kind, das erwachsen geworden ist, braucht der Leuchtturm mich kaum noch.

Niemand braucht mich.

Abgesehen von Matilda vielleicht.

Matilda Emmerson mit ihrem blassen Gesicht und dem glänzenden Haar, schwarz wie Miesmuscheln. So voller Zweifel und Fragen. So verunsichert. Genau wie ich in ihrem Alter. Ich weiß nicht, was ich erwartet habe, als ich mich bereit erklärte, sie aufzunehmen. Meine Neugier siegte über die Vernunft, aber ihr singender irischer Tonfall und der Geruch von Torffeuern, der im Stoff ihrer Kleider haftet, haben etwas Tröstendes. Matilda ist das Echo eines Lebens, das ich hinter mir gelassen zu haben glaubte, ein Leben, das vielleicht wider Erwarten noch nicht mit mir fertig ist.

Ich mache meinen Eintrag im Logbuch. *Lampen an um 20:43. See ruhig bei leichtem Wellengang. Schwacher Ostwind.* Anschließend blättere ich durch die zerknitterten Seiten, alle mit meinen Erinnerungen gefüllt. *Cora hat einen Krebs gefangen! Cora hat eine Sternschnuppe gesehen. Cora hat Mummy gesagt. Coras Fieber ist gesunken.*

Ich kann mich kaum an die Frau erinnern, die diese Worte notiert hat. Damals schrieb ich genauso viel über Cora wie über die Gezeiten und das Wetter, hielt unser Familienleben in wenigen einfachen Worten fest, die so viel mehr verbargen. Hätte ich alles niedergeschrieben, was ich zum Ausdruck bringen wollte, wären jedes Jahr ein Dutzend Logbücher gefüllt worden.

Um kurz nach halb fünf in der Früh kommt Joseph Kinsella, mein Assistent, um mich abzulösen. Ich informiere ihn über die wenigen Ereignisse während der Nacht, schlüpfe dann in eine alte Öljacke und gehe nach draußen, folge dem Weg aus Schieferstein, der unter meinen Gummistiefeln knirscht. Mein Ziel ist das Ruderboot. Ich löse es vom Anleger, nehme einen letzten Zug von meiner Zigarette, drücke die Kippe mit meinem Absatz aus, steige ins Boot, stoße mich mit einem Ruder von der Mauer ab und bewege mich entlang der Insel in Richtung Newport. Über mir verbreitet der Leuchtturm sein Licht über dem Wasser, gleichmäßig wie ein Herzschlag. Ein Warnsignal an jene, denen Gefahr droht, sowie ein Licht zum Gedenken an jene, die nicht gerettet werden konnten. Als ich die Küste von Newport erreiche, streifen die ersten Sonnenstrahlen über die Bucht, leuchten in das Boot und erhellen die Kerben, die in das Sitzbrett eingeritzt sind. Zwölf insgesamt. Eine Kerbe für jedes Leben, das gerettet wurde.

Nur eins, das für mich wertvollste, ist verloren.

KAPITEL 14

Matilda
Newport, Rhode Island, Mai 1938

Newport weckt mich mit sanftem Sonnenlicht, das durch das Fenster hereinfällt und sich auf meiner Wange niederlässt. Ich liege ganz still in meinem Kokon aus weichen Wolldecken, die so fest um meine Beine gestopft sind, dass ich meine Zehen kaum bewegen kann. Ich lasse meine Augen zu und genieße die wohlige Wärme. Der Duft von Pfeifentabak und frisch gebrühtem Kaffee weht unter meiner Tür durch und mischt sich mit dem Salzgeruch des Meeres, der an den Wänden haftet. Unten dudelt Louis Armstrong im Radio, die Jazztöne sind eine angenehme Abwechslung zu den trällernden Opernarien meiner Mutter in Irland. Draußen höre ich Leute miteinander plaudern. Der amerikanische Zungenschlag, den ich bisher bloß aus Filmen kannte, bringt mich zum Lächeln.

»Amerika.«

Ich flüstere das Wort vor mich hin, genieße seine Aussprache auf meinen Lippen. Natürlich wünsche ich mir, unter erfreulicheren Umständen hergekommen zu sein, gleichzeitig hat es etwas Aufregendes, auf einem anderen Kontinent wach zu werden, weit entfernt von Mutters bissigen Kommentaren und ihrer offenkundigen Unzufriedenheit mit allem, was ich mache. Ich kann es nicht erklären, doch ich spüre, dass hinter meiner Reise nach Amerika mehr steckt als eine praktische Gelegenheit, mich zu verstecken. Sie war wichtig. Notwendig. Vielleicht unausweichlich.

Seufzend setze ich mich auf und lehne mich gegen das Kissen, schiebe die Decken zurück und starre auf meinen Bauch. Nach wie vor bin ich unfähig, die biologische Tatsache meiner Schwangerschaft mit der emotionalen Leere in Verbindung zu bringen, die ich spüre, wenn ich darüber nachdenke. In düsteren Phasen wünsche ich mir, das kleine Geschöpf könnte irgendwie verstehen, welche Schwierigkeiten es verursacht, und unbemerkt entgleiten, während ich schlafe. Immerhin passiert das vielen Frauen, warum also nicht auch mir?

Mrs O'Driscoll sagte, ich würde bald spüren, dass es sich bewegt. *Es ist wie ein fernes Flattern. Zuerst kaum wahrnehmbar, aber du wirst es erkennen, wenn du es fühlst.* Die Vorstellung schreckt mich noch immer ab und macht mir Angst. Also ziehe ich die Decken wieder hoch und verdränge den Gedanken aus meinem Kopf.

Unten summt Harriet zu der Musik aus dem Radio, auf dem Herd pfeift der Kessel. Ich höre das Klappern von Geschirr und Besteck, dann schwere Schritte auf der Holztreppe und schließlich ein kurzes Klopfen, bevor Harriet die Tür mit ihrem Hinterteil aufstößt und hereinkommt.

»Bist du wach?«

»Jetzt schon.« Ich setze mich richtig auf, benommen vom Schlafmangel und dem vertrauten Schwindelgefühl, das mich inzwischen jeden Morgen begleitet.

»Hier kommt dein Frühstück.« Sie hält mir ein überladenes Tablett hin. »Kaffee, Tee, Toast mit Butter und Marmelade. Hafergrütze. Eier, weich und hart gekocht. Ich wusste nicht, wie du sie bevorzugst.« Sie spricht mit der Emotion eines Bauarbeiters. Kein *Guten Morgen. Wie hast du geschlafen?* Kein beruhigendes Lächeln, als sie das Tablett plump auf meiner Decke absetzt, sodass Tee aus dem Schnabel der Kanne schwappt. »Du kannst im Bett frühstücken, oder ich stelle es dir in die Küche, falls du zivilisiert am Tisch essen willst.«

»Nein danke, passt so.« Ohne das Tuch um ihren Kopf kann ich ihr Gesicht endlich richtig betrachten. Ihre Haut ist sonnengebräunt und von feinen Fältchen durchzogen. Kräftige Wangenknochen betonen ihre mandelförmigen Augen, und sie sieht nicht wie ein Unmensch aus. »Und danke für die Decken.«

Sie tut meinen Dank mit einem Achselzucken ab und mustert mich mit ihren dunklen tiefbraunen Augen. »Du musst alles aufessen, denn du brauchst deine ganze Kraft.« Ihr wohlmeinender Befehlston erinnert mich an meine Großmutter. »Ich gebe dir was zum Anziehen, solange dein Gepäck noch nicht da ist. Es gibt ein paar saubere Sachen, die dir passen könnten. Zumindest werden sie es fürs Erste tun.« Ich wage nicht, mir vorzustellen, was Harriet unter sauberen Sachen versteht, doch in Anbetracht der Umstände habe ich wohl kaum eine Wahl.

Geräuschvoll schließt sie die Tür hinter sich und stapft durch den Flur davon, bis sich eine andere Tür öffnet und schließt und wieder Ruhe einkehrt.

Meine Augen heften sich auf die bunte Melange auf dem Frühstückstablett: dick geschnittenes Sauerteigbrot mit Kruste, schwarzer Kaffee in einer angeschlagenen Tasse, eine Kanne kräftiger bernsteinfarbiger Tee. Keine

Eleganz. Keine Finesse. Meine Mutter hätte dafür nichts als ein verächtliches Schnauben und ihren abfälligsten Blick übrig. Das hier ist eine Aufforderung, tüchtig zuzulangen, statt wie ein nervöser Sperling vom Essen zu picken. Mich überkommt ein Heißhunger, und ich mache mich über das getoastete Brot her, krümele das Bett voll, ohne mich um Tischmanieren oder jede andere Form von Benehmen zu scheren.

Kurz darauf kehrt Harriet mit einem Bündel Kleider zurück und lässt es auf das Fußende des Bettes fallen. »Du scheinst ungefähr dieselbe Größe zu haben.«

Es entsteht eine kleine Pause, in der sich in der Atmosphäre des Raumes etwas verschiebt, in der unvollendete Gedanken und unausgesprochene Worte um uns herumschwirren.

»Natürlich nicht so elegant wie deine eigene Garderobe«, fügt sie hinzu, »aber zumindest besser als nichts.«

»Ich werde bestimmt damit zurechtkommen. Danke.«

»Falls sie nicht passen, ändere sie einfach um. Ich nehme an, du kannst mit Nadel und Garn umgehen?«

»Natürlich«, schwindele ich.

»Heute werde ich übrigens noch einen Termin beim Arzt für dich vereinbaren. Ich habe ihm schon von dir erzählt. Nicht gerade die Wahrheit. Vielmehr habe ich ihm gesagt, dein Mann sei vor Kurzem gestorben und dass du dein Kind hier zur Welt bringen willst, weil du in Irland keine nahen Verwandten hast.« Eine Tarngeschichte. Ich frage mich, ob das Harriets Idee war oder die meiner Mutter. »So, ich lasse dich jetzt in Ruhe zu Ende frühstücken und die Sachen anprobieren.«

Als sie gerade das Zimmer verlassen will, überkommt

mich das überwältigende Bedürfnis, dass sie noch bleibt. »Es tut mir leid!«, platze ich heraus, um sie aufzuhalten.

Stirnrunzelnd verharrt sie im Türrahmen und dreht sich zu mir um. »Was tut dir leid?«

»Dass ich dir so viele Umstände mache und gestern so plötzlich vor deiner Tür stand und ziemlich unhöflich zu dir gewesen bin. Ich war erschöpft von der langen Reise und bin wirklich dankbar, dass ich bei dir wohnen darf, selbst wenn es nach außen hin vielleicht nicht so wirkt.«

Harriet zögert kurz, als wollte sie etwas sagen, dann überlegt sie es sich anders. »Egal, nun bist du hier, Umstände hin oder her, also können wir uns genauso gut daran gewöhnen. Und jetzt iss erst mal dein Frühstück auf.« Erneut wendet sie sich um und schließt die Tür hinter sich.

Nach dem Frühstück kleide ich mich an, ignoriere den Geruch von Mottenkugeln und abgestandenem Tabak und finde schließlich ein blaues Kleid, das mir fast wie angegossen passt. Ich frisiere mich und kneife in meine Wangen, um ihnen ein bisschen Farbe zu verleihen. Das Medaillon funkelt an meinem Hals, als der Spiegel die Sonne reflektiert. Ich nehme die Kette zwischen meine Finger und lasse das Medaillon daran kreisen, bevor ich die Kette abnehme und das Medaillon aufklappe, um die perfekten kleinen Porträts zu betrachten: George Emmerson mit seinen elegant geschwungenen Brauen und freundlichen Augen; die sittsame Miene der geheimnisvollen jungen Leuchtturmfrau. In meinen ausgedachten Geschichten gab es immer ein Happy End für die beiden, inzwischen hat meine kindliche Unschuld der Erkenntnis Platz gemacht, dass das wahre Leben oft anders spielt.

Ich lege die Kette wieder an und gehe nach unten.

»Das Kleid passt mir perfekt«, verkünde ich und drehe mich einmal um die eigene Achse, bevor ich mich auf einen Stuhl mit ausgebleichtem Veloursbezug setze und die Spitzengardine vor dem Fenster zurückschiebe, damit ich die altmodischen Schindelhäuser auf der anderen Straßenseite bewundern kann.

Harriet sieht von ihrer Zeitung auf und mustert mich für einen Moment. »Freut mich, dass es passt«, sagt sie und konzentriert sich wieder auf ihre Lektüre, wobei ihr Blick mehrmals zu mir abschweift.

Die Zeitung enthält eine Schlagzeile über steigende Spannungen in der Tschechoslowakei und den drohenden Einmarsch der Deutschen. Ich muss an Mrs O'Driscoll denken, die besorgt war über die politische Krise in Europa und die Gefahr eines neuen Krieges. Die liebe Mrs O'Driscoll. Ich vermisse sie sehr.

»Denkst du, es wird wieder zu einem Krieg kommen?«, frage ich Harriet.

»Wenn es nach diesem Hitler geht, ja. Widerlicher Typ.«

»Gott sei Dank ist Europa weit weg von Amerika. Sollte tatsächlich ein Krieg ausbrechen, werde ich mich hier sicher fühlen, schätze ich.«

Harriet schnaubt verächtlich. »Falls es Krieg gibt, kannst du dich nirgendwo sicher fühlen. Beim letzten Mal hieß es, in ein paar Monaten, spätestens bis Weihnachten, sei alles vorbei, und man hat ja gesehen, was daraus geworden ist.«

Ein sanfter Wind schüttelt Blüten von einem Baum im Nachbargarten. Die zitternden Blätter erinnern mich an die zitternden Hände meines Vaters. Sein Kriegstrauma haftet bis heute an ihm.

Um das unerfreuliche Thema zu wechseln, stehe ich

auf und frage Harriet, was wir heute machen werden, weil draußen so schönes Wetter sei. Sie lacht. »*Wir* werden gar nichts machen. Du solltest dich ausruhen, und ich muss rüber zum Leuchtturm.«

Die Gespräche über meine Exilierung nach Amerika hatten sich ausschließlich darauf konzentriert, dass ich Irland so rasch wie möglich verlasse, und darauf, was passieren würde, wenn das Baby da ist. Niemand hat sich Gedanken gemacht, was ich tun könnte in der Wartezeit, wie ich die langen Wochen und Monate füllen sollte. Dass dieser Aspekt von meiner Familie völlig ausgeblendet wurde, erscheint mir jetzt wie eine Vernachlässigung. Womit werde ich mich beschäftigen, wer sagt mir das?

»Ich kann mich nicht fünf Monate lang ausruhen, Harriet. Dabei werde ich verrückt.« Ich verschränke meine Arme. »Dann werde ich eben einen Spaziergang machen«, erkläre ich trotzig, »und schau mir die prachtvollen Sommerhäuser an.«

»Pfft. Hat man eins gesehen, hat man alle gesehen.« Harriet steht auf und geht nach nebenan in die Küche. »Ich muss gleich rüber zur Insel. Möchtest du vielleicht mitkommen?«

Wie ein Hund, der ausgeführt werden will, spitze ich die Ohren. Ich habe zwar nicht unbedingt Lust darauf, mit Harriet Zeit zu verbringen, allerdings mehr, als die Stadt auf eigene Faust zu erkunden. Harriet streckt ihren Kopf aus der Küche. »Aber du wirst mich nicht mit endlosen Fragen behelligen oder mir ständig in die Quere kommen, ist das klar?«

»Du wirst meine Anwesenheit kaum bemerken. Versprochen.« Damit ist es abgemacht, dass ich Harriet begleite und so tue, als wäre ich nicht da, und sie wird diese neue Verwandte, die sie vorübergehend aufgenommen hat, tolerieren. Ob sie es zugeben mag oder nicht, ich weiß, dass sie sich zumindest ein Stück weit für mich verantwortlich fühlt. Warum hätte sie mich sonst nach ihrer Rückkehr in aller Herrgottsfrühe sorgfältig zugedeckt und mein Buch auf den Nachttisch gelegt? Warum hätte sie sonst in das graue Morgenlicht geflüstert, dass sie über mein Kommen froh sei? Vielleicht kommt meine Anwesenheit einer einsamen älteren Jungfer so gelegen wie einer jungen Frau, die ein uneheliches Kind erwartet. Vielleicht sind Harriet Flaherty und ich gar nicht so verschieden.

Während ich auf Harriet warte, die sich fertig macht, entdecke ich eine Dienstanweisung für Leuchtfeuerwärter und schlage das Heft auf.

Die Lampen müssen pünktlich zum Sonnenuntergang eingeschaltet werden und bis zum Sonnenaufgang mit voller Intensität durchlaufen. Der Diensthabende ist angewiesen, einen störungsfreien Betrieb sicherzustellen, besonders bei schlechten Wetterbedingungen.

Ich muss an mein Handbuch denken und an den Brief von Grace an Sarah, und wieder einmal frage ich mich, wer diese Frauen wirklich waren. Wie ein neugieriges Kind, das verbotene Türen öffnet, ziehe ich an den feinen Fäden, die mich mit den beiden verbinden, bin entschlossen, die verschlungenen Knoten der Vergangenheit zu entwirren und den Ort zu finden, an dem ihre Geschichte endet und meine beginnt.

KAPITEL 15

Grace
Longstone Lighthouse, 7. September 1838

Erleichterung überschwemmt mein Herz beim Anblick meines Bruders, der sich im Eingang gegen den Wind stemmt und die anderen hinter ihm zur Eile drängt, um Schutz im Inneren zu suchen. In den vergangenen vierundzwanzig Stunden habe ich meine Sorge um Brooks zu verdrängen versucht, die unablässig an mir nagte, mir beständig etwas von einem Unglück ins Ohr hauchte. Ich bin froh, dass es endlich vorbei ist.

»Brooks! Dem Himmel sei Dank!«

Der Wasserkessel scheppert, als ich ihn hastig auf dem Herd abstelle, um zu meinem Bruder zu eilen und ihm um den Hals zu fallen, ohne mich um die Kälte und die Feuchtigkeit zu scheren, die er verbreitet und die sogar durch den Stoff meines Kleides dringt. »Du bist ja halb erfroren!«

Sechs weitere Mitglieder der Rettungsmannschaft aus North Sunderland, Bootsführer William Robson, seine beiden Brüder und drei Freunde stehen im Eingang und schütteln ihre Umhänge und Hüte aus, allesamt nass bis auf die Haut.

»Wie kommt es, dass ihr hier seid?«, frage ich meinen Bruder und bitte die am ganzen Leib zitternde Gruppe, näher ans Feuer zu gehen.

Brooks erklärt mir, dass sie von Harker's Rock kämen. »Als wir von dem Schiffsunglück erfuhren, haben wir uns sofort auf den Weg gemacht, doch wir konnten keine Überlebenden finden.« Er lässt seinen Blick durch die volle Stube schweifen. »Ihr dagegen schon, wie ich sehe. Wie kam es dazu, Grace?«

»Du musst dich zuerst aufwärmen«, erwidere ich und nehme ihm seinen triefenden Umhang ab. »Für Erklärungen ist später noch Zeit.«

Meine Mutter wedelt aufgeregt mit ihrer Schürze, unendlich froh darüber, ihren Jüngsten unversehrt wieder in ihrer Wohnstube zu haben. Obwohl Brooks mit seinen neunzehn Jahren zu einem jungen Mann herangereift ist, wird er immer das Nesthäkchen der Familie bleiben. Unsere Mam legt ihm ein Plaid um die Schultern und reibt seinen Rücken, um ihn aufzuwärmen, so wie sie es früher gemacht hat, als er noch ein Kind war.

Mit so vielen zusätzlichen Männern in dem ohnehin überfüllten Raum stellt sich rasch die Frage, wie wir alle unterbringen sollen.

»Ihr müsst wohl oder übel mit dem Boden vorlieb vorliebnehmen«, sagt unsere Mutter und hebt verzweifelt die Hände zum Himmel. »Ich kann keine Stühle oder Betten aus dem Nichts herbeizaubern.«

Brooks schlägt vor, dass die Rettungsmannschaft sich in dem leer stehenden Nebengebäude einquartiert, das früher von den Arbeitern genutzt wurde, die den Leuchtturm errichteten. »Wir kommen schon zurecht«, versichert er ihr. »Vertrau mir, nachdem wir draußen in diesem Sturm waren, würden wir sogar auf einem Bett aus Seepocken schlafen.«

Zufrieden mit dieser Lösung, fängt sie an, einen weiteren

Topf Brühe vorzubereiten. Dabei wandert ihr Blick immer wieder zu Brooks, der zitternd vor dem Feuer steht. Er ist ihr Ein und Alles, und ich verspüre einen Stich von Eifersucht, weil sie mich niemals so ansehen wird wie ihren Lieblingssohn. Mütter bringen ihren Töchtern eben eine andere Art von Zuneigung entgegen als ihren Söhnen. Mädchen sind pflichtbewusst, verlässlich und zugleich austauschbar, Jungs dagegen sind mutig, tatkräftig und unentbehrlich für den Fortbestand des Familiennamens.

Nachdem die Neuankömmlinge sich aufgewärmt haben und mit unseren zur Neige gehenden Vorräten bestmöglich verpflegt wurden, schießen Fragen und Erklärungen kanonenfeuergleich durch den Raum. Mein Vater und mein Bruder sitzen eng beieinander und tauschen sich über die zurückliegenden Stunden aus. Brooks vernimmt mit großem Erstaunen, dass ich an der Bergung der Schiffbrüchigen beteiligt war.

»Grace hat das Boot ganz alleine bei der Insel unter Kontrolle gehabt, während ich noch Überlebende barg«, erklärt mein Vater stolz. »Sie hat ihre schwierige Aufgabe hervorragend gemeistert.«

Aus seinen Worten höre ich heraus, dass keiner von uns beiden jemals das beklemmende Gefühl vergessen wird, als er aus dem Boot kletterte und mich alleine zurückließ. Brooks betrachtet mich jetzt mit neuem Respekt, was ich sogar merke, als ich ihm Brühe nachgieße. »Ich lobe mir deine Tapferkeit, Schwester«, sagt er. »Ich kenne Männer, die doppelt so stark sind wie du und bei dieser See erst gar nicht in ein Boot gestiegen wären.«

»Tapferkeit hat damit nichts zu tun«, erwidere ich. »Papa konnte nicht alleine rausfahren, und ohne rasche Hilfe wären die Gestrandeten dem sicheren Tod ausgeliefert gewesen. Unter diesen Umständen hätte jeder so gehandelt.«

Brooks schaufelt Brühe in seinen Mund und schaut mich skeptisch an. »Vielleicht, vielleicht auch nicht.«

»Sie jedenfalls bestand darauf«, fügt Papa hinzu. »Und du weißt, wie stur deine Schwester sein kann, wenn sie sich etwas in den Kopf gesetzt hat. Ein Kind, im Jahr der Schlacht von Waterloo geboren, ist stets bereit, den Kampf aufzunehmen. Das stimmt doch, Gracie, nicht wahr?« Er nimmt meine Hand und lächelt mich spitzbübisch an, um mir zu verstehen zu geben, dass er mich gerade aufzieht.

Die Wahrheit ist, dass wir alle stur sind wie Esel. Für das Leben auf einem Felsen in der Nordsee ist Beharrlichkeit von Vorteil. Abgeschnitten vom Festland bei anhaltendem Schlechtwetter wochenlang auf sich selbst gestellt zu sein erfordert von einem Menschen spezielle Eigenschaften. Sofern man darüber verfügt, sorgen sie dafür, dass wir den langen, sturmgepeitschten Winternächten, die Schiffe zum Kentern bringen, ebenso standhalten wie den grauen Morgenstunden, in denen die aufgedunsenen Körper toter Seeleute an die Strände der Insel geschwemmt werden. Für uns ist es keine Schande, als stur bezeichnet zu werden, und auch keine Kritik. Es ist eine Notwendigkeit, um zu überleben.

Mein Bruder sieht mich mit neuen Augen an, nachdem er die Schilderung von unserer Seenotrettung vernommen hat. Möglicherweise, so mein Gedanke, bin ich für ihn nun nicht länger die lästige große Schwester, die er wegen ihrer Muschelschätze immer aufzieht, sondern er betrachtet mich zum ersten Mal als eine eigenständige junge Frau, zu der ich zwischenzeitlich herangewachsen bin. Eine junge

Frau, die verantwortungsbewusst denkt und handelt. Eine junge Frau, die in der Lage ist, einem Mann in nichts nachzustehen, wenn es die Situation erfordert.

Die Zeit im Leuchtturm vergeht schnell, es gibt viel zu tun. Ich sammele schwere Umhänge und vollgesogene Stiefel ein, besorge trockene Decken für die Männer, kümmere mich um das Feuer, hole Wasser für den Kessel, wechsele provisorische Wundverbände und spende Worte des Trostes und der Aufmunterung, verspreche den Geretteten, dass wir sie so bald wie möglich aufs Festland bringen werden. Das dumpfe Pochen hinter meiner Stirn ignoriere ich ebenso wie meine schmerzenden Glieder und die Kälte, die durch den dünnen Stoff meines Kleides dringt. Meine wärmenden Schultertücher habe ich all jenen gegeben, die sie dringender brauchen. Erst viel später, als die Hektik sich ein wenig gelegt hat, nehme ich meinen Bruder zur Seite und stelle ihm die Frage, die mich seit seiner Ankunft beschäftigt: Ob von ihnen auf Harker's Rock leblose Körper gefunden wurden.

»Drei an der Zahl«, bestätigt er. »Ein Geistlicher und zwei Kinder. Sie ruhen sicher auf dem höchsten Punkt der Insel. Wir kamen mit dem Boot nicht nah genug heran, um an Land zu gehen. Sobald der Sturm sich gelegt hat, werden wir sie bergen und nach Bamburgh überführen.«

»In die Festung?«

Er nickt. »Es wird eine Untersuchung geben. Das Gericht muss mit dem Arzt eine Leichenschau durchführen.«

Ich deute verstohlen auf Sarah Dawson, die still am Feuer sitzt. »Die Mutter der toten Kinder«, flüstere ich.

Brooks bietet mir an, sie zu informieren, aber ich schüttele den Kopf. »Ich werde es ihr sagen.« Ich fühle mich für die arme Frau verantwortlich. Sie ist so fragil, dass ich ihr nicht zumuten möchte, ihr Elend mit einer weiteren Person zu teilen. Bevor ich zu ihr hinübergehe, atme ich tief durch.

In vielfältiger Weise erscheinen die quälend langen Minuten, die ich im Boot gegen die tosende See kämpfte, wie eine beschauliche Ausflugsfahrt an einem sonnigen Tag, verglichen mit der Herausforderung, der ich gegenüberstehe, als ich mich zu Sarah Dawson hinunterbeuge. Draußen einem der schlimmsten Stürme zu trotzen, den wir jemals erlebt haben, war zweifellos schwierig. Einer trauernden Mutter beizubringen, dass ihre toten Kinder nach wie vor unbarmherzig gepeitscht werden von Wind und Regen, ist sehr viel schwieriger. Nachdem ich mit Sarah gesprochen habe, ziehe ich mich in meine Kammer zurück, wo ich meinen Tränen freien Lauf lasse, ohne dass es mir Linderung verschafft.

Am Nachmittag höre ich zu, als mein Bruder und Bootsführer Robson meinem Vater ausführlich die Ereignisse auf dem Festland schildern. Sie berichten, dass der Wachtposten von Bamburgh Castle das Schiffswrack erspäht habe und die Kanonen abfeuerte, um möglichen Überlebenden zu signalisieren, dass Hilfe nahte. So habe ein Fischkutter neun Schiffbrüchige, die auf ein Rettungsboot des Dampfers geflüchtet waren, an Bord genommen, unterdessen habe Robert Smeddle, der Verwalter von Bamburgh Castle, sich auf sein Pferd geschwungen, um die Rettungsmannschaft in North Sunderland zu alarmieren. Brooks zufolge verzichteten sie darauf, das größere Segelschiff zu nehmen, weil sie mit dem kleineren Ruderboot leichter durch die stürmische See zu kommen hofften, was schließlich immerhin zweieinhalb Stunden dauerte. Nachdem sie auf Harker's Rock keine Überlebenden fanden, beschlossen sie, auf Longstone Island Schutz zu suchen. Allerdings mussten sie in der Südbucht der Insel an Land gehen und ihr Boot über die Klippen tragen. Ihre Bilanz ist ernüchternd.

»Man schätzt, dass dreiundvierzig Menschen auf dem Schiff den Tod gefunden haben. Darunter der Kapitän und seine Frau«, schließt Brooks seinen Bericht.

»Ich werde einen offiziellen Bericht schreiben müssen«, sagt mein Vater nachdenklich und reibt sich über seinen Kinnbart. »Sicher wird es eine gerichtliche Untersuchung geben, um alle offenen Fragen zu beantworten und die Verantwortlichen zur Rechenschaft zu ziehen.«

Sein Sohn nickt zustimmend. »Smeddle wird das ohne Zweifel in die Hand nehmen.«

Meine Mutter schüttelt missbilligend den Kopf, als dieser Name fällt. Als höchster Vertreter des Verwaltungsrats von Bamburgh Castle gilt Smeddle als mächtigster Mann auf der alten Normannenburg und besitzt zudem eine Weisungsgewalt über die Leuchttürme vor der Küste Northumberlands. Er ist wohlbekannt, jedoch nicht wohlgelitten.

Stundenlang hören wir Berichte der Überlebenden, die aus weit entfernten Orten wie London oder Dundee kommen und vom Schicksal auf unserem kargen kleinen Eiland zusammengeführt wurden. Mr Donovan, ein Heizer, der als Passagier mitfuhr, klagt wiederholt lautstark den Kapitän an, der bereits kurz nach dem Ablegen in Hull gewusst haben soll, dass ein Kessel undicht war.

»Humble hätte in Tynemouth einen Zwischenstopp einlegen müssen, um den Kessel zu reparieren. Täuscht euch nicht, an seinen Händen klebt Blut.«

Papa bleibt ruhig und empfiehlt dem guten Mann, auf seine Worte zu achten und sich bis zur offiziellen Untersuchung des Unglücks mit solchen Anschuldigungen zurückzuhalten. »In jedem Fall«, fügt er warnend hinzu, »hat Kapitän Humble seine Entscheidung mit dem Leben bezahlt. Statt uns hier in Schuldzuweisungen zu ergehen, sollten wir lieber für die Opfer der Katastrophe beten.«

Wie immer obsiegt die Vernunft meines Vaters, und er ruft uns alle zur Andacht auf, dankt Gott für unsere Speisen und unser sicheres Dach über dem Kopf und für die Leben, die verschont blieben. »Wir beten für all die verlorenen Seelen, besonders für James und Matilda Dawson, die nun in Gottes Reich sind und für immer einen Platz im Herzen ihrer Mutter haben werden.«

Ungeachtet von Vaters Mahnung tuscheln Mr Donovan und die Besatzungsmitglieder unter sich weiter, kauern sich in kleinen Grüppchen zusammen, und im Leuchtturm macht sich eine unbehagliche Anspannung breit. Seine Mauern vermögen uns vor Stürmen zu beschützen, hingegen nicht vor negativen Gefühlen.

Als der Abend fortschreitet, schmerzt mein ganzer Körper, und mein Geist ist zu erschöpft, um einen klaren Gedanken zu fassen. Trotzdem kann ich nicht ruhig schlafen, meine Gedanken sind bei denen, die vor dem Feuer in der Wohnstube liegen. Niemand wollte etwas davon hören, als ich meine Kammer anbot, nicht einmal Sarah Dawson, die darauf beharrte, dass sie ohnehin kein Auge zubekomme und es vorziehe, am Feuer zu sitzen und auf den Morgen zu warten. Sie denkt an ihre Kinder. Wie sollte jemand unter diesen Umständen Ruhe finden?

Ich liege wach und lausche Vaters Schritten über mir im

Dienstraum, dem Knarren und Knacken der Dielen. Er hat darauf bestanden, die Wache bis zum frühen Morgen zu übernehmen, da der Sturm noch immer wütet. Ich frage mich, wie viele Schiffe noch an den gefährlichen Klippen der Farne-Inseln zerschellen werden. Angesichts des regen Verkehrs auf dem Wasser befürchte ich, dass die *Forfarshire* nicht das letzte Schiff gewesen sein wird.

Das Heulen des Windes und das Donnern der Wellen werden zu einem seltsamen Wiegenlied, sodass ich die Emotionen freilassen kann, die ich die ganze Zeit zurückgehalten habe. In der Dunkelheit meiner Kammer bin ich nicht länger die tapfere Tochter des Leuchtturmwärters, für die mich alle halten, sondern gestatte mir, die zu sein, die ich wirklich bin – eine junge Frau am Ende ihrer Kräfte, zutiefst verstört von den Ereignissen des Tages. So wie ich das Geräusch des Ozeans nicht vergessen werde, ist der Untergang der *Forfarshire* von nun an für immer ein Teil von mir.

In der Wohnstube des Leuchtturms ist Sarah Dawson als Einzige wach. Sie starrt benommen in das Feuer, das verglüht und schließlich ganz erlischt. Es scheint, als würde alles sie verlassen, selbst die Wärme der Flammen.

Die Männer liegen schnarchend im Raum verteilt, wo immer sie einen Platz gefunden haben: sei es auf Stühlen, Bänken oder auf Teppichen. Sarah beneidet sie um ihren Schlaf, da sie selbst zum Wachsein verdammt ist mit ihrer Verzweiflung als einziger Gesellschaft. Draußen tobt der Sturm über die Insel, aber sie findet keine Ruhe trotz ihres geschundenen Körpers und ihrer Entkräftung.

Sie wickelt sich in das karierte Umhängetuch, das Miss

Darling ihr gegen die Kälte überlassen hat, und schleicht leise nach draußen. Die Wucht der Böen wirft sie beinahe um, sie klammert sich an die weißen Leuchtturmmauern und tastet sich im Dunkeln vorwärts, ihre Röcke und das Schultertuch flattern wild um sie herum. Sarah ist sich nicht sicher über ihre Absichten, nicht sicher, was sie als Nächstes tun wird, doch die Energie des Sturmes hat etwas Reinigendes, das ihr eine eigenartige Ruhe schenkt und ihr hilft, ihre Trauer herauszuschreien. Ihre Tränen mischen sich mit den Regentropfen, die sie bis auf die Haut durchnässen. Soll der Sturm sie zerreißen, denkt sie. Soll er zu Ende bringen, was er begonnen hat.

Sie würde am liebsten brüllen und toben, sich am liebsten in den Sturm verwandeln, nur kann sie das nicht, kann nicht mehr, als auf ihre Knie zu sinken und untröstlich mit dem Wind zu heulen. Ihre Beine halten sie nicht mehr aufrecht. Ihr Herz erträgt es nicht länger. Sie weiß nicht, wie lange sie bereits so auf der Stelle verharrt.

Mr Buchanan kommt ihr zu Hilfe. Er ist aufgewacht und stellt fest, dass Mrs Dawson fehlt, sucht nach ihr und findet sie draußen, halb bewusstlos. Wie ein Kind trägt er sie auf seinen Armen zurück und setzt sie vor den Kamin, facht das Feuer an, bis die Flammen wieder züngeln, und erklärt ihr, dass der Schmerz irgendwann vergeht. »Er wird sich nach und nach legen. Wie der Sturm. Irgendwann ist er vorbei.«

Sarah kann das nicht glauben, und selbst der Sturm scheint ein Wehklagen anzustimmen, als wollte er bestätigen, dass ihre Zweifel berechtigt sind.

North Sunderland, Northumberland

Nach einer anstrengenden Fahrt trifft George Emmerson in der kleinen Hafengemeinde North Sunderland ein, findet seine Schwester allerdings weder in irgendwelchen verräucherten Tavernen noch in Privatunterkünften oder Fischerhütten. Alles, was ihm begegnet, sind kummervolle Mienen und traurige Berichte über ein tragisches Schiffsunglück. Das Einzige, was ihm einen Hoffnungsschimmer verleiht, ist die Erwähnung, dass es Überlebende gibt, die sich, so wird ihm berichtet, in einem Beiboot retten konnten. Alle anderen, schätzt man, seien vermutlich umgekommen. Aber solange er keine Bestätigung hat, solange nicht von offizieller Seite eine Information erfolgt, die jeden Zweifel ausräumt, weigert er sich, die Hoffnung aufzugeben. Er kann Sarah spüren, glaubt zu wissen, dass sie noch am Leben ist. Was die Kinder betrifft, vermag er es nicht zu sagen.

Um abzuwarten, mietet er sich ein Zimmer im Olde Ship Inn am Hafen. Bei klarem Wetter kann er nach Auskunft des Wirtes angeblich von den oben gelegenen Zimmern bis zu den Farne-Inseln sehen. Es ist für George kein Trost, weil er nicht weiß, ob Sarah vielleicht dort ist, so nah bei ihm und gleichzeitig so fern. Sie kann nicht zu ihm und er nicht zu ihr gelangen, weil die aufgewühlte See verhindert, mit einem Segelschiff oder Ruderboot in die eine oder andere Richtung abzulegen.

George findet keinen Schlaf, findet keine Ruhe, solange der Sturm um das Haus pfeift und seine Gedanken wie Herbstlaub im Wind umherwirbelt. Er denkt zurück, wie sorglos er noch vor wenigen Tagen war, wie sehr er Sarahs

Besuch entgegengefieberte und wie stark ihn seine Faszination für die junge Frau wieder packte, mit der er vor einiger Zeit zwischen den Sanddünen über Seedrachen und Meerglas geplaudert hat. Wie rasch sich die Dinge geändert haben.

Seine Begeisterung für Grace Darling kommt ihm plötzlich kindisch, unreif und töricht vor. Unbedeutend. In dem hektischen Durcheinander und besessen von seiner Angst um Sarah, kann er sich kaum erinnern, wie Miss Darling aussieht, und er ist sicher, dass er sie in seinen Skizzen völlig falsch dargestellt hat.

Die ganze Nacht wälzt er sich unruhig hin und her, und zum ersten Mal seit vielen Tagen wünscht er sich, Eliza wäre da, um ihn zu trösten. Sie würde die richtigen Worte finden, würde ihre kühle Hand auf seine Stirn legen und ihm sagen, er solle sich keine Sorgen machen. George redet sich ein, dass es Besseres gibt, als seine Tage damit zuzubringen, sich Bilder von einer anderen Frau in Erinnerung zu rufen. Das Leben hat ihm gerade brutal vor Augen geführt, welch grausame Wendungen es jeden Moment nehmen kann. Statt sich mit einer Frau zu beschäftigen, der er nur kurz begegnet ist, sollte er lieber zusehen, dass er endlich die Frau heiratet, die er sein ganzes Leben lang kennt.

Er setzt sich auf und schreibt hastig einen Brief an Eliza, um ihr seine Liebe zu versichern und ihr zu erklären, dass er nach North Sunderland gefahren sei in der Hoffnung, Sarah und ihre Kinder zu finden. Als er ihn gegenliest, klingen die Worte hohl und unehrlich, deshalb verwendet er den beschriebenen Briefbogen, um das Feuer im Kamin anzufachen. Zugleich wird ihm klar, dass das Leben viele Richtungen nimmt, richtige wie falsche, alles zur selben Zeit.

Erst in der Morgendämmerung gelingt es ihm schließlich einzunicken.

Am Vormittag marschiert er, ohne ein Frühstück einzunehmen, durch die schmalen, verwinkelten Gassen, klopft an fremde Türen und hält gehetzt wirkende Frauen an, die ihren Pflichten nachkommen. Er erklärt allen, dass er verzweifelt nach einer Nachricht über den Verbleib seiner Schwester und ihrer Kinder suche, die man unter den Opfern der *Forfarshire* vermute, aber die Leute senken ihre Augen zu Boden und schütteln den Kopf. Niemand kann ihm etwas über eine Sarah Dawson und ihre Kinder sagen. Nicht das Mindeste.

KAPITEL 16

Grace
Longstone Lighthouse, 12. September 1838

Die Sonne geht dreimal über Longstone Island auf und wieder unter, bevor die Wetterverhältnisse als sicher genug befunden werden und die Rettungsmannschaft nach Harker's Rock aufbricht, um die Leichen zu bergen und sie nach Bamburgh zu überführen. Dadurch dauert es zwei weitere Tage, bis die Männer nach Longstone zurückkehren und mit der Evakuierung der Überlebenden beginnen. Wie mein Vater erwartet hat, wird die Mannschaft von Robert Smeddle begleitet.

Grund genug für meine Mutter zu schimpfen, als wir beobachten, wie Smeddle schwankend vom Boot steigt, in einem schwarzen Umhang, der wie Flügel im Wind flattert. Sie hat den Vogel, der am Morgen vor dem Schiffsunglück in unsere Stube flog, nicht vergessen und hält ihn endgültig für ein schlechtes Omen.

Sie verschränkt ihre Arme vor der Brust und zieht verächtlich über den Besuch her. »Ich hätte wissen müssen, dass der feine Herr kommen und hier herumschnüffeln wird. Wundert mich, dass er so lange gebraucht hat.«

Für Papa ein Anlass, sie daran zu erinnern, dass es Smeddles Pflicht sei, sich um alle Angelegenheiten zu kümmern, die Unfälle auf See und Schiffbrüchige betreffen. »Er ist nicht hier, um herumzuschnüffeln, er macht nur seine Arbeit. Vergiss nicht, dass wir Smeddle zumindest bis zu einem gewissen Grad unterstehen, ob es uns gefällt oder nicht.«

»Es gefällt uns nicht«, murrt sie und bemüht sich dennoch, Smeddle ungeachtet ihrer persönlichen Meinung die erwartete Höflichkeit zu erweisen.

»Mrs Darling! William! Und da ist ja auch die junge Grace!« Der Burgverwalter begrüßt uns alle überschwänglich und drückt Mama drei frische Brotlaibe und eine Schinkenkeule in die Hände. »Ich bringe Euch frische Vorräte, Mrs Darling. Trinkwasser, Trockenerbsen, Tee, Gerste und Weizen.« Ich sehe, wie ihre Anspannung mit jeder Ware nachlässt, die Smeddle aufzählt. »Und ausreichend Boote, um die Überlebenden zum Festland zu transportieren und aus Eurer Fürsorge zu entlassen. Ihr seid sicher erschöpft, nachdem Ihr so viele Menschen zu versorgen hattet. Meine Hochachtung, gute Frau! Ihr werdet Euch zweifellos danach sehnen, Eure Beine hochzulegen und wieder zur Normalität zurückzukehren.«

Ein Schmunzeln wandert über meine Lippen, als Mam dem Gentleman von oben herab erklärt, dass sie vollkommen gerädert sei und sich nicht erinnern könne, wann sie das letzte Mal ihre armen schmerzenden Füße geschont habe. Zu meiner Überraschung räumt sie später mir gegenüber ein, dass Mr Smeddle kein so übler Bursche sei. »Wenigstens hat er daran gedacht, Vorräte mitzubringen, was man nicht von jedem behaupten kann.« Sie hatte es Freunden nie verziehen, die an Pfingsten mit leeren Händen gekommen waren, und ihnen in Form eines kargen Abendessens eine deutliche Rüge erteilt. Danach erschienen die Herberts nie wieder mit leeren Händen.

Smeddle nimmt seine übliche autoritäre Haltung ein, als er hereinkommt. Er richtet Anweisungen an Vater, und mir reicht er seinen Umhang und seinen Zylinderhut, als wäre ich die Magd für alles.

»Nach der Befragung mehrerer Zeugen hatte ich den Fall schon als abgeschlossen betrachtet und einen Bericht für den Treuhandrat verfasst, als Euer Sohn Brooks mit der Rettungsmannschaft zurückkehrte und die bemerkenswerten Ereignisse schilderte, die sich zugetragen hatten. Natürlich musste ich es selbst hören und bin so früh gekommen, wie ich konnte.«

Seine herrische Stimme klingt zu laut und zu harsch in den beschränkten Räumlichkeiten, und ich bin froh, als Papa unseren Gast an den Tisch bittet. Dort wendet Smeddle unerwartet seine Aufmerksamkeit mir zu.

»Grace. Euer Bruder berichtete mir, dass Ihr an der Rettung beteiligt wart, indem Ihr die Überlebenden hier auf Longstone versorgtet. Doch nicht nur das. Er beteuerte, dass Euer Part weit darüber hinausging, weil Ihr Euren Vater im Boot begleitet hättet. Ist das wahr?«

Ich winde mich unter seinem prüfenden Blick und wünsche, er würde mich nicht so anstarren. Ob Misstrauen oder Neugierde ihn antreibt, lässt sich unmöglich sagen. Was es auch sein mag, es widerstrebt mir, im Mittelpunkt seiner Aufmerksamkeit zu stehen.

»Ja«, antworte ich ihm. »Ich habe meinen Vater begleitet, um die Schiffbrüchigen zu bergen.« Ich bemühe mich, unaufgeregt und sachlich zu klingen, und hänge ganz nebenbei seinen Umhang auf, der am Türhaken mit seiner

Form verdächtig an einen Gehenkten erinnert und mir ein mulmiges Gefühl beschert. »Mein Vater hat die Überfahrt zweimal gemacht.«

Papa spürt mein Unbehagen und schaltet sich ein. »Ihr habt richtig verstanden, Robert. Grace war die Erste, die das Wrack von ihrem Kammerfenster aus entdeckte. Sie reagierte wie üblich mit großer Besonnenheit und war mir eine unverzichtbare Hilfe. Wie Ihr wisst, ist sie am Ruder sehr erfahren. Ich hätte nicht ohne sie übersetzen können. Die See war so rau, wie ich sie noch nie erlebt habe.«

Smeddles offenkundige Skepsis spiegelt sich in seinem Gesicht wider, das mit seiner faltigen Blässe an eine von Furchen durchzogene Pfütze aus warmem Wachs erinnert.

»Natürlich ist mir bekannt, dass Eure Tochter ein tüchtiges Mädchen ist. Ich selbst sah sie häufig in den Gewässern rund um die Inseln rudern, auf ihrem Weg zum Festland oder nach Brownsman bei ruhigem, klarem Wetter. Die stürmische See indes, die zum Untergang der *Forfarshire* führte, rückt die Angelegenheit in ein völlig anderes Licht. Zugegeben nahm ich an, dass Euer Jüngster die Rolle seiner Schwester bei der Rettung ausgeschmückt hat, sodass ich seinen Worten keinen Glauben schenkte. Offenbar war ich ein wenig voreilig.« Er wendet sich erneut an mich. »Und Ihr, Grace, habt also tatsächlich das Boot im tosenden Sturm alleine gehalten, damit Euer Vater sich um die Überlebenden kümmern konnte, die sich voller Panik an die Klippen klammerten?«

Seine dramatische Ausdrucksweise wäre bei den von Mary Herbert hochgelobten Liebesromanen nicht fehl am Platze. »Ja, Mr Smeddle. Genau so war es, wobei ich das Boot bloß für kurze Zeit alleine steuerte. Einer der Geretteten übernahm das Ruder, damit ich mich um die Verletzten kümmern konnte und um die arme Mrs Dawson, die ihre geliebten Kinder verloren hat und zutiefst verstört ist.«

Smeddle tut so, als könnte er nicht richtig erfassen, was er gehört hat. »Das ist schlichtweg außergewöhnlich. Ich vermag kaum zu glauben, dass eine Frau es wahrhaftig in Betracht gezogen hat, sich in eine derart stürmische See hinauszuwagen, ganz zu schweigen davon, dass es mit der Zustimmung ihres Vaters geschah. Reiner Wahnsinn, keine Frage.«

Ich sehe Papa an, dass er zusehends die Geduld mit Smeddles endlosen Kommentaren verliert. Er erhebt sich unvermittelt von seinem Stuhl, dessen Beine laut über den Boden scharren, als sollten sie seiner Frustration Ausdruck verleihen.

»Nun, ich gab ihr meine Zustimmung, mein lieber Robert. Genau genommen war es Grace selbst, die darauf beharrte, einen Rettungsversuch zu unternehmen, wogegen ich anfangs Bedenken hatte. Sie begleitete mich am Ruder, und der Rest ist Euch bekannt.« Er stemmt seine Hände in die Hüften. »Vorausgesetzt, dies ist keine offizielle Untersuchung, denke ich, dass wir alle eine Mahlzeit vertragen können und mit dieser ganzen Angelegenheit abschließen sollten.«

Smeddle lacht laut auf. »Damit abschließen! Ich versichere Euch, William, so rasch werdet Ihr damit nicht fertig sein. Bei den Einheimischen ist Grace inzwischen bereits in aller Munde und wird es noch eine lange Zeit bleiben, wette ich. Wenn die Presse Wind von ihrer Heldentat bekommt, wird das ganze Land über sie reden. Jeder liebt romantische Erzählungen von einer tapferen jungen Heldin.«

Er wendet sich zu mir, greift nach meinen Händen und

umklammert sie fest. Mich ekelt es, von seinem weichlichen Fleisch berührt zu werden, und mein Herz beginnt zu rasen, als er sich zu mir vorbeugt, mich eindringlich anstarrt und seine Stimme senkt. »Ihr werdet dafür eine Seidenrobe erhalten, Grace. Eine Seidenrobe! Denkt an meine Worte.«

Ich lache nervös und würde gerne seine Hände loswerden. »Was meint Ihr damit?«

»Ihr, Grace Darling, werdet bald berühmt sein!« Er schlägt unvermittelt mit der Faust auf den Tisch, und ich zucke zusammen. »Und was für ein Name, der mit so viel Tapferkeit einhergeht. Grace Darling, die Heldin der See!« Er breitet mit einer schwungvollen Geste seine Arme aus und wirkt auf mich wie ein Theaterdirektor, der sein neuestes Stück ankündigt.

Ich versichere ihm mit einem höflichen Lächeln, dass er sich täusche. »Es ist meine Pflicht, jene zu retten, die in Seenot geraten.« Ich schnappe mir ein Buch von der Fensterbank und blättere kurz darin, bis ich die Stelle finde, die ich gesucht habe.

»*Es ist die Pflicht eines Leuchtfeuerwärters, schiffbrüchigen Personen Hilfe zu leisten, soweit es in seiner Macht steht*«, lese ich laut vor.

»Seht Ihr, so lautet die Anweisung vom Trinity House in unserem Handbuch. Was für eine Geschichte könnte die Presse aus einer derart simplen Tatsache konstruieren?«

Smeddle gibt keine Antwort, zeigt vielmehr ein selbstgefälliges Lächeln, das mir Schauer über den Rücken jagt.

»In jedem Fall«, fährt er fort, »ist die erste Beurteilung des Falles infrage gestellt, weshalb eine zweite Untersuchung erfolgen muss. Euer schriftlicher Bericht wird ein wichtiges Beweisstück sein, William.«

Mein Vater versichert Smeddle, dass in dieser Hinsicht alles in Ordnung sei. »Ein vollständiger Bericht liegt bereits vor und muss nur noch den Behörden übersandt werden. Es gibt nichts weiter hinzuzufügen, Robert. Wir haben die Schiffbrüchigen versorgt, und nun werden sie zurück auf das Festland gebracht. Unser Part in dieser Angelegenheit ist damit beendet.«

Der arrogante Herr über eine bedeutende Burg lässt seine Fingerknöchel knacken und schnaubt verächtlich, bevor er murmelt, dass gewisse Angelegenheiten sich nie so einfach erledigen.

Unfähig, seine Gesellschaft länger zu ertragen, entschuldige ich mich und flüchte mich in meine Arbeit, aber Smeddles Worte hallen in meinem Kopf nach.

Bei den Einheimischen ist Grace bereits in aller Munde … Wenn die Presse Wind von ihrer Heldentat bekommt, wird das ganze Land über sie reden.

Ich gehe vor die Tür, wo der Wind an den Bändern meiner Haube zerrt, und ein hartnäckiges Unbehagen legt sich auf meine Haut wie ein feiner, feuchter Nebel. Nachdenklich schaue ich zum Festland hinüber, dessen Umrisse gerade noch erkennbar sind, und frage mich, ob es wahr ist, dass die Menschen dort über mich reden. Haben die Orkanwinde, die unsere Insel heimsuchten, etwa meinen Namen so schnell so weit getragen?

Selbst wenn es wahr ist, Namen geraten rasch wieder in Vergessenheit. Genau wie der Sturm wird jegliches Interesse an mir oder meiner Familie bald abflauen.

Dessen bin ich mir ziemlich gewiss.

KAPITEL 17

Grace
Longstone Lighthouse, 12. September 1838

Unsere unerwarteten Gäste verlassen uns fast so plötzlich, wie sie gekommen sind.

Einer nach dem anderen bereiten sich die neun Überlebenden der *Forfarshire* darauf vor, Longstone Island zu verlassen. Sie können es kaum erwarten, ihre Familien wiederzusehen, sind jedoch zugleich besorgt, in ein Leben zurückkehren zu müssen, das durch ihr erlittenes Martyrium für immer verändert ist.

Zahlreiche Dankesbekundungen werden ausgetauscht, als die Menschen an Bord der Boote gehen. Ich helfe, wo es nötig ist, und trete zurück, wenn meine Unterstützung nicht gebraucht wird. Da ich mich in den letzten Tagen daran gewöhnt habe, mich um diese kleine Gruppe zu kümmern, fällt mir das Abschiednehmen schwer.

Als Sarah Dawson an der Reihe ist, eile ich spontan zu ihr, da sie nach wie vor furchtbar schwach ist und bedingt durch ihr Elend kaum geschlafen oder etwas zu sich genommen hat. Jetzt zittert sie wie Espenlaub beim Anblick des Wassers, als sie ins Boot steigen muss. Sie greift zu mir hoch, um so lange wie möglich meine Hand zu halten. »Ihr und Eure Familie wart so freundlich zu mir, Miss Darling. Ich werde Euch das nie vergessen.« Sie drückt mir etwas in die Hand. »Ein Zeichen für meine ewige Dankbarkeit.«

Als ich sehe, dass sie mir ihr Medaillon gegeben hat, bestehe ich darauf, es ihr zurückzugeben. »Es ist zu viel, Sarah, bitte. Das kann ich nicht annehmen.«

Sie weigert sich, auf mich zu hören, und schließt mit einem traurigen Lächeln meine Finger um den Schmuck. »Es enthielt zwei Haarlocken von meinen Kindern. Es schmerzt mich zu sehr, dass es nun leer ist. Der Schmuck an sich hat keinen hohen Wert, aber es würde mir viel bedeuten, wenn ich wüsste, dass er bei Euch verbleibt, hier im Leuchtturm.«

Unendliches Leid und Qual verdunkeln ihr Gesicht, sodass ich keine andere Wahl habe, als ihr Geschenk anzunehmen. »Ich werde es in Ehren halten. Habt Dank dafür.«

»Und ich wäre sehr stolz gewesen, Euch meinen Kindern vorzustellen«, fährt sie fort. »Das ist Miss Darling, hätte ich ihnen erklärt. Ein Engel Gottes auf Erden und die tapferste Frau in ganz England.« Tränen bilden sich in ihren Augen. »Matilda wollte wissen, wie man dafür sorgt, dass die Lampen des Leuchtturms die ganze Nacht brennen, ich konnte ihre Frage nicht beantworten. Ihr hättet es ihr sagen können, nicht wahr?« Unfähig, hilfreiche Worte zu finden, nicke ich stumm. »Seit fünf Tagen und Nächten bin ich mittlerweile ohne sie«, fügt sie hinzu. »Davor war ich keinen Tag von ihnen getrennt. Nicht seit sie in meinem Bauch heranwuchsen und mich mit ihren winzigen Füßen traten.«

Meine Gedanken wandern zu den steifen, kleinen Körpern auf dem Felsen, die nun im Bamburgh Castle ruhen und darauf warten, dass ihre Mutter von ihnen Abschied nimmt. Ich umklammere Sarahs Hand. »Und sollte ich jemals einen Mann heiraten und mit Kindern gesegnet sein, werde ich ihnen von Euch erzählen, Mrs Dawson. Was Ihr in den vergangenen Tagen durchlitten habt … Ich hoffe nur, dass ich ebenso viel Mut wie Ihr aufzubringen vermag, sollte es jemals erforderlich sein.«

Wir umarmen uns ein letztes Mal, und mit einem wunden Herzen stelle ich mich neben meine Eltern und beobachte stumm, wie die See, die Mrs Dawson und den anderen so viel geraubt hat, sie zu der fernen Küste trägt und zu dem ärmer gewordenen Leben, das sie dort erwartet.

Nachdem unsere Gäste fort sind, fühle ich mich so leer wie die Räume auf Longstone Island, die mir zehnfach größer als zuvor erscheinen. Viel zu weitläufig für unsere einfachen Bedürfnisse. Selbst der Leuchtturm scheint die Abwesenheit der anderen zu spüren. Ein Zögern hängt in der Luft, als wir versuchen, zu unserer normalen Routine zurückzukehren, die im Trubel der vergangenen Tage nahezu in Vergessenheit geraten ist. Ohne Gedränge verrichte ich rasch meine Aufgaben und nutze anschließend das erste anständige Wetter seit fast einer Woche, um einen Spaziergang über die Insel zu machen.

Der Sturm hat schwere Verwüstungen hinterlassen, überall türmen sich Treibholz und Seetang. Muscheln und gestrandete Seesterne färben den Sand mit rötlich-orangefarbenen Flecken, ähnlich dem Fruchtfleisch reifer Pfirsiche, und die schlaffen Kadaver Dutzender Jungrobben sind der verstörendste Beweis für den Sturm. Die ganze Atmosphäre von Longstone Island hat sich verändert durch das, was hier geschehen ist.

Auf meinem Rundgang werde ich auf einen ungewöhnlichen Stein aufmerksam. Ich bücke mich, um ihn aufzuheben, und muss lächeln, als ich die unverkennbare Spiralform eines Ammoniten erkenne. Ein versteinertes Meerestier, wie eines von Mary Annings Fossilien. Ein Stück aus der Vergangenheit, angespült in der Gegenwart. Ich streiche mit den Fingern über die geriffelte Oberfläche, und mir kommt in den Sinn, dass Mr Emmerson dieses besondere Fundstück bestimmt gerne sehen würde. Gleichzeitig wird mir bewusst, dass ich seit Tagen nicht an ihn gedacht habe, weil ich so sehr mit anderen Dingen beschäftigt war. Jetzt kommt er mir wieder in Erinnerung, beispielsweise unsere Unterhaltung über Meerestiere. Da fragte er mich etwa, ob ich Miss Annings Seedrachen gesehen habe, und ich antwortete, dass Seedrachen gewöhnlich nicht so weit in den Norden schwimmen, weil das Wasser dort zu kalt für sie sei. Sein Lachen war voller Wärme, die zu mir ausstrahlte wie die Hitze von einem Schmiedefeuer.

Seitdem sind viele Wochen in abkühlender Distanz vergangen, und doch glüht in mir nach wie vor ein Funke, der meine Gefühle ausdrückt. Ich stecke den Ammoniten ein für meine Sammlung zu Hause, wohingegen Mr Emmerson an einen sehr privaten Ort in meinem Herzen gepackt wird. Dann stehe ich für eine lange Zeit einfach da und betrachte meine geliebte Insel, während die Bänder meiner Haube im Wind flattern. Am Horizont gleiten Schiffe vorüber. Fischerboote kommen und gehen. Alles kehrt zurück zur Normalität.

Nachdem ich eine dringend benötigte Dosis Sonne und Seeluft abbekommen habe, steige ich vorsichtig über die rutschigen, mit Algen bedeckten Felsen zurück zu der vertrauten Landmarke des Leuchtturms. In dem Durcheinander der letzten Tage wurden die Lampen ein wenig vernachlässigt, und es ist einiges an Arbeit nachzuholen. Irgendwann fällt mir der Brief ein, den ich in Mrs Dawsons Umhang gefunden habe. Der Umschlag liegt noch immer neben dem Herd, das Papier ist trocken und knitterig wie Herbstblätter, die Tinte größtenteils verschmiert. Als ich den Briefbogen herausziehe, bemerke ich an den Rändern kleine Leuchtturmskizzen. Einen Moment lang stelle ich mir vor, wie meine Schwester Mary Ann, die nicht gerade für ihre Diskretion bekannt ist, mich drängen würde, den Brief zu lesen. Im Gegensatz zu ihr respektiere ich Mrs Dawsons Privatsphäre und stecke den Brief zurück in den Umschlag und verstaue diesen in meiner Rocktasche. Ich werde ihr den Brief übergeben, sobald ich aufs Festland fahren kann und ihre Adresse in Erfahrung gebracht habe. Beim Einstecken des Umschlags berühren meine Finger das Medaillon, das ich fast vergessen habe. Ich nehme es aus meinem Rock und bewundere den filigranen Verschluss und die Gravur auf der Rückseite: *Selbst die Mutigen fürchteten sich einmal.*

Zögernd lege ich die Kette an. Ich hatte erwartet, dem Medaillon seine traurige Geschichte anzumerken, aber es schmiegt sich angenehm an meinen Hals.

Als ich am Abend vor dem Kamin sitze und in einem meiner Lieblingsbücher über Geografie lese, drehe ich selbstvergessen das Medaillon zwischen meinen Fingern. Meine Gedanken schweifen zu den Kinderlocken, die eigentlich in dem Schmuckstück sicher behütet sein sollten, und dann denke ich an Sarah Dawson und schließlich an Mr Emmerson, dessen Bild sich so prägnant in meinem Kopf festgesetzt hat, dass ich ihn beinahe neben mir zu spüren glaube, unsichtbar und dennoch deutlich wie ein sanfter Wind auf meiner Haut.

North Sunderland, Northumberland

Im Olde Ship Inn wartet George Emmerson in fieberhafter Unruhe darauf, dass das Rettungsboot mit seiner Schwester an Bord im Hafen eintrifft. Von der Rettungsstelle hat er bereits vom Tod der Kinder erfahren. Seitdem kann er nicht für eine Minute still sitzen, steht immer wieder auf und wandert zum Fenster, doch auf dem Meer ist kein Segel in Sicht. In seinem Kopf legt er sich wieder und wieder Worte zurecht, keine Variante ist zufriedenstellend. Kein Wort kann zum Ausdruck bringen, was er sagen möchte. Kein Begriff fühlt sich richtig an.

Als sich die Nachricht verbreitet, dass das Rettungsboot mit den Überlebenden herannaht, eilt George erleichtert hinaus zum Hafendamm, wo sich eine Schar Schaulustiger versammelt hat, über die sich ein betroffenes Schweigen senkt, als die Opfer der Schiffskatastrophe schwer gezeichnet der Reihe nach von Bord gehen und die steile Landungstreppe emporsteigen. Und da ist sie. Seine geliebte Sarah.

»Verzeihung. Macht Platz. Dort drüben ist meine Schwester.«

Die Menge teilt sich, um George durchzulassen. Sarah hebt ihren Kopf, als sie mit wackeligen Beinen den Kai betritt, und ihre Augen suchen die Gesichter der versammelten Zuschauer ab, bis sie ihn entdeckt, und es ist sein Anblick, der Anblick ihres geliebten Bruders, der sie in die Knie zwingt. George stürzt zu ihr und schlingt seine Arme um sie, und sie stehen da, eng umklammert, während die Menge sich zurückzieht und ihnen in ihrer Trauer ein wenig Privatsphäre gönnt.

Keiner von beiden spricht. In dieser Situation gibt es einfach keine Worte.

Durch den Stoff ihres von der Seeluft feuchten Umhangs spürt George das Weinen seiner Schwester, das ihren ganzen Körper beben lässt. Er begreift, dass sie rettungslos gebrochen ist und er derjenige sein muss, der sie wieder aufrichtet. Er presst ihren Körper an seinen und betet dafür, dass ein Teil ihres Schmerzes auf ihn übergeht und er ihn für sie erträgt.

Nach einer langen Zeit hebt sie ihren Kopf von seiner Schulter, die Augen rot geschwollen, das Gesicht blass und verhärmt, sodass sie beinahe nicht wiederzuerkennen ist und nichts mehr von der lebhaften Frau hat, mit der er das letzte Weihnachtsfest feierte.

»Ich muss zu ihnen, George.« Ihre Stimme ist nicht mehr als ein Flüstern.

Er nickt. »Komm, es ist alles arrangiert.«

Langsam und still gehen sie zu einer wartenden Kutsche, die sie nach Bamburgh bringen wird, wo Sarah der endgültige Abschied von ihren Kindern bevorsteht. George fragt sich, wie es auf den Straßen so friedlich sein kann, wie die Fischersfrauen einfach Belanglosigkeiten austauschen und sich über den Fang des Tages unterhalten können, wenn sich für andere so vieles unwiderruflich geändert hat.

Am Abend, nachdem es vollbracht ist, sitzt Sarah vor dem Kamin im Haus der Familie Cavendish, zu der Eliza gehört, einen Becher Ale in der Hand, und fragt George nach Papier und Tinte.

»Wofür, Schwesterherz?«

»Damit ich alles niederschreiben kann. Was mir in Erinnerung ist. Der Leuchtturm und die Menschen, die mich gerettet haben.«

Er geht vor ihr in die Hocke. »Es ist vorbei, Sarah. Du musst versuchen, es zu vergessen«, redet er auf sie ein, spricht behutsam, wählt seine Worte mit Bedacht.

Sarah begehrt auf. »Ich darf und kann nicht vergessen, George. Niemals!«

Um sie nicht noch mehr aufzuregen, gibt George nach. »Wie du wünschst. Ich besorge dir Papier und Tinte.«

»Herzlichen Dank. Wir müssen nicht allein die Erinnerung an die Kinder wachhalten, sondern auch die an unsere tapferen Retter. Ihr Name darf niemals in Vergessenheit geraten.«

»Wessen Name insbesondere?«

»Der Name der Frau, die sich um mich gekümmert hat. Grace Darling.«

Das Feuer knistert und knackt, spuckt ein Stück Glut auf den Kaminvorleger. George greift es mit der Feuerzange und wirft es zurück in die Flammen. Der Teppich schwelt, ein schwarzer Fleck, für immer in das Gewebe eingebrannt, und in einem Augenblick der Klarheit wird George bewusst, dass Miss Darling mit ihm genau dasselbe getan hat. Obwohl ihre Begegnung ganz kurz war, obwohl er mit Eliza Cavendish verlobt ist – obwohl es nicht den geringsten Sinn ergibt, hat sich Grace Darling in seine Seele eingebrannt. Und so wie sich das Loch nicht mehr aus dem Teppich entfernen lässt, lässt sich die Erinnerung an Grace Darling nicht mehr aus seinem Herzen entfernen.

BAND 2

Gibt es in der gesamten Geschichte der Menschheit oder selbst in der Dichtung ein Beispiel für weibliches Heldentum, das sich auch nur annähernd damit vergleichen lässt?

The Times vom 19. September 1838

KAPITEL 18

Matilda
Newport, Rhode Island, Mai 1938

Es ist später Morgen, und die stärker werdende Sonne leuchtet über der Narragansett Bay, lässt das Wasser schimmern wie Seide. Ich folge Harriet, vorbei an schwankenden, hoch aufgestapelten Hummerkörben und Krabbenkäfigen und dicken Taurollen, halte mir die Nase zu, als der stechende Geruch des Hafens tief in meine Atemwege dringt und meinen Magen in Wackelpeter verwandelt.

Harriet löst ihr kleines Ruderboot von der Anlegestelle und navigiert uns mühelos von der Hafenmauer fort. Gleich darauf gleiten wir geschmeidig in die Bucht hinaus, das sanfte Schaukeln des Bootes ist nicht schlimmer als das eines Eisenbahnwaggons. Anstatt dass mir wieder übel wird, stelle ich überrascht fest, dass ich Gefallen daran finde, auf dem Wasser zu sein. Lediglich der penetrante Geruch nach Seetang zwingt mich zwischendurch, mir erneut die Nase zuzuhalten. Harriet verdreht die Augen und schüttelt den Kopf. Ich ignoriere sie einfach und konzentriere mich auf die Aussicht.

Trotz des Gestanks genieße ich den Wind in meinen Haaren, der mir ins Gesicht weht, das Glitzern der Sonne auf der Wasseroberfläche, das sanfte Klatschen der Wellen, die gegen den Bootsrumpf schwappen. Lauter neue Geräusche, neue Gerüche, neue Eindrücke. Meine Haut kribbelt, als ich meine Hand durch das Wasser schleifen lasse und an glückliche Sommertage zurückdenke, wenn mein Vater seine Hosenbeine aufkrempelte und seine Socken abstreifte und mit mir ins Meer watete, wo wir über kleine Wellen hüpften und ich vor Begeisterung quietschte. Der Ausdruck in seinem Gesicht, als meine Mutter ihm sagte, dass ich die schlimmste Art von Schande auf mich geladen hätte, weil ich mich schwängern ließ, verfolgt mich noch immer. Immerhin ist er ein Mann, dessen Ziel es ist, Würde und Contenance an den Tag zu legen, was ich beides nicht unter Beweis gestellt habe. Zwar hatte ich immer den Wunsch, ihn stolz zu machen, doch das Gegenteil ist geschehen: Alles, was ich erreicht habe, ist, ihn auf die am schlimmsten mögliche Art zu enttäuschen.

Während meine Gedanken um Irland kreisen, konzentriert sich Harriet aufs Rudern, bis selbst sie das Schweigen im Boot leid ist. »Du wirst dich daran gewöhnen«, sagt sie. »An den Geruch.«

Wie ein nach Aufmerksamkeit gierendes Haustier verstehe ich diesen unbedeutenden Satz als Einladung zum Gespräch. »Ich hoffe es. Ist der Geruch immer so penetrant? Ich kann ihn sogar auf der Zunge schmecken.«

»So ist das eben hier.«

»Lebst du schon lange hier?«, frage ich.

Harriet zieht an ihren Riemen, vier lange harte Schläge. »Vermisst du Irland?«, fragt sie, statt mir zu antworten, und fixiert mich mit strengem Blick. »Ich dachte, du wolltest mich nicht mit Fragen löchern. Hatten wir nicht eine Abmachung?« Ihre Stimme hat plötzlich einen scharfen Unterton, eine Warnung, ihr nicht zu nahe zu kommen.

Ich setze mich gerade hin, verschränke meine Arme, schiebe trotzig mein Kinn vor. »Es besteht kein Grund, so unhöflich zu sein. Nimm es als Versuch, ein bisschen Konversation zu machen, solange ich mit dir in diesem Boot sitze. Im Übrigen habe ich noch die nächsten fünf Monate mit dir vor mir, und ganz davon abgesehen, gehört es zum guten Ton, sich für sein Gegenüber zu interessieren – besonders wenn man miteinander verwandt ist.«

Meine Stimme zittert vor Wut, die sich, nachdem sie in den vergangenen Wochen immer unterdrückt wurde, endlich ungehindert Bahn bricht. Ich bin wütend auf meine Eltern, weil sie mich fortgeschickt haben, als ich sie am meisten brauchte; ich bin wütend auf mich selbst, weil ich mich in diese unmögliche Situation gebracht habe; ich bin wütend auf Harriet Flaherty, weil sie so eine Enttäuschung ist. Ich bin sogar ein bisschen wütend auf Mrs O'Driscoll, weil sie mich ausgerechnet dann im Stich gelassen hat, als ich anfing, etwas Hoffnung zu schöpfen. Ich muss an den Zettel in meiner Jacke denken. An die ordentliche Handschrift. An die Worte *Nur Mut*.

Die durch Ärger entstandene Hitze in mir breitet sich im ganzen Körper aus. So wie der Seetang und die feuchte salzige Luft auf meiner Haut hat Harriet Flaherty geradezu eine körperliche Wirkung auf mich. Und dagegen wehre ich mich.

»Wenn du entschlossen bist, mich nicht zu mögen, dann gut, ganz wie du willst. Ich nehme an, du hast es nie anders gewollt, hast dein Einsiedlerleben vorgezogen, genauso wie deine Art, andere zu verschrecken mit deinen bissigen Kommentaren und deinen finsteren Grimassen und deinen Männerklamotten aus dem letzten Jahrzehnt!«

Zufrieden lehne ich mich zurück, weil ich für mich selbst eingetreten bin. Ein Signal, dass ich mich von Harriet Flaherty weder schikanieren noch einschüchtern lasse. Das musste ich neunzehn Jahre lang von meiner Mutter erdulden, und ich bin nicht um die halbe Welt gereist, um mehr davon hinzunehmen.

Harriet schweigt und rudert einfach weiter, ohne aus dem Rhythmus zu kommen. Ich könnte sie anbrüllen, aber ich reiße mich zusammen und drücke meinen Frust mit den flachen Händen in das Sitzbrett, starre zu dem Leuchtturm vor uns und blinzele die Tränen zurück, die in meinen Augen aufsteigen. Die Riemen klappern in ihren Halterungen, sobald Harriet sie aus dem Wasser zieht und auf den Bootskanten ablegt. Stille umfängt uns, als wir uns einen Moment lang treiben lassen. Nach einer endlos langen Pause kommt von Harriet eine Reaktion.

»So, anscheinend steckt in dir wider Erwarten durchaus ein bisschen Persönlichkeit. Dabei dachte ich inzwischen, du seist eine zimperliche kleine Madame wie deine Mutter, offenbar habe ich mich getäuscht. Zum Glück. Es gibt nämlich nichts Schlimmeres als ein junges Mädchen, das an nichts anderem interessiert ist als an den Fragen, wie gefällt dir dieses Kleid und jener Hut, und an der Aussicht auf eine baldige Hochzeit.« Sie beugt sich zu mir vor. »Es freut mich, dass du Feuer im Bauch hast, Matilda. Mehr wollte ich nicht wissen.«

Großartig, ich habe mich provozieren lassen und mich über einen simplen Test aufgeregt. »Ich weiß nichts von einem Feuer im Bauch«, erwidere ich anzüglich, »allerdings habe ich was anderes im Bauch, wie du weißt.«

Wir starren uns an und sehen wieder weg, auf Harriets

Lippen nehme ich ein spöttisches Grinsen wahr. Ich verberge mein eigenes Lächeln hinter einem falschen Gähnen und drehe mein Gesicht wieder in die Sonne. Diese Frau kann einen rasend machen.

Nachdem Harriet das Boot an einem Landungssteg vertäut hat, steigt sie eine kleine Steintreppe hoch. Ich muss ihr bei heftig schwankendem und schaukelndem Boot folgen. Wäre ich nicht so stur, würde ich Harriet um Hilfe bitten, so nicht. Auf keinen Fall möchte ich einen schwachen oder hilflosen Eindruck machen, also klettere ich auf allen vieren heraus, bis ich festen Boden unter den Füßen spüre. Das geliehene blaue Baumwollkleid klebt an mir wie die Napfschnecken auf den Klippen, und ich steige hinter Harriet einen bogenförmigen Kiespfad hoch, der zum Leuchtturm führt.

Aus der Nähe ist er viel größer, als ich erwartet habe. Ein achteckiger Holzturm thront stolz auf einem zweistöckigen Wohnhaus für den Leuchtturmwärter. Erdgeschoss und Turm sind mit weißen Holzschindeln verkleidet, das Dachgeschoss mit braunen Ziegeln, unterbrochen von mehreren Mansardenfenstern auf jeder Seite. Der Laternenraum sitzt auf der Spitze und ist umgeben von einer Außengalerie mit einer schwarzen Metallgitterbrüstung. Als ich hochstarre, den Kopf in den Nacken gelegt, wird mir leicht schwindelig. Der Wind bläst hier auf der Insel stärker, da es keine schützenden Gebäude gibt wie drüben in Newport. Ich halte meinen Hut mit einer Hand fest und bin so tief versunken in den Anblick der Laterne, dass ich nicht wahrnehme, wie sich mir ein Hund nähert, bis eine feuchte Nase meine Hand anstupst.

Ich beuge mich zu dem niedlichen kleinen schwarzweißen Vierbeiner hinunter, um ihn zu streicheln. Sein Schwanz wedelt hektisch hin und her und bringt den ganzen Körper ins Schwingen, während ich seine Ohren kraule. Er sieht mich mit hingebungsvollen braunen Augen an, bis ein schriller Pfiff ertönt und er davonflitzt. Als ich meine Augen gegen die Sonne abschirme, sehe ich, wie er auf einen jungen Mann zustürmt, der die Promenadenmischung vom Boden hochnimmt, bevor er seinen Weg zu mir fortsetzt.

»Tut mir leid«, sagt der Unbekannte, als er mich erreicht. »Dieses Geschöpf hier möchte jedermanns bester Freund sein.«

Ich lächele und versichere ihm, dass es mir nichts ausmacht. »Ich liebe Hunde, und dieses Exemplar ist absolut hinreißend.«

Der Mann krault den Hund zärtlich am Kopf. »Na bitte, deinem Charme kann einfach niemand widerstehen. Nicht wahr, Captain?«

»Süßer Name. Passt zu ihm.«

»Zu ihr.«

Ich lache, entschuldige mich für meinen Fehler und beobachte, wie die Hundedame anfängt, sich auf dem Arm des jungen Mannes zu winden. Er setzt sie auf den Boden und wirft ein sonnengebleichtes Stück Treibholz, dem sie prompt hinterherjagt.

»Ich bin übrigens Joseph«, sagt er und streckt eine gebräunte Hand vor. »Joseph Kinsella. Hilfswärter.«

Der junge Mann sieht aus wie der klassische amerikanische Posterboy in seinem Collegeshirt, seinen aufgekrempelten, verwaschenen Bluejeans und den weißen Sportschuhen. Seine dichten blonden Haare fallen ihm in die Augen, die zur Farbe seiner Jeans passen. Er erinnert mich an Mickey Rooney als Andy Hardy in dem Film *A Family Affair*, der vor einem Jahr in die Kinos gekommen ist, nur dass er ein bisschen älter und erwachsener wirkt.

»Matilda Emmerson«, erwidere ich und schüttele seine Hand. »Ich wohne bei Harriet Flaherty. Sie ist hier irgendwo.« Ich blicke mich um, ohne von ihr eine Spur zu sehen.

Joseph macht ein Gesicht, als würde ihm ein Licht aufgehen. »Dann bist *du* das wilde irische Mädchen!«

»Wild?« Ich erröte heftig. Harriet hat ihm sicher nicht den wahren Grund für meinen Besuch genannt. Was ist mit der Tarngeschichte, an die wir uns angeblich halten sollen? Erst jetzt wird mir bewusst, dass ich, wenn ich angeblich verheiratet bin, einen Ehering tragen müsste.

»Ich wollte dich aufziehen, sorry«, sagt Joseph. »Ich bin selbst zu einem Viertel Ire. Das gibt mir hoffentlich das Recht, dich auf die Schippe zu nehmen, oder nicht?« Sein Grinsen, bei dem das Grübchen in seinem Kinn hervortritt, ist schwer zu ignorieren.

»Es reicht gerade so«, antworte ich lächelnd.

»Du wohnst über den Sommer bei Harry, habe ich gehört.«

»Harry? So nennst du sie?«

»So wurde sie immer genannt. Ich bekam den Schock meines Lebens, als ich herausfand, dass Harry Flaherty eine Frau ist.«

»Na ja. Man muss schon genau hinschauen.«

Er lacht. »Dein erstes Mal in Newport?«

»Mein erstes Mal in Amerika. Mein erstes Mal außerhalb

von Irland«, sage ich, als Captain angestürmt kommt, das Treibholz stolz vor meine Füße fallen lässt und mich mit schief gelegtem Kopf erwartungsvoll ansieht.

»Offenbar hast du eine Freundin gefunden«, sagt Joseph und hebt das Treibholz auf, wirft es möglichst weit, damit Captain wieder losjagt. »Aus welchem Teil von Irland kommst du? Ich habe Verwandtschaft in Sligo.«

Ich zögere. Meine Mutter hat mir gründlich eingeschärft, niemandem etwas von mir zu erzählen und mich auf gar keinen Fall mit den Einheimischen anzufreunden. Sie hat zu viel Angst, dass sich mein Zustand über den ganzen Atlantik hinweg herumsprechen könnte bis hin zu ihrem engstirnigen, pedantischen Freundeskreis. So weit entfernt, wie ich von ihr bin, sollte es mich allerdings weniger kümmern.

»Ballycotton«, antworte ich. »Im County Cork.«

»Eine wunderschöne Gegend mit tollen Stränden, wie ich gehört habe, obwohl wir hier locker damit konkurrieren können.«

Captain kommt mit dem Stöckchen zurück und lässt es erneut vor meine Füße fallen. Ich kraule die samtenen Ohren und schaue zum Leuchtturm. Von Harriet noch immer keine Spur. Es würde mich nicht wundern, wenn sie nach Hause gerudert wäre und mich zurückgelassen hätte, um mich ein weiteres Mal auf die Probe zu stellen.

»Du weißt nicht zufällig, wo Harriet ist?«

»Vermutlich am Strand auf der anderen Seite. Sie sammelt Muscheln und so. Ich bin auf dem Weg zum Laternenraum. Du kannst gerne mitkommen, falls du Lust hast, dir die Gegend von oben anzuschauen.«

Joseph pfeift Captain zu sich und wendet sich zum Eingang. Ich folge den beiden, lasse die Sonne zurück, die auf meinen Rücken scheint, und den Wind, der mein Haar zerzaust. Ich bin noch keine vierundzwanzig Stunden in Newport, und mein Leben in Irland kommt mir bereits unfassbar fern vor. Diese kleine Insel mit ihrem Leuchtturm aus Holz hat etwas herrlich Unkompliziertes, und für ein paar unbeschwerte Momente bin ich nicht die Politikertochter, die Schande über sich und ihre Familie gebracht hat, sondern ein wildes irisches Mädchen, das seine Ferien in Amerika verbringt, frei wie der Wind, der das Wasser in der Bucht kräuselt.

Genau in diesem Augenblick spüre ich ein eigenartiges Flattern tief in mir, ähnlich einer Feder, die leicht über meine Haut streift. Ich bleibe wie angewurzelt stehen, spüre es wieder und noch einmal. *Wenn du dieses erste Lebenszeichen spürst … Es gibt nichts, was damit vergleichbar ist,* hat Mrs O'Driscoll gesagt. Es überwältigt mich, verschlägt mir den Atem, denn darauf war ich nicht vorbereitet. Ich komme erst wieder zu mir, als Joseph etwas von einem Glas Eistee sagt. Mit schwirrendem Kopf setze ich mich wieder in Bewegung, stolpere benommen über die Schwelle wie eine betrunkene billige Hure, als die meine Mutter mich beschimpft hat. Joseph fängt mich auf und geleitet mich zu einem Stuhl, bringt mir ein Glas Wasser und verspricht, Harriet zu holen. Ich nehme es kommentarlos hin.

Captain legt sich ergeben vor meine Füße, und als ich mein Spiegelbild in dem Glas anstarre, spüre ich wieder dieses Flattern. Es ist ein überaus zartes Gefühl und eine weniger zarte Erinnerung an das, was ich getan habe und warum ich hier bin. Und alles, was ich empfinden kann, ist Angst.

Während ich in diesem hübschen kleinen Leuchtturm

sitze und darauf warte, dass ein Fremder eine Fremde holt, wird mir bewusst, dass ich, egal wie viele entfernte Verwandte ausgegraben werden oder wie viele wohlmeinende Anstandsdamen ihren Rat geben, auf mich alleine gestellt bin. Harriet Flaherty weiß rein gar nichts von mir, sie hat keine Ahnung, wie es ist, von allen und allem, was man kennt, fortgeschickt zu werden. Ihr amerikanischer Wohnsitz mag noch so nützlich erscheinen, sie kann mir genauso wenig helfen wie ich ihr.

Letzten Endes sind die Einzigen, auf die wir uns wirklich verlassen können, wir selbst.

KAPITEL 19

Harriet
Rose Island Lighthouse, Mai 1938

Die Zeit heilt nicht alle Wunden, wie es immer heißt. Ich spüre heute noch die Lücken in meinem Leben, die eigentlich Cora mit ihrem Reden und Lachen hätte füllen sollen. Jeden Tag komme ich hierher an den hufeisenförmigen Strand und sammele Muscheln und Treibholz und andere kleine Kuriositäten im Gedenken an Cora, fülle meine Hosentaschen, bis sie von dem Gewicht meiner Ausbeute durchhängen.

Sechzehn Jahre lang wanderten und redeten und spielten wir gemeinsam an diesem kleinen Inselstrand, hinter dem der Leuchtturm emporragt. Hier verliebte Cora sich in das Meer, hier ergründete sie die komplizierten Wege des Lebens, wuchs von einem wissbegierigen Kind zu einer klugen jungen Frau heran. In drei Wochen werde ich drei Jahre ohne sie sein. Es erscheint mir kaum möglich.

Wir waren immer zu zweit. Harriet und Cora. Die Leuchtmeisterin und ihre Tochter. »Sieh mal, Mama!«, hat sie immer gerufen und ist mit einer Herzmuschel zu mir gerannt, streifte mit sandigen Fingern ihre Haare aus den Augen. »Wir sind wie zwei Hälften einer Muschel.« Ja, das waren wir. Ohne sie bin ich nicht einmal die Hälfte dessen, was ich mit ihr war. Da ich nicht weiß, wie ich ohne sie leben soll, habe ich mich von der Welt zurückgezogen wie ein Einsiedlerkrebs, der davonkrabbelt, um sich zwischen den Klippen zu verstecken.

Aber die Welt hat mich gefunden.

Eigentlich habe ich immer geahnt, dass die Vergangenheit mich eines Tages einholen wird. Warum gerade jetzt, ist mir nicht klar. Ich weiß einzig und allein mit Sicherheit, dass es trotz meiner Zweifel und meiner Ungewissheit, trotz meiner Unbeholfenheit in ihrer Nähe einen Sinn macht, dass Matilda hier ist. Sie gibt mir eine Bestimmung, einen Grund, um weiterzumachen. Vorerst.

Wenn ihr Baby im Herbst zur Welt kommt, wird sie nach Irland zurückkehren. Darum darf ich mir höchstens erlauben, am Rand eine Beziehung aufzubauen, wie auch immer sie sich entwickeln wird. Ich werde es vorsichtig angehen. Testen, wie es sich anfühlt. Ich traue der Sache nicht ausreichend, um mich voll und ganz hineinzustürzen.

Noch nicht.

Vielleicht niemals.

KAPITEL 20

Matilda
Newport, Rhode Island, Mai 1938

Die schwachen, kaum spürbaren Kontraktionen hören so plötzlich auf, wie sie begonnen haben, und ich komme mir albern vor, als Harriet mit alarmierter Miene hereinstürmt. »Matilda? Ist alles in Ordnung? Joseph hat gesagt, du bist fast ohnmächtig geworden.« Beide stehen vor mir wie besorgte Eltern.

»Es geht mir gut«, sage ich und nippe an meinem Wasser. »Mir war ein bisschen schwindelig, mittlerweile ist es schon wieder vorbei.«

»Ihr Gesicht hat definitiv etwas Farbe bekommen«, bemerkt Joseph. »Du warst vorhin kreidebleich.«

Ich lächele die beiden so überzeugend wie möglich an. »Ehrlich, es geht mir gut. Abgesehen davon, dass es mir peinlich ist, einen derartigen Wirbel zu veranstalten.« Mehr wollte ich nicht zu dem Thema sagen, um nicht noch mehr Aufmerksamkeit auf mich zu lenken.

Harriet besteht darauf, dass ich gezuckerten Eistee trinke, und verschwindet in der Küche, Joseph steht unbeholfen neben mir, als hätte er Angst, mich alleine zu lassen.

»Du hast mir einen gewaltigen Schrecken eingejagt«, sagt er und bläst die Luft aus seinen Wangen.

»Tut mir leid. Danke für deine Hilfe.«

Er zuckt mit den Achseln. »Hauptsache, du fühlst dich besser, das ist alles, was zählt. Vielleicht zeige ich dir den Laternenraum ein anderes Mal.«

Ich nicke. »Danke, das ist wahrscheinlich besser so.«

Er zögert einen Moment, bevor er mir sagt, dass er sich freue, mich kennengelernt zu haben. »Ich habe drüben in der Stadt eine kleine Kunstgalerie. Du solltest mal vorbeischauen, falls du nicht zu beschäftigt bist. Kinsella's Fine Arts. Auf der Bellevue Avenue.« Zwar antworte ich, dass ich das machen werde, doch ich meine es nicht wirklich ernst, er hingegen sehr wohl.

Nachdem er gegangen ist und Harriet noch in der Küche werkelt, sehe ich mich in dem Raum um. An einer Wand steht ein Herd aus schwarzem Gusseisen, ähnlich dem Exemplar im Haus meiner Großmutter, daneben ein Korb mit einem Blasebalg und Kaminbesteck. Die gegenüberliegende Wand wird von einer senfgelben Anrichte eingenommen. Eine Hängevitrine und Regale sind mit Tassen und Tellern in verschiedenen Größen bestückt, alle handbemalt mit Muscheln, Hummern und Krebsen. Ein kleiner weißer Tisch mit zwei Stühlen steht vor dem Fenster, ein Topf mit roten Geranien bildet einen hübschen Farbtupfer im Sonnenlicht. Fundstücke aus dem Meer liegen ungeordnet auf den Fenstersimsen: Jakobsmuscheln, ausgebleichtes Treibholz, Anemonen, Seeigel und Meerglas. Der ganze Raum verströmt Wärme und Persönlichkeit. Kein Wunder, dass Harriet ihre Zeit gerne hier verbringt. Eigentlich schade, dass sie diese Atmosphäre nicht auch in der anderen Wohnung verbreitet hat.

Ich gehe hinüber zu einem Bild, das an der Wand neben

dem Herd hängt. Es ist die eingerahmte Titelseite der *Harper's Weekly* vom 31. Juli 1869, ein auffälliges Porträt von einer ernst dreinblickenden Frau in einem langen schwarzen Kleid, ein helles Tuch um ihre Schultern geknotet. Sie steht vor einer Klippe, den Hintergrund bilden das Meer und ein wechselhafter Himmel. Ihre Augen strahlen eine seltene Intensität aus, einen Ausdruck purer Entschlossenheit. Ich greife nach dem Rahmen und rücke ihn gerade, als Harriet mit dem Eistee zurückkehrt.

»Ah. Du hast Ida entdeckt.« Sie gießt uns beiden ein großes Glas ein, gibt drei gehäufte Teelöffel Zucker dazu, trinkt ihr Glas in einem Zug leer und wischt sich mit dem Ärmel ihres Pullovers über den Mund. »Eine echte Heldin war das.«

»Wer ist sie?«, frage ich und probiere vorsichtig den kalten, stark gesüßten Tee, der überraschend gut schmeckt.

»Ida Lewis, die ehemalige Lichtwächterin auf dem Lime Rock drüben im Hafen. Mein Vater hat das Bild in einem Trödelladen entdeckt an dem Tag, als wir hier ankamen. So lange hängt Ida an dieser Wand.«

»Hast du sie gekannt?«

»Ida? Gott, nein. Für wie alt hältst du mich? Sie lebte vor meiner Zeit. Boots dagegen kannte sie noch persönlich.«

»Boots?«

»Der ehemalige Leuchtmeister von Rose Island. Ein zäher alter …«

»Stiefel?«

Harriet nickt, ein halbes Lächeln auf ihren Lippen. »Mit Boots legte man sich besser nicht an. Aber er liebte es, Geschichten über Ida zu erzählen. Er sagte immer, an ihr seien gleich drei Frauen verloren gegangen. Sie war offenbar verdammt zäh und unverwüstlich. Als ihr Vater einen Schlaganfall hatte, übernahm sie seine Arbeit auf dem Leuchtturm. Zu ihrer Zeit rettete sie um die dreißig Seelen und wurde dadurch zu einer lebenden Legende.« Harriet hockt sich breitbeinig auf die Tischkante und stützt ihre Hände auf die Oberschenkel. »Nicht dass Ida auf den ganzen Rummel oder die Medaillen, die man ihr verliehen hat, Wert gelegt hätte. Im Sommer strömten die Menschen zu Tausenden zum Lime Rock, um sie zu sehen. Dabei war ihr die Aufmerksamkeit zuwider.« Harriet richtet sich auf, um ihr Glas neu zu füllen. »Man nannte sie Amerikas Grace Darling.«

Ich bekomme den Tee in die falsche Röhre und muss prompt husten. »Grace Darling? Der Name ist mir ein Begriff.«

»Das sollte er auch sein. Grace rettete deine Ururgroßmutter Sarah nach einem Schiffbruch in der Nähe des Leuchtturms, den sie mit ihren Eltern bewohnte. Das muss inzwischen hundert Jahre her sein.«

»Ich besitze einen Brief, den Grace an Sarah geschrieben hat. Er steckte in einem alten Buch, das ich mitgebracht habe, eine Art Familienerbstück. Die Mütter haben es von Generation zu Generation an ihre Töchter weitergegeben, zusammen mit dem Medaillon hier.«

Harriet sieht mich an, dann das Medaillon, und nickt. Sie zündet sich eine Zigarette an. »Ich habe das Buch auf deinem Nachttisch gesehen. Ein Handbuch für Leuchtturmwärter. Hattest du vor, dich fortzubilden? Die Wahl deiner Lektüre erscheint mir ein wenig seltsam.«

»Mir kommt sie nicht so vor.« Ich gehe zum Fenster und betrachte die Aussicht. Der Klang des Ozeans dringt zu uns herüber, vereinzelte Wellen schwappen gegen das Fundament, auf dem der Leuchtturm steht. Der Wind ist gewürzt mit Meersalz.

»Alte Dinge haben mich seit jeher fasziniert, außerdem gefiel mir der Umstand, dass das Buch eine Widmung für eine andere Matilda enthält.«

»Diese andere Matilda war Sarahs Tochter. Sie und ihr Bruder kamen bei dem Schiffsunglück ums Leben. Sarah hat nach ihrer Rettung offenbar eine echte Freundschaft zu Grace Darling gepflegt. Es ging ihr psychisch lange Zeit schlecht, sie war stark traumatisiert von der Katastrophe auf See und dem Verlust ihrer beiden Kinder. Ein drittes war tot geboren worden. Wahrscheinlich ist es da einfach logisch, dass sie mit der Frau in Kontakt bleiben wollte, die ihr das Leben gerettet hat.« Harriet nimmt einen langen Zug aus ihrer Zigarette. »Und natürlich gibt es da noch diese Gerüchte über Grace und George, Sarahs Bruder.«

»George Emmerson?« Meine Finger greifen nach dem Medaillon. Ich öffne den Verschluss. »Dieser Künstler?« Harriet nickt. »Dann ist das auf dem anderen Porträt wohl Grace, oder?«

»Höchstwahrscheinlich. Doch das ist nicht verbürgt. Es könnte ebenfalls Georges Frau sein. Scheint so, als hätten alle Beteiligten die Wahrheit mit in ihr Grab genommen. Meine Großmutter hat alles Mögliche über Grace Darling gesammelt, und der alte Boots trug eine Menge über Lichtwächter zusammen, die die Leuchttürme in Ordnung hielten. Er hat mir alles hinterlassen, als er starb, Gott hab ihn selig.« Sie bekreuzigt sich, und ich tue es ihr gleich.

»Oben im ersten Schlafzimmer steht eine alte Teekiste voller Zeitungsberichte über Grace und Ida und andere

Leuchtturmwärterinnen wie Kate Walker und Abbie Burgess. Wir haben angefangen, alles in Alben zu sortieren …« Harriet verstummt, und unvollendete Gedanken schweben zu den Deckenbalken empor wie die Rauchfahne von ihrer Zigarette.

»Ich könnte ja alles sortieren«, biete ich ihr an. »Dann hätte ich was zu tun. Außerdem stöbere ich gerne durch alte Zeitungsausschnitte und so. Meine Mutter sagt immer, ich sollte in einem Museum arbeiten. Sie selbst redet nicht gern über die Vergangenheit und interessiert sich kaum für unsere Familiengeschichte. Bis vor einem Monat hatte ich noch nie von dir gehört. Ich weiß nicht einmal genau, wie wir miteinander verwandt sind.«

Harriets Hand verharrt auf halbem Weg zu ihrem Mund, ihre Zigarette brennt langsam herunter, und ein langes Stück Asche fällt auf den Boden. Die Pause in unserem Gespräch dehnt sich endlos, scheint sich über die Narragansett Bay zu erstrecken, über den ganzen Atlantik bis nach Irland zu dem nach Rosen duftenden Garten meiner Eltern, wo meine Mutter mit ihren Freundinnen Tee trinkt und erzählt, wie sehr sie sich für mich freue, dass ich die Gelegenheit bekommen habe, einen Urlaub in Amerika zu verbringen. Und in dieser langen Pause habe ich das nagende Gefühl, dass etwas verloren ging, und ich frage mich, ob Harriet vielleicht weiß, was ich vermisse.

Sie nimmt einen letzten Zug von ihrer Zigarette und bläst die Rauchfahne in meine Richtung. »Nun«, sagt sie schließlich, »jetzt hast du ja ein bisschen von mir gehört. Mein Pa war ein Cousin deines Vaters, einer von einem ganzen Dutzend. Viel mehr gibt es dazu nicht zu sagen.«

Ich sehe ihr an, dass sie nicht in der Stimmung ist, Details preiszugeben.

Der Qualm ihrer Zigarette reizt meinen Hals und bringt mich zum Husten. »Du hast noch nie geraucht, nehme ich an?«, fragt sie.

»Einmal, um jemanden zu beeindrucken.«

»Und? Hat es funktioniert?«

Ich muss an die Lippen des britischen Soldaten denken, der sie hart auf meine presste, an seinen kratzigen Bart, an seine Hände auf meinem Oberschenkel, an den abgestandenen Geruch nach Whisky. Andrews nannten sie ihn. Seinen Vornamen habe ich nie erfahren.

»Nein«, antworte ich. »Ich habe niemanden beeindruckt.«

»Ist klar, Männer sind ohnehin reine Zeitverschwendung. Ohne sie sind wir besser dran, wenn du mich fragst.« Harriet wendet sich ruckartig ab und drückt ihren Zigarettenstummel in eine leere Getränkedose. »Nun gut, ich kann nicht den ganzen Tag hier herumsitzen und quatschen. Hab zu tun. In zwei Stunden legen wir ab.«

Ich gehe unterdessen eine Treppe nach oben, wo ich zwei helle gemütliche Schlafzimmer entdecke, beide sehr viel hübscher als mein spärliches kleines Reich in dem Haus auf der Cherry Street. Die Teekiste finde ich in dem größeren Raum, wo weiß gestrichene Balken kreuz und quer unter einer hohen Decke verlaufen und eine warme Brise durch die offenen Fenster tänzelt und mit den Vorhängen in blauem Vichymuster spielt. Das Zimmer ist sauber und ordentlich, die Einrichtung zweckmäßig und schlicht. Auf den Fensterbänken sind muschelverzierte Kästchen verteilt. An der Wand gegenüber dem Bett hängen fünf Muschelzeichnungen in einer Reihe. Der Raum strahlt eine angenehme Ruhe aus, und das Rauschen und Rollen der See umspült mich beruhigend, als ich mich vor die Teekiste knie, die Lederriemen öffne und den Deckel abnehme.

Staub wirbelt auf, der mich zum Husten bringt, als ich einen Stapel Sammelalben herausnehme, jedes davon vollgestopft mit vergilbten Artikeln über Ida Lewis, ausgeschnitten aus alten Lokalzeitungen. Ich krame ein bisschen tiefer in der Kiste und stoße auf eine alte Ansichtskarte mit einer dramatischen Illustration von einer jungen Frau, die ihr Boot in stürmischer See rudert. Unten links steht der Name Ida Lewis, unten rechts Grace Darling. Ein und dasselbe Porträt für zwei Frauen. Harriet erwähnte vorhin, dass Ida Lewis Amerikas Grace Darling genannt wurde, was die Beschriftung der Karte erklärt. Zufällig greife ich ein Bündel Zeitungsausschnitte heraus. Sie stammen alle aus der Zeit von September bis Dezember 1838 und befassen sich ausnahmslos mit dem tragischen Untergang eines Raddampfers, der *SS Forfarshire,* und seinen Folgen. Ganz unten, auf dem Boden der Kiste, ertasten meine Finger die harten Kanten eines Bilderrahmens. Ich schiebe alles andere auf die Seite, um ihn herauszunehmen, und wische mit dem Ärmel meiner Strickjacke die dicke Staubschicht ab.

Der Rahmen ist, bedingt durch das Alter, verzogen, das Glas auf einer Seite gesprungen, aber das Bild einer jungen Frau fesselt mich sofort. Sie wirkt, als wäre sie in einem privaten Moment überrascht worden, als wäre ihr nicht bewusst, dass sie porträtiert wurde. Sie trägt eine Haube, deren blaue Bänder unter einem schmalen Kinn geknotet sind. Ein grünes Plaid ist um ihre Schultern geschlungen. Der intensive Ausdruck ihrer Augen verursacht mir ein leichtes Unbehagen. Es wirkt fast, als würde sie mich direkt anblicken. Fein gezeichnete Muscheln, die sich alle voneinander unterscheiden, zieren die Ränder der Leinwand. Das Ungewöhnlichste an dem Porträt allerdings ist, dass es unvollendet blieb. Das Gesicht der Frau ist lediglich zu zwei Dritteln ausgemalt, bei dem Rest handelt es sich um einen schwachen Bleistiftumriss. Auch der Hintergrund ist lückenhaft. Die Kleidung der Frau ist halb farbig gestaltet, halb grau schraffiert mit Grafit und Kohle. Es ist, als hätte der Künstler mittendrin aufgegeben. Warum wurde es wohl gerahmt? Ich entdecke in einer Ecke die Initialen G. E. und komme ins Grübeln. Könnte das ein Porträt von Grace Darling sein? Und falls ja, stammt es dann von George Emmerson?

Später am Abend, zurück in dem Haus auf der Cherry Street, beobachte ich von meinem Zimmerfenster aus den Lichtstrahl von Rose Island. Die alte Postkarte von Ida und Grace liegt auf dem Sims neben den bemalten Muscheln. Die beiden Frauen, die vor all den Jahren das Licht hüteten, gehen mir nicht aus dem Kopf. Ferner denke ich über die Zeitungsberichte nach, über die Lobeshymnen auf ihren Mut bei ihren Rettungstaten, genauso wie auf ihr Bemühen, den darauffolgenden Ruhm nicht zu wichtig zu nehmen. Von diesem Mut könnte ich selbst etwas gebrauchen. Besonders jetzt, wo die zarten Bewegungen in meinem Bauch noch fremd für mich sind, nicht real. Ein anderes Leben in mir zu fühlen ist ein Schock, vielleicht noch mehr als das. Ich betrachte es als einen Akt puren Trotzes. Obwohl dieses Kind nie erwünscht war, obwohl es Diskussionen und Aufregung verursachte, obwohl alles dagegensprach, hat dieses sture kleine Ding sich nicht beirren lassen. In seinem Schattendasein ganz auf sich allein gestellt, hat es einen Weg gefunden, um sich bemerkbar zu machen.

Als ich unter meine Bettdecke schlüpfe, muss ich an mein Gespräch mit Harriet im Wärterhaus denken. Sobald ich zu weit vordrang, verschloss sie sich wie eine Auster. Jedenfalls ist meine angeborene Neugier geweckt, und ich möchte mehr erfahren, mehr über Harriet und die entfernten Verwandten vor meiner Zeit, die durch Grace Darling und meine Ururgroßmutter offenbar alle miteinander verbunden sind.

Ich rufe mir die Berichte über Graces Heldentat, die ich gelesen habe, in Erinnerung, stelle mir vor, wie sie die Aufgaben verrichtet, die in dem alten Handbuch beschrieben sind, wie sie auf Longstone Island die Lampen entzündet, hoch oben auf der Spitze des Leuchtturms, und immer lebte und arbeitete sie offenbar unter schwierigen Umständen.

Der unverkennbar dumpfe und zugleich durchdringende Ton eines Nebelhorns unterbricht die Stille, und draußen frischt eine steife Brise auf, während das unvollendete Porträt nach wie vor auf dem Nachttisch steht und über mich wacht.

Wer immer diese junge Frau sein mag, es kommt mir fast so vor, als wäre sie leibhaftig bei mir im Zimmer und würde mich bitten, die Erinnerung an sie wachzuhalten.

KAPITEL 21

Grace
Longstone Lighthouse, September 1838

Liebe Sarah,
bitte verzeiht mir, dass ich Euch unaufgefordert schreibe, aber Ihr sollt wissen, dass ich in den vergangenen Wochen oft an Euch gedacht habe. Robert Smeddle war so freundlich, Erkundigungen über Euren Aufenthaltsort einzuholen und die Adresse Eurer Cousine Eliza Cavendish in Bamburgh an mich weiterzugeben. Ich hoffe, Ihr fühlt Euch nicht von mir bedrängt.
Ich habe einen Brief beigefügt, den ich in Eurem Umhang fand, als Ihr bei uns wart, sowie ein Buch, das ich Euch geben wollte, bevor Ihr von uns Abschied nahmt. Es handelt sich um ein amtliches Nachschlagewerk für Leuchtturmwärter, herausgegeben von der Seezeichenbehörde Trinity House. Ihr erwähntet, dass Matilda sich für die Funktionsweise von Leuchttürmen interessierte. Ich hoffe, Ihr werdet das Buch zu ihrem Gedenken bewahren.
Die Jungrobben, die Ihr bewundert habt, werden von Tag zu Tag größer. Inzwischen müssen es Hunderte von ihnen sein. Wenn ich sie sehe, denke ich jedes Mal an Euch. Vielleicht ist Euch danach, ein paar Zeilen zu Papier zu bringen. Ich würde mich sehr darüber freuen, von Euch zu hören.
Grace

Abgesehen von dem Medaillon um meinen Hals und ein paar Einträgen im Logbuch deutet wenig darauf hin, dass Mrs Dawson und die anderen jemals auf Longstone Island waren, nachdem der aufgewühlte Himmel und die entfesselte See zu einer poetischen blauen Ruhe zurückgekehrt sind. Offene Fenster laden einen frischen Wind ein, der durch die Räume des Leuchtturms weht und den anhaltenden Geruch der Trauer fortbläst. Mama macht sich daran, die Wäsche zu erledigen, die durch den Aufenthalt der Überlebenden angefallen ist, Papa nutzt das gute Wetter, um Kohlen aus dem Keller hochzuschleppen und das Glas der Laterne von außen zu reinigen. Doch selbst als der vertraute Rhythmus und die alte Routine sich wieder einstellen, spüre ich, dass ich mich verändert habe. Und während die Tage verstreichen und der Herbst seine leuchtenden Farben auf die Farne-Inseln streut, breiten sich die dramatischen Berichte über meinen Anteil bei der Rettung gegen meinen Willen immer weiter aus, und im ganzen Land sind die Fingerspitzen schwarz gefärbt von der Tinte, die für die Artikel über mich draufgeht.

Robert Smeddle macht uns an den meisten schönen Tagen seine Aufwartung und bringt uns bündelweise die neuesten Berichte der Zeitungen, die er zusammengerollt unter seinen Armen trägt. »Sagte ich nicht, dass Ihr dafür eine Seidenrobe erhalten würdet, Grace?«, verkündet er vollmundig und selbstgerecht. »Die Leute können nicht genug von Euch bekommen!«

Manchmal lösen diese Artikel einen dumpfen Schmerz in mir aus, der sich hinter meiner Stirn festsetzt. Beispielsweise gleich bei der Überschrift in der Londoner *Times*:

Heldin der Farne-Inseln: Grace Darlings dramatische Rettungstat.

»Die Kunde von Eurem unerschrockenen Einsatz verbreitet sich wie eine Springflut«, betont Smeddle theatralisch. »Sie rauscht durch die Straßen, schwappt in Küchen und Waschhäuser und auf die Lippen schwatzhafter Dienstmägde und Fischersfrauen. Wer ist diese Grace Darling, fragen die Leute. Wer ist diese tapfere junge Frau?«

Mein Herz pocht laut unter meiner Schürze, und trotz der kühlen Nachmittagsluft brennen meine Wangen. Meine Hände zittern, als ich eine der Seiten vom Tisch nehme. »Dieser Bericht hier ist falsch, Mr Smeddle. So hat es sich nicht zugetragen. Sie stellen es so dar, als wäre mein Vater überhaupt nicht beteiligt gewesen.«

»Woran war ich nicht beteiligt?«, fragt William Darling, der in diesem Moment auf der Treppe erscheint.

»Die Zeitungen berichten falsch«, rufe ich aufgebracht und strecke ihm die Seite entgegen. »Sieh selbst.«

Langsam klemmt er sich seinen Kneifer auf die Nase und studiert den Text, zupft dabei an seinem silberweißen Kinnbart, wendet sich zum Kamin und schürt mit dem Haken das Feuer. »Die müssen immer etwas finden, mit dem sie ihre Seiten füllen können, Grace. Am besten, du ignorierst es. In nächster Zeit werden die Chartisten die Schlagzeilen bestimmen. Ich habe gehört, dass es unlängst bei einer Versammlung in Newcastle hoch herging. Habt Ihr davon Kenntnis erhalten, Robert?«

Vaters Versuch, das Thema zu wechseln, geht für eine Weile auf, als Smeddle berichtet, was er über die jüngsten Aktivitäten der Arbeiterbewegung in den Städten und Gemeinden des Nordens weiß. Ich dagegen lasse mich nicht so leicht von dem ablenken, was mir am Herzen liegt. Mein Blick fällt erneut auf die fett gedruckte Schlagzeile mit meinem Namen. Dann stelle ich mir all die Hände vor, die über diese Worte streifen, und all die Augen, die sich darauf heften, bis ich diese Hände und Augen beinahe körperlich spüren kann. Ich bekomme eine Gänsehaut und greife zu meiner Bibel, schlage das Deuteronomium auf, Kapitel 31, Vers 6: *Seid getrost und unverzagt, fürchtet euch nicht und lasst euch nicht vor ihnen grauen.*

Es wird noch schlimmer, denn die Zeitungsberichte sind erst der Anfang. Als Nächstes kommen Dutzende von Briefen, gesendet von Bürgern, die ihrer Bewunderung für meinen Heldenmut Ausdruck verleihen und oftmals, als Zeichen ihrer Anerkennung, ein kleines Geschenk beifügen: Bücher, Bibeln, Seidentaschentücher. Viele erbitten sich von mir eine Haarlocke oder ein kleines Stück Stoff von der Kleidung, die ich bei der Rettung der Schiffbrüchigen trug. Die Lobeshymnen und freundlichen Worte sind bewegend und überwältigend zugleich.

Mama hingegen wirft ihre Hände in die Luft, als ich für sie aus den Briefen zitiere, marschiert in die Speisekammer und kehrt mit einem Messer zurück.

»Wofür ist denn das?«, frage ich argwöhnisch.

»Wenn sie Locken von deinem Kopf haben wollen, sollen sie welche bekommen. Vielleicht kümmert sich danach ja jemand um die Lampen, falls er eine Strähne bekommt. Oder muss derjenige erst einen neuen Brief schreiben?« Obwohl sie ziemlich bärbeißig und nörglerisch klingt, ist sie insgeheim vermutlich ziemlich stolz auf das Interesse der Öffentlichkeit an meiner Person. Und die Gunst meiner Mutter zu gewinnen ist eine seltene, kostbare Sache.

Smeddle besteht darauf, viele Stunden lang mit mir zusammenzusitzen und mich mit den Konventionen der gepflegten Korrespondenz vertraut zu machen, indem er mir schmeichelhafte bis kriecherische Antworten an namhafte Briefpartner diktiert.

»Das ist wirklich kein Hexenwerk«, sagt er und rückt seinen Stuhl unangenehm nah an meinen heran, um durch den neuesten Stapel von Zuschriften zu blättern. Zum ersten Mal bemerke ich, dass seine Finger nicht nur teigig sind, sondern auch abstoßende Warzen haben, die mich an Blasentang erinnern. »Eine Anfangs- und eine Schlussformel, dazwischen ein paar höfliche Zeilen. Mehr braucht es nicht. Die privaten Absender können wir vernachlässigen, wohingegen diese beiden Schreiben von der Royal Society und vom Institut der Seefahrer Eure ungeteilte Aufmerksamkeit erfordern.«

Als ich ihn frage, ob es wirklich nötig sei, allen zu antworten und zudem Dutzende von leeren Karten, die er mitgebracht hat und deren Verwendungszweck sich mir nicht erschließt, zu signieren, reagiert er erstaunt.

»Meine Liebe, wir möchten schließlich niemanden kränken, nicht wahr? Im Moment steht Ihr in der öffentlichen Gunst weit oben, was sich ebenso rasch wieder ändern kann. Ihr möchtet sicher nicht, dass die Zeitungen Euch als undankbar und unnahbar anprangern, oder? Als zu beschäftigt, um Euren Bewunderern zu antworten.«

»Natürlich nicht.«

»Bestens. Dann lass uns fortfahren.«

Gehorsam folge ich Smeddles Anweisungen und benutze meine schönste Sonntagsschrift, bis die Tinte aufgebraucht und meine Hand verkrampft ist. Ich bedanke mich für ihre freundlichen Worte, verweise darauf, dass ich bloß meine Pflicht erfüllt habe, und würdige bei jeder Gelegenheit den Mut meines Vaters. Wenn Smeddle mit dem Ergebnis zufrieden ist, nimmt er die fertigen Briefe und die signierten Karten, fährt zurück in die Festung und schickt umgehend seinen Adjutanten damit los.

Und so geht es weiter, Tag für Tag, bis ich anfange, mit Schrecken an das endlose Kratzen meiner Feder auf dem Papier zu denken und an die Aussicht, noch mehr Zeit unter Smeddles Bevormundung zu verbringen. Seine Gesellschaft ist ein Horror für mich. Mir missfällt sein schwerer Atem, mit dem er mich anbläst, und ebenso missfällt mir der aufdringliche Geruch von Porter und Bartwachs, den er in unserer Stube hinterlässt.

Die ungewollte Aufmerksamkeit der Presse und der Öffentlichkeit verursacht mir Kopfschmerzen, zumal die friedlichen Tage, die ich auf meiner Insel gewohnt bin, unter dem nicht nachlassenden Interesse an meiner Person ersticken. Wenn ich morgens nach Tagesanbruch die Lampen lösche, ertappe ich mich bei dem Wunsch, die Wissbegier der Leute ebenso leicht löschen zu können. Ich kann nicht mehr ruhig schlafen, finde keinen Trost in dem Wiegenlied der See, zu groß ist meine Anspannung vor einem neuen Drama, das mich am nächsten Tag erwarten könnte.

Mam an ihrem Spinnrad teilt meine Ablehnung und schüttelt den Kopf über die Leute, die nichts Besseres mit ihrer Zeit anzufangen wissen. Mein Vater hält sich eher bedeckt, verfolgt den Rummel mit stiller Verwunderung, und mittendrin steht unser Leuchtturm, hoch und unangreifbar. In den seltenen Momenten, in denen ich alleine bin, lehne ich meine Wange an seine dicken Steinmauern und stelle mir vor, er würde mir mein Unbehagen bis zu einem gewissen Grad abnehmen. Trotz all der Veränderungen, die über uns hereingebrochen sind, bin ich nach wie vor entschlossen, weiterzumachen wie bisher. Ich kümmere mich um die Lampen und die Laterne, hole Holz für den Herd, poliere Vaters Stiefel, schaue nach den Hühnern, schrubbe die Salzwasserränder aus meinen steifen Rocksäumen, flicke mit Nadel und Garn alle Gewänder, die es nötig haben, achte auf saubere und gleichmäßige Stiche, wie meine Mutter es mir beigebracht hat. Ich habe ehrliche Freude daran, Dinge auszubessern, mich nützlich zu machen und beschäftigt zu bleiben. Dazu wurde ich immerhin erzogen. Hingegen nicht dazu, eine Heldin zu sein. Damit kenne ich mich nicht aus, selbst wenn es die Zeitungen ihre Lesern allzu gerne glauben machen.

»Ich habe veranlasst, dass in den nächsten Tagen ein Bildhauer und ein Maler zu Euch kommen«, verkündet Smeddle, als er zum dritten Mal in dieser Woche in unsere Stube rauscht.

»Wofür soll das gut sein?«, fragt mein Vater irritiert.

»Dafür, Grace zu porträtieren.« Smeddle lächelt seinen Untergebenen, meinen Vater, an, als wäre dieser ein Kind, das eine simple Rechenaufgabe nicht versteht. »Jeder möchte sie sehen, William. Um ein Gesicht zu ihrem Namen zu haben.« Er mustert mich von oben bis unten, taxiert meine körperlichen Vorzüge.

Meine Mutter brummt unwirsch etwas davon, dass sie den Leuchtturm gleich in ein Gasthaus umwandeln könne, das Kost und Logis anbietet.

»Es wird nicht lange dauern, Mrs Darling«, versichert

Smeddle ihr. »Wenn Grace gut mitarbeitet, kann sie an einem Tag fertig werden. Bedenkt bitte, dass es sich um eine große Ehre handelt. David Dunbar zählt zu den besten Bildhauern Englands. Und Henry Perlee Parker ist berühmt für seine Meereslandschaften.« Er mustert mich erneut mit einem kritischen Auge, neigt seinen Kopf zuerst nach links, dann nach rechts. »Die beiden werden ihre Sache gut machen. Sie haben Übung darin, Makel zu kaschieren.«

Ich komme mir beinahe vor wie eine Steinskulptur, ein unbelebter Kunstgegenstand, den die Leute anstarren können, der aber nicht wie ein Mensch mit Gedanken und Gefühlen präsentiert wird. Hilfe suchend schaue ich zu meinem Vater hinüber, der als Antwort seine Augenbrauen hochzieht. Ohne dass er ein Wort spricht, verstehe ich seine Botschaft.

Was sollen wir dagegen tun, Gracie? Smeddle kennt sich in solchen Angelegenheiten am besten aus. Wenn die Leute ein Porträt von dir haben wollen, müssen wir es ihnen wohl oder übel geben.

Mir reicht es. Ich entschuldige mich und gehe nach draußen, versenke meinen Frust im Kiesstrand und vernehme mit Befriedigung das Knirschen der Steine und Muscheln unter meinen Stiefeln.

Am Abend liegt eine ungewohnte Anspannung in unserer sonst so behaglichen Wohnstube. Mein Vater nimmt meine innere Unruhe wahr. »Ich habe den Eindruck, dass all diese Briefe und dergleichen dich belasten, Grace. Habe ich recht?«

Zwar dankbar für seine Anteilnahme, verspüre ich nicht den geringsten Wunsch, darüber zu reden, sondern ziehe mich aus der Affäre. »Ich bin sicher, die Briefe und Gaben werden bald ein Ende nehmen, Papa. Die Heiratsangebote bestimmt ebenso.«

Mama schaut ruckartig von ihrer Stopfarbeit auf. »Die was?«

»Einige Absender haben um meine Hand angehalten, das ist alles.« Ob meine Mutter entsetzt oder begeistert ist, vermag ich nicht genau zu beurteilen.

»Das ist alles, was du zu sagen hast?«, faucht sie mich an. »Wer hat dir einen Antrag gesendet?«

»Gesandt«, wirft Vater ein.

Finster starrt sie ihn an. »Das ist nicht der richtige Zeitpunkt für grammatikalische Spitzfindigkeiten, Mann.«

»Niemand, den wir kennen, Mama. Einsame Seelen, die glauben, was sie in den Zeitungen über mich lesen, und ein überhöhtes Bild von mir haben. Scher dich nicht weiter darum. Ich tue es auch nicht.«

»Vielleicht solltest du nicht so voreilig sein, Grace«, erwidert sie. »Vielleicht sind ja ein oder zwei darunter, die es ernst meinen.« Sie wendet sich an meinen Vater. »Hast du diese Anträge gelesen?« Er schüttelt den Kopf. »Nun, dann werden wir wohl nie erfahren, ob es Herzöge, Grafen oder andere Adelige waren, die um unsere Tochter buhlten. Ob sie ein anderes Leben hätte haben können?«

Zu meiner Verwunderung konzentriert sie sich wieder auf ihre Näharbeit, sticht gereizt die Nadel in den Stoff, als hätte dieser irgendetwas getan, um sie zu kränken. Und mir kommt es vor, als wäre sie auf der falschen Seite. Ich greife nach meiner Handlampe und stehe auf, dehne meinen Rücken.

Vater mustert mich mit zusammengezogenen Brauen. »Warum fährst du morgen nicht aufs Festland, Grace? Du könntest deine Schwestern besuchen. Wir kommen hier schon zurecht. Eine Luftveränderung wird dir guttun.«

Ich verspreche, darüber nachzudenken, wünsche meinen Eltern eine gute Nacht und steige die Wendeltreppe zum Laternenraum empor. Vater hat recht. Ich bin wirklich erschöpft. Nicht von irgendwelchen körperlichen Anstrengungen, sondern von der Bürde, den hohen Erwartungen und der ganzen Aufmerksamkeit, die damit zusammenhängt, gerecht zu werden. Ich spüre eine große Last auf meinen Schultern und weiß nicht, ob ich stark genug bin, sie zu tragen.

Trotz meiner Müdigkeit bekomme ich kein Auge zu, und meine Gedanken wogen und wabern hin und her wie die zarten Tentakel der Seeanemonen in den Pfützen zwischen den Klippen. Ich mache mir beunruhigende Vorstellungen von unerwünschten Künstlern, die mich anstarren und meine Makel mit ihren Pinseln und Farben überdecken. Ich bin nicht wie die Damen der besseren Gesellschaft auf dem Festland, wie Ellen und Mary Herbert etwa, denen es Vergnügen bereitet, sich porträtieren zu lassen.

Mir kommt in den Sinn, was Mr Emmerson über Künstler sagte. Dass es selbst für jene mit einer natürlichen Begabung viel zu lernen gebe, zum Beispiel, wie man die Form und Gestalt studiert, wie man eine Komposition erstellt für ein möglichst getreues Abbild, wie man das Auge auf den zentralen Punkt lenkt. *Wahre Kunst besteht aus viel mehr als Pinsel, Palette und Leinwand, Miss Darling. Diese dienen lediglich als Werkzeug. Wahre Kunst findet im Herzen und im Geiste statt … und in einem geschärften Auge.*

Ich vergegenwärtige mir das Lächeln, das auf seinen Lippen erschien, als er die indigoblaue Strandscherbe von mir entgegennahm, doch die Erinnerung verblasst rasch wieder, wenn einen die Sorgen in der Gegenwart einholen.

Ich kann mir nichts Schlimmeres vorstellen, als stundenlang still zu sitzen, abgesehen davon bin ich sicher, dass die Künstler mich viel zu langweilig und gewöhnlich finden werden, dass die echte Grace Darling dem Bild von der heiligen Heldin, das von den Zeitungen erschaffen wurde, nicht entspricht. Deshalb hoffe ich inständig, dass Mr Smeddles Freunde ihre Meinung ändern werden und sich jemanden suchen, der um ein Vielfaches interessanter ist und sich besser eignet, um ihre Pinsel zu beschäftigen.

Vielleicht hat Vater recht. Um dem allen zu entgehen, würde ein Ausflug auf das Festland mir guttun.

KAPITEL 22

Grace
North Sunderland, Northumberland, September 1838

Meinen Brief und das Päckchen für Sarah Dawson sicher in meiner Rocktasche verstaut, mache ich mir am nächsten Morgen die ruhige See zunutze und breche gleich nach Sonnenaufgang auf. Es fühlt sich gut an, wieder in das Boot zu steigen, und meine Ruder gleiten mühelos durch das Wasser, während die Sonne mein Gesicht wärmt. Ich halte für einen Moment inne, sodass die Wellen nur noch sanft gegen den Rumpf schwappen und das Boot leicht hin und her schaukelt. In gleichmäßigen Zügen atme ich tief ein, dies hier ist mein Aufputschmittel, hier erwache ich zum Leben, mit der Sonne im Gesicht und dem Wind im Rücken und den unergründlichen Tiefen der See unter mir.

Mit einem leicht schlechten Gewissen muss ich gestehen, dass ich erleichtert bin, von meinen Alltagspflichten befreit zu sein, und genieße es, dem Schreien der Möwen zu lauschen und den Wind auf meiner Haut zu spüren. Und heilfroh bin ich vor allem, zwischendurch mal Abstand von der anstrengenden Korrespondenz und der unablässigen Störung durch Robert Smeddle zu haben. Still in dem Boot sitzend, mit dem wir Rettungen durchführen, denke ich über die Worte nach, die mein Vater mir an jenem Morgen vor dem Schiffsunglück der *Forfarshire* ans Herz gelegt hat.

Es ist bestimmt nicht einfach für dich, mit anzusehen, wie deine Geschwister sich alle verheiraten und auf das Festland übersiedeln.

Darauf habe ich ihm geantwortet, dass ich nirgendwo lieber sei als auf Longstone Island. Die ganz ehrliche Antwort lautet, dass ich inzwischen so sehr an das Leben in unserem Leuchtturm gewöhnt bin, dass ich nie wirklich Alternativen in Erwägung gezogen habe.

Allein auf dem Wasser, hinter mir der Leuchtturm, vor mir die Küste Northumberlands, lasse ich meinen Gedanken freien Lauf. Ohne Einschränkung. Vielleicht gibt es ja wirklich ein anderes Leben, das auf mich wartet und parallel zu dem verläuft, das ich kenne. Vielleicht könnte ich ja eine Ehe eingehen, könnte mich anderen Dingen oder Menschen widmen als meinen Eltern und dem guten alten Leuchtturm. Brooks wird ohnehin Vaters Stellung einnehmen, wenn die Zeit reif ist, und falls er heiratet, was zweifellos in nicht allzu ferner Zukunft geschehen wird, wofür wird er mich dann noch brauchen? Was kann ich denn anderes, als mich um die Lampen zu kümmern und die sieben Räume sauber zu halten?

Und das ist sie, meine größte Angst. Nicht vor Unwettern oder einer rauen See fürchte ich mich, sondern vor einem Leben ohne den Leuchtturm. Mein Widerstreben, Longstone Island zu verlassen, entspringt nicht nur meinem Pflichtbewusstsein, sondern auch meiner Furcht davor, an einen anderen Ort zu gehen und eine andere Frau zu werden. Die Berichterstatter der Zeitungen mögen meine Tapferkeit überschwänglich loben, doch die Wahrheit ist, dass ich so viel Angst und Zweifel habe wie jeder andere.

Wahrer Mut würde erfordern, das Leben, das ich kenne, hinter mir zu lassen, fortzusegeln und nicht mit der Ebbe zurückzukehren.

Besitze ich diesen Mut?

Ich weiß es nicht. Seufzend nehme ich die Riemen und rudere weiter, genieße das vertraute Ziehen in meinen Schultern und Unterarmen. Zugleich stelle ich fest, dass ich etwas außer Übung bin, da mich das Wetter und die ewigen Dankesbriefe ans Haus gefesselt haben, aber meine Muskeln erinnern sich mühelos, sodass ich bald zu meinem alten Rhythmus finde. Vorbei an den Burgzinnen von Bamburgh Castle erreiche ich beizeiten den kleinen Hafen von North Sunderland und steuere mithilfe der Strömung mein Boot in flaches Wasser.

Das frühe Morgenlicht färbt den Sand golden, und die Fischersfrauen sammeln sich wie immer am Ufer, um die Heringsflotte zu empfangen. Hungrige Säuglinge saugen an schweren Brüsten, kleine Kinder ziehen am Rock ihrer Mutter oder zeichnen mit Schwertmuscheln Bilder in den nassen Sand. Leere Körbe stehen in der Nähe bereit für den Fang des Tages. Die Muschelfischer kehren als Erste von ihrer Arbeit zurück und ziehen neben mir ihre Boote an Land. Der Geruch von Seetang und Salzwasser erfüllt die Luft, und ich löse die Bänder meiner Haube, lockere mein warmes Schultertuch.

Schon immer habe ich die frühe Morgenstunde geliebt, wenn die Fischerboote hereinkommen und ich das geschäftige Treiben beobachten kann. Hin und wieder entdecke ich den einen oder anderen Kunstmaler auf der Hafenmauer, die darauf aus sind, das Lichterspiel auf dem Wasser einzufangen und die Art, wie die aufgehende Sonne auf die

Frauengesichter fällt. Und zu viele Male habe ich gesehen, wie diese Gesichter sich vor Sorge trübten, wenn ein Boot als vermisst gemeldet wurde. Küstenorte wie North Sunderland, Craster oder Whitby leben vom Fischfang, ihr Wohlstand fällt oder steigt mit dem Erfolg der Boote. Als die ersten an diesem Morgen in Sicht kommen, beginnen die betroffenen Familien laut zu jubeln und zu winken.

Darauf bedacht, keine Aufmerksamkeit auf mich zu lenken, halte ich mich ein Stück abseits und schaue den Frauen zu, als sie fachmännisch die Ladung löschen und alles, was sie für ihr Tagewerk benötigen, in die schweren Körbe hieven: Holzbretter zum Ausnehmen der Fische, Schuppen- und Spitzmesser, Einschlagpapier. Die Frauen, bei jedem Wetter draußen, sind abgehärtet, zu keiner Zeit kommt ihnen eine Klage über die Lippen. Vom Anlegeplatz der Boote ziehen sie auf den Kai, wo sie die Fische verarbeiten und in zwei Hälften teilen, die in Salzfässer gelegt werden. Gleichzeitig erklären sie den noch kleinen Töchtern ihr Handwerk. So wie ich früher an Vaters Seite stand und mir die Fertigkeiten eines Leuchtturmwärters aneignete, werden diese Mädchen eines Tages die Körbe ihrer Mütter übernehmen und niemals das Leben hinterfragen, in das sie hineingeboren wurden, oder ein anderes in Betracht ziehen. Das Fischgewerbe geht ihnen zuvor in Fleisch und Blut über.

Ich setze meinen Weg fort, vorbei an Swallow's Smokehouse, wo es nach geräucherten Bücklingen riecht. Vor dem Eingang des Pubs schwanken schief gestapelte Krabbenkäfige, und rauer Lärm dringt durch die Ritzen der Fenster nach außen, da sich drinnen die Fischer am offenen Feuer ihre Knochen wärmen.

Ich gehe weiter durch die schmalen Gassen zu dem Haus

der Herberts, wo ich zu meiner Überraschung trotz der frühen Stunde meine Schwester Thomasin antreffe. Ich freue mich sehr, sie zu sehen und ihre vertraute Umarmung zu spüren. Manchmal vergesse ich, wie sehr sie mir fehlt.

Ellen Herbert ist außer sich vor Freude, mich zu sehen, und erklärt mir, dass ihre Schwester Mary leider den ganzen Morgen außer Haus sei. »Sie wird es sehr bedauern, dass sie dich verpasst hat, Grace. Wir alle waren sehr aufgeregt, als wir von deiner Rettungstat erfuhren. Komm, setz dich ans Feuer und erzähl uns alles darüber. War es wirklich so schrecklich, wie die Zeitungen schreiben?«

Ich lege meine Haube und meine Handschuhe ab und stelle mich vor den Kamin, um meine Hände zu wärmen. Nachdem ich die Rettung der Schiffbrüchigen zu Ellens und Thomasins Zufriedenheit mehrmals geschildert habe, zeigt meine Schwester mir eine Seite in der Londoner *Times*. Mit Entsetzen sehe ich, dass ein paar der Briefe, die ich empfangen habe, in der Zeitung zusammen mit meinen Antworten abgedruckt wurden. Mich packt der helle Zorn. Zweifellos ist es Smeddle, der meine private Korrespondenz öffentlich zur Schau stellt. Dafür werde ich ihn zur Rechenschaft ziehen, wenn ich ihn das nächste Mal sehe, das schwöre ich mir. Wie, weiß ich allerdings noch nicht.

»Du schreibst wirklich geschliffen, Grace«, sagt Ellen bewundernd, die meine Wut gar nicht wahrnimmt. »So viel Bescheidenheit nach so viel Tapferkeit. Ist es wahr, dass deine Bewunderer dich um Locken von deinem Haar bitten?«

Zähneknirschend bestätige ich es, ohne die Begeisterung von Ellen zu teilen, die diese Schreiben als Zeichen dafür wertet, wie hoch ich in der Gunst der Öffentlichkeit stehe.

»Grace? Was ist mit dir?«, fragt Thomasin. Sie kennt mich zu gut, als dass ihr meine Verstimmung entgehen würde.

»Ach, diese Geschichte wird viel zu sehr aufgebauscht«, antworte ich verärgert und nestele mit den Händen nervös in meinem Schoß herum. »Du weißt, es war meine Pflicht zu helfen, und du hättest dasselbe getan. Jeder hätte so gehandelt. Selbst Ellen.«

Thomasin lacht. »Du meinst, Ellen würde sich freiwillig in einen Sturm hinauswagen? Sie steckt nicht einmal im Sommer ihre Zehen ins Wasser!«

Die Freundin räumt ein, dass ihr die Überfahrt zu den Farne-Inseln bereits unter normalen Bedingungen große Schwierigkeiten bereitet. »Du stellst dein Licht unter den Scheffel, Grace. Nicht viele Menschen hätten so gehandelt, wie du es getan hast.«

Meine Schwester legt ihre Hand auf meine. »Ellen hat recht. Deine Tat war außergewöhnlich, Grace. Kein Wunder, dass die Leute Berichte über dich in der Zeitung lesen wollen.«

»Nun, ich wünschte, sie täten es nicht. Ich habe es satt, dass alle über mich schreiben und reden«, sage ich, lasse mich auf meinem Stuhl nach hinten sacken und lege meine Beine auf einen Schemel. »Und nun schicken sie sogar Boote voller Menschen, die einen Blick auf mich erhaschen wollen, als wäre ich Gott weiß wer.«

Für einen Moment wird es still im Raum, abgesehen vom Knistern des Kaminfeuers, dann beginnt Thomasin zu prusten, und Ellen stimmt mit ein. Wenig später biegen wir uns alle drei vor Lachen, und Tränen laufen über unsere Wangen. Es hat eine befreiende Wirkung, denn anschließend fühle ich mich gleich viel besser.

»Du solltest es dir nicht so sehr zu Herzen nehmen, Grace«, ermahnt mich meine Schwester. »Du siehst das viel zu ernst.«

»Vielleicht hast du ja in gewisser Weise recht«, räume ich ein, »nur weiß ich wirklich nicht, was ich davon halten soll, dass Robert Smeddle zwei bekannte Künstler damit beauftragt hat, nach Longstone Island zu kommen und mich zu porträtieren. Angeblich will die Öffentlichkeit wissen, wie ich aussehe.«

Ellen setzt sich neben mich. »Nun, das ist nicht so schlimm. Sei ganz entspannt und ruhig. Im Grunde ist es ziemlich amüsant.«

Gelassen trinkt sie von ihrem Tee. Ich beneide sie um ihre stoische Ruhe hinsichtlich einer Sache, die mich fast verrückt macht.

»Da wir gerade von Künstlern sprechen«, fährt Ellen fort, »erinnerst du dich an Mr Emmerson, den wir vor einiger Zeit in Dunstanburgh getroffen haben? Er ist mit Henry bekannt. Vielleicht ist er dir noch präsent.«

Meine Wangen färben sich rot, als der Name fällt. Schnell hebe ich meine Teetasse hoch in der Hoffnung, mein Gesicht dahinter zu verbergen. »Ich kann mich nicht wirklich erinnern. Nein«, stammele ich.

»Oh, Grace, das solltest du eigentlich. Schließlich hat er fast die ganze Zeit allein mit dir gesprochen. Ein groß gewachsener Mann. Schottischer Akzent. Breites Lächeln …«

»Ach ja, jetzt fällt es mir wieder ein. Was ist mit ihm?«

»Hast du gewusst, dass seine Schwester unter den Schiffbrüchigen der *Forfarshire* war, die gerettet wurden? Eine Mrs Dawson.«

»Sarah Dawson ist die Schwester von George Emmerson? Ich kann es kaum glauben.« Mein Verstand rast zurück zu unseren Gesprächen. Hat Sarah ihn jemals erwähnt? Habe ich in irgendeinem Zusammenhang seinen Namen genannt? Wenn ja, könnte sie meine Schwärmerei für ihn bemerkt haben.

»Was für ein seltsamer Zufall, nicht wahr? George wohnt im Olde Ship, seit seine Schwester auf das Festland zurückgekehrt ist. Sie ist bei einer Cousine in Bamburgh untergekommen. Eliza Cavendish. Eine nette kleine Person, wenngleich für meinen Geschmack zu verhuscht.«

Ich kann mich kaum darauf konzentrieren, was Ellen sagt, meine Gedanken kreisen wieder um jene Begegnung in Dunstanburgh und um all die vielen Male, an denen ich die Erinnerung an George Emmerson heraufbeschworen habe.

»Wenigstens haben sie durch die Vermählung etwas, auf das sie sich alle freuen können«, fügt sie hinzu.

»Vermählung?« Ich verschlucke mich fast an meinem Tee und setze die Tasse rasch ab, die daraufhin verräterisch auf ihrer Untertasse klappert.

Aufgeregt ergreift Ellen das Wort: »George und Eliza werden im kommenden Frühjahr vor den Traualtar treten.«

Mit einem Mal ist mir furchtbar heiß, und ich sage es offen, füge jedoch hinzu: »Du solltest nicht so viel Holz nachlegen, Ellen. Sonst schlagen die Flammen aus dem Kamin.«

Eine unsinnige Warnung, die lediglich meine Verlegenheit verbergen soll. Ellen ignoriert sie ohnehin und beginnt alles zu erzählen, was sie über diese Eliza weiß. Beispielsweise verrät sie, die Familie Cavendish habe zeitweilig die Hoffnung, dass George jemals um die Hand ihrer Tochter anhalten würde, aufgegeben. Das meiste rauscht an mir vorbei, alles, was mein Ohr vernimmt, ist der Satz: *Sie werden im kommenden Frühjahr vor den Traualtar treten*. Aus einem nicht ganz unerklärlichen Grund steigen mir Tränen in die Augen, ich entschuldige mich überstürzt, um die Toilette aufzusuchen.

Als ich zurückkomme, erkläre ich den anderen, dass ich mich jetzt um meine Besorgungen kümmern müsse. Ellen begleitet mich zur Haustür, küsst mich zum Abschied auf beide Wangen und beteuert mir erneut, dass die ganze Familie furchtbar stolz auf mich sei. »Wirst du in Erwägung ziehen, zum Ernteball zu kommen oder wenigstens zur Weihnachtsfeier?«

Ich verspreche es ihr. Thomasin begleitet mich zur Tür, offenbar hat sie gemerkt, dass etwas mit mir nicht stimmt. Sie war immer gut darin, mir die Wahrheit zu entlocken.

»Hast du etwas auf dem Herzen, Grace? Es ist mir nicht entgangen, wie nervös du wurdest, als der Name George Emmerson fiel.«

Kopfschüttelnd versichere ich ihr, dass sie sich täuscht. »Ich bin einfach die ganze Aufmerksamkeit leid und fürchte mich davor, für die Künstler Modell zu sitzen.«

»Bist du sicher, dass dich nicht noch etwas anderes belastet?« Sie drückt meine Hände wie früher, als wir noch Kinder waren und zusammen auf den Klippen saßen und die Jungrobben beobachteten. Um meine wahren Gefühle zu unterdrücken, versichere ich ihr erneut, dass alles im Lot sei und ich sie über alles Weitere schriftlich auf dem Laufenden halten werde. Thomasin verschränkt ihre Arme vor der Brust, ist eindeutig nicht überzeugt. »Komm mich bald in Bamburgh besuchen!«, ruft sie mir nach. Hastig winke ich ihr zu und verschwinde in einer Seitengasse.

Auf dem Weg zum Postamt mache ich einen Abstecher in die Kurzwarenhandlung, um für Mam Knöpfe und Stoffband zu besorgen. Ich bin kaum eine Minute in dem Geschäft, als das Geflüster beginnt.

»Ist sie das?«

»Das ist sie.«

»Dann geh zu ihr und frag sie.«

Bald füllt sich das Geschäft mit Bewunderern, nachdem sich in Windeseile herumgesprochen hat, dass Grace Darling vor Ort ist.

»Gott segne Euch, Miss, für Eure mutige Tat. Darf ich Euch um eine Locke von Eurem Haar bitten?«

»Würdet Ihr die Decke meines Babys berühren?«

»Könntet Ihr ein winziges Stück Stoff von Eurem Rock entbehren, Miss?«

Ich versuche, liebenswürdig und höflich zu bleiben, aber innerlich bin ich so aufgewühlt, dass ich mich entschuldige und das Geschäft ohne Knöpfe oder Band verlasse. Das Päckchen, das ich bei mir trage, und meinen geplanten Besuch im Postamt vergesse ich vollkommen. Den Kopf tief gesenkt, die Haube eng um mein Kinn geknotet, haste ich zurück zum Hafen in dem dringenden Bedürfnis, nach Longstone Island zu fliehen, wo ich ganz ich selbst sein kann, statt die Heldin zu spielen, die jeder in mir sehen möchte. Mittlerweile bedauere ich es, dass ich Thomasin nicht die Wahrheit gesagt habe. Sie kennt mich zu gut, als dass ich ihr lange etwas verheimlichen könnte, doch im Fall von Mr Emmerson werde und kann ich nicht nachgeben. Wie peinlich wäre es wohl, zuzugeben, dass mich seit Wochen ein Mann beschäftigt, mit dem ich nur wenige Minuten gesprochen habe – dazu noch ein Mann, der bald den Bund der Ehe eingehen wird. Besser, ich behalte dieses spezielle Geheimnis für mich.

In einer rauchgeschwängerten Taverne am Hafen starrt George Emmerson ausdruckslos in sein unangetastetes Glas Porter und wünscht sich, er könnte etwas tun, um seiner trauernden Schwester zu helfen. Ihre Qual ist ebenso unerträglich wie ihr erlittener Verlust, und George kann den Schatten der Schuld nicht abschütteln, der wie ein schwerer Mantel auf seine Schultern drückt. Er selbst hat Sarah schließlich ermuntert, diese Reise nach Schottland zu unternehmen, hat sie gedrängt und beschworen und darauf beharrt, dass eine Luftveränderung ihr und den Kindern guttun würde. Er war derjenige, der die Fahrscheine organisiert und sich eigens für die *Forfarshire* entschieden hatte, weil ihm nichts als Gutes über das Schiff zu Ohren gekommen war. Deshalb ist es für ihn selbstverständlich, die Schuld am Tod der Kinder auf sich zu nehmen. Sein Verstand verhöhnt ihn mit glücklichen Erinnerungen an die vielen Male, die Matilda oder James auf seinen Schultern saßen. Noch immer hört er ihr vergnügtes Kreischen, sobald er ihre Kniekehlen kitzelte. Wenn er schon ihren Verlust nicht ertragen kann, wie um alles in der Welt soll dann ihre Mutter damit fertigwerden?

Natürlich will Sarah nichts von seiner Schuld hören, wobei George sich insgeheim fragt, ob sie in den einsamen Stunden der Nacht, wenn sie aus einem unruhigen Schlaf hochschreckt und sieht, dass ihre Kinder nicht sicher und geborgen neben ihr im Bett liegen, nicht der Gedanke nach der Schuld befällt. Wie kann er das jemals wiedergutmachen? Wie kann er sie jemals von ihrem Leid befreien?

Zumindest ist er froh darüber, dass Sarah sich in der Obhut von Elizas Familie in Bamburgh befindet. Seine Verlobte hat ihm berichtet, dass Sarah bis tief in die Nacht wach sei und in unleserlicher Schrift viele Seiten über das Schiffsunglück und ihre Rettung durch Miss Darling fülle und dass sie im Schlaf von Lavendel blau und Lavendel grün singe. Es sei eine Qual, ihren Verfall mit anzusehen. Da die ganze Familie noch unter dem Schock der Tragödie steht, sind alle Gespräche über die Vermählung vorübergehend ausgesetzt. Selbst Elizas Mutter ist rücksichtsvoll genug, das Thema vorerst nicht mehr zur Sprache zu bringen.

George weiß, dass er in sein Atelier nach Dundee zurückkehren muss, wobei der Gedanke, Sarah zu verlassen, ihm zutiefst widerstrebt. Überdies hat er im Moment kein Interesse an Leinwänden, Pinseln oder Zeichenkohle. Jedes Mal, wenn er überlegt, zu malen oder zu zeichnen, sieht er nichts als schwarzes Wasser, hohe Wellen und sturmumtoste Schiffe sowie steife kleine Körper, die fest an ihre Mutter gepresst sind. Keine Farbe. Keine Freude. Er fragt sich, ob er in seiner Kunst jemals wieder Erfüllung empfinden wird.

In diesem Zustand der Zerrissenheit lauscht George begierig Gerüchten und Gerede über den Untergang der *Forfarshire*. Unter den Einheimischen wird viel gemunkelt, während wichtigtuerische Amtsträger, die den Fall offiziell untersuchen, über das Warum und Weshalb diskutieren und einen Schuldigen suchen. Ein Mann namens Robert Smeddle, Verwalter von Bamburgh Castle, leitet die Aufklärung und scheint nach allem, was George mitgekriegt hat, das Spektakel und die Aufmerksamkeit zu genießen.

Was spielt es für eine Rolle, wer für das Unglück verantwortlich ist, fragt George sich. Das bringt ihm seine

Nichte und seinen Neffen nicht zurück. Keine Anklage oder Schuldzuweisung kann an der Situation etwas verbessern und das gebrochene Herz seiner Schwester heilen.

Neben der gerichtlichen Untersuchung kreisen die Gespräche um die außerordentliche Heldentat, die mit dem Unglück verbunden ist, und der Name Grace Darling ist in aller Munde. Die Leute fragen sich, wer diese Frau ist, wie sie aussieht. Selbst in der Taverne hört George die müßigen Spekulationen. *Ich weiß es,* würde er am liebsten in die Runde rufen. *Ich erinnere mich an den ernsten Ausdruck in ihren Augen, an die Spur eines Lächelns auf ihren Lippen.* Dass ausgerechnet Miss Darling seiner Schwester das Leben rettete, ist eine Fügung, die er nicht ignorieren kann. Er dreht das blaue Meerglas zwischen seinen Fingern und sieht ihr Spiegelbild darin.

Neben ihm auf der Theke liegt die Abendzeitung, und er wird auf eine kleine Anzeige aufmerksam, die mitten auf der Seite prangt. *Tägliche Überfahrten nach Longstone Island. Seht die Heldin Grace Darling persönlich!*

»Ist das etwa wahr?«, fragt George den Wirt. »Es werden Ausflüge zum Leuchtturm angeboten?«

Der Wirt poliert den breiten Rand eines Glases und nickt. »Die Leute wollen diese Frau mit eigenen Augen sehen. Und das Fischervolk erkennt rasch eine Gelegenheit, mit der sich ein paar Kupferpennys verdienen lassen.«

»Entschuldigung«, wirft George ein. »Miss Darling ist schließlich kein Ausstellungsstück. Es erscheint mir nicht richtig, dass die Leute sie begaffen.« George denkt daran, wie rührend sie von ihrem abgeschiedenen Inselleben gesprochen hat und wie störend es für sie sein muss, wenn ganze Bootsladungen voller Schaulustiger sie überfallen.

Der Wirt lacht und streckt seine Hand vor. »Dann gebt die Zeitung mir und bleibt lieber an Land!«

George trinkt sein Bier aus, nimmt seine Zeitung und seinen Hut und geht hinaus in die bleiche Herbstsonne. Er hat gleich eine Verabredung mit Eliza und wünscht sich sehnlich, er könnte mehr Leidenschaft für seine Zukünftige aufbringen. Bislang ist es ihm nicht gelungen, und er ist nicht wie die Straßengaukler, die den Leuten mit ihren Tricks etwas vormachen. Er kann keine Gefühle, die nicht vorhanden sind, aus dem Hut zaubern oder Gefühle verbergen, die er nicht haben sollte. Dennoch wird er wohl oder übel in die Rolle des ergebenen Ehegemahls schlüpfen. Was kann er anderes tun, ohne eine junge Frau gesellschaftlich zu blamieren, die es nicht verdient? Gerne würde er Sarah um Rat bitten, nur hat seine Schwester genug eigene Probleme.

Er zerknüllt die Zeitung zu einem Ball, wirft sie in einen leeren Hummerkorb und wendet sich zur Hafentreppe. Auf Bootsausflüge kann er verzichten. Tapfere Heldinnen muss er aus seinem Kopf verdrängen. Eliza und Sarah sind die Einzigen, denen jetzt seine Sorge zu gelten hat.

Oder besser gesagt, sie wären die Einzigen, wenn nicht urplötzlich Miss Darling direkt vor ihm stehen würde.

KAPITEL 23

Grace
North Sunderland, Northumberland, September 1838

»Mr Emmerson!«

»Miss Darling? Was für eine Überraschung!«

Die Überraschung ist ganz auf meiner Seite. Nachdem meine Gedanken so oft um George Emmerson gekreist sind und ich mir in der Dunkelheit meiner Kammer wieder und wieder unsere Gespräche in Erinnerung gerufen habe, ist es beinahe unfassbar, dass er nun leibhaftig vor mir steht.

»Ich habe soeben noch an Euch gedacht«, fügt er zögernd hinzu.

»An mich?«

»Ja, ich habe gerade den neuesten Bericht in der Zeitung gelesen.«

Eine leise Erregung steigt in meinem Herzen auf, als ich den weichen melodischen Klang seiner Stimme vernehme, exakt so, wie ich es in Erinnerung hatte. Der Rest ist nicht so. Unter seinen Augen haben sich dunkle Schatten ausgebreitet, seine Lippen sind verkniffen, seine Haut weist das kränkliche Aussehen von permanentem Schlafentzug auf.

»Ach ja, habt Ihr? Bedauerlicherweise drucken die Zeitungen zu viele Berichte über mich.«

»Nicht annähernd genug, würde ich behaupten, nicht nach Eurer selbstlosen Tat.«

Ich fummele an meinen Handschuhen, um meine Finger zu beschäftigen. Mein Atem geht flach, meine Gedanken springen zu Sarah Dawson, zumal ich mit jedem raschen Atemzug den Druck des Medaillons auf meiner Haut spüre.

»Es tut mir schrecklich leid, Mr Emmerson«, sage ich. »Der Verlust Eurer Schwester. Euer Verlust.«

»Wie kann ich Euch jemals danken, dass Ihr Sarah gerettet und Euch in ihren dunkelsten Stunden so lieb um sie gekümmert habt?« Er spricht bedächtig, ohne Pathos oder Hysterie, obwohl ihm die Strapazen durch die jüngsten Ereignisse deutlich anzusehen sind. »Sie ist unendlich dankbar für Eure Güte und spricht mit großer Zuneigung von Euch.«

»Und ich von ihr ebenso«, erwidere ich und schenke ihm ein zaghaftes Lächeln. »Eure Schwester war so tapfer. Ich werde sie nie vergessen.«

Eine Verlegenheitspause entsteht. »Bitte verzeiht«, sagt er nach einer Weile. »Ich halte Euch auf.«

»Nein, dem ist nicht so«, beteuere ich und erkläre ihm, dass ich von einem Besuch bei den Herberts komme. »Ich fürchte, mein kleiner Abstecher in die Kurzwarenhandlung hat ziemlich viel Aufsehen erregt. Offenbar kann ich nicht einmal einen Knopf kaufen, ohne Aufmerksamkeit auf mich zu lenken. Ich kann es nicht erwarten, zu meiner Insel zurückzukehren.«

Ein leichtes Lächeln erscheint auf seinen Lippen. »Vielleicht kann ich Euch zu Eurem Boot begleiten?«, sagt er fragend.

Ich nehme das Angebot an, mache mir aber Gedanken, ob es angemessen ist, an der Seite eines Mannes durch den Ort zu gehen, der mit einer anderen Frau verlobt ist.

»Sarah und die Kinder waren auf dem Weg zu mir nach Dundee, um dort für ein paar Wochen auszuspannen«, berichtet er, als wir uns in Bewegung setzen. »Sarahs Mann starb unerwartet im Sommer, und sie kämpfte seitdem mit allerlei Schwierigkeiten. Sehr lange habe ich auf sie eingewirkt, bis sie sich bereit erklärte, nach Schottland zu kommen. Ich war überzeugt davon, dass eine Luftveränderung ihre Stimmung heben könnte.«

»Schottland ist ein sehr schönes Land«, stimme ich zu.

Mr Emmerson bleibt stehen. »Die Sache ist die, Miss Darling, ich fühle mich dafür verantwortlich, dass Sarah ihre geliebten Kinder verloren hat. Ohne meine Einmischung wären sie nie auf diesem verfluchten Schiff gewesen.«

Angesichts seiner Ausdrucksweise zucke ich zusammen, bin erschrocken über seinen Zorn und die Selbstvorwürfe, die er sich macht. Und wie es scheint, pflegt er seine Sprache im Augenblick genauso wenig wie seinen zerknitterten Gehrock.

Er sieht mich an, und in seinen Augen schimmern Schmerz über den Verlust und Reue, dass er die Schottlandreise organisiert hat. »Bitte verzeiht mir, Miss Darling. Ich bin nicht ich selbst.«

»Eure Entschuldigung ist unnötig. Ihr und Eure Schwester habt Schreckliches durchlitten, trotzdem dürft Ihr die Schuld nicht auf Euch laden. Es war ein furchtbares Unglück, bedingt durch einen Orkan der schlimmsten Sorte. Wenn Ihr jemandem die Schuld geben wollt, dann Mutter Natur.«

Wir gehen die Stufen zum Strand hinunter, und ich merke, wie der frische Wind meinen Wangen Farbe verleiht.

»Ellen Herbert erwähnte, dass Eure Schwester sich bei Verwandten in Bamburgh aufhält.«

»Ja. Sarah ist bei einer Cousine untergekommen. Ich besuche sie, sooft ich kann, leider fühlt sich alles ziemlich schwer und kaum zu ertragen an.«

Der Name Eliza Cavendish steht zwischen uns wie ein Kind, das darauf wartet, unterhalten zu werden. Warum erwähnt er ihren Namen nicht? Warum spricht er von seiner Cousine statt von seiner zukünftigen Frau? Das ergibt keinen Sinn. Nichts von alldem hier ergibt einen Sinn, und ich bin froh, als wir das Boot erreichen. Mr Emmerson besteht darauf, mir dabei behilflich zu sein, es ins Wasser zu lassen.

»Meines Wissens werden Fahrten nach Longstone Island angeboten, damit die Leute Euch sehen können«, sagt er, als wir gemeinsam schieben und ziehen. »Das muss den Frieden auf Eurer Insel nachhaltig stören.«

Ein langes Seufzen ist meine einzige Erwiderung. So viele Worte liegen mir auf der Zunge, bloß ist dies nicht der richtige Zeitpunkt, um meinem Ärger Luft zu machen oder unfreundliche Gedanken über die Schiffsführer des Dampfers von mir zu geben.

»Das Publikum will offenbar seine Heldin haben, Mr Emmerson. Da kann ich nur hoffen, dass es nicht allzu sehr von mir enttäuscht ist«, scherze ich mit einem Lachen, um die Stimmung ein wenig aufzuheitern. »Wenn Ihr mich fragt, ich mache die Zeitungen dafür verantwortlich. Sie haben meine Rolle bei der Rettung maßlos übertrieben. In Wahrheit hätte mein Vater das ganze Lob verdient.«

»Und ich bin mir ziemlich sicher, dass niemand von

Eurem Anblick enttäuscht sein wird«, erwidert er und macht mich ganz verlegen. »Was die Zeitungen betrifft, mag sein, dass sie übertreiben, allerdings gibt es einen Unterschied: Von einem Mann wie Eurem Vater wird erwartet, dass er ein Boot in stürmischer See zu rudern versteht, von einer jungen Frau nicht.«

»Wie man's nimmt. Als Tochter eines Leuchtturmwärters ist es sehr wohl meine Pflicht, Schiffbrüchige zu retten.«

»Und es ist die Pflicht der Zeitungen, über interessante Ereignisse zu berichten. Wir brauchen alle unsere Helden und Heldinnen, Miss Darling. Die Welt wäre schrecklich eintönig ohne waghalsige Rettungsaktionen und mutige Abenteurer. Ich für meinen Teil finde die Auflistung der Getreidepreise und den Sitzungsplan der Gerichte erheblich uninteressanter.«

Gegen meinen Willen muss ich lächeln. »Eure Argumentation ist sehr überzeugend.«

»Ich argumentiere nicht mit Euch, Miss Darling. Eher möchte ich überzeugen, zumindest ein wenig.«

Und da ist es wieder. Dieses sanfte Lächeln. Das unausgesprochene Etwas, das ich bei unserem Spaziergang in Dunstanburgh so deutlich gefühlt habe. Ich frage mich kurz, ob auch er es spürte und ob er in den Wochen seit unserer ersten Begegnung an mich gedacht hat. Ich rufe mich zur Ordnung. So ein Unsinn. Wie sollte er. Schließlich ist er einer anderen versprochen und wird bald heiraten, und es ist albern von mir, überhaupt auf diese Idee zu kommen. Fange ich etwa langsam an, selbst an das öffentliche Bild von mir zu glauben? Denke ich wirklich, ich sei es wert, dass man sich mit mir beschäftigt? Unwillkürlich schäme ich mich wegen meiner jämmerlichen Denkweise.

Als ich in das Boot steige, fällt mir das Päckchen für Sarah ein. »Könntet Ihr dies hier vielleicht Eurer Schwester geben? Ich wollte es eigentlich mit der Post versenden. Würde es Euch etwas ausmachen?«

»Selbstverständlich nicht. Sarah wird sich freuen, von Euch zu hören.« Er nimmt das Päckchen an sich. »Es war eine unerwartete Freude, Euch wiederzusehen, Miss Darling.«

»Die Freude war ganz meinerseits, Mr Emmerson.«

»Ich bin außerordentlich froh darüber, dass ich die Gelegenheit hatte, Euch persönlich zu danken. Eigentlich wollte ich Euch ein paar Zeilen schreiben, aber Worte waren noch nie meine Stärke.«

»Und ich bin erleichtert darüber. Ich ertrinke nämlich in Zuschriften. Ihr habt mir einen großen Gefallen erwiesen, indem Ihr die Flut um einen Brief reduziert habt.« Ich stoße mich mit dem Ruder von einer Klippe ab. »Außerdem, wozu benötigt Ihr Worte, wenn Ihr das Talent habt, die Dinge bildlich darzustellen?« Meine Gedanken wandern zu dem bevorstehenden Besuch der beiden Künstler, und mir wird augenblicklich schwer ums Herz.

Als die Strömung das Boot erfasst und mich von der Küste forträgt, greift Mr Emmerson in seine Rocktasche und nimmt etwas heraus.

»Ich habe es noch!«, ruft er. »Mein Andenken!«

Das indigoblaue Meerglas fängt die Sonnenstrahlen ein und funkelt wie ein seltener Schatz. Er hat also sehr wohl an mich gedacht.

»Und ich halte noch immer Ausschau nach Seedrachen«, schreie ich und beiße mir auf die Unterlippe, um das Lächeln zu unterdrücken.

Ich rudere erbärmlich, bin abgelenkt durch meine Gedanken an Sarah Dawson und Eliza Cavendish und an Strandscherben und Seedrachen. Mr Emmerson steht noch eine lange Zeit am Ufer, bis er nicht mehr als ein winziger Punkt ist, während ich zu einem Teil der See werde, eine junge Frau und ihr Boot, von der Küste aus nicht mehr zu sehen, nicht mehr zu unterscheiden von den Wellen, die mich nach Hause tragen.

Bamburgh, Northumberland

Sarah Dawson hört geduldig zu, als George ihr mit großem Gefühlsüberschwang erzählt, dass er in North Sunderland zufällig Miss Darling begegnet sei, eine seltsame Fügung, findet er, und lobt Grace Darling in höchsten Tönen. Wie gut sie aussah und wie bescheiden sie gleichzeitig war trotz des großen Rummels, den die Presse um sie macht. Sarah sieht die Bewunderung in seinen Augen, hört die Begeisterung in seiner Stimme, wenn er von Miss Darling spricht. So ist er nie, wenn er von Eliza redet.

Zum ersten Mal seit der Tragödie lächelt sie. »Wenn du nicht verlobt wärst, würde ich glauben, dass du dein Herz an Miss Darling verloren hast, George«, zieht sie ihn auf.

Er bestreitet es vehement, doch seine Reaktion straft ihn Lügen. Und dann erinnert sich Sarah an die Leuchtturmskizzen in dem Brief, den er ihr geschrieben hat, an seine Sätze, in denen er die Tochter eines Leuchtturmwärters mit Lob überschüttet. Sie fragt sich, wo der Brief abgeblieben ist. Wahrscheinlich im Meer versunken.

»Es ist noch nicht zu spät«, wagt sie sich vor, ohne sich länger um Anstand oder Zurückhaltung zu scheren, ohne Rücksicht auf Elizas Gefühle oder das Ansehen ihrer Tante zu nehmen.

»Noch nicht zu spät wofür?«

»Um deine Meinung zu ändern.« Sie beugt sich zu ihm hin, legt ihre Hand auf sein Knie und senkt verschwörerisch ihre Stimme. »Eliza ist ein nettes Mädchen, wenngleich oberflächlich und ohne Tiefgang. Sie ist wie ein laues Lüftchen, George, wie ein Windhauch. Dein Herz hingegen verlangt nach einem Sturm. Das sehe ich.«

Ihr Bruder steht auf, fingert nervös an den Knöpfen seiner Weste, wirft seinen Umhang über die Schultern und setzt seinen Hut auf. »Ich weiß nicht, wovon du sprichst, Sarah. Wie auch immer, ich muss mich auf den Rückweg machen. Die Wirtin vom Olde Ship zankt immer mit mir, wenn ich zu spät komme. Kann ich dir noch etwas bringen, bevor ich gehe?«

Sarah schüttelt den Kopf. »Dafür kannst du mir etwas versprechen.«

»Und was?«

»Denk darüber nach. Über laue Lüftchen und Stürme. Mach dir Gedanken über dein Leben, George, und überleg dir gut, wie du es verbringen willst. Das Leben kann auf einen Schlag vorbei sein. Wir müssen die Zeit, die wir haben, nach besten Kräften nutzen. Ist es nicht so?«

Er küsst sie auf die Wange und antwortet ihr, dass sie wahrscheinlich recht habe, bevor er nachdenklich die Tür hinter sich schließt.

Sarah bleibt zufrieden zurück, weil sie ihren Teil gesagt hat. Ihr Bruder ist so gut zu ihr, so rücksichtsvoll und fürsorglich. Sie weiß, dass er sich für das Unglück verantwortlich fühlt, es ist ihm egal, wenn sie seine Selbstanklage beharrlich zurückweist. Alle in ihrem Umkreis verhalten sich sehr liebenswürdig und rücksichtsvoll. Sie schleichen auf Zehenspitzen um sie herum, als wäre sie aus feinstem Porzellan und anfällig dafür, jeden Moment entzweizubrechen. Ob sie etwas zu sich nehmen möge? Ob sie ausreichend geruht habe? Ob sie etwas benötige, um ihren Aufenthalt komfortabler zu gestalten? Sie weiß, dass alle es gut meinen, und fühlt sich zugleich von dieser Hilfsbereitschaft erdrückt, möchte lieber in Ruhe gelassen werden.

Nichtsdestotrotz nimmt sie das beständige Bemühen um ihre Person hin und verharrt in dieser Übergangsphase, eingezwängt zwischen der Vergangenheit und der Zukunft. Ihr ist bewusst, dass sie für die Familie Cavendish ein schwieriger und unerbetener Zuwachs ist. Sie versucht, ihnen aus dem Weg zu gehen, sich klein und unauffällig zu machen, doch verbreitet ihre Trauer eine angespannte Atmosphäre in den Räumen des Hauses, wirkt irgendwie aufdringlich und dominant. Unangenehm für alle. Zwar fürchtet Sarah die Vorstellung, nach Hull in ihr Zuhause zurückzukehren, zu all den Erinnerungen und Andenken, die dort auf sie warten, weiß aber, dass sie es nicht vermeiden kann. Zum einen will sie den Verwandten nicht zur Last fallen, zum anderen kommt sie hier selbst nicht zur Ruhe. Des Nachts ist sie so überdreht, dass sie Stimmen hört, die Wiegenlieder und ferne Melodien summen.

Kurze Zeit, nachdem George aufgebrochen ist, fällt ihr das Päckchen von Miss Darling ein, das er ihr mitgebracht hat. Gerührt entdeckt sie darin ein dickes Buch mit dem Titel *Handbuch für Leuchtturmwärter*, nebst einem Begleitschreiben.

Sarah schlägt das Handbuch auf und streicht mit den Fingern über Miss Darlings Widmung auf der Innenseite des Einbands. *Für die liebe Sarah. Damit Ihr Euch sachkundig machen könnt. Grace.*

Ich habe einen Brief beigefügt, den ich in Eurem Umhang fand, als Ihr bei uns wart, sowie ein Buch, das ich Euch ursprünglich geben wollte, bevor Ihr von uns Abschied nahmt. Es handelt sich um ein amtliches Nachschlagewerk für Leuchtturmwärter, herausgegeben von der Seezeichenbehörde Trinity House. Ihr erwähntet, dass Matilda sich für die Funktionsweise von Leuchttürmen interessierte. Ich hoffe, Ihr werdet das Buch zu ihrem Gedenken bewahren.

Nach kurzer Überlegung fügt Sarah eine eigene Widmung hinzu: *Für meinen Engel Matilda. In Liebe von Mummy.*

Anschließend beginnt sie zu lesen, Seite um Seite, Stunde um Stunde. Allein in ihrem Zimmer, studiert sie die Aufgaben und Abläufe, bis sie in ihrer Vorstellung Miss Darling sieht, emsig beschäftigt im Laternenraum, wo sie mit einem Staubwedel die Linsen von Ruß und Staub befreit, jeden einzelnen Teil der empfindlichen Apparatur mit einem Stück Leinen abwischt, verschüttetes Petroleum mit Weingeist entfernt und anschließend alles poliert, bis es glänzt. Zum Schluss deckt sie die Lampen mit Leintüchern ab und schließt die Vorhänge rund um die Laterne, um ein Ausbleichen durch die Sonne zu verhindern.

Wie Miss Darling ihren restlichen Tag zubringt, bleibt Sarahs Fantasie überlassen, denn das Handbuch erwähnt mit keinem Wort, was ein Lichtmeister fühlt oder denkt während der langen Stunden der Nachtwache. Vielleicht ruft Miss Darling sich abends die Ereignisse in jener schrecklichen Unglücksnacht ins Bewusstsein zurück. Vielleicht malt sie sich ein Leben jenseits ihrer Insel aus. Vielleicht sehnt sie sich danach, in leidenschaftlicher Liebe zu einem Künstler zu entbrennen, vielleicht will sie sich einfach den Blicken der Öffentlichkeit entziehen und in Vergessenheit geraten wie eine weggeworfene Strandscherbe, die ins Meer gespült wird.

Dinge, die Sarah nicht festhält. Heute ergänzt sie ihre Notizen über den Untergang der *Forfarshire* um ein paar Zeilen, bevor sie in ihr Bett klettert. Die Dunkelheit im Raum umfängt sie, und von ferne meint sie das Summen von Liedern zu hören, das immer lauter wird, bis sie nicht mehr weiß, wo es aufhört und sie zu singen beginnt.

North Sunderland, Northumberland

Am Abend, im Schein einer flackernden Kerzenflamme, die sein Zimmer im Olde Ship Inn schwach erhellt, bewegen sich George Emmersons Hände rasch über das Papier. Er arbeitet nicht besonders gerne mit der Zeichenkohle, doch es ist alles, was er dabeihat. Sein Verstand kreist unablässig um die Worte seiner Schwester: *Eliza ist ein nettes Mädchen, aber sie ist ein laues Lüftchen, George. Ein Windhauch. Dein Herz verlangt nach einem Sturm.*

Er pustet den Kohlestaub von der Seite, bevor er sie aufnimmt und weit von sich hält, um seine Fortschritte zu überprüfen. Er selbst ist sein strengster Kritiker, erst dann zufrieden mit seiner Arbeit, wenn alles stimmt. Er ist fest entschlossen, ihr Bildnis richtig zu Papier zu bringen, dieses gewisse Etwas zu zeigen, das sie von den anderen abhebt. Nur wie? Wie soll er sie getreu wiedergeben? Von leicht überdurchschnittlicher Größe und schlanker Gestalt, besitzt sie eine Anmut, die ihrem Namen gerecht wird. Grace. Er zeichnet einen Kranz aus weichen dunklen Locken, ein klares Antlitz, rein wie Buttermilch. Und ihre Augen, dunkel und ausdrucksstark, die ihre Gefühle ungeschminkt offenbaren. Wie fängt man diese mutwillige Entschlossenheit ein? Dieses wehmütige Lächeln auf ihren Lippen?

Er zerknüllt die Skizze und wirft sie auf den Boden. Beginnt wieder von vorn. Und noch einmal, bis sie nach und nach auf dem Papier hervortritt. Als plötzlich das Kerzenlicht verblasst, kann er das Werk nicht vollenden. Er schreibt ihren Namen auf die Rückseite, packt seine Materialien ein und lehnt die Skizze gegen das Fenster, wo sie im ersten Licht des Tages ihre Schönheit zeigen wird.

Als er in sein Bett fällt und die Augen schließt, muss er an sein Lieblingszitat aus Shakespeares *Sommernachtstraum* denken: *Die Liebe sieht mit dem Gemüt, nicht mit den Augen, und ihr Gemüt kann nie zum Urteil taugen. Drum nennt man ja den Gott der Liebe blind.*

George beschließt, bei Tageslicht weiterzumachen mit dem Bild, akzeptiert bereits, dass es ihm wahrscheinlich nie gelingen wird, sie so originalgetreu auf das Papier zu bringen, wie sie vor seinem geistigen Auge steht, sondern dass er sich mit seiner Sichtweise begnügen muss.

KAPITEL 24

Grace
Longstone Lighthouse, September 1838

Der Himmel im Osten ist schattiert durch Violett- und Ockertöne, als ich am nächsten Morgen die Lampen lösche. Mein Teleskop schweift immer wieder in Richtung North Sunderland, als würde es sich aus eigenem Antrieb bewegen. Ich nehme an, es erwartet, einen Blick auf Mr Emmerson zu erhaschen, als würde er noch immer am Strand stehen, das blaue Meerglas in der Hand. Natürlich steht er nicht mehr dort. Es gibt schließlich weitaus dringendere Angelegenheiten, um die er sich kümmern muss. Angelegenheiten, die mir schwer auf der Seele lasten.

Die schockierende Erkenntnis, dass Sarah Dawson Mr Emmersons Schwester ist, ganz zu schweigen von der Entdeckung, dass er sich bald verheiraten wird, haben mich während meiner gesamten Nachtwache beschäftigt. Mehr noch als diese Enthüllungen ist es seine sehr reale Gegenwart, die ich nicht vergessen kann. Wie ein zum Leben erwachter Geist habe ich ihn gesehen und gehört, ihn sogar berührt, als er mir in das Boot half. Gerade diese sinnliche Erfahrung verfolgt mich am hartnäckigsten und treibt mich fast in den Wahnsinn.

Ich habe die verträumte Schwärmerei meiner Schwestern,

wenn sie verliebt waren, immer als Narretei abgetan, habe ihnen unterstellt, sich völlig überspannt hineinzusteigern in ein überirdisches Schweben. Nun erkenne ich, dass es gemein von mir war, mich über sie lustig zu machen. Inzwischen verstehe ich nämlich, warum man von Liebestaumel spricht, von diesem schwindelerregenden Gefühl, das mich überfällt, wenn ich an Mr Emmerson denke und mir vorkomme, als würde ich in ein tiefes Wellental stürzen. Was für ein absoluter Unsinn, schelte ich mich selbst, während ich meine vergrößerten Spiegelbilder in den Reflektoren anstarre.

Frische Luft wird mir helfen. Frische Luft und ein flotter Spaziergang werden dieser albernen Träumerei ein Ende setzen, nehme ich mir vor.

Der Morgen auf der Insel beginnt klar und kühl. Der Wind hat eine belebende Wirkung auf mich, als ich zwischen den Klippen entlangklettere und das Niedrigwasser nutze, um nach neuen Muscheln für meine Sammlung zu suchen. Das Quäken und Bellen der Jungrobben ist eine ständige Freude für meine Ohren, und ich steige höher, um einen Blick auf die Kolonie zu werfen. Es müssen mindestens hundert Tiere sein, die sich auf den Stränden rund um die Bucht versammelt haben. Eine Weile lang beobachte ich sie, verfolge, wie gewissenhaft die Mütter sich um ihren Nachwuchs kümmern, und stelle mir unwillkürlich die Frage, wie es wäre, ein Kind aufzuziehen, ein anderes Leben zu führen. Bislang habe ich nie den Drang verspürt, Mutter zu sein, im Gegensatz zu meinen Schwestern oder zu Mam, die neun Kinder in ebenso vielen Jahren gebar, worüber sie jetzt klagt. Ich glaube, ich bin damit zufrieden, eine Tante zu sein, und überlasse die Erziehung von Kindern lieber jenen, die für diese Aufgabe besser geeignet sind.

Nachdem ich mich wieder halbwegs normal fühle, kehre ich zum Leuchtturm zurück, um meinem Vater beim Sortieren des Treibguts von der *Forfarshire* zu helfen, das wir in den vergangenen Wochen geborgen haben und das selbst jetzt noch, mit jeder neuen Flut, an unsere Ufer geschwemmt wird. Papa erwartet mich im Eingang des Leuchtturms und nimmt mich zur Seite, bevor ich überhaupt dazu komme, meinen Umhang und meine Haube abzulegen.

»Du hast Besuch von einem Gentleman, Grace.« Das Blut schießt mir in die Wangen, und ich gebe mich der sinnlosen Hoffnung hin, es könnte Mr Emmerson sein. »Ein Mr Sylvester ist es, der einen gewissen Mr Batty, seines Zeichens Zirkusbesitzer, vertritt.«

Meine Enttäuschung ist groß. »Hat er sein Anliegen genannt?«

»Er sagte, er würde es lieber mit uns beiden gemeinsam besprechen.«

Eigentlich hätte ich es wissen müssen. Ungebetene Besucher gibt es hier in jüngster Zeit wie Sand am Meer, darum sollte ich nicht besonders überrascht sein, von einem weiteren zu erfahren. Longstone Island erlebt seit einigen Tagen einen ständigen Strom von Schaulustigen und Zeitungsreportern, die das gute Wetter für eine Inselfahrt nutzen. Die kurze Entfernung von North Sunderland ermöglicht es, innerhalb eines Vormittages oder Nachmittages hinaus zu uns und zurück zum Festland zu pendeln. Inzwischen habe ich ein gewaltiges Misstrauen gegen die Fragen der Reporter und das Kratzen ihrer Stifte entwickelt und halte mich an den Grundsatz: Je weniger ich sage, desto besser, besonders was meine »Heldinnentat« betrifft. Die Männer, die für die Schlagzeilen und die Artikel verantwortlich sind, werden ohnehin schreiben, was sie wollen, und die Geschichte dramatisieren, selbst wenn es nichts zu dramatisieren gibt. Was jedoch ein Zirkusdirektor von mir will, dürfte eine neue und ziemlich eigenartige Erfahrung sein.

Mr Sylvester ist ein stämmiger Mann mit einem beeindruckenden Zwirbelbart und buschigen Koteletten, die einen Großteil seiner Wangen bedecken. Er macht eine kleine Verbeugung, als ich die Wohnstube betrete, und streckt geziert seine Hand vor. Froh, meine Handschuhe noch nicht abgestreift zu haben, schüttele ich sie.

»Miss Darling! Was für eine Ehre, Eure Bekanntschaft zu machen.« Er spricht mit einem starken schottischen Akzent, den ich nicht komplett verstehe, was nicht zuletzt daran liegt, dass meine Gedanken nach wie vor mehr bei Mr Emmerson und seiner gepflegten poetischen Sprache sind. Trotzdem bemühe ich mich, freundlich zu sein.

»Ich heiße Euch auf Longstone Island willkommen, Mr Sylvester«, sage ich und nehme meine Haube ab. »Ich hoffe, Ihr hattet eine angenehme Überfahrt.«

»Sehr angenehm, vielen Dank. Die *Tweeside* hat mich zu Euch gebracht. Der Kapitän erzählte mir, dass er drei Rundfahrten pro Woche zu den romantischen Farne-Inseln anbietet, wie er sie auf seinen Plakaten nennt. Er erlaubte mir freundlicherweise, hier an Land zu gehen, bevor er weitersegelte nach Berwick. Er musste seine ganze Autorität aufbieten, um einen pöbelnden Mob daran zu hindern, mit mir von Bord zu steigen.«

»Die *Tweeside* ist uns bekannt, und ich kenne ebenfalls die Plakate«, erwidere ich lächelnd.

»Ich nehme an, Ihr empfindet die Ausflugsboote als eine grobe Störung«, sagt er in dem erkennbaren Bemühen, mich gnädig zu stimmen. »Aber ich gehe davon aus, dass sie seltener kommen, sobald die Winterstürme zunehmen.«

»Ja. Das ist anzunehmen«, sage ich und verschweige, dass ich die Winterstürme noch nie stärker herbeigesehnt habe.

»Mr Sylvester hat einen Geldbetrag mitgebracht, Grace«, wirft mein Vater ein. »Es handelt sich um die Einnahmen aus einer Vorstellung von Mr Battys Royal Circus in Edinburgh. Stolze zwanzig Pfund.«

»Zwanzig Pfund? Von einem Zirkus? Wie darf ich das verstehen?«

Papa bittet uns, am Feuer Platz zu nehmen, und Mr Sylvester hebt zu einer Erklärung an. »William Batty, mein Brotherr, veranstaltete unlängst Euch zu Ehren einen Zirkusabend. Es ist sein Wunsch, dass der Reingewinn der Vorstellung, die eine beeindruckende Zahl von Zuschauern anlockte, Euch zuteilwird. Ihr dient einer ehrenvollen Sache, und unser Publikum war geradezu versessen darauf, Euch zu unterstützen.«

»Ich diene keiner Sache, Mr Sylvester«, stelle ich richtig und schaue Hilfe suchend meinen Vater an, der ebenso verwirrt ist wie ich. »Woher wussten die Leute, dass die Einnahmen des Abends dieser Sache zugutekommen?«

Mr Sylvester rutscht leicht verlegen auf seinem Stuhl herum. »Mr Batty kündigte die Spende folgendermaßen an, dass Ihr sie als ein besonderes Geschenk der Bürger von Edinburgh betrachten und sie auch so ausgeben würdet.«

Er legt die Zwanzig-Pfund-Note auf den Tisch, als wäre sie ein seltenes Fossil aus der berühmten Sammlung von Mary Anning, die damals Furore machte.

»Das ist sehr großzügig von Mr Batty und von den Bürgern Edinburghs«, sagt mein Vater. »Übermittelt ihnen bitte unseren aufrichtigen Dank.«

Mr Sylvester zieht einen Umschlag hervor. »Mr Batty würde sich höchst geehrt fühlen, Euch als Gast in seinem Zirkus zu empfangen, Miss Darling. Er bat darum, Euch diesen Brief zu geben und zu fragen, ob Ihr in Betracht ziehen würdet, den Bürgern von Edinburgh persönlich Euren Dank auszusprechen.«

Mir missfällt Mr Sylvesters Lächeln, das beinahe einem spöttischen Grinsen ähnelt, doch in meiner Verwirrung fällt mir kein plausibler Grund ein, um abzulehnen, und ich höre mich sagen, dass es mir eine Freude wäre.

»Hervorragend. Dann ist es beschlossene Sache.« Er klingt ziemlich zufrieden mit sich selbst. »Vielleicht können wir uns draußen ein wenig die Beine vertreten, Mr Darling, während Eure Tochter ihre Antwort an Mr Batty formuliert?«

Sie lassen mich alleine, damit ich schon wieder einen Brief schreibe, und ich ringe um die richtigen Worte. Warum antworte ich einem Zirkusbesitzer in Schottland? Warum spenden Menschen in einer Vorstellung, die mit meinem Namen beworben wurde, für unseren Leuchtturm Geld, ohne dass ich davon Kenntnis hatte? Irgendwie habe ich das Gefühl, als würde alles außer Kontrolle geraten. Ich wage mir kaum vorzustellen, was sonst noch im Namen von *Grace Darling, Heldin der See* alles geschieht. Für mich ist dieser Name fast zu einer eigenständigen Person geworden. Zu einer, die ich einmal flüchtig kannte und inzwischen kaum mehr in Erinnerung habe. Widerwillig und missmutig notiere ich ein paar Zeilen, um Mr Batty zu versichern, dass wir seine Zirkusarena in Edinburgh besuchen werden als Ausdruck unseres Dankes an jene, denen mein Wohlergehen am Herzen liegt und die mein Wirken honorieren. Beim Schlusspunkt drücke ich so kräftig mit meiner Federspitze auf das Papier, dass ich es beinahe durchbohre.

Aufrichtig froh bin ich folglich, dass mein Vater unseren Gast zurück zum Festland bringen wird, und Mam teilt meine Erleichterung. »Wie ich sehe, schleppen mir jetzt schon Zirkusleute den Sand ins Haus«, schimpft sie verärgert. »Vermutlich wird Vater mit dir bald zu diesem Zirkus in Schottland aufbrechen?«

»Ich kann wohl schlecht alleine fahren, Mama.«

Sie mäkelt weiter leise vor sich hin, dass der Leuchtturm im Niedergang begriffen sei und dass der Wind ihren Gelenken übel zusetze und dass sie wirklich nicht wisse, was aus uns allen werden soll, bei Gott dem Allmächtigen nicht.

Am Abend, nach Vaters Rückkehr vom Festland, ist alles ruhig im Leuchtturm. Mama sitzt an ihrem Spinnrad. Vater und Brooks flicken ein altes Segel. Ich sitze mit meiner Stopfnadel am Feuer und genieße die perfekte Normalität eines Herbstabends im Schutze der dicken Leuchtturmmauern, zumal draußen auf der anderen Seite die Natur aufs Neue wütet. Ich fühle mich glücklich und geborgen und weiß gleichzeitig, dass es nicht für immer so bleiben wird. Ich stelle mir die Szenerie ohne meine Eltern vor. Brooks mit Frau und seinen Kindern, die um das Feuer sitzen, während mein Stuhl an den kalten Rand der Stube geschoben wurde. Der Platz für eine Beobachterin, nicht länger für eine Teilhabende. Diese Vorstellung beunruhigt mich oft in letzter Zeit, da ich oft daran denke und Angst habe, eines Tages wirklich an den Rand zu geraten, nicht mehr gebraucht zu werden.

Als könnte er meine Gedanken lesen, schlägt mein Vater vor, dass ich diese Nacht in meiner Kammer und in meinem Bett verbringe. »Ich werde mir die Wache mit Brooks teilen. Du siehst müde aus, Grace, und solltest dich ausruhen.«

Widerstrebend stimme ich zu, aber bevor ich mich schlafen lege, steige ich hoch zum Laternenraum und überprüfe die Ölreserven. Alles ist in Ordnung, mein Bruder ist mir offensichtlich zuvorgekommen.

Der Wind seufzt vor den Fenstern, über mir dreht sich das Licht, verlässlich und beständig wie immer. Als ich meinen Kopf auf das Kissen bette, frage ich mich, ob ich hier noch in dem Maße benötigt werde wie früher. Eher scheint mir bald die Zeit zu kommen, in der ich den Leuchtturm mehr brauche als er mich?

Bamburgh, Northumberland

Vom oberen Fenster im Haus ihrer Cousine beobachtet Sarah Dawson das ferne Aufblitzen des Lichtes auf Longstone Island. Dies wird ihre letzte Nacht in Bamburgh sein.

Sie hält ihre stille Wache bis zur Morgendämmerung, als die Lampen gelöscht werden. Eine weitere Nacht ist überstanden ohne ein Unglück, eine weitere Nacht ohne die quälenden Träume, die sie auf der anderen Seite des Schlafes erwarten.

Sie kleidet sich leise an und verlässt das Haus durch die Hintertür, wo der Kutscher schon auf sie wartet, bestellt von der Dienstmagd. Als die Hufe der Pferde durch die Straßen klappern, nimmt Sarah persönlich Abschied von diesem friedlichen kleinen Ort und wappnet sich für die lange Reise nach Hause. In ihren Händen hält sie das smaragdgrüne Meerglas für James und das Handbuch für Matilda, Geschenke von Miss Darling.

Sarahs größte Qual ist es, dass sie die Gräber ihrer Kinder hinter sich lässt, das Leben ihrer Kinder jedoch nimmt sie als Erinnerungen mit sich. Was immer vor ihr liegt, sie ist fest entschlossen, weder ihre Kinder noch Grace Darling jemals dem Vergessen anheimfallen zu lassen. Sie trägt ihre Aufzeichnungen über den Untergang der *Forfarshire* bei sich, sorgfältig in braunes Papier eingeschlagen. Sie ist froh, dass sie alles niedergeschrieben hat, froh, dass sie ihren Kummer auf den Seiten verarbeitete.

Eliza hat sich die letzten Wochen so gut um sie gekümmert, dass es ihr fast leidtut, in George den Keim des Zweifels gesät zu haben. Würden die Dinge anders stehen, hätte sie sich wahrscheinlich nicht eingemischt. Dennoch ist sie sich ziemlich sicher, dass Georges zukünftiges Glück nicht in den dürren Armen seiner Cousine liegt, sondern in den Armen einer jungen Frau auf einer kleinen Insel in der Nordsee.

Bevor sie ihre Sachen packte, händigte sie der Dienstmagd einen versiegelten Brief mit dem Auftrag aus, ihn an Miss Darling zu senden. Darin hat sie ihre Gedanken und Gefühle in aller Offenheit beschrieben. Wenn Sarah etwas aus den vergangenen Schreckenswochen gelernt hat, dann ist es die Erkenntnis, dass man das Glück beim Schopfe packen und festhalten muss, statt es verstreichen und willkürlich zerschlagen zu lassen. Sie wird tun, was immer in ihrer Macht steht, um die Dinge in Ordnung zu bringen. Was könnte es sonst für einen Grund geben, dass sie verschont wurde, ihre Kinder dagegen unverdient ums Leben kamen? Jetzt gibt es nur noch sie allein, und deshalb braucht sie eine neue Bestimmung.

Das Morgenlicht gewinnt an Kraft, als Bamburgh immer weiter zurückbleibt und sie in der Kutsche der Küstenstraße nach Süden folgt, das glitzernde Meer zu Sarahs Linker, die Zukunft geradeaus vor ihr. Mit jeder Umdrehung der Räder blüht sie ein bisschen mehr auf, schöpft zusätzliche Hoffnung. Sie summt Lavendel blau, Lavendel grün und lässt sich von der Schaukelbewegung in den Schlaf lullen, dabei träumt sie von einem Leuchtturm am Rand des Atlantischen Ozeans und von einem neuen Leben, das sie dort erwartet.

KAPITEL 25

Matilda
Newport, Rhode Island, Juni 1938

Es ist Anfang Juni, und meine Tage in Newport entwirren sich allmählich unter einer ausdauernd scheinenden Sonne und dem Duft von Strandrosen und Wacholderbüschen. Die frühen Sonnenaufgänge und späten Sonnenuntergänge sind ein wahres Geschenk für die Touristen und Flitterwöchner, ich hingegen erlebe zu viele Stunden, in denen ich die stärker werdenden Aktivitäten in meinem Bauch ertragen muss, den ich inzwischen unter Kleidern ohne Taille und weiten Strickwesten verberge. Erste Kindsbewegungen, so nennt der Arzt das, wenn er sein Stethoskop auf meine Haut drückt.

»Sieht ganz so aus, als hätten Sie da drinnen einen kleinen Wildfang«, hat er einmal gesagt, als ich bei der Berührung des kalten Metalls zusammenzuckte. »Einen echten Akrobaten.«

Er könnte genauso gut von einem Welpen sprechen, so wenig berühren mich seine Worte. Nach wie vor kann ich keine emotionale Verbindung herstellen zu den Bewegungen, die ich spüre, und sie als ein Zeichen menschlichen Lebens akzeptieren. Von meinem Kind. Lediglich ein einziges Mal habe ich mich gefragt, wie es wohl aussehen wird, dann habe ich den Gedanken rasch wieder verdrängt aus Angst, ich könnte mich daran gewöhnen.

»Kommen Sie in ungefähr einem Monat wieder, dann beginnt das letzte Drittel Ihrer Schwangerschaft, Mrs Collins«, sagt er. »Von da an wird es nicht mehr lange dauern.«

Wie immer reagiere ich kaum, als mein erfundener Name fällt. Mein fiktiver Ehemann würde sich im Grabe umdrehen bei all den Lügen, die ich erzähle, um mich an Harriets Tarngeschichte zu halten. Aus ihrem Mund klingt alles so glaubwürdig, dass ich langsam den armen Mr Collins und seinen tragischen Tod durch einen Verkehrsunfall zu beweinen beginne.

Ich trete hinter dem Wandschirm vor. »Noch einmal danke, Doktor.«

Er sieht mich durch seine schwarze Hornbrille, die auf der Spitze seiner von der Sonne geröteten Nase sitzt, mitfühlend an. »Ich weiß, es fühlt sich im Moment noch endlos an, Mrs Collins, aber Sie werden schon bald Ihr Baby in den Armen halten.« Seine Worte nagen an meinem Gewissen, weil ich weiß, dass es die Arme einer anderen Frau sein werden, die dieses Baby halten, und nicht meine.

Der Arzt fasst mein Schweigen fälschlicherweise als Unbehagen auf und tätschelt beruhigend meinen Arm. »Sie brauchen sich keine Sorgen zu machen. Das Kind ist kerngesund, und alles entwickelt sich völlig normal.«

Leicht benommen verlasse ich das Untersuchungszimmer und lasse mir von der Empfangsschwester einen neuen Termin geben, die sich sofort wieder dem Abspielgerät neben dem Tresen zuwendet und die Nadel anhebt, die in den Rillen einer Andrew-Sisters-Schallplatte festhängt.

Zu Fuß gehe ich die kurze Strecke nach Hause und wiederhole im Geiste Dr. Millers Worte. *Alles entwickelt sich völlig normal.* Nichts von dieser Erfahrung kann ich teilen, nichts fühlt sich für mich normal an, auch nicht ansatzweise. Ich weiß nicht einmal mehr, was normal ist. Die körperlichen Veränderungen machen mir Angst und sind begleitet von einem emotionalen Auf und Ab. Beim kleinsten Anlass, ob freudig oder traurig, breche ich in Tränen aus, schwanke im Sekundentakt zwischen himmelhoch jauchzend und zu Tode betrübt. Selbst Harriet beißt sich öfter auf die Zunge.

Trotz eines holprigen Starts in unser gemeinsames Leben unter einem Dach auf der Cherry Street haben Harriet und ich einen Weg gefunden, um am selben Tisch zu speisen und uns im selben Bad zu waschen, denselben Tabakrauch zu atmen und zivilisiert miteinander umzugehen. Wir mögen in unserem Aussehen und Verhalten so verschieden sein wie eine Krabbe und eine Venusmuschel, doch unter unserer rauen Schale haben wir wahrscheinlich mehr gemeinsam, als uns bewusst ist. Zwischen uns herrscht eine kraftvolle Energie, die das triste kleine Haus zum Knistern bringt.

Harriet spürt es ebenfalls. Das weiß ich, selbst wenn sie Abstand zu mir hält und so tut, als hätte sie kein Interesse an mir, hört und sieht sie mir genau zu. Als ich einmal beiläufig erwähnte, dass ich den Duft von Lavendel mag, tauchte im Bad eine Lavendelseife auf. Und als ich von einer bestimmten Blumensorte schwärmte, die ich in einem Nachbarsgarten gesehen hatte, stand am nächsten Tag ein Strauß davon auf dem Tisch. Als ich über meine juckende Haut klagte, fand ich wenig später eine Dose Körperpuder auf meinem Bett. Als ich erzählte, wie gerne ich mich zu Hause in Irland auf mein Rad geschwungen habe, lehnte am nächsten Nachmittag ein rostiger alter Drahtesel am Zaun. Bei allem wurde kein großes Aufhebens gemacht, keine Begründung genannt und kein Dank erwartet. Ich nehme an, das ist Harriets Art, mir zu zeigen, dass sie mich durchaus sieht und hört und wahrnimmt.

Nur weiß ich ungeachtet all der Wochen, die wir bereits miteinander verbracht haben, nicht viel mehr über Harriet Flaherty als vor meiner Abreise aus Irland. Sie spricht gelegentlich über ihren Vater und den alten Boots und die Arbeit der Leuchtturmwärter und beklagt ständig die Automatisierung der Lampen und dass die Dinge nicht mehr so sind wie früher. Aber es besteht eine Distanz zwischen uns. Trotz unserer familiären Bande, trotz des Umstands, dass wir in den gleichen verqualmten Kaminzimmern unserer Großmütter aufgewachsen sind, ist da eine Brücke, über die sie mich nicht gehen lässt. Harriet ist, so meine Erkenntnis, wie eine Insel, und ich habe bislang nicht die richtige Seekarte, um zu ihr zu gelangen.

Seit meiner ersten Begegnung mit Joseph auf Rose Island ertappe ich mich immer wieder dabei, dass ich an ihn denke, öfter jedenfalls, als ich es vermutlich tun sollte. Und ich nutze das unvollendete Porträt, das ich auf dem Boden der Teekiste entdeckt habe, als Vorwand, um der Einladung in seine Kunstgalerie nachzukommen.

Kinsella's Fine Arts befindet sich auf der Bellevue Avenue, ein schmales Backsteinhaus mit einer flaschengrünen Außenfassade. In dem großen Schaufenster sind goldgerahmte Seelandschaften und Hafenszenen ausgestellt. An einer schmiedeeisernen Wandhalterung über dem Eingang schaukelt das Ladenschild, handbemalt in kunstvoller Schnörkelschrift: *Kinsella's Fine Arts. Porträts und andere Auftragsarbeiten. Anfragen im Laden.* Das alte Porträt, das ich in braunes Papier eingeschlagen habe, unter meinen Arm geklemmt, schiebe ich die Ladentür auf und gehe hinein.

Im Innern der Galerie ist es angenehm kühl. Ein altes elektrisches Grammofon spielt leise in einer Ecke. Hohe Topfpflanzen erzeugen eine Atmosphäre wie in einem viktorianischen Glashaus, und ein Deckenventilator surrt über meinem Kopf. Ich rufe ein zaghaftes Hallo und warte auf eine Reaktion.

Gleich darauf erscheint Joseph durch eine schmale Hintertür, und bei meinem Anblick breitet sich ein strahlendes Lächeln in seinem Gesicht aus. »Hey! Die wilde Irin! Freut mich, dich wiederzusehen. Ich dachte schon, du seist zurück nach Irland gegangen.«

Captain drängt sich an Josephs Beinen vorbei und stürmt mir entgegen, die Krallen kratzen laut auf dem Parkettboden. Ich beuge mich hinunter, um die Hundedame zu begrüßen, und muss lachen, als sie ihre feuchte Nase in meine Hände schiebt.

»Sorry, ich wollte eigentlich früher vorbeischauen.«

Joseph hebt seine Hände. »Okay, keine Erklärung nötig. Ich freue mich, dass du hier bist.« Er lächelt erwartungsvoll. »Und? Wie findest du die Galerie?«

Langsam richte ich mich auf und drehe mich um die eigene Achse, bewundere die Ausstellungsstücke. »Sie ist sehr schön. Sehr ... elegant.« Ich gehe zu einer Sammlung von Leuchtturmaquarellen, die an der Wand hängen. »Die hier gefallen mir. Nicht dass ich viel Ahnung von Kunst hätte ...«

Joseph kommt an meine Seite. »Das ist das Großartige

an der Kunst: Jeder zieht etwas anderes daraus. Du bist genauso qualifiziert, die Aquarelle gut zu finden, wie ein Experte oder sie eben nicht gut zu finden. Zufälligerweise hast du ein gutes Auge und kannst erkennen, dass sie von mir sind.«

»Wirklich?« Ich drehe meinen Kopf zu ihm und sehe ihn beeindruckt an.

Ein stolzes Lächeln überzieht sein Gesicht. »Letztes Jahr waren Leuchttürme meine Obsession. Dieses Jahr arbeite ich an einer Sammlung von Siebdrucken. Eine Studie über Krustentiere und Mollusken.«

»Mollusken?«

»Der Begriff klingt ein wenig anrüchig, wenn du es so sagst«, erwidert er mit einem scherzhaften Lächeln.

Verlegen streife ich meine Haare hinters Ohr. »Kunst ist nicht wirklich mein Ding. Vermutlich sind Mollusken sehr interessant und kommen auch aus dem Meer, schätze ich mal.«

Joseph hockt sich mit Schwung auf einen Tisch an der Wand und steckt sich eine Zigarette an. »Möchtest du?«, fragt er und bietet mir eine an. Ich schüttele den Kopf, denn ich bin nicht die unbeschwerte Art von Mädchen, die raucht und Bier aus der Flasche trinkt und weiß, wie man sich amüsiert.

»Also, was ist dann dein Ding, wenn es nicht die Mollusken sind?«, fragt Joseph. »Was macht ein wildes irisches Mädchen in seiner Freizeit?«

Eine gute Frage, auf die ich jedoch nicht sofort eine Antwort habe. Früher waren die Kirchenbasare und Wohltätigkeitsfeste meiner Mutter das, was ich in meiner Freizeit tat. Oder die Verkörperung der sittsamen Tochter eines Lokalpolitikers war das, was ich in meiner Freizeit tat, allerdings ebenso das Whiskytrinken mit einem britischen Soldaten im Laderaum eines Armeefahrzeugs.

Meine Augen heften sich auf eine Ausgabe von Thackerays *Jahrmarkt der Eitelkeit*, die neben Joseph auf dem Tisch liegt. »Ein wildes irisches Mädchen liest gerne«, sage ich erleichtert, dass mir etwas eingefallen ist. »Und ich gehe gern spazieren. Am liebsten am Strand. Als ich noch klein war, habe ich immer Muscheln gesammelt.«

Joseph nimmt etwas aus seiner Hosentasche. »Das mache ich heute noch«, erklärt er und legt eine Jakobsmuschel auf den Tisch. »Die habe ich heute Morgen gefunden.«

Ich nehme eine Venusmuschel aus meiner Rocktasche und lege sie daneben. »Dito.«

Nachdenklich zieht er an seiner Zigarette. »Wir könnten ja mal zusammen auf Muschelsuche gehen – falls du nicht zu sehr mit Lesen beschäftigt bist.«

»Ja, vielleicht, das wäre toll«, antworte ich und rufe Captain zu mir, um eine Ablenkung zu haben.

Joseph springt vom Tisch und geht zum Grammofon, um die Schallplatte umzudrehen. Mit einem Nicken deutet er auf meinen Arm. »Du hast mir etwas mitgebracht, oder läufst du immer mit einem Paket unter dem Arm herum?«

Das Bild, ich hatte es ganz vergessen. »Oh, das, genau! Das ist ein altes Porträt, das ich in einer Teekiste drüben im Leuchtturm entdeckt habe.« Ich löse die Schnur und schlage das Papier auf. »Wenn du mich fragst, ich finde es ziemlich gelungen.«

Joseph nimmt mir das Gemälde ab und legt es behutsam auf den Tisch. Dann mustert er das Porträt, streicht mit den Fingern über den Rahmen, klemmt ein Vergrößerungsglas vor sein Auge und untersucht die Initialen des Künstlers.

»Wirklich hübsch. Der Ausdruck in ihren Augen hat etwas Besonderes.«

»Sehe ich genauso. Sie ist bezaubernd. Was denkst du, aus welcher Epoche stammt es?«

»Definitiv aus der viktorianischen. Das sieht man an ihrer Kleidung und an den Muschelverzierungen am Rand, die es damals vielfach auf botanischen Skizzen gab. Es wäre ein tolles Bild, wenn es vollendet wäre.«

»Mir gefällt irgendwie, dass es unvollendet ist«, sage ich und stelle mich neben ihn. »Es ist ungewöhnlich. Außerdem habe ich Mitleid mit ihr, halb auf dem Bild und halb nicht.«

»Möglich, dass sie mit der Zeit von selbst verblasst ist«, mutmaßt Joseph. »Ihre Geschichte wurde nie erzählt, ihr Name nie genannt. Ausrangiert in einer staubigen alten Teekiste.« Er nimmt die Lupe herunter. »Ich rede wie ein romantischer alter Narr! So oder so, ich fürchte, sie wird dir kein Vermögen einbringen. Die Signatur des Künstlers ist mir unbekannt.«

»Oh, ich will es nicht verkaufen. Ich glaube, der Künstler war entfernt mit mir verwandt. Aus diesem Grund habe ich mir überlegt, ob ich es neu rahmen lassen soll. Um es ein bisschen aufzuarbeiten und aufzuhübschen.«

»Nun, das kann ich gerne für dich machen. Könnte allerdings ein oder zwei Wochen dauern, bis ich dazu komme.«

»Das wäre mir sehr recht«, antworte ich und frage mich gleichzeitig, wie viele weitere vergessene Gemälde und andere Überbleibsel aus der Vergangenheit ich noch finden muss, um mich beschäftigt zu halten.

Joseph wickelt das Bild wieder ein und sieht auf seine Uhr. »Zeit für ein zweites Frühstück. Gleich hier um die Ecke ist ein Diner, falls du ein paar Minuten für einen Kaffee erübrigen kannst?«

Obwohl ich alle Zeit der Welt habe, sagt mir mein Verstand, dass es keine gute Idee ist, mich mit diesem unglaublich charmanten jungen Mann näher anzufreunden. Ich ignoriere das, höre lieber auf mein Herz und gehe mit ihm nach nebenan ins Bernie's, wo man uns einen kräftigen Kaffee serviert und Joseph mir von einer hiesigen Kaubonbonsorte namens Salt Water Taffy erzählt und von den prachtvollen alten Herrenvillen auf dem Ocean Drive.

In seiner Gesellschaft vergeht eine Stunde wie im Flug, und wenngleich ich es nicht tun sollte, flirte ich ein bisschen mit ihm, lache zu enthusiastisch, stupse mit den Füßen unter dem Tisch gegen seine und vergesse, dass ich eigentlich um einen toten Ehemann trauern sollte. Die Bewegungen unter meinem Kleid ignoriere ich komplett. Ich spiele an dem Medaillon um meinen Hals und rühre Zucker in meinen Kaffee, genieße die lockere Unterhaltung und die Gelegenheit zum Entspannen.

»Was ist das für ein Medaillon?«, fragt Joseph.

»Ein Familienerbstück«, antworte ich und öffne den Verschluss. »Es gehörte ursprünglich meiner Ururgroßmutter. Ihr Bruder war ein Kunstmaler im viktorianischen England. Ich glaube, von ihm stammt das unvollendete Porträt, das ich mitgebracht habe. Das ist er.« Ich deute auf das Bild in der linken Medaillonhälfte, und wir beugen uns beide über den Tisch, damit Joseph einen besseren Blick darauf werfen kann.

»Ein schöner Mann, genial.«

»Sarah, meine Ururgroßmutter, wurde nach einem Schiffsunglück von einem Leuchtturmwärter und seiner Tochter gerettet, einer Grace Darling. Wir vermuten, dass das andere Porträt diese Grace darstellt. Natürlich könnte es auch Georges Frau sein.«

Joseph beugt sich noch weiter über den Tisch und nimmt das Medaillon in seine Hand, studiert für einen Moment die Miniaturmenschen, dann hebt er seinen Kopf, und seine Augen sind so nah vor meinen, dass ich mein Spiegelbild darin erkennen kann.

»Sie ist wunderschön«, sagt er. Wir starren uns für eine Sekunde an, bevor er sich wieder zurücklehnt. »Sie hat tatsächlich Ähnlichkeit mit der Frau auf dem unvollendeten Porträt. Vielleicht ist es dieselbe Person, und er war in sie verliebt.«

»Kann sein«, stimme ich zu, und mein Herz klopft laut. Gleichzeitig wird mir mit einem Mal schrecklich heiß.

»Was hast du dir für den restlichen Tag vorgenommen?«, fragt Joseph, nachdem er bezahlt hat und wir gemeinsam den Diner verlassen.

Ich bin froh über die frische Luft, zumal mir von dem Koffein leicht schwummrig im Kopf geworden ist. »Eigentlich habe ich nicht wirklich etwas vor«, antworte ich achselzuckend. »Um ehrlich zu sein, habe ich gehofft, Harriet würde mehr Zeit haben und mir die Gegend hier zeigen, leider ist sie immer in ihrem Leuchtturm beschäftigt.«

»Harriet Flaherty, Ihre freundliche Fremdenführerin in Newport? Das klingt nicht nach der Harriet, die ich kenne.«

»Nein, nicht wirklich«, sage ich lachend. »Diese Erfahrung habe ich mittlerweile selbst gemacht.«

»Ich könnte dir die Gegend zeigen«, bietet Joseph an. »Bei schönem Wetter wie heute ist in der Galerie ohnehin nicht viel los. Ich würde dir gerne Newports schönste Seiten präsentieren. Die Strände, wo man Muscheln frisch vom Grill essen kann. Den Ocean Drive, wo ich so tun kann, als würde mir die Hälfte der Anwesen gehören.«

»Das ist sehr freundlich von dir, aber ich finde mich auch alleine zurecht. Wirklich. Harriet hat mir ein uraltes Fahrrad besorgt, mit dem sich gut die Gegend erkunden lässt.«

»Alleine macht das nicht so viel Spaß wie zu zweit.« Er schiebt seine Hände in die Hosentaschen. »Hör zu, Matilda, ich will ehrlich zu dir sein. Ich kenne nicht den wahren Grund, warum du hier bist, und ich muss ihn zudem nicht kennen, doch diese Story von der trauernden Witwe …« Er zieht eine Augenbraue hoch. »Selbst wenn es dir darum geht, deinen Eltern etwas zu beweisen oder Harriet, bei mir brauchst du das nicht zu tun. Also, meine Einladung steht noch. Ohne irgendeinen Haken.«

Vor Erleichterung darüber, mich nicht mehr verstellen zu müssen, würde ich Joseph am liebsten die Wahrheit sagen, die Last meines Geheimnisses mit ihm teilen. Ich wage es nicht. Trotz seiner Freundlichkeit und seines unwiderstehlichen Charmes kenne ich ihn nicht gut genug, um seine Reaktion im Voraus abschätzen zu können. Und ich möchte ihn ganz bestimmt nicht mit einem schockierenden Geständnis gleich wieder vergraulen.

Er streckt seine Hand vor. »Wenn du einverstanden bist, dass ich dich hier herumführe, verspreche ich, dass ich dir keine Fragen stellen werde. Was sagst du dazu, wilde Irin? Abgemacht?«

»Abgemacht«, sage ich nach kurzem Zögern.

Und nach etwas so Simplem wie einem Handschlag unter Freunden nehmen die Dinge ihren Lauf.

In den folgenden Wochen verbringen Joseph und ich den Großteil seiner freien Zeit miteinander. Er führt mich auf Rundgängen durch den Hafen und zu den historischen Kolonialgebäuden der Stadt. Ich erfahre spannende Details über die Quäker und die alten Tavernen, in denen schon die Gründungsväter einkehrten, und bekomme die Häuser der ersten irischen Siedler zu sehen, die ihre eigene Gemeinde im fünften Bezirk errichteten. Darüber hinaus sehen wir uns verwirrende Polo- und Croquetspiele an und ernähren uns von Muscheln und frischem Hummer. Oder wir fahren mit dem Rad über die Bellevue Avenue und den Ocean Drive, halten an, um die feudalen Landsitze mit Namen wie The Breakers, Miramar, Rosecliff Mansion oder Marble House zu bewundern – luxuriöse Sommerresidenzen, die die Vanderbilts und Astors von dem Vermögen errichten ließen, das sie vor der Wirtschaftskrise mit der Schifffahrt und dem Eisenbahnbau verdient hatten. Schließlich folgen wir der gesamten Panoramastraße, die sich an der Südküste der Insel entlangschlängelt, und machen Ausflüge zum Easton's Beach und nach Goat Island, auf denen Captain uns brav begleitet.

Mit der Zeit beginne ich die Stadt am Eingang zur Narragansett Bay zu lieben, und selbst wenn alles in mir sagt, dass es kein gutes Ende nehmen wird, wächst mir ein junger Künstler namens Joseph Kinsella immer mehr ans Herz.

KAPITEL 26

Matilda
Newport, Rhode Island, Juni 1938

Die Morgendämmerung färbt den Himmel lavendelblau, und ich krieche mit der aufgehenden Sonne aus den Federn, stelle mich an das offene Fenster und genieße den sanften Wind auf meiner Haut, dabei nehme ich gedankenverloren ein paar bemalte Muscheln von der Fensterbank. Ich bewundere die komplizierten Muster, die sorgfältigen Pinselstriche und muss zugeben, dass ich niemals so fein und präzise arbeiten könnte. Auf der Innenseite einiger Muscheln stehen die Initialen *CF*, in den größeren Exemplaren steht der Name *Cora,* geschrieben in verschnörkelten Buchstaben.

Cora. Der Name weht durch die Wände dieses Hauses wie ein Echo, das ich nicht richtig einfangen kann. In den seltenen Nächten, die Harriet hier verbringt, höre ich sie im Schlaf nach Cora rufen. Manchmal, wenn sie abgelenkt ist, schleicht sich der Name in unsere Unterhaltungen, was schlagartig zu einer Pause führt. Zu einem abrupten Schlusspunkt. Wer immer diese Cora ist oder war, sie fehlt hier schmerzlich und ist dennoch präsent in diesem Haus, und ich weiß nicht, warum.

Ich lege die Muscheln zurück und nehme die alte Ansichtskarte mit dem Bild von Ida und Grace, den beiden heldenhaften Leuchtturmwärterinnen, vom Nachttisch, streiche mit den Fingern darüber. Sie sehen aus wie ein und dieselbe Frau. Vielleicht ist es gar nicht so ungewöhnlich, dass zwei Menschen, die derart viele Ähnlichkeiten aufweisen, mit der Zeit nicht mehr zu unterscheiden sind; dass sie ineinander aufgehen, bis die Geschichte vergisst, dass sie einmal zwei separate Individuen waren.

Als ich mich ankleide, kann ich den Reißverschluss an meinem Rock nur halb zuziehen, um meiner wachsenden Taille Platz zu lassen. Mein Bauch wölbt sich mittlerweile deutlich hervor, zumindest wenn man darauf achtet. Vor dem Spiegel ziehe ich den Stoff straff und drehe mich zur Seite, um meine seltsame neue Figur kritisch zu betrachten, bevor ich gähnend nach unten gehe. Die regelmäßigen Turnübungen des Kindes halten mich bis spät in die Nacht wach, und so habe ich viel mehr Seiten in meinem Handbuch für Leuchtfeuerwärter gelesen, als ich jemals beabsichtigte. Ich nehme ein kräftiges Frühstück zu mir und bin gerade fertig, als Harriet von ihrem Leuchtturm zurückkehrt. Ihre Augen werden schmal, als sie sieht, dass ich bereits angekleidet bin.

»Gehst du schon wieder aus?«, fragt sie. »Solltest du dich nicht mehr schonen?«

»Ich kann nicht die ganze Zeit im Bett liegen und so tun, als wäre ich aus Porzellan. Außerdem bin ich sicher, dass es für mich besser ist, an der frischen Luft zu sein, als im Haus herumzuhocken und mich angeblich zu schonen. Es geht mir gut.« Das stimmt. Zeitweise sprühe ich geradezu über vor Energie, bin also weit davon entfernt, kränkelnd an meine vier Wände gefesselt zu sein, wie ich es bei anderen Schwangeren beobachtet habe.

»Du hast um vier einen Termin bei Dr. Miller«, erinnert sie mich.

»Ich werde rechtzeitig zurück sein.«

»Hm. Stell bitte sicher, dass du pünktlich erscheinst«, fordert Harriet mich auf, die hustend an ihrer Pfeife pafft.

»Du solltest nicht so viel rauchen«, sage ich und nehme meine Jacke vom Haken neben der Tür. »Das ist angeblich schädlich.«

Sie sieht mich spöttisch an. »Alles soll schädlich sein. Das Leben wäre stinklangweilig, wenn wir keine Laster hätten.« Kurz hintereinander zieht sie an ihrer Pfeife und bläst den Rauch in meine Richtung, womit sie ihren Standpunkt deutlich gemacht hat. Dann steht sie auf und schaltet den Radioempfänger ein. »Jedenfalls brauchst du mich nicht zu belehren. Du klingst ja genau wie Cora.«

Wieder dieser Name. Wieder diese Pause. Wieder diese Spannung in der Luft.

Ich muss sie fragen. »Wer *ist* Cora? Du erwähnst ihren Namen ziemlich oft.«

Ein Windstoß fegt durch das offene Wohnzimmerfenster und bauscht die von der Sonne gebleichten Vorhänge. Harriet steht unbeweglich da, ihr Gesicht spiegelt beinahe körperlichen Schmerz wider. Ich beiße mir auf die Unterlippe und warte auf die unausweichliche Zurechtweisung.

»Du und deine endlose Fragerei«, stößt sie hervor und kehrt mir und den Erinnerungen, die ich geweckt habe, den Rücken zu. »Du kannst es einfach nicht lassen.« Sie hantiert unsanft am Radio herum, füllt den Raum bei der Sendersuche mit dem obligatorischen Rauschen.

»Tut mir leid«, sage ich. »Ich habe mich einfach gewundert …«

»Nun, spar dir das.«

Ich trinke den letzten Schluck aus meiner Kaffeetasse, gehe zur Fliegengittertür und drücke sie auf.

»Wo willst du überhaupt hin?«, fragt sie in etwas weicherem Ton und lässt sich auf ihren Stuhl sinken. »So nach und nach hast du bestimmt die ganze Insel gesehen.«

»Wir fahren zum Leuchtturm raus.«

»Ich nehme an, damit meinst du Joseph und dich?«

»Ja.«

Harriet sieht mich an, als wollte sie etwas sagen, überlegt es sich dann anders. »Na gut, geh und hab viel Spaß.«

Ich verschwinde durch den Hinterausgang und spaziere zum Anleger am Ende der Strandpromenade, wo Joseph gerade sein kleines Segelboot startklar macht.

Er lächelt, als ich mich ihm nähere. »Du bist gekommen!«

»Natürlich. Warum sollte ich nicht kommen?«

»Ist es nicht das Privileg einer Frau, ihre Meinung kurzfristig zu ändern?«

»Nun, das gilt nicht für mich. Außerdem freue ich mich auf unseren Ausflug.«

Er strahlt von einem Ohr zum anderen. »Ich mich auch.« Er beugt sich herunter, um einen Korb in das Boot zu heben. »Du siehst hübsch aus«, fügt er hinzu, ohne mich anzusehen. »Blau steht dir.«

»Danke«, sage ich und drehe mich in Richtung Wasser, um mein idiotisches Grinsen zu verbergen, und bin froh darüber, dass ich das grüne Kleid wieder ausgezogen habe, für das ich mich heute Morgen zuerst entschieden hatte.

In diesem Moment kommt Captain über den Steg auf mich zugestürmt und springt an mir hoch, wirft mich um ein Haar um. Ich schiebe sie zur Seite aus Angst, sie könnte dem Baby schaden oder Joseph könnte meinen kugeligen Bauch bemerken. Es ist nicht das erste Mal, dass ich mir um das Baby Gedanken mache oder mir vorzustellen versuche, wie es aussehen wird. Sosehr ich mir einrede, es würde mich nicht kümmern, ist es eine Tatsache, dass es anders ist und ich mich für das Leben, das ich in mir trage, zunehmend verantwortlich fühle. Was mir keine geringe Angst bereitet.

Nachdem das Segel ausgerollt ist, steige ich zu Joseph ins Boot, gefolgt von der Hündin, dann steuern wir hinaus in die Bucht. Der Wind und die Strömung sind günstig, und wir gleiten mühelos über das Wasser. Ich schließe die Augen und koste das Gefühl von Freiheit aus. Kein Vergleich zu meinem Aufenthalt an Bord der *California,* wo ich in einem erbärmlichen Zustand über der Reling hing, mit Mrs O'Driscoll an meiner Seite. Ich frage mich, wie es ihr geht, und denke oft an sie und an den Zettel mit ihrer Adresse auf Long Island und der angefügten Botschaft: *Nur Mut!*

»Wie gefällt dir Amerika bis jetzt?«, fragt Joseph.

Ich setze meine Sonnenbrille auf und lehne mich zurück, lege meine Arme auf die Bootskanten. »Sehr gut. Die Leute sind alle sehr freundlich, finde ich.«

»Deine Eltern vermissen dich bestimmt, oder?«

»Eher weniger. Wir hatten einen bösen Streit vor meiner Abreise.«

»Das tut mir leid. Andererseits sagt man, Abwesenheit lässt das Herz höherschlagen.«

»Das setzt voraus, dass man ein Herz hat. Was ich bei meiner Mutter bezweifle.«

»So schlimm?« Er richtet das Segel aus, lässt ein kompliziertes Manöver einfach erscheinen.

Ich seufze. »Ja, es ist sehr schlimm gewesen.«

Ich hatte bis zum Valentinstag gewartet, um es meiner Mutter in der törichten Hoffnung zu sagen, dass der Tag der Liebe den Schock ein wenig abmildern werde. Ich hätte es besser wissen müssen.

Nachdem ich mir tagelang den Kopf zerbrochen hatte über die Worte, die ich vorbringen wollte, glaubte ich für einen winzigen Moment, Besorgnis in ihren Augen aufblitzen zu sehen, aber das Einzige, was meiner Mutter Sorgen bereitete, war das Ansehen der Familie. Ihr Gesicht verzog sich zu einem Ausdruck der Abscheu und Fassungslosigkeit, den ich nie vergessen werde.

»Das ist wohl absurd, Matilda!« Rauch schlängelte sich von der Spitze ihrer Mayfair-Zigarette empor, die zu Asche verglühte und vertrocknete wie der Bodensatz unserer zerrütteten Beziehung. »Wie in Gottes Namen kannst du schwanger sein?«

»Muss ich dir das wirklich erklären?«, sagte ich voller Verachtung.

Ich saß auf dem Fußende meines Bettes, steif wie eine Schneiderpuppe, als sie auf mich zukam. Würde sie mich in den Arm nehmen? Würde sie mir sagen, dass ich keine Angst zu haben brauchte und wir das gemeinsam lösen würden? Sie ließ ihre Handschuhe auf die Frisierkommode fallen, ging an mir vorbei zum Fenster, stellte sich mit dem Rücken zu mir und verschränkte die Arme vor ihrem zitronengelben Twinset. Jenseits des Fensters lag die markante Silhouette des Hafens von Cork, auf der Fensterbank meine geliebte Muschelsammlung.

»Wer ist es?«, fragte sie.

»Wer ist was?«

»Das Monster, das dir das angetan hat.«

»Spielt das eine Rolle?«

Sie wirbelte herum und starrte mich böse an. »Natürlich spielt es eine Rolle. Dein Vater wird wissen wollen, wer seine Tochter ausgenutzt hat.«

»Ich wurde nicht ausgenutzt, Mutter, sondern hatte sogar Spaß daran.« Ihre Reaktion war eine schallende Ohrfeige, die ich sicher verdient hatte, weil ich zu weit gegangen war.

»Du magst das alles vielleicht amüsant finden, Matilda, aber du hast dein Leben ruiniert. *Unser* Leben. Was hast du dir dabei vorgestellt? Zweifellos hast du keinen Gedanken an den Ruf unserer Familie verschwendet, hast wie immer allein an dich selbst gedacht.« Ihre Hände zitterten vor Wut. »Ich werde gleich morgen mit Schwester Murphy sprechen, um die nötigen Vorkehrungen zu treffen.«

Sie wühlte in meinem Kleiderschrank und suchte mir etwas heraus für die Soiree am Abend, dann schnappte sie sich ihre Handschuhe und streifte sie mit schroffen Bewegungen über ihre Finger.

»Zieh dich an und frisier dich anständig. Mach dich vorzeigbar, bevor dein Vater nach Hause kommt. Er ist im Moment sehr beschäftigt, so kurz vor den Wahlen. Er könnte gut auf diese … Störung verzichten.«

Eine Störung. Genau das war ich. Ich hatte mich in vielerlei Hinsicht ständig wie ein lästiger Störfaktor im Leben meiner Mutter gefühlt. Ihre Kommentare über meine Schwangerschaft, die Art, wie sie mich verdammte und verstieß, als ich dringend ihre Hilfe gebraucht hätte, all das bestätigte, was ich schon als kleines Mädchen gefühlt hatte und als Anlass nahm, mir Geschichten über die Menschen in meinem Medaillon auszudenken. Bereits damals, als ich noch nicht den Wortschatz besaß, um meine Empfindungen auszudrücken, fühlte ich mich in meinem eigenen Elternhaus wie ein unerwünschter Gast. Meine Eltern lösten das Problem sehr geschickt, indem sie mich in die Ferne verbannten, mich einfach ausrangierten wie ein ungewolltes Möbelstück.

»Einen Penny für deine Gedanken!«

Josephs Stimme holt mich aus meinen Tagträumen. »Tut mir leid. Ich war gerade meilenweit weg.«

»In Irland?«

Stumm nicke ich.

»Kann ich dir irgendwie helfen? Geteiltes Leid und so?«

Ich sehe ihm in die Augen, ein Blau wie verblasster Denimstoff und voller Anteilnahme. »Ich wünschte, es wäre so einfach.«

»Dann musst du es einfacher machen. Nichts ist so kompliziert, wie es erscheint, wenn wir es zurückhalten.«

Ich lächele trotz des Geheimnisses, das schwer auf meiner Seele lastet. Joseph macht alles so einfach. Er lässt jedes Problem so unkompliziert erscheinen wie eine Fliege, die man wegwedeln kann. Ich würde zu gerne den Mut aufbringen, ihn einzuweihen, aber die Worte lösen sich nicht von meiner Zunge, und wir legen den Rest der Fahrt zum Leuchtturm schweigend zurück.

Nachdem Joseph das Boot festgemacht hat, gehen wir den Pfad zum Turm hoch, und der Muschelkies knirscht unter unseren Schuhsohlen. Das Geräusch erinnert mich an Strandspaziergänge in Ballycotton mit meinem Vater, und mir kommt in den Sinn, dass vielleicht nicht alles in meiner Kindheit schlecht war.

Während Joseph ein paar Aufgaben im Leuchtturm erledigt, mache ich es mir draußen auf einem Stuhl bequem und weihe meinen neuen Malkasten ein, skizziere die Aussicht auf die Bucht und studiere das Lichtspiel auf dem Wasser. Neben mir verbreiten pinkfarbene Strandrosen einen verführerischen Duft. Durch ein offenes Fenster dringt Josephs Stimme, der zur Musik von Nat King Cole mitsingt. Für ein paar herrliche Stunden kommt es mir vor, als wäre ich schon immer hier gewesen, in der geschützten Idylle des Leuchtturms, und als wäre alles andere unbedeutend.

Die Zeit gleitet dahin, während ich meine Farben ausprobiere. Zwischendurch döse ich eine Weile in der wärmenden Sonne und denke darüber nach, was alles seit meiner Ankunft in Amerika passiert ist. Da ist Harriet, groß und breitschultrig, die in sich zusammenschrumpfte, als ich sie auf Cora ansprach, die ständig die Flucht ergreift, um alleine zu sein, und niemanden will, der ihr auf die Pelle rückt oder Fragen stellt. Sie beschäftigt mich den ganzen Vormittag so hartnäckig wie ein Kind, das ständig am Rock seiner Mutter zupft. Als Joseph frisch gefangene Austern aus der Bucht für den Lunch vorbereitet, gewinnt meine Neugier schließlich die Oberhand.

»Joseph, kann ich dich etwas fragen?«

Er hebt den Kopf und streift die Haare aus seiner Stirn. »Sicher. Schieß los.«

Ich zögere für einen Moment, bevor ich ihn auf dieses Geheimnis anspreche, weil mir die Wahrheit möglicherweise nicht gefallen wird. »Wer ist Cora?«

Seine Hände verharren in der Luft, dann legt er die Auster und sein Messer nieder, wischt bedächtig seine Hände an einem Tuch ab, das an seinem Gürtel hängt, und hockt sich im Schneidersitz zu mir auf die Decke.

Er sieht mir in die Augen. »Warum fragst du?« Seiner Stimme fehlt der übliche fröhliche Unterton.

»Harriet erwähnt diesen Namen immer mal wieder, doch sie wollte mir keine Antwort geben, als ich sie fragte, wer Cora ist.« Ich unterbreche mich kurz. »Manchmal ruft sie nachts im Schlaf nach ihr, und in meinem Zimmer liegen bemalte Muscheln, die mit dem Namen Cora signiert sind.«

Verlegen schaut Joseph nach unten auf die Decke. Obwohl ich sehe, dass er innerlich mit sich ringt, kann ich nicht aufhören und bohre weiter. »Sie ist eindeutig jemand Wichtiges. Also, wer ist sie?«

Schließlich stößt er einen langen Seufzer aus. »Cora war Harriets Tochter.« Er nimmt die Auster wieder in die Hand, dann hebt er seinen Blick zu mir. »Und ich hatte gehofft, sie würde eines Tages meine Frau werden.«

KAPITEL 27

Harriet
Rose Island Lighthouse, Juni 1938

Die Vergangenheit ist ein seltsamer Ort, so weit entfernt und doch immer da, denn sie wartet darauf, dich mit ihren Erinnerungen und ihrer Reue zu Fall zu bringen.

Ich rieche heute noch die Farbe der frisch gestrichenen Reling, als ich die lange Überfahrt von Irland machte, schmecke heute noch das Salz meiner Tränen auf meinen Lippen, als ich an Deck auf und ab ging und versuchte, Cora zu beruhigen und herauszufinden, was die Ursache für ihr gellendes Geschrei war. Nie habe ich meine Mutter dringender gebraucht, nie deutlicher die Lücke gespürt, die ihr früher Tod hinterlassen hat.

Und heute noch höre ich die Panik in meiner Stimme, als ich eine Frau mit älteren Kindern fragte, ob sie eine Idee habe, was meinem Baby fehlen könnte. Sie erklärte, dass es wahrscheinlich unter Blähungen leide, und zeigte mir, wie ich es an meine Schulter legen und seinen Rücken reiben sollte, aber Cora schrie und brüllte weiter, als wüsste sie, dass etwas anderes ganz und gar nicht stimmte, als würde sie erst wieder verstummen, wenn es in Ordnung gebracht war.

Ich erinnere mich, dass einige Passagiere in Jubel ausbrachen, als die Skyline von New York sich hinter dem Nebel abzeichnete, mir jedoch verursachte der Anblick der Freiheitsstatue nichts als einen hohlen Schmerz in meinem Innern. Als ich in Cobh an Bord gegangen war, dachte ich, dies sei der schlimmste Tag meines Lebens, dabei war von Bord zu gehen viel schlimmer. Die Entfernung von Irland wurde mir mit jedem ungewohnten Akzent, mit jedem unbekannten Geräusch und jedem fremden Geruch immer deutlicher. Das, was ich getan hatte und was nun meine neue Wirklichkeit war, traf mich wie ein Schlag gegen die Brust, sodass ich kaum atmen konnte, als ich das Schiff verließ. Seitdem haben meine Schuldgefühle mich ständig begleitet.

Gott sei Dank fanden Cora und ich einen Weg. Ich war weit davon entfernt, eine perfekte Mutter zu sein, aber ich gab mein Bestes. Zusammen mit meinem Vater, der mir half, wo er konnte, wurschtelten wir uns irgendwie durch, und selbst der alte Boots sprang hin und wieder als Kindermädchen ein. Als er starb, und später auch Pa, suchte ich keinen Ersatz für sie. Ich brauchte niemanden mehr und verteidigte leidenschaftlich das kleine Zweiergespann, das Cora und ich gebildet hatten. Allerdings hat mich die Erinnerung an Irland immer verfolgt.

Wenn die langen Nachtwachen von pfirsichfarbenen Wolken fortgespült wurden, war der erste Anblick, der mich jeden Morgen begrüßte, Coras süßes kleines Gesicht. Wangen zartrosa wie Sommerrosen und langes schwarzes Haar, das über ihr Kissen fiel, als wäre sie eine Meerjungfrau unter Wasser. Deshalb stelle ich sie mir auch in irgendeiner Unterwasserwelt vor, wo der Mond ihr Haar silbern schimmern lässt.

Mag sein, dass ich hier nicht mehr in dem Maße gebraucht werde wie früher. Trotzdem gehe ich nach wie vor zum Leuchtturm wie eine Motte, die vom Licht angezogen wird, und irrlichtere in den Nachtstunden umher, bewege Dinge, die nicht bewegt werden müssen, und wische Oberflächen, die nicht gewischt werden müssen, suche Wege, um die Erinnerung an Cora wach und mich beschäftigt zu halten. Die Alternative, untätig herumzusitzen und schmerzhafte Erinnerungen einzuladen, ist zu beängstigend.

Der Himmel verfinstert sich früh durch aufziehende Wolken, die das Erdgeschoss des Leuchtturms in Schatten tauchen. Auf dem Weg in die Küche bleibe ich vor dem Bild von Ida Lewis stehen. Es ist im Laufe der Jahre verblasst, ausradiert von der Sonne und der Zeit. Ida war für mich eine Art Vorbild, jemand, zu dem ich immer aufblickte. Als eine echte amerikanische Heldin führte sie ein stolzes Leben. Mein Leben hingegen ist ein Kunstprodukt, dürftig zusammengeflickt aus Irland und Amerika, und beginnt allmählich zu zerfasern und auszufransen.

Nachdem ich mir einen Kaffee gekocht habe, setze ich mich ans Fenster, beobachte die wechselnden Farben des Himmels, lasse meine Gedanken weit zurückschweifen und atme den Salzgeruch der See, der in meine Nase dringt, tief ein und aus. Ich sehe Cora in allem: im Licht der Sonne und im Schatten, in den weißen Wellenspitzen und den zähen Nebelschwaden. Für eine lange Zeit war sie mein Lebenselixier, Mein Grund, jeden Tag aufzustehen. Cora und das Leuchtfeuer. Die Schwärze ihrer Abwesenheit ist unerträglich.

Jetzt ist Matilda meine Bestimmung, für so lange, wie sie beschließt hierzubleiben. Ich bin neugierig, sie besser kennenzulernen, genieße die kleinen Hinweise, die ich aufschnappe, wenn wir Zeit miteinander verbringen. Inzwischen weiß ich, dass sie gerne zur Musik aus dem Radio singt und den Duft von Lavendel und von Strandrosen mag, dass sie gerne mit dem Rad fährt und am Strand Muscheln sammelt, die sie in einem Schmuckkästchen neben ihrem Bett aufbewahrt.

Ich weiß all diese einfachen kleinen Dinge über sie, die eine Person einzigartig machen.

Einfache kleine Dinge, die ich längst hätte wissen müssen, dann nämlich wäre alles anders gelaufen.

KAPITEL 28

Matilda
Newport, Rhode Island, Juli 1938

Die zwei Monate, die ich nun in Newport bin, könnten genauso gut zwei Jahre her sein, so groß ist der Unterschied nicht, den ich in meinem Herzen spüre und an der wachsenden Kugel sehe, die mein ehemals zierlicher Körper vor sich herträgt.

Ich scheue nicht mehr vor dem Geruch des Seetangs zurück oder staune darüber, wie rasch der Nebel sich in den Hafen hineinwälzt und wieder hinaus. Das dumpfe Signal des Nebelhorns, das mich in den ersten Wochen aus dem Schlaf riss, nehme ich kaum noch wahr, und ich radele auf dem Ocean Drive mit seinen prachtvollen Sommerresidenzen entlang, als wäre es die Dorfstraße von Ballycotton. Das Außergewöhnliche ist zur Gewohnheit geworden, und Newport fühlt sich nicht mehr wie ein Ort an, wo ich zu Gast bin, sondern wie ein Zuhause.

Während die Wochen verstreichen, wird klar, dass ich meinen Schwangerschaftsbauch nicht länger verbergen kann. Ich verbringe mehr Zeit auf Rose Island, froh darüber, den verächtlichen Blicken von Harriets neugierigen Nachbarn zu entkommen. Lieber ist mir die Einsamkeit des Leuchtturms, wo ich das Durcheinander von historischen

Dokumenten in der alten Teekiste sortiere, mich mit Lesen und Malen beschäftige oder ruhige Strandspaziergänge genieße. Hier kann ich mich bequem in weiten Hauskleidern entspannen und brauche meine geschwollenen Füße nicht in Schuhe zu zwängen, schaue Harriet zu, die an der einen oder anderen alten Vorrichtung herumbastelt, unfähig, ihre Sehnsucht nach der guten alten Zeit abzuschütteln.

Das einzige Problem ist Joseph. Immer wenn er in meiner Nähe ist, setze ich mich an den Tisch oder rolle mich zwischen Kissen in einem Sessel zusammen. Bis jetzt ist es mir gelungen, meinen Bauchumfang zu kaschieren, und Joseph ist, ob er etwas bemerkt hat oder nicht, diplomatisch genug, um nichts zu sagen.

Da ich viel Muße habe, denke ich oft über Cora nach, seit ich herausgefunden habe, wer sie war. Ihre Abwesenheit ist in den Räumen des Leuchtturms ebenso zu spüren wie im Haus in der Cherry Street. Sie sitzt wie ein Schatten neben Harriet, geht neben mir her, sodass ich manchmal damit rechne, ein zweites Paar Fußabdrücke im Sand zu sehen. Harriet weiß nicht, dass Joseph mich eingeweiht hat, doch die Entdeckung, dass ihre Tochter erst vor wenigen Jahren auf tragische Weise ertrank, hat mich ihr gegenüber weicher gestimmt. Ich muss an den Tag meiner Ankunft denken, als sie kantig und abweisend am Türrahmen lehnte. Inzwischen betrachte ich sie mit anderen Augen, verstehe ihre aufbrausende Art und ihr Sträuben, sich zu öffnen. Habe ich sie zuerst für bissig und eigenbrötlerisch gehalten, sehe ich sie nun als eine verletzliche Frau mit einem gebrochenen Herzen. Eine Mutter, die um ihre Tochter trauert.

Wenn ich die bemalten Muscheln in meinem Zimmer betrachte, das geliehene Kleid, das ich an meinem ersten

Tag hier trug, die muschelverzierten Bilderrahmen und die Kisten mit Bastelwerkzeug, die überall verteilt sind, weiß ich ganz sicher, dass sie einer innig geliebten Tochter gehörten.

»Cora war Harriets Ein und Alles«, erklärte Joseph mir, kurz nachdem er das Geheimnis um Cora preisgegeben hatte. »Ich habe noch nie eine Mutter und eine Tochter mit so einem engen Verhältnis gesehen.«

Seinen eigenen Kummer, weil er sich Cora als seine Frau erhofft hatte, verbarg er nicht. Als ich mich bei ihm dafür entschuldigte, dass ich schmerzhafte Erinnerungen geweckt hatte, erwiderte er, es sei eine Erleichterung, wieder über Cora zu sprechen.

»Harriet kann es nicht ertragen«, fügte er hinzu, »und ich hasse es, dass es sich anfühlt, als hätten wir sie vergessen.« Er erzählte mir, dass Cora und er seit ihrer Kindheit befreundet gewesen waren und dass er mit der Zeit andere Gefühle für sie entwickelte. »Cora sagte mir, ich sei wie der Bruder, den sie nie hatte. Ich hingegen habe törichterweise gehofft, dass sie mich eines Tages mit anderen Augen betrachten würde.«

»Warum törichterweise?«

Er wirkte leicht verlegen, bevor er antwortete: »Sie war zu gut für einen wie mich. Zu klug. Zu hübsch. Zu versessen darauf, die Welt zu sehen. Sie wäre ohnehin in die Ferne gezogen, wenn sie nicht … Na ja. Ich schätze, wir werden nie erfahren, was sie getan hätte.«

Je mehr Joseph von ihr erzählte, desto realer wurde sie, bis ich mir vorstellte, wie sie neben uns saß, unserem Gespräch lauschte, über seine Erinnerungen lachte und ein wenig verschämt darauf reagierte, wie liebevoll er von ihr sprach.

»Das Schlimmste für Harriet ist, dass es keinen Leichnam gab, den sie beerdigen konnte«, schloss er seinen Bericht.

»Man hat sie nie gefunden?«

Joseph schüttelte den Kopf. »Sie wurde von einer starken Strömung ins Meer hinausgetrieben. Harriet quält sich seitdem mit der Vorstellung, dass Cora noch immer irgendwo dort draußen ist und um Hilfe ruft. Sie hält bis heute nach ihr Ausschau. Wahrscheinlich wird sie nie über diese Tragödie hinwegkommen.«

»Und du?«

»Ich habe meinen Frieden damit geschlossen und mich von ihr verabschiedet. Was soll ich sonst machen?«

Wie Balsam für eine Wunde besitzt Joseph die wunderbare Fähigkeit, die schmerzhaftesten Situationen zu lindern. Kein Wunder, dass ich seine Gesellschaft genieße nach so vielen Jahren mit meiner lieblosen, hysterischen Mutter. Und da ist noch etwas anderes. Joseph hat keine starren Überzeugungen, die er loswerden will. Er hört mir wirklich zu auf eine Art wie noch nie ein Mensch zuvor.

Und das ist der Grund, warum ich ihm schließlich mein Geheimnis verrate.

Es ist erneut ein warmer Sommertag, so heiß, dass meine Wangen von Schweiß bedeckt sind, als ich den hufeisenförmigen Strand nahe der Anlegestelle erreiche. Ich breite meine Strickweste im Sand aus und setze mich für eine Weile hin, denke über meine Vergangenheit nach und male mir meine Zukunft aus, zeichne mit meinen nackten Zehen müßig Kreise in den Sand. Diesen friedlichen kleinen Strand habe ich wirklich lieben gelernt und stelle mir immer vor, er sei meine private Insel, wo niemand mich jemals finden wird, wenn ich das nicht möchte.

Das sanfte Plätschern der Wellen und die warme Brise verführen mich dazu, mich zurückzulehnen und alle viere von mir zu strecken. Hier kann ich in Ruhe Dinge verarbeiten, hier kann ich nachdenken.

Atmen. Schlafen.

Das vertraute Stupsen von Captains feuchter Nase reißt mich ruckartig aus meinem Schlummer.

Ich öffne meine Augen und kämpfe mich hoch, was inzwischen nicht mehr so einfach ist, denn ich bin nicht mehr so beweglich wie früher. Als ich mich umständlich aufgesetzt habe, werfe ich rasch mein Kopftuch über meinen Bauch.

»Joseph! Ich dachte, du würdest heute nicht kommen. Harriet sagte …«

Er steht verlegen vor mir, und wir starren einander an, jeder von uns wartet darauf, dass der andere das höchst Offensichtliche anspricht.

Ich bitte ihn, sich neben mich zu setzen.

»Ist schon okay. Du brauchst nicht …«

»Bitte, Joseph. Ich schulde dir eine Erklärung.«

»Du schuldest mir gar nichts«, erwidert er und lässt sich neben mir in den Sand fallen. »Falls du trotzdem reden möchtest, bin ich ganz Ohr«, sagt er und lässt zur Demonstration seine Ohren wackeln. »Sie sind vielleicht nicht mein attraktivstes Merkmal, doch sie machen mich definitiv zu einem guten Zuhörer.«

Das ist so typisch für Joseph: dass er es mir leicht macht und die Peinlichkeit und die stammelnden Erklärungen gar nicht erst aufkommen lässt. Ich bin so froh darüber, dass ich zu heulen beginne.

Unter Tränen und Entschuldigungen öffne ich mich wie eine geknackte Auster und erzähle ihm alles: über das angespannte Verhältnis zu meiner Mutter, über meine einsame Kindheit, über mein Gefühl, nicht dazuzugehören, über meinen dummen Flirt mit einem britischen Soldaten, über meine gemeine Verbannung nach Amerika. Joseph hinterfragt und urteilt nicht, hört mir einfach geduldig zu und reibt sanft meinen Rücken.

Nachdem ich meine Beichte abgelegt habe, gibt er mir ein Taschentuch und tröstet mich, dass alles bestimmt wieder gut werde.

Ich trockne meine Tränen und schnäuze mich. »Wie machst du das?«, frage ich.

»Was?«

»Dass du immer die richtigen Worte findest und weißt, wann du Taschentücher und süße Hunde hervorzaubern musst.«

Er lächelt. »Schätzungsweise machen Freunde das so.«

Seine Verständnisbereitschaft ermutigt mich, ihm auch den Rest zu erzählen: den Plan meiner Mutter, dass ich mein Kind in Amerika zur Adoption freigeben soll, um anschließend nach Irland zurückzukehren.

»Sieht so aus, als hätte deine Mutter alles gründlich durchdacht«, meint er zynisch und stützt sich auf seine Ellenbogen in den Sand.

»Jedenfalls denkt sie das.« Ich wische neue Tränen ab, verknote das Taschentuch zwischen meinen Fingern.

»Und was ist mit dir? Wie sieht *dein* Plan aus? Was willst *du selbst*, Matilda?«

»Ganz ehrlich?«

»Ja, ganz ehrlich.«

Ich zögere und sammele meinen ganzen Mut, um aufrichtig mit ihm zu sein, aufrichtig mit mir selbst. »Als ich zum ersten Mal von meiner Schwangerschaft erfuhr, wollte ich mit dem Kind nichts zu tun haben. Ich konnte es nicht einmal als Kind betrachten, geschweige denn als mein eigenes. Die ganze Sache hat mir eine schreckliche Angst eingejagt. Inzwischen aber …« Ich lege meine Hände vorsichtig auf meinen Bauch.

»Inzwischen siehst du das anders?«

Zaghaft nicke ich, schäme mich fast, die emotionale Bindung zuzugeben, die ich in letzter Zeit zu dem Ungeborenen spüre. »Aber es ergibt überhaupt keinen Sinn.«

»Warum nicht?«

»Zunächst einmal habe ich keine Ahnung, wie man ein Kind aufzieht. Schließlich bin ich erst neunzehn und sollte lieber an meine Zukunft denken, statt sesshaft zu werden und Mummy zu spielen. Außerdem: Die Vorstellung von der ganzen Verantwortung, das macht mir Angst.«

Nach einem großen Schluck aus seiner Getränkedose ergreift Joseph das Wort: »Meine Mom hat mich bekommen, als sie gerade einmal achtzehn war, und sie ist die beste Mutter der Welt geworden. Vielleicht wirst du dich selbst überraschen, Matilda. Mom sagt immer, die Dinge, vor denen wir am meisten Angst haben, sind die Dinge, die uns zu dem machen, was wir sind.«

Ich muss an Mrs O'Driscoll denken. »So etwas Ähnliches hat mir auch jemand anders gesagt.«

Joseph springt auf und streckt auffordernd seine Hände zu mir aus. Ich zögere kurz, bevor ich sie ergreife und mich schwerfällig von ihm hochziehen lasse. Wir stehen einen Moment lang da, uns an den Händen haltend, und ich betrachte die Silhouette dieses liebenswürdigen, verständnisvollen jungen Mannes, die sich vor der hellen Sonne abzeichnet.

»Danke, dass du es mir erzählt hast«, sagt er. »So etwas erfordert Mut.«

Ich stoße ein langes Seufzen aus, als sechs Monate der Anspannung von meinen Schultern fallen. »Danke fürs Zuhören.«

»Alle dürfen wir Fehler machen. Der wahre Charaktertest besteht darin, wie wir hinterher damit umgehen. Und wenn du mich fragst, ich denke, du würdest eine großartige Mutter abgeben.«

Er schlingt seine Arme um mich und hält mich ganz fest, und für ein paar perfekte Momente höre ich auf, an allem zu zweifeln, und erlaube mir, eine junge Frau zu sein, die in den Armen eines Freundes liegt, während das Wasser sanft meine Zehen umspült. Zum ersten Mal, seit ich Irland verlassen habe, spüre ich keine Angst.

Wir gehen zusammen zum Leuchtturm, um einen Lunch einzunehmen, und anschließend lege ich mich hin für einen kurzen Schlaf. Als ich aufwache, steht die Sonne bereits tief am Himmel. Bevor ich nach unten gehe, nehme ich ein Schneckenhorn von der Fensterbank und halte es an mein Ohr, erinnere mich, dass mein Großvater mir früher erzählte, darin seien alle Weltmeere gefangen. Damals lachte ich und hielt es für einen seiner Tricks, so wie die Münzen, die er hinter meinem Ohr hervorzauberte, und doch war es da, eingeschlossen im Innern der cremeweißen Schale: das unverkennbare Rauschen der See. Es war das Magischste, was ich jemals erlebt habe.

Auch jetzt lausche ich wieder dem Rauschen, atme im

Takt mit den Wellen. In diesem beschaulichen Zimmer, durch dessen Fenster ich einen breiten Streifen Sonnenlicht sehe, der auf dem Wasser glitzert, überkommt mich eine innere Ruhe, und ich wäge meine Möglichkeiten ab. Entweder ich akzeptiere den Plan meiner Mutter, gebe mein Kind zur Adoption frei und kehre brav nach Irland zurück, oder ich stelle mich quer und ziehe mein Kind alleine groß, hier in Amerika.

Was ich habe, wer ich bin und wer ich sein werde, ist wahrscheinlich alles andere als perfekt, aber als ich meine Hand auf meinen Bauch lege, empfinde ich endlich Selbstvertrauen, merke, dass ich den Mut aufbringen werde, das Richtige zu tun, ganz gleich, wie meine Entscheidung ausfallen wird.

Später in der Abenddämmerung sitze ich dann am Fenster meines Zimmers in der Cherry Street und beobachte, wie der Lichtstrahl des Leuchtturms über das Wasser schweift. Mittlerweile weiß ich, wie das System funktioniert, kenne die einzelnen Vorrichtungen, damit das Licht sich dreht und regelmäßig aufblitzt. Und ich weiß mehr über die Menschen, die hier gelebt haben. Dazu gehört auch das Wissen, dass ein tiefer Schmerz in den Wänden fortbesteht und sich zwischen mir und Harriet bricht wie Licht, das durch Glas fällt. Ich spüre es so deutlich wie den Sand zwischen meinen Zehen. Es ist wie eine Ahnung, dass in diesen Räumen noch die Präsenz eines anderen und die Erinnerungen an ihn gegenwärtig sind.

Harriet kommt beim Abendbrot auf meine Ausflüge mit Joseph zu sprechen. »Kinsella mag ein anständiger Junge sein und eine angenehme Ablenkung, bloß kannst du nicht so tun, als würdest du kein Kind bekommen«, spricht sie unvermittelt ein heikles Thema an.

Ich lege meine Gabel auf den Teller und trinke einen Schluck von meinem Eistee. »Was meinst du damit?«

Sie verdreht die Augen. »Du weißt ganz genau, was ich damit meine. Ich sehe schließlich, wie du dich verhältst. Du machst ganz normal weiter. Amüsierst dich mit deinem neuen Freund. Ignorierst den Umstand, dass du im sechsten Monat schwanger bist.«

Offenbar stellt sie mich wieder einmal auf die Probe. Reizt und provoziert, wie sie es gerne tut. »Joseph ist ein guter Freund«, sage ich ganz ruhig. »Außerdem habe ich eine Beschäftigung, um mir die Zeit zu vertreiben.«

»Das ist ja alles schön und gut, und ich kann es dir nicht verübeln. Tatsache ist allerdings, dass wir langsam anfangen müssen zu planen. Für deine Niederkunft.«

Ich antworte, dass ich keine Lust habe, darüber zu reden, doch ich weiß, sie hat recht. Ich gieße mir ein Glas Wasser ein und nehme nachdenklich einen großen Schluck.

Harriet lässt mir einen Moment Zeit und wartet, dass ich auf ihren Einwand reagiere.

»Was?«, frage ich schroff.

Und zum ersten Mal, seit ich an jenem Maitag an die Fliegengittertür klopfte, sehe ich echtes Mitgefühl in ihren Augen und ein warmes Lächeln auf ihren Lippen. »Du bist nicht die erste Frau, die Angst vor der Entbindung hat. Leider nützt dir keine Angst.«

Ich muss an Mrs O'Driscolls liebevolle, nach Torf und Irland riechende Umarmung auf dem Schiff denken und wünsche mir sehnsüchtig, Harriet würde mich jetzt ebenso tröstend in den Arm nehmen und mir sagen, dass alles gut wird. Doch ich ziehe mich innerlich zurück, weil ich meine Angst nicht offen zugeben mag aus Furcht, darin zu ertrinken. »Ich habe keine Angst«, sage ich und weiß, dass ich nicht gerade überzeugend klinge. »Ich bin müde und will jetzt nicht darüber reden.«

Ohne ein versöhnliches Wort stapfe ich hoch in das kalte kleine Zimmer und lege mich ins Bett, starre auf meinen prallen Bauch, beobachte, wie die Haut sich bewegt, wenn das Kind ungeduldig herumtanzt. Ich drehe mich auf die Seite, und mein Blick fällt auf die alte Ansichtskarte von Ida und Grace. Sie erinnert mich an ihren Mut und ihre Selbstlosigkeit und daran, dass es mich höchstwahrscheinlich überhaupt nicht gäbe, wenn Grace damals nicht ihr Leben aufs Spiel gesetzt hätte. Sarah verlor ihre ersten beiden Kinder, daran sollte ich denken und sie betrauern, statt zu bereuen, ein gesundes und munteres Kind unter meinem Herzen zu tragen.

Schützend lege ich die Hände auf meinen Bauch, schließe die Augen und erlaube mir im Schein des letzten Abendrots, mir meine größte Angst einzugestehen. Nicht vor der Geburt, sondern davor, dass ich mein lebhaftes, widerstandsfähiges Kind in fremde Hände geben soll. Das bereitet mir am meisten Angst. Hingegen wird mir bewusst, dass ich mich nicht davor zu fürchten brauche, mein Kind alleine großzuziehen, sondern es annehmen sollte mit demselben Mut, den die anderen vor mir zeigten: meine Ururgroßmutter, Grace Darling, selbst Harriet. Ich nehme die Kette mit dem Medaillon ab und lese die Gravur auf der Rückseite: *Selbst die Mutigen fürchteten sich einmal.* Und in diesem Moment in einem kleinen Haus auf Rhode Island lasse ich die Ängste einer jungen Irin einer mutigen Zuversicht weichen, die mir hilft, zu entscheiden, was ich tun werde.

KAPITEL 29

Grace
Longstone Lighthouse, Oktober 1838

Die Künstler kommen und gehen mit den Gezeiten, in endlosen Wellen auf Smeddles Geheiß, um die öffentliche Nachfrage nach meinem Porträt und die Sonderaufträge zu bedienen, die er Freunden in hohen Positionen zugesichert hat. Die Männer stehen meiner Mutter im Weg mit ihren Staffeleien und ihren Malkoffern, vollgestopft mit Farbtuben und Pigmenten und Öl in Ampullen, ganz zu schweigen von ihren zahlreichen Pinseln und Spachteln und dem Terpentin, das sie für die Reinigung der Pinsel benutzen und das uns allen Kopfschmerzen verursacht.

Als ein sehr nüchterner Mann hat mein Vater nicht viel übrig für diese Künstler mit ihren romantischen Ideen und ihrer überspitzten Art. Genau wie die Lektüre von Romanen betrachtet er die Beschäftigung mit Kunst als einen Luxus der Oberschicht. Ich teile seine Geringschätzung nicht und bewundere künstlerisches Talent sogar, nichtsdestotrotz ist mir unwohl dabei, mich im Fokus der allgemeinen Aufmerksamkeit wiederzufinden.

Henry Perlee Parker ist der Erste, der bei uns vorstellig wird, ein backenbärtiger, ungestümer Mann mit einer Abneigung gegen so ziemlich alles. Er ist unzufrieden mit kleinen Räumen sowie mit den »armseligen« Lichtverhältnissen und der Enge in unserer Wohnstube, die ihm die Arbeit erschweren. Missmutig stellt er fest, dass Leuchttürme zwar von außen ziemlich romantisch wirken, hingegen definitiv nicht dafür gemacht seien, um dort gute Kunst hervorzubringen.

Ich selbst finde die gesamte Prozedur des Modellsitzens ermüdend. Dazu halte ich es für widernatürlich, stundenlang stillzuhalten und jedes Schlucken oder Blinzeln zu vermeiden. Es ist ja nicht einmal erlaubt, normal zu atmen. Mein Rücken und mein Nacken verspannen sich, meine Hände und Füße verlangt es nach einer Beschäftigung. Ich versuche mich während der Sitzungen abzulenken, indem ich im Geiste Passagen aus der Bibel auswendig hersage oder die Seevögel durchs Fenster beobachte, was jedoch nur meine Sehnsucht verstärkt, draußen zu sein. Das Wetter wird sich bald verschlechtern, und mit ihm die Chance auf Inselspaziergänge. Selbst Mam kritisiert, dass meine Haut blass geworden sei, weil ich so viel Zeit im Turm verbringe.

»Wenn ich noch länger Modell sitze, braucht der Bildhauer erst gar nicht mehr zu kommen«, räsoniere ich. »Dann werde ich mich von selbst in eine Statue verwandeln.«

»Du solltest dich freuen, dass so viele Künstler dich porträtieren wollen«, erwidert sie. »Du hast ein Gesicht, das gefällt, was nicht viele von uns behaupten können.«

»Nun, mir gefällt *dein* Antlitz«, scherzt Papa und drückt ein herzhaftes Küsschen auf Mamas Wange, wo sich rasch ein roter Fleck bildet, so rosig und rund, als hätte Mr Parker ihn mit einem seiner Pinsel dort aufgetragen. Meine Mutter geht für den restlichen Tag ein Stück aufrechter, ist unfähig, ihren Stolz zu verbergen.

Die Tage vergehen, und der Künstlerstrom reißt nicht ab. Nach Mr Parker und einem Mr Carmichael, die gemeinsam anreisten und aufgrund der Herbststürme eine Woche lang von uns beherbergt wurden, kommt David Dunbar, der Bildhauer, gefolgt von Mr Musgrave Joy, einem namhaften Maler und sehr angenehmen jungen Mann aus London, der von Lord Panmure beauftragt wurde, nicht allein mich, sondern auch meinen Vater zu porträtieren. Mr Reay aus Newcastle ertrinkt beinahe auf seinem Weg zu uns, als sein Boot vor Holy Island auf Grund sinkt. Fast alle sind höflich und geduldig, aber ich sehne den Tag herbei, an dem der Letzte von ihnen sein Material einpackt und wir hoffentlich für immer unsere Ruhe vor Künstlern haben werden.

Die Besuche nehmen langsam ein Ende, als das Wetter umschlägt und Papa mit einer Annonce in der Zeitung darüber informiert, dass all jene, die noch ein Porträt von mir wünschen, gedruckte Kopien und Kupferstiche, die schon im Umlauf sind, erwerben können. Als die Temperaturen fallen, die Herbsttage kürzer werden, die Naturgewalten dafür stärker, trotzen wir Wind und Wetter hinter den starken Mauern unseres Leuchtturms, wo wir sicher geschützt sind. Bei dem starken Seegang kann niemand Segel setzen oder rudern, und zwei perfekte Wochen lang gehört Longstone Island ausschließlich uns. Nachdem Sturmwinde und Sturmwellen unserem bescheidenen Heim so viel unwillkommene Aufmerksamkeit beschert haben, verschaffen sie uns nun die Einsamkeit, nach der ich mich in den vergangenen Wochen gesehnt habe.

Trotzdem folgen meine Gedanken während der Nachtwache dem Licht der Lampen, das bis zu den Küstenorten dringt, und ich frage mich, wie es wohl Sarah Dawson geht, von der an jenem Tag, als die ersten beiden Künstler uns ihre Aufwartung machten, ein Brief eintraf. Gleichermaßen erfreut wie verwirrt von seinem Inhalt, habe ich ihn seitdem ein Dutzend Mal gelesen. Sarahs Worte haben in meinem Herzen ein Bild erschaffen, das ich schwer bewerten kann.

Liebe Miss Darling,
da ich in Kürze nach Hull in meine Heimat abreise (die Adresse habe ich unten angefügt), möchte ich Euch zuvor für die Rückgabe des Briefes danken und für Euer aufmerksames Geschenk. Aus dem »Handbuch für Leuchtfeuerwärter« habe ich mittlerweile eine Menge über die Pflege und Wartung der Laternen gelernt. Wenn Matilda und ich uns im Himmel wiedersehen, werde ich ihr viel zu erzählen haben.
Zudem muss ich noch etwas an Euch loswerden, bevor ich nach Hull zurückkehre. Wisst Ihr, Miss Darling, in dem Brief, den Ihr vollkommen durchweicht aus meinem Umhang fischtet und mir nachsandtet, äußerte sich mein Bruder George erstmals über Euch. Er berichtete mir von seiner Begegnung mit der Tochter eines Leuchtturmwärters während eines Spaziergangs in Dunstanburgh. Seit meiner Evakuierung von Longstone Island hat er viele Male von Euch gesprochen, und das stets mit großem Respekt.
Euch ist vielleicht unbekannt, dass George unserer Cousine Eliza Cavendish aus Bamburgh, bei der ich die vergangenen Wochen verbrachte, die Ehe angetragen hat. Ich möchte Eliza gewiss keinen Kummer bereiten, aber ich werde keine Ruhe finden, solange ich Euch nicht sage, dass George erheblich mit seinem Gewissen kämpft. Während seine Hand Eliza versprochen ist, verzehrt sich sein Herz nach Euch.
Bitte denkt nicht schlecht von mir, weil ich Euch dieses intime

Detail anvertraue. Ich wünsche Eliza nichts Böses. Wenn man jedoch alle Menschen verloren hat, die einem lieb und teuer waren, betrachtet man das Leben mit anderen Augen. Wir müssen das Glück beim Schopfe packen, selbst wenn es uns noch so schwierig erscheinen mag. Es liegt bei Euch, diese Worte zu ignorieren oder danach zu handeln. Ihr allein könnt wissen, ob Ihr die Zuneigung meines Bruders erwidert. In beiden Fällen wünsche ich Euch alles Glück der Welt, Miss Darling.

Es wäre mir eine Ehre, wenn Ihr mir hin und wieder ein paar Zeilen zukommen ließet, falls es Eure Zeit erlaubt.

Eure Freundin

Sarah Dawson

Ein Wetterumschwung in der folgenden Woche führt einen kalten Nordostwind mit sich, der die Herbststürme in den Süden fortbläst und ein kleines Fischerboot über eine unruhige schiefergraue See nach Longstone Island trägt.

Ich habe mich zu einem dringend benötigten Spaziergang entschlossen und steige über das dunkle Basaltgestein, das unserer Insel ihre Form verleiht, über die Nebenadern und Felsrisse der Gezeitenkanäle und achte darauf, dass ich auf dem nassen Moos- und Algenteppich nicht ausrutsche. Das Wasser zu meinen Füßen ist klar und rein, die Luft erfüllt von Seetanggeruch und den Klagelauten der Kegelrobben. Es ist erquickend, die ermüdende Korrespondenz und Porträtmalerei sowie die Schenkung meiner Locken weit hinter mir zu lassen.

Als ich mit dem Fernrohr das herannahende Fischerboot entdecke, wird mir schwer ums Herz, denn ich fürchte die Ankunft einer weiteren Schar gaffender Schaulustiger.

Voller Überraschung sehe ich dann, als das Boot immer näher kommt, dass es leer ist, abgesehen von dem Mann am Ruder und einem großen, in einen schwarzen Gehrock gekleideten Gentleman, der steif im Bootsheck sitzt, die Augen fest auf den Horizont gerichtet. Selbst aus dieser Entfernung erkenne ich Mr Emmerson.

Das Boot gleitet langsam auf die Landungstreppe zu. Unbemerkt auf meinem Beobachtungsposten stehend, beobachte ich, wie Mr Emmerson sich schwankend in dem Boot erhebt, das gefährlich in den starken Wellen schaukelt. Er spricht kurz mit dem Fischer, tippt an seinen Zylinderhut, schüttelt Gischt von seinem Umhang und klettert ziemlich unbeholfen an Land.

Rasch glätte ich mein Haar unter der Haube und verwünsche mich, dass ich am Morgen kein hübscheres Kleid gewählt habe, eile dann zum Hühnerstall und beschäftige mich mit unnötigen Aufgaben, um meine Begegnung mit dem Mann meiner Träume zu proben. »Ach, *du meine Güte, Mr Emmerson! Was für eine Überraschung! – Mr Emmerson! Wie reizend, Euch hier zu sehen! – Grundgütiger, Mr Emmerson! Was führt Euch nach Longstone Island?*«

Als er oben auf der Landungstreppe erscheint, schaue ich auf und schirme meine Augen vor der grellen Sonne ab, die vom Wasser reflektiert wird. Im ersten Moment fehlen mir die Worte, zum Glück fange ich mich rasch wieder und bringe eine Begrüßung heraus: »Mr Emmerson! Was für eine Überraschung!«

Sein Gesicht weist die unmissverständliche Blässe von jemandem auf, der eindeutig seekrank ist. Er stellt sich breitbeinig hin, die Hände auf die Oberschenkel gestützt, und atmet tief ein und aus.

»Miss Darling. Bitte verzeiht mein unangemeldetes Erscheinen, noch dazu in einem derart miserablen Zustand.«

Lieber sage ich nichts, da dies hier nicht gerade die romantische Begegnung ist, die ich mir in den Stunden der Nacht ausgemalt habe. Bei Tageslicht betrachte ich meine nächtlichen Idealisierungen als geradezu absurd.

»Bin ich so grün um die Nase, wie ich mich fühle?«, fragt er keuchend und holt erneut tief Luft.

Ich unterdrücke ein Grinsen, um mich nicht über ihn zu mokieren. »Ihr seht ziemlich … blutarm aus, fürchte ich. War die See ein bisschen zu rau?«

»Laut dem Fischer ist sie heute ruhig wie ein Mühlenteich, für eine hoffnungslose Landratte wie mich war sie viel zu lebhaft.«

»Manche Menschen brauchen länger, um seefest zu werden. Es ist weitaus besser, vom Leuchtturm auf die See hinauszuschauen, als von der See auf den Leuchtturm.«

Seinen Mund umspielt ein Lächeln. »Ich könnte Euch nicht mehr zustimmen.«

Ich bestehe darauf, dass er sich Zeit lässt, um sich zu erholen, und plaudere über das Wetter und den Abzug der letzten Wandermöwen, über die Kolonie der Kegelrobben und über das Glück, jeden Morgen von einem derart majestätischen Anblick begrüßt zu werden. Ferner erkundige ich mich nach seiner Schwester, die, wie er mir bestätigt, nach Hull zurückgekehrt ist. Der Inhalt ihres Briefes liegt mir unangenehm auf der Seele.

Nach zehn Minuten in der frischen Seebrise und auf festem Boden versichert Mr Emmerson, dass er sich bedeutend besser fühle.

»Dann darf ich Euch hineinbitten«, sage ich beiläufig,

wenngleich mit klopfendem Herzen. »Ich werde Euch einen Nesseltee zubereiten, der am besten gegen Übelkeit hilft. Meine Mutter schwört darauf, und sie besitzt jahrelange Erfahrung mit natürlichen Heilmitteln.«

»Ihr seid zu gütig. Und es ist mir ziemlich unangenehm, so angeschlagen hier aufzutauchen.«

»Nun, das braucht Euch nicht unangenehm zu sein. Wir haben weit schlimmere Reaktionen auf die See erlebt. Ellen Herbert braucht wenigstens zwei Stunden, um sich zu erholen, wenn sie zu uns herausfährt. Sie schwört auf die wiederbelebende Wirkung von ein, zwei Gläsern Madeirawein.«

Während ich Mr Emmerson zum Leuchtturm führe, spüre ich das vertraute Gefühl, als hätte ich Schmetterlinge im Bauch, das sich in letzter Zeit oft bemerkbar gemacht hatte. Ich mahne mich zur Selbstbeherrschung, bevor wir die wohlig warme Stube betreten, wo ich meine Haube und meine Handschuhe ablege und meinen Eltern unseren Gast vorstelle.

»Das ist Mr Emmerson. Er ist der Bruder von Sarah Dawson.«

George Emmerson begrüßt meine Eltern auf seine übliche charmante und bescheidene Art. »Ich fürchte, ich bin leicht indisponiert von der Überfahrt. Eure Tochter ist eine geduldige Krankenschwester.«

Meine Mutter beginnt auf der Stelle, viel Aufhebens um unseren Besucher zu machen, und richtet eine üppige Platte mit Brot, Käse und Fleisch her. Unterdessen kümmere ich mich um das Feuer und brauche dafür doppelt so lange wie sonst, da ich mit der Kaminschaufel hantiere, als hätte ich zwei linke Hände.

»Ich hoffe, Ihr verzeiht mein Eindringen, Mrs Darling, Mr Darling. Störenfriede hattet Ihr schließlich in letzter Zeit mehr als genug.«

Als Papa bestätigt, dass wir zu einer Art Attraktion geworden sind, gehe ich schnell dazwischen, damit George sich nicht angesprochen fühlt. »Freunde sind uns immer willkommen«, werfe ich ein aus Furcht, dass Mr Emmerson sich gezwungen fühlen könnte, bald wieder aufzubrechen. »Mr Emmerson ist ebenfalls gut bekannt mit Henry Herbert und kennt die ganze Familie.«

Mama, deren Sinne stets bis zum Äußersten geschärft sind, wittert etwas. »Dann seid ihr beiden euch bereits begegnet, nehme ich an?«

»Vor ein paar Monaten machte ich zufällig die Bekanntschaft Eurer Tochter, als sie mit den Herberts einen Spaziergang in Dunstanburgh unternahm. Dabei hörte ich fasziniert von Miss Darlings Leben auf Longstone Island. Es geschieht ja nicht alle Tage, dass man einer Wächterin der See begegnet.« Mr Emmerson nimmt einen Schluck von seinem Nesseltee. »Und dann erfolgte der Untergang der *Forfarshire*, der meine Schwester in Eure Obhut führte«, sagte er und legte im Gedenken an die toten Kinder eine respektvolle Pause ein. »Ich kann Euch nicht genug danken für Euren Mut und für Eure Barmherzigkeit.«

Mein Vater nimmt den Dank mit einem Nicken zur Kenntnis, bevor er sich anteilnehmend nach Sarah Dawson erkundigt. »Und wie kommt Eure Schwester zurecht?«

»An manchen Tagen besser, an anderen schlechter. Sie ist nach Hull zurückgekehrt, angeblich fühlt sie sich zu Hause wohler, umgeben von den Erinnerungen an ihre Kinder. Außerdem hat sie mir berichtet, dass sie mithilfe eines Leitfadens, den Miss Darling ihr freundlicherweise zukommen ließ, eine richtige Expertin für Leuchttürme geworden sei. Sie habe nicht gedacht, dass der Betrieb so viele Abläufe erfordert.«

»Die Arbeit ist extrem reguliert«, erwidert Vater. »Es gehört weit mehr dazu, als einmal am Tag eine Lampe zu entzünden. Der Beruf kann rasch zu einer Obsession werden. So wie Eure Kunst, nehme ich an.«

Mr Emmerson lächelt erfreut. »Ihr nehmt vollkommen richtig an.«

»Wir hatten in letzter Zeit relativ viel mit Künstlern zu tun«, füge ich erklärend hinzu.

»Das glaube ich gerne. Ich habe ein paar Malversuche gesehen.«

»Versuche?«, hake ich lachend nach. »Sind die Porträts wirklich so schlecht?«

Unser Gast windet sich ein wenig. »Das war unredlich von mir. Sagen wir, es fehlt ihnen ein wenig an Ausdruckskraft.«

»Tatsächlich?« Ich spüre unwillkürlich eine leichte Enttäuschung. »Dabei haben sie so lange fürs Malen gebraucht.«

Er lächelt mich an. »Seid unbesorgt. Die Ergebnisse sind durchaus passabel, aber wer gibt sich schon mit passabel zufrieden. Wer hat den Anspruch, etwas zu erschaffen, das lediglich *passabel* ist?« Er nimmt einen großen Schluck aus seiner Tasse und schwenkt gedankenverloren den restlichen Tee. »Als ich mich meiner Schwester gegenüber ähnlich über die Arbeiten äußerte, erhielt ich zur Antwort, ich solle aufhören, die Unzulänglichkeiten anderer zu beklagen, und stattdessen selbst zu Werke gehen. Sie bestand förmlich darauf. Mein Erscheinen hier ist allein ihr zu verdanken«, fügt er hinzu.

»Unsere Grace ist es gründlich leid, für andere Modell zu sitzen«, meldet sich meine Mutter schroff und fängt an, den Tisch abzuräumen. »Es sind inzwischen zahlreiche Porträts von ihr im Umlauf. Mein Mann brachte dies jüngst in einem Brief zum Ausdruck, der im *Courant* veröffentlicht wurde. Vielleicht könnt Ihr Euch für einen Termin an Robert Smeddle wenden.«

»Mama!« Ich starre sie empört an. »Mr Emmerson ist nicht irgendein beliebiger Künstler. Er ist der Bruder von Mrs Dawson. Im Übrigen brauchte ich lediglich ein paar Tage Pause, mehr nicht. Meine Mutter redet Unsinn. Ihr seid herzlich eingeladen, mich zu porträtieren. Ohne Termin selbstverständlich. Ihr könnt sofort damit beginnen, wenn Ihr möchtet. Habt Ihr die nötigen Utensilien mitgebracht?«

Mit einem Blick auf meine Eltern bestätigt Mr Emmerson, dass er sich in der Tat erdreistet habe, alles mit sich zu führen, was für seine Arbeit erforderlich sei.

Papa lächelt mich vielsagend an, amüsiert von meiner plötzlichen Kehrtwende, nachdem ich erst gestern erklärte, dass ich nie wieder für ein langweiliges Porträt still sitzen möchte, nie mehr im Leben.

»Wenn Ihr mich entschuldigen würdet, ich muss mich um die Lampen kümmern«, sagt er. »Vielleicht möchtet Ihr mich begleiten, Mr Emmerson?« Typisch Papa. Er kann es nicht erwarten, stolz seinen wundervollen Laternenraum vorzuzeigen, benimmt sich eher wie ein Vater mit seinem neugeborenen Kind.

Ich hingegen werde die Zeit nutzen, um nach Brownsman zu rudern, um Nachschub aus unserem Gemüsegarten zu holen. »In einer Stunde werde ich zurück sein. Vielleicht können wir dann mit dem Porträt anfangen?«

»Seid Ihr sicher, dass es Euch keine Unannehmlichkeiten bereitet?«

»Vollkommen sicher. Eine Sitzung mehr wird keinen Schaden anrichten. Ich zappele längst nicht mehr so viel herum wie noch vor einem Monat.«

»Dann sehe ich unserer Verabredung mit Freuden entgegen«, sagt er auf eine Art, die mich unfähig macht, die Bänder meiner Haube zu knoten. Ich gebe es auf, gehe mit losen Bändern nach draußen und wende mich wie eine trunkene Närrin zum Bootshaus.

KAPITEL 30

Grace
Longstone Lighthouse, Oktober 1838

Zu meiner Erleichterung verlangt Mr Emmerson von mir nicht, stocksteif dazusitzen. Während seine Wangen im Schein des Feuers golden schimmern, erklärt er mir, dass er mich gerne so zeichnen würde, wie er mich beim ersten Male sah. »Mit dem Wind in Eurem Haar und der Spiegelung der See in Euren Augen. Gestellte Porträts wirken immer so leblos«, fügt er hinzu und legt seinen Umhang an. »Ich gehe davon aus, Ihr sitzt eher selten wie eine Statue da und starrt wehmütig aus dem Fenster?«

»So ist es«, sage ich grinsend. »Eher selten.«

»Eben. Deshalb möchte ich Euch in Eurer ganzen Natürlichkeit darstellen. Ihr sollt nicht das Porträt von Grace Darling sein, sondern einfach Ihr selbst.« Er wirft durch das Fenster einen Blick zum Himmel und hält nach Anzeichen für Regen Ausschau. Als er keine bemerkt, klatscht er in die Hände. »Wäre es Euch möglich, mich nach draußen zu begleiten?«

Ich werfe einen Blick zur Speisekammer, wo Mam so tut, als würde sie die Einmachgläser ordnen. Sie streckt ihren Kopf durch die Tür. »Ich werde euch durch das Fenster im Blick behalten. Wenn mir der Wind von gestern nicht mehr in den Knochen stecken würde, käme ich ja mit, doch ich kann ihn nicht loswerden.«

Nach dem Rückzug meiner Mutter lege ich meinen Umhang an und warte darauf, dass Mr Emmerson seine Materialien aus der kleinen Reisetasche nimmt, die er mitgebracht hat. Tut er nicht, sondern er wendet sich direkt zur Tür.

»Was ist mit Euren Sachen?«, frage ich. »Mit Euren Pinseln und Farben?«

Er lacht. »Ein wahrer Künstler malt zuerst mit seinen Augen und seiner Fantasie, Miss Darling.« Er geht einen Schritt zur Seite. »Nach Euch. Mit etwas Glück sehen wir ja einen dieser Seedrachen.«

Unterwegs erzähle ich ihm von dem Ammoniten, den ich kurz nach dem Sturm entdeckt habe.

»Ihr müsst eine ordentliche Sammlung haben«, bemerkt er und rutscht im nächsten Moment auf einem Algenbüschel aus, sodass ich auf der Stelle meinen Arm ausstrecke. »Zweifellos bringt jede Tide etwas Neues«, fügt er sarkastisch hinzu.

»Der Großteil meiner Sammlung besteht aus Muscheln, die hier auf den Inseln verbreitet sind, aber ich würde gerne ein paar wirklich seltene Exemplare finden, um die Gentlemen von der Royal Society zu verblüffen.«

»Und Euch traue ich das durchaus zu! Ich kann mir die fassungslosen Mienen bildlich vorstellen, wenn Ihr ihnen Fundstücke präsentiert, die sie noch nie zuvor gesehen haben.« Er spricht aufgeregt, sodass es bei dem Rauschen und Schlagen der Brandung und dem Heulen des Windes teilweise schwer ist, seinen Akzent zu verstehen. »Mir fallen dabei Miss Anning und ihre Seedrachen ein!«

Während wir weitergehen, mache ich ihn auf die verschiedenen Vogelarten und Seegräser aufmerksam, zeige ihm die einheimische Pflanzenwelt – pinkfarbenes Klippenleimkraut und Gelbklette, den Teppich aus Löffelkraut, wo die Papageientaucher ihre Nester bauen.

Zudem sammele ich verschiedene Muschelarten auf, lege sie auf einen flachen Felsen und erkläre ihm den Unterschied zwischen Bivalven und Meeresschnecken. »Bivalven sind Zwillingsmuscheln, die miteinander verbunden sind. Wie diese Miesmuschel hier. Ich stelle sie mir immer als einen beleibten Herrn in Frack und Zylinder vor, der sich für das Dinner fein gemacht hat. Dann haben wir hier Herz- und Jakobsmuscheln – Damen beim Tanz, deren Röcke sich bauschen.« Mr Emmerson schmunzelt über meine Vergleiche, über die letzten ebenso wie über die nächsten. »Austern und Venusmuscheln sind die großen alten Witwen«, fahre ich fort. »Man kann sie wohl ein bisschen mit einem Medaillon vergleichen, wenn man sie öffnet.«

»Wie jenes, das meine Schwester Euch gab.«

»Ja.« Ich öffne eine Venusmuschel in meiner Hand. »Und leider ebenso leer.«

»Das muss es nicht bleiben, es sollte unbedingt etwas enthalten, das Ihr wertschätzt. Wir werden es für Euch finden.« Ich lächele über seinen Enthusiasmus. »Und das hier muss eine Meeresschnecke sein«, fügt er hinzu und nimmt eine Kaurischnecke in die Hand.

»Ja. Meeresschnecken bilden oft massive Gehäuse.« Ich gebe ihm eine Spitz- und eine Sandschnecke. »Selbst unter den einzelnen Arten existiert eine Vielfalt von Farben und Formen. Auf den ersten Blick sehen sie alle gleich aus, doch wenn man genauer hinschaut, erkennt man, dass jede Einzelne ein bisschen anders ist. Seht Ihr? Der Unterschied mag geringfügig sein, Unikate sind sie alle. Mit Leuchttürmen ist es dasselbe.«

»Wie meint Ihr das?«

»Jede Bauform ist einzigartig. So unverwechselbar wie ein Fingerabdruck. Jeder Turm hat seine besondere Art von Licht, sein eigenes Blitzmuster oder seinen individuellen Fixstrahl. Und die Farbgebung ist ebenfalls charakteristisch und wichtig für die Identifizierung am Tage. Es ist wie eine private Unterhaltung zwischen dem Licht und dem Seefahrer. Kommunikation ohne Worte.«

Mr Emmerson nimmt diverse Muscheln in die Hand, um sie zu inspizieren. »Ich habe die Gemeine Muschel bisher nie gewürdigt, jetzt erkenne ich, dass Ihr recht habt. Jede einzelne besticht durch ihre perfekte, individuelle Schönheit.«

»Auf diesen Inseln hier ist so viel Schönheit zu entdecken«, erwidere ich. »Ich weiß, manche denken, wir würden ein sehr einfaches, karges Leben führen und vieles entbehren, was auf dem Festland für selbstverständlich erachtet wird. Dabei haben wir alles, was wir brauchen. Jede Jahreszeit birgt ihre eigenen Freuden und Herausforderungen. Kein Tag ist wie der andere.«

Mr Emmerson sagt nichts, hört mir still zu. Erst als ich verstumme, mustert er mich, den Kopf zur Seite geneigt, die Augen leicht verengt.

»Zeichnet Ihr mich gerade in Gedanken, Mr Emmerson?«

Dieses Lächeln. Diese sanften Augen. »In der Tat, Miss Darling. Ja, das tue ich.«

Ich vermag mir nicht vorzustellen, dass es in Mary Herberts Liebesromanen eine einzige Szene gibt, die vollkommener oder ergreifender ist. Mit einem Mal kann ich nicht mehr klar denken und schlage verlegen vor, dass wir unseren Weg fortsetzen, bevor wir von der Flut überrascht werden.

Unterwegs halten wir gelegentlich an und betrachten die Felspfützen. Darüber vergesse ich die Schlagzeilen in den Zeitungen, vergesse, dass ich Grace Darling, die Heldin der Farne-Inseln bin. Für den restlichen Nachmittag bin ich nichts als eine normale junge Frau, die mit einem jungen Mann spazieren geht und in Felspfützen schaut, als wäre es das Natürlichste der Welt.

»Denkt Ihr, Ihr könntet das alles jemals aufgeben?«, fragt Mr Emmerson unvermittelt, als wir weitergehen. »Dass Ihr Eure Tage in überfüllten Dörfern und Orten zubringt und das Gezänk der Nachbarn hört? Ich weiß nicht, ob ich das könnte, wenn ich so abgeschieden und frei aufgewachsen wäre.«

Seine Frage rührt an mein Gewissen, und ich frage mich automatisch, ob nicht eine tiefere Bedeutung darin mitschwingt. Gleichzeitig erinnert sie mich an die Worte in Sarah Dawsons Brief.

»Ich habe es nie ernsthaft in Erwägung gezogen«, antworte ich aufrichtig und hoffe, dass mein Gesicht nicht meine Zweifel verrät. »Meine Schwestern spotten immer über mich, weil ich dem Leuchtturm und meinen Eltern derart treu geblieben bin. Genauso gerne, wie ich gelegentlich aufs Festland fahre, kann ich es später kaum erwarten, auf meine Insel zurückzukehren.«

Meine Haut beginnt zu kribbeln, und ein dumpfer Schmerz setzt sich hinter meiner Stirn fest, ohne dass ich sicher weiß, warum. Hat es mit unserem Thema zu tun oder mit dem Wetter? Es könnte an einer Änderung des atmosphärischen Drucks liegen, wofür auch spricht, dass die Seemöwen sich auf den Klippen um uns herum niederlassen, ein typisches Vorzeichen für Schlechtwetter.

»Ich spüre einen Wetterumschwung, Mr Emmerson«, entscheide ich mich zu sagen. »Wir sollten uns auf den Rückweg machen.«

Ohne eine Antwort abzuwarten und aus Sorge, was geschehen könnte, wenn unsere traute Zweisamkeit noch länger anhält, wende ich mich um und marschiere entschlossen in Richtung Leuchtturm.

Innerhalb von einer Stunde wird klar, dass bald ein Sturm über uns hinwegziehen wird und nicht die geringste Chance besteht, dass das Fischerboot wie verabredet vom Festland herüberkommen kann, um Mr Emmerson abzuholen. Ausnahmsweise einmal begrüße ich die dunklen Gewitterwolken und die Starkwinde, heiße den Sturm willkommen, der sich über dem Laternenhaus zusammenbraut und der zu dem Sturm passt, der sich in meinem Herzen zusammenbraut.

Als ich am Abend in der Wohnstube sitze und ein löchriges Fischernetz flicke, kommt mein Vater zu mir. »Kann ich dich kurz sprechen, Gracie?«, fragt er leise.

Sofort lege ich meine Nadel nieder. »Natürlich, Papa. Was ist? Wieder jemand, der eine Locke von mir wünscht? Bis Weihnachten wird mein Kopf kahl sein!«

Er setzt sich lächelnd zu mir und nimmt meine Hände in seine. »Ich erhielt heute Morgen eine Mitteilung von der Leuchtfeuerverwaltung. Es gibt eine Änderung der Regularien. Ab sofort muss jede Leuchtstation nicht nur einen Hauptwärter haben, sondern zusätzlich einen offiziell bestellten Assistenten.«

Da seit einiger Zeit ohnehin eine Anpassung der Vorschriften erwartet wird, ahne ich, was mein Vater gleich sagen wird, und erspare ihm die Qual. »Und du wirst selbstverständlich Brooks zu deinem Assistenten ernennen.«

Er nickt und senkt seinen Blick. »Ich fürchte, ja.«

»Warum fürchtest du das? Sind das keine großartigen Neuigkeiten! Vater und Sohn tragen gemeinsam die Verantwortung für das Licht. Was könnte es Besseres geben?«

Seine Zweifel verändern sich plötzlich zu einem sanften Lächeln, und Erleichterung steigt von ihm auf wie Rauch von einem Feuer. »Ich hatte befürchtet, du würdest enttäuscht sein. Bestimmt hast du dir selbst Hoffnungen auf den Posten gemacht.«

Zärtlich drücke ich seine Hände. »Und ich wäre die stolzeste Tochter im ganzen Land, würden die Regeln mir erlauben, diesen Posten zu übernehmen. Ich werde Brooks gratulieren, sobald er vom Laternenraum herunterkommt.« Als mein Vater aufsteht, richte ich eine Bitte an ihn. »Kann ich euch beide wenigstens weiter unterstützen? In einer inoffiziellen Funktion?«

»Mein liebes Kind, der Leuchtturm würde ohne dich nicht funktionieren. Und auch diese Familie würde ohne dich nicht funktionieren. Du, liebe Gracie, bist das Licht, um das wir alle uns drehen.«

Als das Echo seiner Schritte im Treppenaufgang verhallt, greife ich wieder nach dem Fischernetz, aber es ist praktisch unmöglich, feine Löcher in Netzen zu flicken, wenn die Augen von Tränen verschleiert sind.

Ich entschuldige mich unter dem Vorwand, für Mr Emmerson meine Fossilien zu holen, und verleihe meiner Enttäuschung durch jeden einzelnen lauten Schritt auf den sechzig Stufen Ausdruck, die zu meiner Kammer führen. Im Widerspruch zu den Worten meines Vaters weiß ich nämlich, dass der Leuchtturm sehr wohl ohne mich funktioniert.

Ob ich indes ohne den Leuchtturm funktioniere, steht auf einem ganz anderen Blatt.

KAPITEL 31

Grace
Longstone Lighthouse, Oktober 1838

Der Vollmond hängt tief am Horizont, die aufgewühlte See glitzert in einem betörenden Licht. Unfähig, bei dem Sturm zu schlafen, der die Insel seit vier Tagen und Nächten heimsucht, stehe ich vor dem Fenster meiner Kammer und denke an alte Seefahrergeschichten über Ringe um den Mond, die von Regen künden. Wir sind froh, dass in dem scheußlichen Wetter keine weiteren Schiffe gekentert sind, und ich bin zusätzlich froh, dass der Sturm Mr Emmersons Aufenthalt auf Longstone Island verlängert. Allein deshalb wünsche ich mir dieses Mal keinen klaren Himmel und keine ruhige See.

Seine Anwesenheit verbreitet im Leuchtturm eine unerwartete Heiterkeit und füllt eine Lücke, die ich bisher nicht wahrgenommen habe. Wir spüren es alle. Besonders Mam hat ihre Freude daran, einen jungen Mann, den sie verwöhnen kann, unter ihrem Dach zu beherbergen. Sie vermisst ihre Söhne, die außer Brooks auf dem Festland leben, und es gefällt ihr, ein zusätzliches hungriges Maul zu füttern. Sogar mein Vater wirkt ein bisschen unbeschwerter in der Gegenwart von Mr Emmerson, oder besser gesagt George, wie er genannt werden möchte. Ein Paar geschickte Hände mehr vor Ort ist immer willkommen, besonders um diese Jahreszeit, und unser Besucher packt bereitwillig mit an.

Wenn alle im Haus sitzen, diskutieren die beiden Männer gerne über Politik sowie über die zweite gerichtliche Untersuchung der *Forfarshire*-Havarie, die zu dem Ergebnis kam, dass Kapitän Humble die alleinige Schuld an dem Unglück getragen hat, weil er es versäumte, den Hafen von Tynemouth anzulaufen, um die notwendigen Reparaturen durchzuführen. Im Bewusstsein, wie leicht die Katastrophe hätte verhindert werden können, spüre ich die Qual von Mr Emmerson über seinen Verlust noch deutlicher.

»Die Leuchtfeuerverwaltung übt Druck auf die Regierung aus, damit das Schifffahrtsrecht geändert wird«, erklärt Papa. »Wir können bloß hoffen, dass kein Mensch umsonst sein Leben ließ und dass wir aus jedem verlorenen Schiff etwas lernen, selbst wenn es eine Kleinigkeit ist. Ich bin zuversichtlich, es wird eine Zeit kommen, selbst wenn wir sie vielleicht nicht mehr erleben werden, in der kein Schiff mehr verunglückt, weil Probleme nicht beachtet wurden.«

Mir gibt Mr Emmersons Gegenwart vor allem ein Gefühl der Vollständigkeit, und die Stunden, die wir zusammen verbringen und in denen er an meinem Porträt arbeitet, genieße ich. Ich schwebe durch den Tag, beflügelt von der Aussicht, dass wir uns alle am Abendbrottisch versammeln. Die Abende verbringen wir anschließend in ruhigem Beisammensein, geschützt und geborgen innerhalb der Leuchtturmmauern, während draußen die stürmische See donnernd gegen die Klippen schlägt. Insgeheim überlege ich inzwischen, ob ich eine Ehe nicht voreilig abgelehnt habe. Vor allem nicht mit einem Mann, der sich so leicht in das Leben auf Longstone Island einfügt wie George Emmerson, was es einem schwer macht, zu akzeptieren, dass die vorübergehenden Bande, die wir geknüpft haben, bald wieder gelöst und in die äußere Welt eingeflochten werden müssen, in der es immerhin eine Verlobte gibt. Zwar hat er bislang kein Wort über sein Verlöbnis verloren, gleichwohl weht Eliza Cavendish wie ein unliebsamer Luftzug durch den Leuchtturm und hinterlässt ein kaltes Frösteln. Einerlei, wie viele Stofflappen ich in die Tür- und Fensterritzen stopfe, wie ein Geist verschafft sie sich hartnäckig Zutritt, peinigt meinen Verstand und mein Gewissen, kratzt an meinen Moralvorstellungen und hinterfragt meine christlichen Prinzipien. Es sieht mir nicht ähnlich, schlecht über jemanden zu denken, aber das enge Zusammensein im Leuchtturm beeinflusst und verändert meine Wünsche.

Um die langen Stunden zu füllen, die uns ans Haus fesseln, arbeitet Mr Emmerson an weiteren Skizzen und Porträts. Ich bin deutlich entspannter als bei meinen ersten Sitzungen mit dem armen Mr Parker und seinesgleichen, habe sogar Vergnügen daran, nachdem ich gelernt habe, meine Position nicht zu verändern, meinen Kiefer nicht zusammenzubeißen und meine Fingernägel nicht zu betrachten. Locker sitze ich vor dem Fenster, die Füße übereinandergeschlagen, das Gesicht leicht nach links gedreht in das spärliche Tageslicht, das der trübe Himmel uns spendet.

Mr Emmerson nimmt auf einem Schemel Platz, die Farbpalette in der Hand, misst das Licht und die Winkel meiner Positur und summt vor sich hin, wozu er häufig neigt, wenn er sich konzentriert. »Könntet Ihr Euer Gesicht vielleicht …«

Ich drehe mein Gesicht leicht in seine Richtung.

»Danke sehr. Ihr seid eine gute Schülerin, Miss Darling.«

»Nun, ich habe gelernt, dass es keinem Zweck dient,

wenn ich zappele und mit den Füßen scharre. Die Arbeit geht viel schneller voran ohne derartige Störungen.«

»Gute Kunst verträgt sich nicht mit Hast, Miss Darling. Wie die einlaufende Flut nimmt sie sich alle Zeit der Welt, die sie benötigt.«

Mit einem leisen Lächeln auf meinen Lippen nehme ich meine Haltung ein, doch meine Sinne springen weiter umher wie ein aufgeregtes Kind. Ganz nebenbei verfolge ich das Streichen des Pinsels auf der Leinwand, das geduldige Tupfen von Details ebenso wie den langen Schwung bei größeren Strichen. In der Stube riecht es nach dem Leinöl, das Mr Emmerson zum Mischen der Pigmente benutzt, und nach dem Weingeist, mit dem er seine Pinsel reinigt. Zwischendurch beobachte ich seine Angewohnheit, bei der Arbeit mit dem Fuß zu wippen und sich in tiefer Konzentration über die Lippen zu lecken. Ich höre jedes Schlucken, jedes Räuspern, jedes zufriedene Schnauben und jedes frustrierte Schnalzen. Ohne dass der Pinsel mich jemals berührt, spüre ich jeden Strich wie eine Feder auf meiner Haut. Und ohne ihn anzusehen, nehme ich wahr, dass sein prüfendes Auge über mein Gesicht gleitet. Auf diese leise, vertrauliche Art vergehen Stunden, während draußen der Sturmwind tobt. Sobald Mr Emmerson mit dem Ergebnis der Sitzung zufrieden ist, hüstelt er dreimal, und als wäre ein Bann gebrochen, erwache ich aus meiner Reglosigkeit.

»Du liebe Güte, ich muss mich um die Lampen kümmern«, sage ich, als ich bemerke, wie rasch das Licht draußen verblasst. »Ich werde Brooks bitten, Euch Gesellschaft zu leisten. Vielleicht möchtet Ihr ihm ein oder zwei weitere Gesangsstücke beibringen? Papa würde entzückt sein.«

»Es wäre mir eine große Freude.«

Brooks zeigt sich beeindruckt von Mr Emmersons Repertoire an Balladen und alten Geschichten über schottisches Brauchtum. »Ich bitte Euch allerdings gleich um Nachsicht für meinen Bruder«, schalte ich mich ein, »denn er pflegt einen Hang zu derbem Liedgut.«

Mr Emmerson lacht. »Euer Bruder erinnert mich an mich selbst in jungen Jahren. Er ist voller Energie und Ambitionen.«

»Zumindest hat er ein gutes Herz und eine rasche Auffassungsgabe und wird deswegen in Kürze offiziell zum Lichtassistenten ernannt, sodass er später einmal Vaters Position übernehmen kann, wenn dieser nicht mehr in der Lage ist, die Aufgaben zu bewältigen«, erkläre ich mit einer Spur hörbaren Bedauerns.

Mr Emmerson erkennt in meiner Miene die Wahrheit und spricht sie an. »Sicherlich würdet Ihr dieses Amt gerne selbst bekleiden, oder?«

»Eine Frau bestimmt nicht selbst über ihr Schicksal, Mr Emmerson. Das fällt den Männern in ihrem Leben zu, so ist das nun mal …«, sage ich leicht deprimiert, woraufhin George rasch das Thema wechselt.

»Solch ein Sturm hat schon etwas an sich, das kannte ich noch gar nicht«, meint er, als er seine Sachen zusammenpackt.

»In welcher Hinsicht?« Ich greife in meinen Nacken, der durch das lange Sitzen in ein und derselben Position und durch das Eindringen einer kalten Zugluft durch die Fensterritzen schmerzt.

»Diese ungezügelte Energie, dieses absolute Beharren, gehört und gefühlt zu werden. Es ist so gut wie unmöglich, sich seiner Wirkung zu entziehen. Ich spüre selbst eine gewisse Wildheit in mir.«

Ich streiche meinen Rock glatt und überlege, wie ich auf seine gefühlvolle Betrachtung reagieren soll. »Die See trägt zweifellos eine Leidenschaft in sich, wenn der Wind derart entfesselt auftritt wie in diesen Tagen. Die Insel fühlt sich nie lebendiger an als in einem ausgewachsenen Orkan. Sommergäste äußern sich oft dahingehend, wie hübsch es hier sei mit der leuchtend blauen See und den warmen Winden, ich hingegen ziehe die Unordnung in den späteren Monaten mit ihren Schneestürmen und Blitzen vor, die die Luft zum Knistern bringen.«

Mr Emmerson wischt seinen Pinsel sorgfältig ab. »Ich stimme Euch vollkommen zu. Nachdem ich die letzten Tage hier verbracht habe, bezweifle ich, dass dieser Sturm mich jemals wieder richtig loslassen wird.« Er steht vor dem Fenster und blockiert mit seiner Größe das Licht. »Allmählich beginne ich zu verstehen, was Ihr meintet, als Ihr von der Magie des Leuchtturms spracht, der sich niemand entziehen könne. Etwas Besonderes liegt über dieser Insel, diesem Ort, über Euch …«

Seine Worte sind wie eine flackernde Kerzenflamme und scheinen ihm fast ein bisschen peinlich zu sein. Mich berühren sie, wenngleich ich eine andere Sichtweise habe. Ich wende mich zur Treppe und bleibe vor dem Aufgang stehen, ohne meinen Blick vom Boden zu heben. »Magie ist eine launische Mätresse, Mr Emmerson. Wir alle täten besser daran, uns vor ihr zu hüten.« Ich hebe meine Röcke, um auf den Stufen der Treppe nicht ins Stolpern zu geraten. »Ihr entschuldigt mich. Ich werde im Laternenraum gebraucht.«

In dem kleinen Raum unter Miss Darlings Kammer findet George Emmerson keinen Schlaf. Er wälzt sich zwischen den Laken hin und her, bis er darin eingewickelt ist wie eine Mumie, gefangen in seinen Emotionen und seiner Unentschlossenheit. Flüchtig schweifen seine Gedanken zu Eliza, die sich zweifellos um sein Wohlergehen sorgt, sich in ihrer Angst ausmalt, er könnte in der See ertrunken sein und alle ihre Pläne für die Zukunft seien an den Klippen zerschellt. Vielleicht wäre es besser gewesen, wenn er tatsächlich in einem Boot gesunken oder auf einer einsamen Insel fernab dieses Küstenstrichs gestrandet wäre, wo er den Rest seines Lebens alleine verbringen müsste, statt ständig mit der verwirrenden Realität seiner Gefühle für Miss Darling konfrontiert zu werden.

Die Worte seiner Schwester trägt der Wind so deutlich zu ihm, als würde sie in diesem Moment mahnend vor dem kleinen Fenster stehen. *Eliza ist ein nettes Mädchen, aber sie ist ein laues Lüftchen, George. Ein Windhauch. Dein Herz verlangt nach einem Sturm. Das sehe ich.*

Selbst in der Schwärze seiner Kammer wäre er in der Lage, Miss Darling zu zeichnen. Er sieht die Rundung ihrer Wange, den Winkel ihrer Augen, die Form ihrer perfekten muschelähnlichen Ohren ganz deutlich vor sich. Wenn es nach ihm ginge, würde er seinen Aufenthalt auf Longstone Island noch nicht beenden, sobald das Unwetter sich legt, leider kann er das nicht. Zumindest ist er froh über diese Tage, die der Sturm ihm bescherte, obwohl Miss Darling sich nicht so angehört hat, als ob es sie nach einem Ehemann oder einem Leben auf dem Festland verlange. Sie ist ihrer Familie und dem Leuchtturm ebenso verpflichtet wie er seiner Braut. Pflicht und Treue, das sind die Dinge, die sie voneinander trennen und unwiderruflich an andere binden. Man darf ein Versprechen nicht rückgängig machen, zumindest würde er es nicht von ihr verlangen.

Als er sich damit abfindet, eine schlaflose Nacht zu verbringen, steht er auf und geht ans Fenster, beobachtet die Spiegelungen des Lichtstrahls auf dem Wasser. Und denkt an Miss Darling, die über ihm in ihrer Kammer Wache hält und zwischendurch zum Laternenraum hochsteigt, um Petroleum nachzufüllen und sicherzustellen, dass das Licht in diesen dunkelsten aller Stunden hell leuchtet. Er spürt, wie sich Verzweiflung über ihn senkt und der Sturm in seinem Herzen nicht verstummen wird, bevor er nicht seine wahren Gefühle ausgesprochen hat.

KAPITEL 32

Grace
Longstone Lighthouse, Oktober 1838

Oben im Laternenraum pfeift der Wind durch die Ritzen, als ich die Ölbehälter auffülle. Weiße Gischtfontänen spritzen außen auf die Glasscheiben, prasseln auf die Kupferkuppel wie Kieselsteine. Das erinnert mich an Vaters dramatische Erzählungen über himmelhohe Wellen, die in einem Winter sogar über der Spitze des Laternenhauses zusammenbrachen, sodass der ganze Turm von der Wucht der Stöße erbebte. Dies waren die Geschichten meiner Kindheit, Geschichten, die ich wieder und wieder aus seinem Mund hören wollte, während ich am Feuer saß und gebannt lauschte, mit wohligem Schaudern und dem glühenden Verlangen, eine solche Naturgewalt irgendwann mit eigenen Augen zu erleben. Im Gegensatz zu meinen Schwestern, die den Stürmen, die uns in den schlimmsten Wintern heimsuchten, nichts abgewinnen konnten, fühlte ich mich seit meiner Kindheit von den wildesten Kapriolen des Wetters angezogen, betrachtete das Wüten der See als beängstigend und faszinierend zugleich. Vater erfand deshalb einen Scherz: Falls ich mich einmal schneiden sollte, würde aus meinen Adern die Nordsee hervorquellen statt Blut. Das sei bezeichnend für ein echtes Inselgewächs, fügte er hinzu, für einen Menschen, der eins sei mit der See und sich dem Kommen und Gehen der Stürme anpasse.

Ich bin noch nicht lange im Laternenraum, als ich im Treppenaufgang Schritte vernehme. In der Annahme, dass mein Bruder kommt, um mich abzulösen, bin ich mehr als verwundert, dass es sich um George Emmerson handelt, der am Ende der Treppe auftaucht.

»Mr Emmerson!« Verwirrt durch sein Erscheinen, ziehe ich mein Schultertuch hoch und nestele an dem Medaillon um meinen Hals, das sich in den Fransen verfangen hat. »Ihr habt mir einen tüchtigen Schrecken eingejagt.«

Er lächelt entschuldigend, sein Gesicht erhellt vom Schein der Handlampe, die er in prekärem Gleichgewicht auf den Rand der obersten Stufe stellt. »Verzeiht mir, Miss Darling, es verstößt gewiss gegen die Vorschriften, dass ich hier oben erscheine, aber ich bekomme bei dem Sturm kein Auge zu, und außerdem hatte ich das zwingende Bedürfnis, den Leuchtapparat in seiner ganzen Herrlichkeit zu sehen.« Da ich unsicher bin, ob ich ihm erlauben soll hierzubleiben oder darauf bestehen, dass er wieder umkehrt, merkt er mein Zögern und fügt eine Entschuldigung hinzu: »Ich fürchte, ich habe Eure Tätigkeit unterbrochen, und werde mich sogleich zurückziehen.« Er nimmt seine Handlampe auf und wendet sich zum Gehen. »Bitte verzeiht die Störung, ich wünsche Euch eine gute Nacht.«

»Ach was, wenn Ihr schon mal hier seid, könnt Ihr ebenso gut bleiben«, sage ich. »Es wäre ja ein Jammer, wenn Ihr all diese Stufen emporgestiegen seid, um gleich wieder kehrtzumachen.«

»Genauso ist es, nicht wahr?« Sein überwältigendes Strahlen lenkt mich wie immer ab und entlockt mir ein

Lächeln, wenngleich ein Treffen mitten in der Nacht recht ungewöhnlich ist.

Er hievt sich umständlich die letzte steile Stufe empor und entschuldigt sich erneut. »Seit Euer Vater mir die Apparatur gezeigt hat, geht es mir wie einem Kind mit einem neuen Spielzeug. Ich wollte sie unbedingt einmal in Betrieb sehen.« Langsam umrundet er die Laterne. »Wirklich außergewöhnlich. Seht, wie perfekt die Reflektoren angeordnet sind, um die Lichtausbeute zu verbessern. Das erinnert mich an eine Physiklektion. Der Einfallswinkel …«

»Ist gleich dem Ausfallswinkel«, ergänze ich.

»Exakt. So besagt es das universelle Gesetz der Reflexion.« Wieder dieses spitzbübische Lächeln, das sicher mein Verderben sein wird.

George Emmerson wendet sich zu den Fenstern hin und richtet seinen Blick in die Ferne. »Welch ein Privileg, hier oben zu sein.«

Für einen Moment stehen wir da, jeder in seine Gedanken versunken, und horchen auf das Heulen des Windes vor den Fenstern.

»Heute Nacht ist es wirklich sehr stürmisch«, meint er. »Das verführt zum Leichtsinn, findet Ihr nicht auch? Ich hätte nämlich große Lust, den Wolken im Kreis hinterherzujagen.« Er unterbricht sich und sieht mich an, entfesselte Begeisterung blitzt in seinen Augen. »Können wir?«

»Können wir was?«

»Hinausgehen.«

Ich lache, verblüfft von seinem Vorschlag. »Bei *diesem* Wetter? Der Wind würde Euch nach Dundee zurückwehen, Mr Emmerson!«

»Das würde mir wenigstens die Qual einer weiteren

Überfahrt ersparen. Ihr würdet mir einen großen Gefallen erweisen.«

Sein Enthusiasmus ist so ansteckend, dass ich einlenke. Die Intensität des Sturmes geht mir ebenfalls unter die Haut. Ich schaue zu der Tür, die auf die Außengalerie führt und auf der wir bei klarem Wetter die Scheiben reinigen.

»Da Ihr sowieso hier seid, könnt Ihr gleich die ganze Kraft des Sturmes erleben. Doch Vorsicht, ich warne Euch, der Wind wird Euch den Atem rauben.«

Mr Emmerson lächelt. »Dann lasst uns hoffen, dass ich genügend davon übrig habe.«

Ich öffne die Tür und gehe voran. Draußen werden wir augenblicklich so heftig hin und her geschleudert, dass wir uns an der Eisenbrüstung festklammern müssen, um nicht fortgeweht zu werden. Ich stoße einen erschrockenen Schrei aus und lache dann über die Absurdität unseres Ausflugs.

Es ist nicht einmal möglich, dass wir uns verständigen, unsere Worte werden zerfetzt, und alles, was wir tun können, ist, einander mit zusammengekniffenen Augen anzusehen und mit dem Wind zu lachen, der uns vor und zurück wirft, als wären wir nichts weiter als Flickenpuppen. Als eine heftige Böe mich umzureißen droht, streckt Mr Emmerson seinen Arm nach mir aus, um mich zu stabilisieren. Das macht er genauso bei den nächsten Böen und sichert mich wie ein Anker, sodass ich für einen verrückten, wundervollen Moment einfach hier oben auf der Spitze meines geliebten Leuchtturms bleiben möchte, mit Mr Emmerson an meiner Seite und der wilden Nordsee unter mir, deren Brecher wie Kanonenschläge donnern.

Die entfesselte Stimmung erfüllt mich mit einem seltenen Leichtsinn, und als Mr Emmerson sich zu mir beugt, schließe ich meine Augen, bin bereit für den Kuss, den ich mir in meinen geheimsten und intimsten Träumen ausmalte. Leider senken sich seine Lippen nicht auf meine, sondern drücken sich eng an mein Ohr, sodass ich seinen warmen Atem auf meiner Haut spüre. Von dem, was er sagt, verstehe ich nicht mehr als die Worte »Großartig, Miss Darling! Absolut großartig!«. Der Rest geht in dem tosenden Lärm unter, und ich weiß nicht, ob er gerade vom Leuchtturm, vom Sturm oder von etwas anderem spricht.

»Wir müssen wieder hineingehen«, rufe ich, kaum fähig, mich gegen den Wind verständlich zu machen. Er nickt, und gemeinsam taumeln wir wie zwei betrunkene Matrosen, die aus einer Taverne fallen, in Richtung Eingang und stemmen uns gegen die Kraft des Windes, um die Tür zu öffnen und zurück in den Laternenraum zu stolpern, wo wir lachend nach Atem ringen.

George Emmerson streicht sein Haar glatt, das durch den Wind in alle Richtungen absteht. »Ich fürchte, Miss Darling, ich sehe aus, als wäre ich aus einer Irrenanstalt geflohen.«

»Ich bestimmt ebenso«, erwidere ich lachend, ziehe mein Schultertuch gerade und streiche verirrte Haarsträhnen hinter meine Ohren. »Was für ein Wahnsinn!«

»Ein schöner Wahnsinn allerdings, Miss Darling, falls das Inselfieber uns alle früher oder später infiziert.«

Sein leises Lächeln entfacht erneut diesen Funken der Faszination, den ich bereits bei unserer allerersten Begegnung in Dunstanburgh gespürt habe und der mich seitdem immer wieder überfällt.

In dem Bedürfnis, auf sicheres Terrain zurückzukehren, erzähle ich Mr Emmerson, dass mein Vater mich und meine

Schwestern hier oben in Astronomie unterrichtete. »Früher beneidete ich meine Brüder, weil sie auf die Schule in Bamburgh geschickt wurden, nun nicht mehr.«

»Ich kann mir keinen besseren Ort vorstellen, um die Sterne zu studieren. Glaubt mir, es gibt keine schlimmere Lernumgebung als ein eisig kaltes Schulzimmer mit einem Lehrer, der allzu bereitwillig seinen Rohrstock benutzt.«

»Das kann ich mir vorstellen. Insofern schätze ich mich sehr glücklich, dass ich hier unterrichtet wurde.«

Mein Begleiter sieht mich bedeutungsvoll an. »Kein Wunder, dass die Aussicht, alles hier gegen ein tristes, eckiges Haus auf dem Festland einzutauschen, wenig Reiz ausübt, nicht wahr?«

Es ist dieselbe Frage, die ich am ersten Tag gehört habe, als wir zwischen den Felstümpeln entlangspazierten. Eine Frage, auf die ich keine Antwort parat habe und die dennoch so präsent ist wie die Spinnennetze unter den Dachsparren im Bootshaus.

Ich stoße ein mattes Seufzen aus und frage mich, ob er das Bedauern wahrnimmt, das darin mitschwingt. »Es wäre sicherlich kein einfacher Tausch, Mr Emmerson. Und es ist sicherlich keiner, über den ich mir Gedanken machen möchte, solange ich hier noch gebraucht werde.«

In diesem Augenblick erkenne ich, wie anders die Dinge sein könnten, wenn die Umstände weniger kompliziert wären. Aber würde ich mir dann erlauben, alles aufzugeben, was ich bin, um herauszufinden, was ich noch werden kann?

George Emmerson nimmt mir die Antwort ab. »Natürlich. Die Pflicht kommt immer an erster Stelle.«

Und damit sind die Fäden dessen, was hätte sein können, gekappt, so sicher gerissen wie Spinngewebe durch ein

Ruder, das ungeschickt gegen die Dachsparren stößt und nichts weiter als Fetzen hinterlässt, die im Wind wehen. Es gibt keine Zukunft mehr.

Nachdem ich unsere Illusionen zerstört habe, richte ich meine Aufmerksamkeit traurig wieder auf meine Aufgaben. »Ich muss in den Dienstraum gehen, um die Gezeiten zu protokollieren«, sage ich.

Mr Emmerson nickt. »Ich habe Euch lange genug aufgehalten.« Als er sich zum Gehen wendet, bemerkt er auf einem Sims neben der Tür ein Schneckenhorn. »Euer Lieblingsstück, nehme ich an? Ich habe viele davon im ganzen Turm verteilt gesehen.«

»Mein Vater erzählte mir früher immer, dass die Nordsee in den Hörnern wohnen würde«, sage ich und nehme das Exemplar in die Hand, um es an mein Ohr zu halten. »Er behauptete, selbst aus weiter Ferne könne ich immer meine Heimat hören, solange ich ein Schneckenhorn bei mir trüge.« Ich gebe das Horn an Mr Emmerson weiter. »Ihr müsst es mitnehmen, als Andenken an Eure Zeit hier.«

»Würdet Ihr in das Horn sprechen, Miss Darling?«

»In das Horn sprechen? Wofür?«

Seine Augen sind fest auf meine geheftet, die Muschel ruht in seiner vorgestreckten Hand. »Damit ich Eure Stimme hören kann, selbst wenn Ihr in weiter Ferne weilt.«

Hitze schießt meine Wangen empor. »Mr Emmerson, ich …«

»Verzeiht mir. Ich habe schon zu viel gesagt. Ich bin heute Nacht nicht ich selbst.« Er legt das Schneckenhorn zurück, greift nach seiner Handlampe und wendet sich zur Treppe. »Euer Vater sagte, er erwarte, dass der Sturm bis zum Morgen abflaut.«

Ich nicke, kaum fähig, einen Gedanken zu fassen oder zu formulieren. »Alle Stürme gehen vorüber, Mr Emmerson. Selbst die wildesten und beharrlichsten.«

Seine sanfte Fügung genügt als Antwort. Ich warte, bis das Echo seiner Schritte verklungen ist, dann lasse ich mich auf den Schemel sinken, benommen wie ein unerfahrener Matrose. Mit dem heulenden Wind vor den Fenstern, der meine Seelenqual hinausschreit, akzeptiere ich das Unvermeidliche. Unabhängig davon, welche Empfindungen mein Herz mir vorgaukelt und wie überzeugt Sarah Dawson von den wahren Gefühlen ihres Bruders geredet hat, die unwiderlegbare Tatsache bleibt, dass George Emmerson einer anderen versprochen ist und dass selbst der heftigste Orkansturm über ganz Northumberland eine derartige Verpflichtung nicht zerschlagen kann oder sollte.

Um vier Uhr morgens löst Brooks mich ab, und ich sinke in mein Bett, wo ich bis zum Tagesanbruch wach liege, nicht mehr gestört von dem lauten Wind, sondern von seiner stillen Abwesenheit. Der Sturm ist abgezogen, und somit wird auch Mr Emmerson uns verlassen.

Schließlich habe ich ihm keinen zwingenden Grund gegeben, zu bleiben.

KAPITEL 33

Grace
Longstone Lighthouse, November 1838

Der Tag von Mr Emmersons Abschied beginnt mit einer ruhigen See und einer leichten Brise, sanft wie das Flüstern eines Kindes. Ich beobachte den Sonnenaufgang vom Laternenraum aus und muss an den beschaulichen Septembermorgen denken, als Vater und ich über Vögel spotteten, die sich ins Haus verirrten, ohne zu ahnen, dass wir noch vor dem nächsten Tagesanbruch ein solches Drama und eine solche Tragödie erleben würden.

Als ich zwei Monate später erneut hier stehe, wird mir bewusst, dass das Leben ständig Überraschungen birgt. Einerlei, wie viele Tabellen und Karten wir studieren oder wie sicher wir glauben, eine Veränderung in der Atmosphäre oder in der Formation der Wolken oder in der Bewegung der Wellen richtig zu deuten, können wir nie wirklich wissen, was der Tag uns bringen wird, und können nicht für jede Eventualität planen. Ein schreckliches Unglück oder eine unerwartete Überraschung allerdings zwingen uns, zu reagieren und schnelle Entscheidungen zu treffen, die ein ganzes Leben lang nachhallen.

Nachdem ich mich um die Lampen gekümmert habe, nutze ich das klare Wetter und unternehme einen Spaziergang zu den Gezeitenbecken. Eine bittere Kälte liegt in der Luft, und meine Wangen färben sich bald rot von dem beißenden Wind und der Anstrengung, über die frei liegenden Klippen zu klettern. Trotzdem schenke ich den Temperaturen keine Beachtung, sondern bin einfach froh, draußen zu sein. Ich stelle mich an den Rand der Klippen, werfe Steine in hohem Bogen in das Wasser und beobachte die sich ausdehnenden Kreise. Mich fasziniert die unsichtbare Kraft, die sie immer weiter antreibt, lange nachdem der Stein versunken ist. Ich würde es ihm gerne gleichtun und in die ruhigen Tage der Unsichtbarkeit zurücksinken, als Grace Darling eine unauffällige junge Frau war, allein ihrer Familie und einem engen Umfeld bekannt.

Tief in Gedanken versunken, nehme ich Mr Emmerson erst wahr, als er sich an meine Seite gesellt. Schweigend bleibt er stehen und beobachtet mit mir den Lichtstreifen der Sonne auf dem Wasser.

»Welch ein Gegensatz«, sagt er. »Es ist schwer zu glauben, dass hier in den vergangenen Tagen ein heftiger Sturm wütete.«

Ich drehe mich zu ihm um. Das frühe Morgenlicht färbt sein Gesicht golden und lässt viel von der Verwirrung und den Zweifeln verschwinden, die letzte Nacht darin standen. »So ist das Wesen der Insel, Mr Emmerson. Manchmal ein Löwe, manchmal ein Lamm. Kein Tag gleicht jemals dem anderen.«

»Ich bin dem Zauber von Longstone Island verfallen, Miss Darling. Ich beneide Euch darum, dass Ihr sagen könnt, das alles hier gehört Euch.«

»Oh, es gehört uns nicht, Mr Emmerson. Wir kümmern uns lediglich für eine bestimmte Zeit darum. Irgendwann werden der Leuchtturm und die Insel an einen anderen Lichtwächter und seine Familie übergehen. Und in der Zukunft werden Menschen hier ihre Arbeit verrichten, die nie erfahren, dass einst die Darlings hier lebten.«

Er bückt sich und hebt eine Handvoll Kieselsteine auf, wirft sie gedankenverloren ins Wasser. »Im Moment seid Ihr jedenfalls hier, und ich habe die Gastfreundschaft Eurer Familie mehr genossen, als ich zum Ausdruck bringen kann, und bedaure es sehr, von hier fortzugehen.«

»Genauso werden wir es bedauern, dass heute Abend an unserem Tisch ein Platz leer bleibt«, erwidere ich. Dabei bemühe ich mich, meiner Stimme Leichtigkeit zu verleihen, um das Ausmaß meiner Betrübnis zu verbergen.

»Eure Mutter wird es sicher nicht bedauern, dass sie einen hungrigen Esser weniger zu füttern hat. Ich fürchte, ich war eine unvorhergesehene Störung in Eurem Leben.«

»Und zugleich eine angenehme, Mr Emmerson.« Ich werfe noch einen Stein ins Wasser und entferne Sandkörner von meinen Händen. »Jetzt müssen wir Euch leider mit der Tide zurückbringen. Ich bin sicher, Ihr wurdet zwischenzeitlich vermisst, während wir Eure Gesellschaft genießen durften. Sicherlich gibt es genug andere, die froh sein werden, wenn sie Euch wiederhaben.« Diese Anspielung auf sein Verlöbnis mit Eliza ist wie ein Köder, bloß beißt Mr Emmerson nicht an.

Stattdessen wirft er den nächsten Stein in einem hohen Bogen ins Meer. Wir beobachten, wie das Wasser aufspritzt, und ich mache ihn auf die faszinierende Ausbreitung der Kreise aufmerksam. »Ich mag das Gefühl von Kontinuität«, sage ich. »Ein kleiner Akt der Rebellion gegen das unvermeidliche Ende«, wage ich eine weitere Anspielung.

Die Wellen schwappen sanft zu meinen Füßen, die Kieselsteine klirren, als das Wasser über sie hinwegspült und sie in die Unterströmung zurückzieht. Das Vor und Zurück der Gezeiten. Der ewige Kreislauf von Ebbe und Flut. Im Hintergrund nehme ich wahr, dass mein Vater das Boot vorbereitet, um Mr Emmerson zurück zum Festland zu bringen. Mir fällt auf, wie er hustet und sich plagt, wie er sich schwertut mit einer Aufgabe, die er früher so mühelos bewältigte.

Die stärker werdende Sonne fällt auf Mr Emmersons Züge, in denen ich Bedauern lese, das meine Gefühle in einen weiteren Zwiespalt stürzt.

»Mein Vater macht das Boot bereit.« Mr Emmerson nickt, und wir wenden uns schweigend in Richtung Bootshaus, lassen die vage Hoffnung, was hätte sein können, betrübt zurück.

Bevor George in das Boot steigt, nehme ich ein kleines Schneckenhorn aus meiner Tasche. »Ein Andenken«, sage ich, als ich es ihm gebe. »Damit Ihr immer die Nordsee hören könnt.« Meine Stimme kippt, und das Zittern meiner Hand ist deutlich zu sehen.

Er selbst ringt sich das breite Lächeln ab, das ich mir so oft in meiner Vorstellung ausgemalt habe. »Und im Gegenzug möchte ich Euch das hier geben«, sagt er und drückt mir eine Miesmuschel in die Hand. »Um die leeren Seiten Eures Medaillons zu füllen.«

Zu weiteren Worten unfähig, schließe ich meine Finger um die Muschel, halte sie fest in meiner Hand und beobachte, wie Papa das Boot um die Inseln navigiert, bis ich es nicht mehr sehen kann. Der Wind bauscht meine Röcke auf und lässt die Bänder meiner Haube flattern. Der zum Teil bedeckte Himmel färbt sich hellrot wie Sommerrosen, dabei naht in den dicken Wolken Schnee heran. Es ist nicht zu übersehen, dass die warmen Tage zu Ende gehen.

Später, in der Privatsphäre meiner Kammer, öffne ich die Miesmuschel und entdecke darin zwei winzige, wunderschöne Porträts, auf dickem Papier verewigt. Das eine stellt Mr Emmerson dar, das andere mich, mit dem Leuchtturm im Hintergrund. Mein Herz bricht und frohlockt zugleich, als ich die Porträts aus den Schalenhälften nehme und sie sorgfältig in das Medaillon einfüge. Sie passen perfekt. Ich schließe den filigranen Haken und lege die Kette um meinen Hals, halte das Medaillon an meiner Brust und versuche, die Flut von Gefühlen, die mein Herz überschwemmt, einzudämmen, im Bewusstsein, was hätte sein können, indes nicht sein darf.

Bis zur Abenddämmerung bleibe ich in meiner Kammer, dann steige ich die Stufen zum Laternenraum empor, um die Lampen zu entzünden. In der sicheren Umarmung der Leuchtturmkrone verrichte ich meine Arbeit, und das Rauschen der See unter mir spendet mir Trost wie eine Mutter ihrem Kind. *Es ist besser so*, würde sie sagen. *Es ist zweifellos besser so.*

In jener Nacht, bei Kerzenschein, schreibe ich zwei Briefe. Der erste ist an Robert Smeddle gerichtet, dem ich mitteile, dass ich für weitere Porträts nicht mehr zur Verfügung stehe und für meine Korrespondenz nicht länger seiner Hilfe bedürfe, da ich durchaus in der Lage sei, mich um meine Angelegenheiten selbst zu kümmern.

Der zweite Brief ist an Sarah Dawson. Darin bedanke ich

mich für ihre offenen Worte über ihren Bruder und seine bevorstehende Vermählung und versichere ihr, dass ich große Zuneigung für George empfinde und seine Gesellschaft außerordentlich schätze, dass ich mir aber unter keinen Umständen anmaßen würde, den Bruch eines Eheversprechens zu provozieren. Ich füge hinzu, dass ich Mr Emmerson und Miss Cavendish alles Glück der Welt für ihre gemeinsame Zukunft wünsche. Könnte ich meinen eigenen Worten nur Glauben schenken.

Dundee, Schottland

Es ist später Nachmittag, und die Sonne steht tief über den Dächern von Dundee und taucht Georges kleines Zimmer in goldenes Licht. Er greift nach seinen Grafitstiften und beginnt zu zeichnen, ihr Antlitz noch so deutlich vor Augen, als würde sie vor ihm stehen. Dabei ist es nicht allein ihr Gesicht, das er nicht vergessen kann. Es ist diese besondere Zielstrebigkeit, diese Entschlossenheit, die sie verkörpert und ständig ausstrahlt. Eine Frau von zarter Gestalt, verbunden mit einer immens ausgeprägten Persönlichkeit und Charakterstärke.

George hebt das Schneckenhorn an sein Ohr und horcht, zuerst auf das beständige Rauschen der See und dann auf das helle Echo ihres Lachens, das im Innern der Muschel wohnt. Er schließt seine Augen und stellt sich vor, er selbst wäre der Leuchtturm, groß und furchtlos. Die Lichtstrahlen werden zu seinen Armen, erstrecken sich über Meilen hinweg, um *sie* vielleicht einmal stärker zu berühren.

Seine Eheschließung mit Eliza Cavendish ist wahrscheinlich unausweichlich, da die Weichen für ihre Zukunft bereits in der Kindheit durch ihre Eltern gestellt wurden. Ihr ganzes Leben hat unter der Prämisse gestanden, dass sie eines Tages Mann und Frau sein würden. Er empfindet große Zuneigung für Eliza, sogar Liebe, aber die Art von Liebe, die er seiner Schwester entgegenbringt – eine Liebe, die auf Vertrautheit gründet, nicht auf Leidenschaft. Er sieht nicht Eliza, wenn er seine Augen schließt, wiederholt nicht immerfort im Geist die Gespräche, die er mit ihr führte. Sein Kopf, sein Herz, seine Seele sind ausschließlich von einer einzigen Person beherrscht: von Miss Darling. Darum bereitet es ihm unendliche Qualen, dass er sie vergessen muss.

Wie der Wächter des Lichts muss er bei Sonnenaufgang die Flamme löschen, die so hell in seinem Herzen lodert, und sich an die Gezeiten der Pflicht halten. Doch zuvor muss er alles niederschreiben, was er Miss Darling nicht persönlich sagen konnte. Er schnappt sich einen Federkiel und einen Briefbogen und hält seine Empfindungen auf dem Papier fest. Es wird ein Erguss wie eine Springflut. Erst als das Tintenfass leer ist und er alles gesagt hat, versiegelt er den Brief in einem Umschlag, beschriftet die Vorderseite mit dem Namen *Grace* und legt ihn auf den Tisch neben das Porträt von ihr, das nicht vollendet ist und ihm bewusst macht, dass gerade diese Unvollständigkeit perfekt wiedergibt, wie er sich fühlt. Es ist der Anfang dessen, was hätte sein können, ein Moment in der Zeit, eingefangen und wieder losgelassen, die künstlerische Ausdrucksform einer Freundschaft, die unerschlossen bleiben muss, eine Frage ohne Antwort, eine Reise ohne Ziel.

Als er aus dem mit Regentropfen gesprenkelten Fenster schaut, begreift er plötzlich, dass die Liebe, genau wie die Kunst, wahrscheinlich niemals den eigenen Idealen genügen wird, dass das endlose Streben nach Perfektion eine Tortur ist und selten zu einem Gefühl der Befriedigung führt. Im Frühjahr wird er seine Cousine und Freundin aus Kindertagen heiraten, und er wird einen Weg finden, um in Frieden zu leben, so wie der Künstler sich schließlich mit dem Bild auf seiner Leinwand in dem Bewusstsein zufriedengeben muss, dass es das Bestmögliche ist, was er zum Zeitpunkt der Entstehung hervorbringen konnte.

Er legt den Umschlag hinter das Porträt, misst den Karton für die Rückwand ab und fixiert ihn mit kleinen Nägeln. Dann schlägt er das Porträt in ein Tuch ein und legt es vorsichtig in eine Teekiste unter dem Fenster. Zum Schluss bläst er die Kerze aus und taucht den Raum in Dunkelheit.

Das Licht ist gelöscht.

Es ist vollbracht.

KAPITEL 34

Matilda
Newport, Rhode Island, August 1938

Während die Sommerwochen verstreichen, spekulieren Zeitungen und Rundfunksender darüber, dass Hitler sich das Sudentenland unter dem Motto »*Heim ins Reich*« einverleiben will und es im Grunde sogar auf die ganze Tschechoslowakei abgesehen hat. Die britische Regierung hat deshalb im August einen Sonderbotschafter nach Prag geschickt, um in der Krise zu vermitteln.

Ich lese die neuesten Schlagzeilen und beiße in einen reifen Pfirsich, lasse den Saft über mein Kinn rinnen. Dabei erinnere ich mich an die Stimme meiner Mutter, die mich jetzt für mein unzivilisiertes Benehmen rügen würde. *Benutze ein Messer, Matilda. Es macht keinen guten Eindruck, wenn man schlürft und schmatzt.* Ich bin froh, dass ihre albernen Ermahnungen mich nicht mehr erreichen, und sauge noch ein bisschen lauter an dem köstlichen Fruchtfleisch. Harriet nimmt nicht einmal Notiz davon.

»Denkst du, es wird tatsächlich wieder einen Krieg geben?«, frage ich sie.

»Hm?«

»In den Zeitungen klingt es, als wäre ein Krieg unausweichlich.«

Harriet zuckt mit den Achseln. »Woher soll ich das wissen? Ich lese nicht mehr als die Nachrichten und höre die Berichte im Radio, genau wie du.«

»Momentan ist die Rede davon, dass Mussolini in Italien antijüdische Gesetze vorbereitet und dass alles auf einen Krieg hinausläuft, wenn mit Hitler keine Einigung möglich ist. Das klingt nicht gerade gut, oder?«

»Nein, das klingt nicht gut. Falls es zum Krieg kommt, werden wir alle unseren Beitrag leisten müssen, so wie beim letzten Mal.«

Unwillkürlich muss ich an die Albträume meines Vaters denken, an das unkontrollierte Zittern seiner Hand. »War es schlimm?«

Harriet sieht durch mich hindurch, scheint in die Vergangenheit zu blicken. »Du machst dir keine Vorstellung, Matilda. Falls es wieder so schlimm wird, gehe ich lieber ins Meer und kehre nie mehr zurück.«

»Sag das nicht.«

»Ich sage, was ich will. Wenn du einmal die verdammte Hölle durchgemacht hast, willst du sie bestimmt kein zweites Mal erleben.« Sie füllt sich Kaffee nach, schlürft aus ihrer Tasse und zieht dann an ihrer Zigarette. Ich beiße mir auf die Zunge und werde mich davor hüten, ihre schlechten Gewohnheiten zu kommentieren.

Die Laster und Marotten meiner Harriet sind mir mittlerweile vertraut. Was mir anfangs noch auf die Nerven ging, stört mich inzwischen nicht mehr. Wie ein Ehepaar haben wir uns aneinander gewöhnt, und im Grunde sind mir ihre Eigenarten immer mehr ans Herz gewachsen. Genau wie die alte Teekanne, die ich jeden Morgen benutze und die viele Risse und Mängel hat – genau wie

Harriet selbst. Hauptsache, sie steht zu ihnen und vertuscht sie nicht mit einem falschen Lächeln oder einem vornehmen Getue oder sonderbaren Allüren. Sie ist, wie sie ist, und das hat etwas Beruhigendes an sich. In ihrer Gegenwart brauche ich mich nicht zu verstellen. Ich kann einfach ich selbst sein, und je länger ich hier bin, desto stärker spüre ich, dass mein wahres Ich zum Vorschein kommt.

»Was hast du dir für heute vorgenommen?«, fragt sie. Ich richte gerade meine Frisur vor dem Spiegel, fummele an Haarnadeln und widerspenstigen Löckchen herum und wünsche mir, meine Haare würden immer so ordentlich aussehen wie die der eleganten amerikanischen Ladys, denen ich begegne.

»Was ich vorhabe? Ich treffe mich gleich mit Joseph am Anleger. Er will rüber zum Leuchtturm, um die Holzvertäfelungen zu streichen. Und ich habe versprochen, ihm zu helfen.«

»Joseph hier und Joseph da«, spottet sie. »Zugegeben, er ist ja ein toller Bursche. Ich kann es dir nicht verübeln, dass du ein Auge auf ihn geworfen hast.«

»Ich habe auf niemanden ein Auge geworfen«, widerspreche ich wenig überzeugend.

Harriet bedenkt mich mit einem vielsagenden Blick, belässt es dann dabei. »Wir erwarten einen starken Tidenfall. Passt auf, dass ihr nicht auf Grund lauft.«

Froh über ihre Besorgnis, verspreche ich ihr, vorsichtig zu sein.

Wenig später schlendere ich gemächlich zum Hafen, im schwerfälligen Watschelgang einer Schwangeren, und genieße die Sonne in meinem Gesicht. Mrs O'Driscoll hatte wiederholt von einem Wunder der Schwangerschaft gesprochen, ohne jemals von der eingeschränkten Beweglichkeit zu sprechen oder davon, dass ich mich in den letzten zwei Monaten wie ein Wasserball fühlen würde. Als ich die Anlegestelle endlich erreiche, bin ich erschöpft und froh, dass ich mich setzen und verschnaufen kann.

Joseph hat das Porträt mitgebracht. Es ist in braunes Papier eingeschlagen und wartet im Boot auf mich.

»Du wirst sehen, dass ich sie richtig hübsch herausgeputzt habe«, sagt er. »Hoffentlich bist du zufrieden.«

Ich kann es kaum erwarten, sie zu sehen, werde aber damit warten, bis wir im Leuchtturm sind. Schließlich will ich nicht Gefahr laufen, dass das Bild durch Salzwasser beschädigt wird.

»Und da ist noch etwas«, fügt Joseph hinzu und zieht einen kleinen Umschlag aus seiner Gesäßtasche. »Deine viktorianische Lady hatte offenbar ein Geheimnis. Als ich die Rückwand entfernte, fand ich den hier«, sagt er und reicht mir einen Umschlag. Das Papier ist vergilbt, leicht fleckig vom Alter und riecht muffig. Auf der Vorderseite steht der Name *Grace* in ordentlichen Buchstaben.

»Dann ist das Porträt also tatsächlich von Grace«, murmele ich fast zu mir selbst. Auf der Rückseite des Umschlags befindet sich ein intaktes Wachssiegel. »Er ist nie geöffnet worden.«

»Nein. Und nach allem, was ich sehen konnte, handelt es sich bei dem alten Rahmen um das Original. Auf der Rückseite der Leinwand habe ich den Namen Grace entdeckt und die Jahreszahl 1838.«

»Also wurde dieser Umschlag hier mit dem Porträt eingerahmt? Von dem Künstler?«

»Scheint so.« Joseph nickt mit einem Lächeln in den Augen. »Irgendwie romantisch, oder?«

Als das Boot nicht lange danach ablegt und sanft schaukelnd in Richtung der Insel fährt, streiche ich neugierig mit den Fingerspitzen über das brüchig gewordene alte Papier, drehe den Umschlag in meinen Händen. »Wenn das Porträt von George Emmerson stammt, war er vielleicht in Grace verliebt, konnte es ihr jedoch nicht sagen und schrieb stattdessen einen Brief.«

»Und?«, fragt Joseph. »Willst du ihn nicht öffnen, um es herauszufinden?«

Lachend stecke ich den Umschlag ein. »Noch nicht. Er hat hundert Jahre gewartet, da kann er gut noch ein bisschen länger warten.«

Im Leuchtturm hänge ich das neu gerahmte Porträt an die Wand neben Ida Lewis. »Nun bist du wieder da, wo du hingehörst, Grace«, sage ich. »Im Licht. Du hast es verdient, gesehen und gewürdigt zu werden, statt in einer vollgestopften alten Teekiste zu verstauben.«

Ich bewundere die sorgfältige Linienführung und den intensiven Ausdruck in ihren Augen. Wer immer dieses Bild gemalt hat, verstand sie, liebte sie höchstwahrscheinlich. Mein Blick fällt auf den Umschlag, und es juckt mich in den Fingern, wobei es mir gleichzeitig widerstrebt, in den privaten Gedanken eines fremden Menschen herumzuschnüffeln. Erst mal lasse ich den Brief auf dem Tisch liegen und gehe hinaus, um einen Spaziergang zu machen.

Der Umschlag, diese verlockende Verbindung zwischen Vergangenheit und Gegenwart, bleibt den ganzen Vormittag unberührt.

Nach dem Lunch hält Joseph es nicht länger aus und

schiebt den Umschlag über den Tisch zu mir. »Na los. Lass uns herausfinden, was drinsteht. Ich sehe dir schließlich an, wie sehr du darauf brennst, es zu erfahren.«

»Vor allem *du* brennst offenbar darauf! Also gut. Dann öffne ich ihn jetzt.« Ich breche das Wachssiegel vorsichtig auf, nehme den Brief heraus, entfalte die Seiten und fange an zu lesen. Grace wacht über mich, als der Inhalt eines Briefes, der vor hundert Jahren an sie geschrieben wurde, endlich ans Tageslicht kommt. Schweigend lese ich, und die persönliche Liebesbeichte eines jungen Mannes setzt sich in meinem Herzen fest.

»Es war also tatsächlich George Emmerson.« Eine seltsame Gefühlsmischung überkommt mich, als ich das Ende erreicht habe, und ich gebe den Brief an Joseph weiter, damit er ihn selbst lesen kann. Eine Weile lang spricht keiner von uns, wir zollen Georges Worten den Respekt, den sie verdienen, bevor ich den Brief wieder zusammenfalte, ihn zurück in den Umschlag stecke und ihn hinter das Porträt von Grace schiebe. Wie hätte sie wohl reagiert, wenn sie Georges Bekenntnis selbst gelesen hätte, frage ich mich.

»Wirklich ein Jammer, dass sie nie davon erfahren hat«, sage ich irgendwann. »Was damals wohl passiert ist.«

Am Nachmittag sortiere ich erneut die Zeitungsausschnitte in der alten Teekiste und lese faszinierende Berichte über tapfere Frauen, die in Zeiten des Krieges und tosender Orkane an Amerikas Küsten das Licht hüteten. Frauen, die zu einer Lebensführung erzogen wurden, die so starr und eng geschnürt war wie die Korsetts, die ihnen die Luft zum Atmen raubten, aber sie zeigten eine erstaunliche Härte und Bereitschaft, mit gesellschaftlichen Konventionen zu brechen und die Arbeit ihrer Väter und Ehemänner zu übernehmen.

Ich lese Berichte über Frauen wie Hannah Thomas, die während der langen Jahre des Amerikanischen Unabhängigkeitskriegs den Leuchtturm am Eingang der Plymouth Bay betreute. Über Kate Walker, die auf dem Robbins Reef in der Upper New York Bay stolze dreiunddreißig Jahre lang ihren Dienst verrichtete, oder über Abbie Burgess, die auf dem Matinicus Rock im Golf von Maine mit sechzehn Jahren gezwungen war, sich einundzwanzig Tage lang ganz alleine um das Licht zu kümmern, weil ihr Vater aufgrund eines Sturmtiefs an der Küste festsaß.

Diese Frauen retteten Hunderte Menschenleben und bargen die angespülten Leichen jener, für die jede Rettung zu spät kam. Sie sahen einige der schlimmsten Stürme, die jemals aufgezeichnet wurden, lebten in den unwirtlichsten Gegenden, und es war ihre oberste Pflicht, die Lampen niemals ausgehen zu lassen. Auf abgelegenen Inselfelsen, in ihren Leuchttürmen auf sich allein gestellt, fanden diese tüchtigen Frauen ihre Bestimmung und eroberten sich ihre Unabhängigkeit, sodass ich nichts als Bewunderung für sie empfinde.

Außerdem kann ich diese Frauen ein bisschen verstehen. Die Kompaktheit eines Leuchtturms inspiriert zum Denken. In den riesigen Zimmern unseres irischen Landsitzes, in dem ich aufwuchs, fühlte ich mich immer klein und unwichtig. Hier dagegen komme ich mir vor wie eine Riesin und traue mich, eigene Ansichten, Pläne und Hoffnungen für die Zukunft zu entwickeln. Genau wie die Generationen von Lichtwächterinnen, über die ich gelesen habe.

Während Joseph Arbeiten erledigt, schlendere ich hinunter zu dem hufeisenförmigen Strand, wo ich mich ins Gras setze und die Seevögel und Boote in der Bucht beobachte. Das Kind fühlt sich heute besonders schwer an, und ich sinke matt nach hinten, breite meine Arme wie Flügel aus und lasse den Wind zwischen meinen Fingern tanzen. Ich stelle mir vor, wie die Thermik mich vom Boden hebt und ich zu den Wolken emporschwebe, wo ich jede sein kann, die ich will.

Zu schnell verkündet Joseph, dass es Zeit sei, aufzubrechen. Mit gleichmäßigen Ruderschlägen umrundet er die Landzunge im Norden, sodass der Leuchtturm langsam in der Ferne verblasst. In dieser Stille schwöre ich mir, dass ich meine Töchter zu starken, unabhängigen Frauen erziehen werde und nicht zu dekorativem Beiwerk. Sie sollen Hoffnungen und Träume haben und eine Zukunft – ich kann es kaum erwarten, daran teilzuhaben.

Scharf hole ich Luft und blinzele Tränen zurück, als mich eine Welle von Emotionen überwältigt.

»Ist alles okay?«, fragt Joseph besorgt.

»Alles bestens«, antworte ich und wische mit der Hand die Tränen ab. »Es ist nur … Du weißt schon.«

Er lächelt. »Ja, ich weiß.«

Ich lege die Hände auf meinen Bauch, trommele sanft mit den Fingern darauf, lächele über die Tritte und Purzelbäume, die ich als Antwort erhalte – eine deutliche Aufforderung, sie zur Kenntnis zu nehmen und sie zu lieben und der Welt mitzuteilen, dass sie auf dem Weg ist.

Meine Tochter.

KAPITEL 35

Harriet
Newport, Rhode Island, August 1938

Matilda Emmerson. Meine Vergangenheit und meine Zukunft, die im Zimmer nebenan schläft.

Ich hatte vergessen, wie es sich anfühlt, jemanden um mich zu haben, hatte vergessen, wie lästig und bereichernd es ist, Teil einer Familie zu sein. Ich höre das Quietschen der Bettfedern, wenn sie sich nachts hin und her wälzt, unfähig, eine bequeme Schlafposition zu finden, je dicker ihr Bauch wird. Ich höre sie husten, höre das leise Tapsen ihrer Füße, wenn sie nachts die Toilette aufsucht, und lausche so angestrengt auf alle ihre Bewegungen, wie eine frischgebackene Mutter das bei ihrem neugeborenen Kind macht.

Am Fenster stehend, beobachte ich das Leuchtfeuer auf Rose Island, das durch hereingezogene Nebelschwaden leicht gedämpft ist. Joseph hat die Wache übernommen, damit ich auf das Mädchen aufpassen kann, denn mit jedem Sonnenaufgang und Sonnenuntergang rückt Matildas Niederkunft näher und Cora weiter fort. Mit jedem Geburtstag passiert das. Sechzehn Jahre. Das war alles, was ich hatte. Es wird für mich nie genug sein.

Bei Sonnenaufgang rudere ich mit dem Boot hinaus zu der Stelle, wo ich sie verloren habe. Alleine mit den Wellen, lasse ich endlich die Trauer heraus, die ich all die Jahre in mir eingesperrt habe, bis der Schmerz über meinen Verlust meinen ganzen Körper erfasst. Warum konnte ich sie nicht retten, wo ich zuvor so viele andere gerettet habe?

In meinen vierzig Jahren war ich vieles. Eine Tochter. Eine Lichtwächterin. Eine Mutter. Ein Feigling. Ich denke an die Menschen, die ich hier rettete, jeder Einzelne bedeutete eine vorübergehende Atempause von meiner Schuld. Wenn man jemandem das Leben rettet, gerät nämlich das Chaos, das man aus seinem eigenen Leben gemacht hat, in den Hintergrund, zumindest für eine kleine Weile. Trotzdem hat der Schatten meiner Vergangenheit immer auf mich gewartet wie ein Sturm, der sich am Horizont zusammenbraut, den man noch nicht spürt, lediglich sieht und hört. Und nun ist er da.

In Gestalt von Matilda Emmerson.

Ich muss es ihr sagen. Irgendwie muss ich den Mut aufbringen, ihr zu offenbaren, wer sie wirklich ist. Selbst wenn ich keine Vergebung oder kein Verständnis von ihr verdient habe, hat sie es verdient, die Wahrheit zu erfahren.

KAPITEL 36

Matilda
Newport, Rhode Island, August 1938

Ich war schon immer ziemlich neugierig, stelle zu viele Fragen und stecke meine Nase gern in fremde Angelegenheiten. Nachdem ich so viel Zeit alleine verbracht habe, ist es kein Wunder, dass mir eine Besessenheit für das Leben anderer Leute zu eigen ist. Als Kind schüchtern, interessierte ich mich für die Gespräche der Erwachsenen. Manchmal versteckte ich mich unter dem Tisch, manchmal saß ich steif neben meiner Mutter, verfolgte aufmerksam das Getuschel und die Enthüllungen, die mit der Zuckerzange und dem Milchkännchen um den Tisch gereicht wurden, bis ich vergaß, dass ich eigentlich gar nicht zuhören sollte.

»Warum haben die so etwas getan?«, platzte ich dann heraus, und meine Mutter schenkte mir einen ihrer vernichtenden Blicke, bevor sie ihren entsetzten Freundinnen lachend erklärte, dass ich ein sonderbares kleines Mädchen sei und dass sie wirklich nicht wisse, wo sie mich herhabe, beim besten Willen nicht.

Wie auch immer, dieses sonderbare kleine Mädchen wuchs heran, und mit mir wuchs meine Neugier, folgte mir vom Kinderzimmer ins Klassenzimmer, begleitete mich wie ein Schatten auf Schritt und Tritt. Gleichzeitig beobachtete ich die Zuneigung zwischen anderen Müttern und Töchtern und fragte mich, was ich eigentlich verbrochen hatte, dass meine Mutter gefühlsmäßig so distanziert zu mir war.

Vielleicht war es diese latente Neugier, die mich vor Harriets Tür geführt hat. Vielleicht war es ein kleiner Drang zur Rebellion, der mich veranlasste, den Türknauf zu drehen. Vielleicht war es einfach dieses nagende Gefühl, dass etwas fehlt, und das mich veranlasste, in ihr Zimmer zu gehen und leise die Tür hinter mir zu schließen.

Der Raum ist nicht so, wie ich ihn mir vorgestellt habe. Alles ist sauber und ordentlich; über dem Bett liegt eine blassgelbe Tagesdecke, daneben auf dem Nachttisch ein Stapel Bücher und der obligatorische Aschenbecher. Gerahmte Fotografien an den Wänden zeigen Harriet als junge Frau mit einem Baby auf dem Arm. Auf einem Bild steht sie vor dem Leuchtturm, auf den anderen sitzt sie auf dem hufeisenförmigen Strand oder neben ihrem Boot oder im Hafen. Auf jeder dieser Momentaufnahmen lächelt sie glücklich in die Kamera, ist beinahe nicht wiederzuerkennen. Manchmal ist sie zusammen mit einem älteren Mann abgelichtet – ihrem Vater, nehme ich an, oder mit einem noch älteren Mann, wahrscheinlich Boots. Das Baby ist ganz bestimmt Cora.

Leise wandere ich durch das Zimmer. Auf der Frisierkommode steht ein Dutzend weiterer Fotos, alle von einem hübschen kleinen Mädchen, das in die Kamera strahlt, die Hände voller Muscheln. Von demselben Mädchen entdecke ich ein viel späteres gerahmtes Porträt auf dem Nachttisch, das eine attraktive junge Frau zeigt, ungefähr in meinem Alter oder ein bisschen jünger, die mit einem kleinen weißen Hund auf dem Arm vor dem Leuchtturm posiert. Ich nehme das Bild in die Hand, um es mir genauer anzusehen, und kann nicht aufhören, auf die junge Frau zu starren, weil sie mir so bekannt vorkommt. Die Form ihres Gesichts. Die sanfte Wölbung ihrer Lippen. Der Haarwirbel an ihrem Stirnansatz. Es ist, als würde ich in einen Spiegel schauen.

Ein Knarren auf der Treppe lässt mich innehalten. Bevor ich Zeit habe, das Bild wegzustellen, betritt Harriet das Zimmer und ist über meinen Anblick genauso erschrocken wie ich über ihren.

»Was in Gottes Namen tust du hier?«, fragt sie in einem scharfen Ton.

Ich bin so verdattert, dass ich nicht weiß, was ich sagen soll. »Ich …, ich wollte nur …«

Sie kommt mit großen Schritten auf mich zu und reißt mir das Porträt aus den Händen. »Nur was? Herumschnüffeln? Was genau suchst du hier, Matilda? Leichen im Schrank?«

»Nein, ich war neugierig, das ist alles.«

Harriet legt das Bild in die Kommode und knallt die Schublade laut zu, was den Wandspiegel neben der Tür, der an einer Kette hängt, zum Schwanken bringt.

»Du bist unfair. Ich nehme dich in meinem Haus auf, und das ist der Dank dafür? Du hast in meinem Zimmer nichts verloren«, fügt sie drohend hinzu.

Ich muss es ihr sagen, ihr eine Erklärung liefern, warum ich in ihrem Zimmer herumspioniere. »Ich weiß Bescheid wegen Cora.«

Sie starrt mich an beziehungsweise durch mich hindurch. »Was hast du gesagt?«

»Dass ich über Cora Bescheid weiß. Joseph hat mir gesagt, dass sie deine Tochter ist – ich habe ihn danach gefragt.«

Sie kehrt mir den Rücken zu und geht zum Fenster, legt ihre Hände flach auf den Sims. Ihre Schultern heben und senken sich, während sie tief ein- und ausatmet und mir gleichermaßen Angst verursacht wie Mitleid auslöst.

»Es tut mir unheimlich leid, Harriet«, sage ich. »Ich wollte dich nicht aufregen. Manchmal rufst du im Schlaf nach ihr, ansonsten machst du sofort dicht, wenn ihr Name fällt, deshalb habe ich Joseph gefragt.« Ich bin erleichtert, dass es raus ist. »Jedenfalls weiß ich Bescheid, wir brauchen uns also nichts mehr vorzumachen.«

Harriet zieht ein Zigarettenpäckchen aus ihrer Hosentasche und steckt sich eine an, dann wirft sie die Schachtel hinter sich auf das Bett. »Du weißt gar nichts, Matilda. Du hast nicht die leiseste Ahnung.«

»Ich weiß immerhin, dass sie ertrunken ist«, sage ich ziemlich provokant, damit sie sich endlich mir gegenüber öffnet. »Du kannst mir davon erzählen, wenn du möchtest. Wenn nicht, verspreche ich dir, dass ich nie wieder danach fragen werde.«

Regungslos steht sie da mit dem Gesicht zum Fenster. Ich hingegen fingere verlegen an meinem Medaillon, weiß nicht, was ich tun soll, und fürchte, dass ich durch meine Neugier jegliches Vertrauen zwischen uns zerstört habe. Gerade will ich still verschwinden, als sie zu reden beginnt.

»Cora hatte einen kleinen Hund. Pepper. Er begleitete sie auf Schritt und Tritt. Ich lachte noch, als er ins Wasser sprang und einem Stöckchen hinterherschwamm, aber er wurde von der Strömung erfasst, und Cora stürzte sich selbst in die Fluten. Ich habe das ganze Drama vom Laternenraum aus beobachtet. Bis ich unten am Boot war, trieben sie bereits in die offene See hinaus. Ich ruderte, was das

Zeug hielt, doch es war aussichtslos, sie einzuholen. Es gab nichts, was ich tun konnte, um sie zu retten.«

»Harriet, das tut mir schrecklich leid.«

Sie dreht sich zu mir um, und ihr Gesicht ist so blass wie die Wolken hinter dem Fenster, die den Himmel verschleiern. »So, nun weißt du es.« Ihre Hand zittert, als sie die Zigarette an ihre Lippen führt. »Ich habe gesehen, wie meine Tochter ertrank. Und nun schlage ich vor, du verlässt mein Zimmer, bevor ich etwas sage, das ich später bereue.«

Ich mache kehrt und schließe leise die Tür hinter mir. In meinem Zimmer lasse ich mich auf die Bettkante sinken, sitze lange Zeit so da. Dann nehme ich das Medaillon in die Hand, lese die eingravierten Worte auf der Rückseite, die auf mein Gewissen drücken, während das Kind heftig meinen prallen Bauch traktiert. *Selbst die Mutigen fürchteten sich einmal.* Die Worte erinnern mich daran, dass mir nicht mehr als ein Monat bleibt und dass ich hier lediglich Harriet zur Unterstützung habe. Gerade als wir anfingen, uns besser zu verstehen, habe ich alles ruiniert. So wie immer. Ich habe mich unaufgefordert eingemischt, zu viele Fragen gestellt, mich aufgedrängt.

Schließlich höre ich, wie Harriet ihre Tür öffnet und den Flur durchquert. Vor meinem Zimmer hält sie kurz inne. *Bitte, komm herein. Bitte, lass alles wieder gut werden.* Doch sie geht weiter, die Treppe hinunter. Gleich darauf öffnet sich die Fliegengittertür, schwingt dann hinter ihr zu, und sie ist fort.

Mühsam erhebe ich mich, gehe zu der Frisierkommode und betrachte mein Spiegelbild, mustere meine Gesichtsform, die Wölbung meiner Lippen, den Haarwirbel an meinem Stirnansatz. Danach lasse ich mich wieder auf das Bett sinken, mein Herz rast, meine Gedanken kreisen um Gespräche und Situationen, und ich versuche, aus der bohrenden Stimme schlau zu werden, die die Frage stellt, die ich nicht zu beantworten vermag: Wenn Cora mir so frappierend ähnlich sah und wenn sie Harriets Tochter war, wer in aller Welt bin dann ich?

BAND 3

Ich danke Gott, der mich zu dieser Tat befähigte.
Ich hielt es für meine Pflicht, da keine andere
Hilfe zu erwarten war, dennoch bedaure ich,
dass ich nicht mehr tun konnte.

Grace Darling

KAPITEL 37

Grace
Longstone Lighthouse, November 1838

Abgelenkt durch Künstler und Stürme und Mr Emmerson, habe ich Mr Sylvester und Mr Battys Zirkus völlig vergessen, aber als das Versorgungsboot eintrifft und Post mitbringt, werde ich auf unliebsame Art an beide erinnert.

Nach der ersten Lektüre weiß ich zunächst nicht, was ich von dem Brief halten soll. Die Absenderin ist eine Mrs Margaret Kirk, die sich im Namen einer Gruppe ehrenwerter Damen aus Edinburgh mit einem sehr ernsten Anliegen an mich wendet. Ihrem Schreiben beigefügt ist ein Ausschnitt aus dem *Caledonian Mercury*, der meine Antwort an Mr Batty enthält, in der ich ihm mein persönliches Erscheinen in seinem Zirkus zusichere, was er an dieser Stelle selbstbewusst propagiert.

Mrs Kirk zeigt sich entsetzt darüber und warnt eindringlich vor einer Kooperation mit Mr Batty, der kein Mann sei, dem man vertrauen könne, und der lediglich meinen guten Namen benutze, um daraus Profit zu schlagen. *Daher bitte ich Euch, Miss Darling, zieht nicht für einen Augenblick in Betracht, Euch auf diese Weise vorführen zu lassen … Wir, die wir für Eure hehre Sache Spenden sammeln, sind in großer Sorge, dass das Wohlwollen der ehrenwerten Bürger unserer Stadt gegen-*

über Eurer Person Schaden nimmt, solltet Ihr Euch diesem schrecklichen Selbstdarsteller gefällig erweisen.

Meine Hände zittern, als ich Mrs Kirks Worte ein zweites Mal lese und ihre volle Bedeutung zu erfassen versuche. Tränen der Schmach brennen in meinen Augen, als ich mich rasch auf die Suche nach meinem Vater mache, den ich draußen im Bootshaus antreffe. Er nimmt auf seinem Schemel Platz und vertieft sich in den Brief. Mit jeder Lektüre scheint es schlimmer zu werden, finde ich.

»Sieh mal, Papa, hier schreibt Mrs Kirk, dass die Öffentlichkeit denken wird, dass ich mich ihr anbiedern will, und dass dadurch mein Name befleckt wird. Ich komme mir so töricht vor, dass ich mich überhaupt darauf eingelassen habe.«

Er faltet den Brief und steckt ihn ein. »Nun, Grace, du darfst dir nicht töricht vorkommen. Nicht für einen Augenblick. Der einzige Tor ist dieser Batty mit seinem skrupellosen Verhalten. Wie kann er es wagen!«

Ich habe Papa selten so wütend erlebt und eile ihm nach, als er aufgebracht aus dem Bootshaus stürmt und Batty zu einem schamlosen Aasgeier der übelsten Sorte erklärt. »Ich werde ihm umgehend schreiben, und der Zeitung ebenfalls, dass deine Absichten vollkommen ehrenhaft waren, im Gegensatz zu jenen von Batty und seinem ehrlosen Stellvertreter. Das muss klar sein.«

Gesagt, getan, noch am selben Tag rudert mein Vater zum Festland, um die Briefe aufzugeben, lässt mich auf Longstone Island zurück, wo ich nicht nur auf den Leuchtturm aufpasse, sondern mir auch über Mrs Kirks Worte den Kopf zerbreche.

Nach seiner Rückkehr hat Papa sich ein wenig beruhigt

und bittet mich zu sich, um mir zu erklären, dass er ähnliche Ersuchen wie das von Mr Batty erhalten habe. »Ich wollte dich nicht damit belästigen, Grace. Nicht, als all diese Künstler hier waren. Jedenfalls hast du ein Recht, es zu erfahren.«

Er zeigt mir den Brief eines Theaterdirektors aus London, der detailliert seinen Plan erläutert, die *Forfarshire*-Tragödie auf die Bühne zu bringen, und anfragt, ob ich in Erwägung ziehen würde, selbst an der Produktion mitzuwirken. Und der Höhepunkt der Unverschämtheit ist sein Vorschlag, dass ich ja vielleicht auf der Bühne dieselbe Kleidung tragen könnte wie bei meiner berühmten Rettungsaktion.

Ich kann es kaum glauben und weiß nicht, ob ich von einer derart albernen Idee entsetzt oder amüsiert sein soll.

»Ich durchschaue das Spiel dieser Leute, Grace«, sagt mein Vater. »Sie sehen eine Möglichkeit, um aus deiner Tapferkeit Profit zu schlagen. Sie sind nichts weiter als eine Horde schreiender Möwen, die der Heringsflotte folgt und gierig darauf lauert, alles zu verschlingen, was sie zu schnappen bekommt.« Jedenfalls habe er ihnen in aller Deutlichkeit geantwortet, dass seine Tochter mitnichten für Bühnenaufführungen oder einen ähnlichen Unsinn zur Verfügung stünde. »Sei unbesorgt, Grace. Sie werden bald ihre Aufmerksamkeit auf jemand anderen richten.«

Dennoch legt sich eine düstere Stimmung an jenem Tag über Longstone Island. Selbst Mama verkneift sich den Hinweis, sie habe so etwas von Anfang an geahnt. Nichts vermag mich aufzumuntern, weder die Jungrobben noch die Miniaturporträts in dem Medaillon um meinen Hals. Ich habe mich nie als die tapfere Heldin gefühlt, für die mich alle halten. Im Grunde bin ich nichts weiter als eine naive

Närrin, die keine Ahnung davon hat, wie die wahre Welt funktioniert, und blind auf skrupellose Menschen hereinfällt. Wie die Klippen bei Niedrigwasser komme ich mir entblößt vor. Eine Kuriosität. Nichts Besseres als eine Zirkusattraktion, die jeder begaffen kann. Tiefes Unbehagen macht sich in mir breit, als die Sonne hinter dem Horizont versinkt und die Lampen einen Lichtpfad auf das dunkle Wasser werfen. Mit dem Wechsel von Ebbe zu Flut habe ich das Gefühl, fortgespült zu werden, als würde die echte Grace Darling überhaupt nicht existieren.

In den folgenden Tagen bessert sich meine Stimmung zum Glück durch eine Reihe von eher erfreulichen Neuigkeiten. Die erste kommt in Form eines Umschlags, der das königliche Siegel trägt. Mein Vater öffnet ihn mit zitternden Fingern, liest ihn und sagt mehrmals: »Nun, was sagt man dazu.«

Mama, die fast vor Neugier platzt, reißt ihm den Brief aus der Hand, um ihn selbst zu lesen, während Papa meine Hände ergreift und mir erklärt, dass Queen Victoria in dem Schreiben ihren Wunsch äußere, als Zeichen ihrer Wertschätzung fünfzig Pfund an mich zu spenden, nachdem sie aus der *Times* vom Schicksal der *Forfarshire* und unserer Rettungstat erfahren habe.

Sobald meine Mutter den Inhalt verarbeitet hat, lässt sie sich auf einen Stuhl neben dem Feuer sinken und fächelt sich mit dem Brief Luft zu. »Ein Brief von der Königin! Von der Königin!« Das ist zu viel für sie, und sie zieht sich in ihr Bett zurück, um sich von dem Schock zu erholen.

»Gut, dass wir Mr Batty und die anderen Halunken los sind«, sagt Papa, in dessen Augen ein stolzes Funkeln liegt. »Du hast es jetzt mit dem Königshaus zu tun, Grace.«

Als eine glühende Bewunderin unserer jungen Königin kann ich meine Freude nicht verhehlen und fühle mich zutiefst geehrt, dass Queen Victoria sich persönlich an mich wendet. Ich lese ihren Brief so viele Male, bis ich ihn schließlich auswendig kann.

Dabei ist das noch nicht alles. Mein Vater erklärt mir als Nächstes, dass der Duke of Northumberland ebenfalls geschrieben habe. Er stammt aus dem herzoglichen Geschlecht der Percys, ist verheiratet mit Charlotte, einer ehemaligen Gouvernante der jungen Victoria, und genießt einen hohen Bekanntheitsgrad in der Region. Sie leben ein Stück südlich von uns in dem beeindruckenden Alnwick Castle, nach Windsor Castle die größte Schlossanlage im Königreich.

»Der Duke schreibt, er sei über den Fall der *Forfarshire* und unseren Rettungseinsatz unterrichtet und habe sich an den Duke of Wellington gewandt, der der Leuchtfeuerverwaltung vorsteht«, fährt Papa fort. »Jeder von uns soll eine Prämie von zehn Pfund erhalten, und der Duke of Northumberland wünscht zudem, uns mit einer Goldmedaille zu ehren, im Namen der Royal Humane Society, die er als Präsident leitet. Wir sind eingeladen, unsere Medaillen persönlich auf Schloss Alnwick in Empfang zu nehmen.«

Ich setze mich ans Feuer und wärme meine Hände und Füße, höre dabei zu, wie mein Vater mir den Brief laut vorliest. Als er das Ende erreicht hat, beugt er sich zu mir, und seine Augen sprühen Feuer. »Eine Einladung nach Alnwick Castle, Gracie!«

Ich habe das Schloss, das ursprünglich eine Festung war, viele Male von den Fenstern über dem Krämerladen meines Onkels Marsden in Alnwick bewundert, wäre aber nie auf die Idee gekommen, dass ich eines Tages dort persönlich eingeladen würde. Eine Vorstellung, die mich gleichermaßen mit Begeisterung wie Furcht erfüllt.

»Und Mama?«, sage ich. »Von ihr ist keine Rede?«

Mein Vater schüttelt den Kopf. »Es geht ausschließlich um uns beide. Egal, du kennst ja deine Mutter. Sie macht sich nicht viel aus Schlössern und adeligen Leuten.« Er zwinkert mir zu. »Sie wird keinen Anstoß daran nehmen, dass sie nicht eingeladen wurde.«

KAPITEL 38

Grace
Alnwick Castle, Dezember 1838

Am Tag unserer Einladung ins herzogliche Schloss werde ich morgens bei einer glücklicherweise ruhigen See wach. Wenigstens eine Erleichterung, nachdem ich mir die ganze Woche Gedanken gemacht habe, was ich zu diesem festlichen Anlass anziehen soll und wie ich mich gegenüber dem Duke und der Duchess angemessen verhalte. Immerhin hat das Geschlecht der Percys eine lange Tradition als Earls und später zudem als Dukes of Northampton. Meine größte Sorge allerdings galt dem Wetter, und ich fürchtete, dass wir bei rauer See übersetzen müssten, was unserem Erscheinungsbild nicht gerade zuträglich gewesen wäre. Diese Befürchtung ist nun hinfällig.

Papa bereitet das Boot vor, Mama hilft mir in mein bestes Kleid und gibt sich große Mühe, mein Haar zu einer sorgfältig geflochtenen Krone aufzustecken. Ich zucke unter ihren nicht gerade zimperlichen Berührungen zusammen, beklage mich jedoch nicht, da ihre Nerven ohnehin schon blank liegen.

Beim Abschied nimmt sie uns das Versprechen ab, dass wir auf unsere Manieren achten, und bleibt an der Landungstreppe stehen, bis sie nach und nach hinter einem leichten Seenebel verschwindet.

»Das werden wir bis in alle Ewigkeit zu hören bekommen«, scherzt Papa und zieht das Ruder durch.

»Was meinst du?«

»Dass wir als Ehrengäste im Schloss empfangen wurden und sie nicht eingeladen war.«

Wir müssen beide kichern. »Arme Mam«, sage ich. »Sie wäre zu gerne mitgekommen, oder?«

»Von wegen arme Mam. Sie hätte vor allem zu gerne mit ihrer Einladung herumgeprahlt und der armen Duchess ein Ohr abgekaut. So ist es besser und weniger peinlich.«

Er hat natürlich recht. Tatsächlich ist es mit meiner Mutter manchmal schwierig, die Gegenwart meines Vaters dagegen hat immer eine beruhigende Wirkung auf mich. Jetzt rudern wir in stillem Einklang und sind glücklich darüber, zusammen draußen auf dem Wasser zu sein. Neugierige Robben folgen unserem Boot, und Möwen begleiten uns ein Stück mit ihren durchdringenden Schreien.

Wir kommen gut voran und gehen in North Sunderland an Land, steigen dort in eine Kutsche, mit der wir die siebzehn Meilen südwärts nach Alnwick zurücklegen. Es ist fast ein Jahr vergangen, seit ich meine Cousinen in dem Ort besucht habe. Dabei habe ich beinahe vergessen, wie imposant die riesige Festungsanlage mit dem Schloss ist. Als die Kutsche über die gepflasterte Zufahrt rattert, blicke ich fasziniert aus dem Fenster zu dem hohen Eingangstor, das von zwei Wachtürmen und den Burgmauern flankiert wird. Der Burghof hinter dem Tor ist bevölkert von Menschen aller Schichten, denn dort findet ein Markt statt, wie es in vielen Burghöfen üblich ist. Es ist ein starker Kontrast zu der Einsamkeit auf unserer Insel, und ich bekomme vor lauter Staunen den Mund nicht mehr zu. Papa hingegen betrachtet alles gelassen und auf seine übliche bescheidene Art.

»Denkst du, man wird uns Tee und Gebäck servieren, Grace?«

»Ich hoffe es«, antworte ich lächelnd, »sonst sterbe ich vor Hunger.«

Er nimmt meine Hand in seine. »Wer hätte das gedacht? Ein Empfang im Schloss. Bist du nervös?«

»Ein wenig«, gestehe ich. »Ich hoffe, sie machen kein großes Aufheben.«

»Natürlich werden sie ein großes Aufheben machen. Das ist das, was Grafen, Herzöge und Prinzen tun. Jedenfalls werden wir geduldig und höflich sein und dankbar, dass sie sich Zeit für uns nehmen. Hugh Percy, der Duke, ist ein sehr angenehmer Mann. Ich bin sicher, er wird von dir beeindruckt sein.«

Nachdem wir unsere Namen an der Pforte genannt haben, werden wir kurz darauf hineingeführt. Meine Augen wandern automatisch über die erlesene Wandvertäfelung zu den himmelhohen Decken mit ihren funkelnden Kronleuchtern, zu den riesigen goldgerahmten Porträts der Percys, die den langen Gang säumen, in dem meine Schuhe in weichen Teppichen versinken. Die Gesichter der würdevollen Ahnen wirken derart lebendig, dass ich im Vorbeigehen ihre Blicke zu spüren glaube. Die Luft ist vom Duft exotischer Pflanzen erfüllt, die in kunstvoll verzierten Porzellanvasen auf großen Marmorsockeln stehen.

Wir werden in einen prunkvollen Saal geführt, wo das herzogliche Paar uns bereits erwartet. Der Duke of Northumberland, der ebenso eine politische wie militärische Position einnimmt, macht in seiner Uniform eine sehr beeindruckende Figur, und ich habe noch nie eine elegantere Dame als die Duchess Charlotte gesehen, die eine luxuriöse mitternachtsblaue Samtrobe mit einem aufwendig gestickten Spitzenkragen trägt. Ich wage es kaum, sie anzusehen, als sie sich an mich wendet.

»Miss Darling, es ist mir eine Ehre, Eure Bekanntschaft zu machen.« Sie lächelt so herzlich und spricht so freundlich, dass meine Scheu und Nervosität augenblicklich nachlassen. Ich mache einen tiefen Knicks vor ihr, wie meine Mutter es mir gezeigt hat und den ich zum Glück geübt habe, sodass ich nur ganz leicht schwanke, als ich meine Knie beuge. Neben mir verneigt mein Vater sich ehrerbietig und wird sogleich von Duke Hugh zur Seite gezogen, wo sie über die im Zuge der *Forfarshire*-Katastrophe geplanten Änderungen der Schifffahrtsordnung sprechen.

Duchess Charlotte dagegen richtet ihre ganze Aufmerksamkeit auf mich und spricht mir ihre Bewunderung für meine Tapferkeit aus.

»Was für eine schreckliche Tragödie. Wir waren alle sehr erstaunt, als wir von Eurem Einsatz bei der Rettung erfuhren, Miss Darling. Selbst Queen Victoria war von Eurer mutigen Tat zutiefst beeindruckt. Euer beherztes Handeln stieß bei ihr auf großes Wohlwollen, da sie selbst eine willensstarke und tatkräftige junge Frau ist. Ich wage zu behaupten, sie wäre glatt zu Euch in das Boot gestiegen und hätte Euch am Ruder unterstützt, wenn sie zugegen gewesen wäre.« Lächelnd drücke ich meinen tiefsten Dank für diese Ehrung aus und höre erneut der Duchess zu. »Ich glaube nicht, dass es viele gibt, die einen solchen Mut bewiesen hätten. Mein Gemahl war sogleich fest entschlossen, Euch und Euren Vater für Eure Tapferkeit mit einer Goldmedaille auszuzeichnen.«

»Es ist uns in der Tat eine große Ehre, Mylady. Natürlich hätte jeder der zahlreichen Lichtwächter entlang der englischen Küste dasselbe getan.«

»Mag sein, aber nach meiner Überzeugung hatten die neun Schiffbrüchigen großes Glück, dass sie vor Longstone Island strandeten und nicht an einem anderen Ort. Ich vernahm mit großem Bedauern von der armen Mutter, die ihre Kinder bei dem Unglück verlor. Pflegt Ihr noch Kontakt zu ihr?«

»Ja, wir haben eine Korrespondenz begonnen.« Ich werde kurz blass bei dem Gedanken an Sarahs Brief hinsichtlich der romantischen Angelegenheiten ihres Bruders. »Mrs Dawson war außerordentlich tapfer, Mylady. Ich denke oft, sie sollte diejenige sein, über die in den Zeitungen berichtet wird und der Medaillen und Ehrungen zuteilwerden. Mich selbst verfolgt das Bild von den zerschundenen kleinen Körpern, die auf dem Felsen lagen, noch immer.«

Die Duchess legt ihre Hand auf meine. »Dass Ihr anderen die Ehrung gegönnt hättet, ist exakt der Grund, warum Euch so viel Bewunderung entgegengebracht wird, Miss Darling. Neben einem außerordentlichen Mut habt Ihr zudem eine große Bescheidenheit an den Tag gelegt.«

Als der Duke und mein Vater sich zu uns gesellen, wünscht das Herzogpaar, unsere Version der Ereignisse in jener Unglücksnacht zu hören. Ich überlasse das Reden größtenteils Papa, doch als Duchess Charlotte mich auffordert, mich selbst zu dieser Angelegenheit zu äußern, überwinde ich meine Scheu und spüre bald, dass mir die Worte immer leichter über die Lippen kommen. Anschließend erfolgen die feierliche Verleihung der Medaillen sowie ein Empfang, an dessen Ende ich von der Gastgeberin ein Paisley-Tuch als Geschenk erhalte.

»Es würde mich sehr glücklich machen, zu wissen, dass dieses Tuch Eure Schultern wärmt, wenn Ihr Euch um die Lampen kümmert, Miss Darling. Ich habe die Arbeit der Lichtwächter oft bewundert. Nun, da ich Euch und Euren Vater persönlich kennengelernt habe, ist meine Bewunderung noch mehr gestiegen. Euer Besuch war mir eine große Freude«, verabschiedet sich die Duchess von mir.

Vater und ich können es nicht fassen, dass wir auch noch in eine Gesindeküche geführt werden, wo man uns Tee und Gebäck und kleine Köstlichkeiten serviert, die wir noch nie zuvor gekostet haben. Wir genießen höchsten Komfort und große Gastfreundlichkeit, und es erscheint uns wie ein Märchen, dass wir unsere bescheidene Unterkunft im Leuchtturm gegen das alles hier getauscht haben.

Unser Besuch im Schloss ist noch nicht zu Ende. Nach der erfrischenden Stärkung dürfen wir noch mit einem Diener die Räume besichtigen. Ich bin besonders von der Bibliothek beeindruckt, da ich nie zuvor so viele Bücher gesehen habe. Ferner werden uns die Waffenkammer und die Kapelle gezeigt, mehrere Prunkzimmer und eine weitere Ahnengalerie. Vater erzählt mir nebenbei, dass der Duke mich unter seinen persönlichen Schutz stellen will.

»Es ist wegen der Belästigungen, die dir in jüngster Zeit durch diesen Batty und Konsorten widerfahren sind. Er schlägt vor, die Geldzuwendungen an dich als Treuhandschaften zu verwalten und Maßnahmen zu ergreifen, um deine Privatsphäre vor weiteren Verletzungen zu schützen. Dafür habe er Angestellte.«

Die Neuigkeit kommt für mich überraschend, wenngleich nicht ungelegen. »Das ist ein sehr großzügiges Angebot«, sage ich. »Sicherlich ist es eine Erleichterung, wenn die herzogliche Verwaltung die Dinge in die Hand nimmt.«

»In der Tat«, bekräftigt mein Vater. »In gewisser Weise ist es ein Jammer, dass es so weit gekommen ist, und ich bin froh, wenn es sich bessert.«

Wir sind dankbar für diese Fürsorge, die man uns zukommen lassen will, ebenso für die Führung durch das riesige Schloss, aber als wir das x-te Prunkzimmer besichtigen, spüre ich meine Begeisterung allmählich schwinden. Papa geht es genauso. Wir sind beide erleichtert, als der Rundgang durch die riesige Anlage, die gleichermaßen Festung, Burg und Schloss ist, endet.

In ausgelassener Redseligkeit kehren wir zu unserer Kutsche zurück, rekapitulieren alles, was wir gehört und gesehen und gekostet haben. Allerdings verpufft meine Euphorie rasch, als ich sehe, dass sich im Burghof eine große Menschenmenge versammelt hat, die sich in unsere Richtung schiebt. Neugierige, die mich sehen wollen und die glühende Hurrarufe vorbringen. Besonders Aufdringliche grapschen unter lautem Gekreisch nach meinem Rock und meinem Umhang, woraufhin ich mich, entsetzt vom Furor der Menge, ängstlich an meinen Vater klammere, der sich mit ruhiger Stimme in meinem Namen bedankt und die Leute bittet, den Weg frei zu machen. Endlich erreichen wir die Kutsche, und ich klettere taumelnd hinein, dicht gefolgt von Papa, der rasch die Tür schließt und den Kutscher zur Eile antreibt. Mein Herz klopft wie wild, bis unser Gefährt aus dem Burghof rollt und die Jubelrufe und das Geschrei im Hintergrund verblassen.

Papa legt tröstend seinen Arm um meine Schulter. »Sie meinen es gut, Grace. Sie möchten einfach ihre Bewunderung zum Ausdruck bringen.«

»Ich weiß, und ich will nicht undankbar klingen, wenn ich sage, dass ich mir wünsche, sie würden damit aufhören, und das alles würde ein Ende nehmen.«

»Du wirst es nicht mehr lange erdulden müssen, mein Engel.« Nachdenklich reibt er über seinen Kinnbart. »Vielleicht hätten wir Mam mitnehmen sollen, sie hätte die ganze Meute mit ihrem Nudelholz in die Flucht geschlagen.«

Die Vorstellung, wie sie ihr Nudelholz schwingend durch den Burghof läuft, bringt mich zum Lachen, bis Tränen der Frustration wie der Erleichterung einträchtig über meine Wangen kullern.

Mein Vater streichelt mir übers Gesicht. »So ist es richtig. Lass es heraus, Grace. Lass alles heraus. Es wird vorübergehen, das verspreche ich dir. So wie die Stürme und die Jahreszeiten, denn nichts währt ewig.«

Während die Kutsche uns zurück nach North Sunderland bringt, erklärt Papa mir die Details der Schirmherrschaft, die der herzoglichen Verwaltung unterliegt. In erster Linie geht es darum, die offizielle Korrespondenz ausnahmslos für mich zu übernehmen und alle zukünftigen Geldspenden zu verwalten. Trotz des turbulenten Ausklangs versuche ich, die Szenen auf dem Burghof zu vergessen, schließe meine Augen, lasse mich einlullen vom Schaukeln der Kutsche und trösten von der vertrauten Schulter meines Vaters, an der meine Wange ruht. Bald sind lediglich das Klappern der Hufe und das Quietschen der Kutsche zu hören, und erschöpft gleite ich in die willkommene Umarmung des Schlafes.

Am Abend, nachdem ich meiner Mutter jede einzelne Minute unserer Einladung mit akribischer Genauigkeit geschildert habe, übernehme ich die erste Wache. Nach dem aufreibenden Tag genieße ich es, zu beobachten, wie der Himmel von Rot über Violett zu Nachtblau wechselt. Außerdem halte ich Ausschau nach dem ersten Stern, der in der Dunkelheit aufleuchtet, gefolgt vom nächsten und übernächsten, bis der Himmel tiefschwarz ist und ein perfektes Sternenzelt über mir funkelt.

Der Leuchtapparat dreht sich, und mit ihm dreht sich meine Erinnerung. Über die Ereignisse des Tages geht sie weiter zurück zum letzten Sturm und Mr Emmersons unerwartetem Besuch. Obwohl er längst wieder abgereist ist, klingt seine tiefe Zuneigung für Longstone Island in meinem Herzen nach und seine Stimme in meinem Kopf. *Der Einfallswinkel ist gleich dem Ausfallswinkel. So besagt es das universelle Gesetz der Reflexion.*

Das universelle Gesetz der Liebe hat, so scheint es, keine wissenschaftliche Grundlage. Es ist so unergründlich wie die Tiefen des Ozeans und die Höhen des Himmels, und ich muss meinen Platz dazwischen finden, ohne ihn.

Ich öffne das Medaillon und bewundere die Miniaturporträts. Die Locken fallen mir ein, die einst darin waren, bis die Flut sie zerstörte, und ich frage mich, wie Sarah Dawson wohl ohne ihre Kinder in Hull zurechtkommt, und nehme mir fest vor, am nächsten Morgen einen Brief an sie zu schreiben.

Kingston Upon Hull, Yorkshire

Sarah verbringt stille, leere Tage in ihrem Haus in Hull. Sie hat zu viel Zeit zum Nachdenken, sodass sie manchmal nicht mehr weiß, was von ihrem Tag real ist und was ihr ruheloser Geist erfindet.

Zwar freute sie sich, als Miss Darlings Antwort auf ihren Brief eintraf, nahm indes mit leichter Enttäuschung zur Kenntnis, dass es zwischen ihrem Bruder und ihrer Lebensretterin keine enge Verbindung, keine romantische Beziehung geben wird. Sarah sieht ein, dass Miss Darling anders ist als die jungen Damen auf dem Festland, die stets die Aufmerksamkeit eines Gentleman erringen wollen, um sich ein Eheversprechen zu sichern. Warum Miss Darling ihrer Zuneigung für George nicht nachgeben will, weiß Sarah nicht, kann es höchstens ahnen. Auf jeden Fall steckt dahinter eine große Willenskraft, die sich nicht aus der Zuneigung eines Mannes speist.

Somit steht also fest, dass George sich im Frühjahr mit Eliza Cavendish vermählen wird und Grace Darling auf ihrer Insel bleibt. Es ist ein Jammer, denkt Sarah, die nach wie vor überzeugt davon ist, dass George und Grace zusammen unglaublich glücklich sein könnten. Es hilft nichts, sie hat sich zur Genüge eingemischt und muss dem Schicksal seinen Lauf lassen. Sie selbst wird sich wieder ihrer selbst gestellten Aufgabe widmen, die Fetzen und Bruchstücke ihres Lebens zu sammeln und zusammenzufügen in ihrem kleinen Haus auf der Quay Street, wo sie noch immer das Lachen ihrer Kinder in den leeren Räumen hört, noch immer die warme Umarmung ihres Mannes spürt, wenn sie alleine in der Küche steht.

So wie ein Ertrinkender sich an ein Stück Treibgut klammert, klammert Sarah sich an diese Erinnerungen. Sie allein halten sie aufrecht, halten sie in dem Ozean ihrer Trauer über Wasser. Wenn sie die Vergangenheit loslässt, die sie mit ihrem Mann und ihren Kindern teilte, wird sie niemals eine Zukunft finden.

Sie nimmt sich ein Blatt Papier, taucht ihren Federkiel in das Tintenfass und beginnt, ihre Erinnerungen niederzuschreiben, gibt die kurze Geschichte ihrer Familie in einfachen Sätzen wieder. Es ist, in Tinte verewigt, eine Chronik über John, Sarah, James und Matilda Dawson, damit sie nie in Vergessenheit geraten und ihre Geschichte noch in zukünftigen Jahren und Jahrzehnten erzählt wird.

Anschließend legt Sarah sich schlafen und träumt vom Meer und davon, wo es sie vielleicht hinführt.

KAPITEL 39

Matilda
Newport, Rhode Island, August 1938

In den schwülen Sommernächten, wenn die Hitze den Ruhelosen den Schlaf raubt, sitze ich vor dem offenen Fenster, mein Kinn in die Hände gestützt, atme die salzige Luft ein und beobachte den kreisenden Lichtstrahl über der Bucht, bin fasziniert davon, wie er alle Farben ändert. Die schwarzen Klippen werden tintenblau, die mitternachtsblaue See sieht plötzlich aus wie ein fünf Tage alter Bluterguss in Grün und Purpur. In ruhigen, unkomplizierten Momenten wie diesem stelle ich mir vor, mit meinem Baby hierzubleiben. Zwar fühlt es sich richtig an, aber es kostet mich Überwindung, Harriet von meinem Plan zu erzählen. Wenn sie gerade liest oder mal besser gelaunt ist, spüre ich die Worte auf meiner Zunge. *Denkst du – Wäre es möglich – Könnte ich vielleicht …* Doch ich bringe nicht den Mut auf, es laut auszusprechen, und sehe schon voraus, wie ihre Augen schmal werden und ihr Mund sich verzieht. Und was dann?

Seit sie mich in ihrem Zimmer erwischt hatte, herrschte für eine Weile dicke Luft zwischen uns, die Stimmung war angespannt wie ein prall gefüllter Luftballon, der jeden Moment zu platzen drohte. Bis heute haben wir nicht darüber gesprochen, sind beide zu vorsichtig, um den Finger in die Wunde zu legen, dabei kann ich nicht aufhören, an das Porträt von Cora zu denken. Jedes Mal, wenn ich in den Spiegel blicke, verlangt mein Bild die Antwort auf die Zweifel und Fragen, die meine Gedanken quälen. Hinzu kommt, dass Harriet mir etwas sagen möchte, weil sie häufig zögert, bevor sie den Raum verlässt oder in die Küche verschwindet. Was es auch sein mag, es gleitet davon – wir machen weiter in unserer seltsamen kleinen Welt, lassen Fragen unausgesprochen oder unbeantwortet und versuchen, die Situation zu akzeptieren.

Je näher der Geburtstermin rückt, desto schlechter schlafe ich, da mein dicker Bauch eine bequeme Position verhindert und zu viele Was-wäre-wenn-Fragen mich quälen, die durch meinen Kopf wirbeln. Tagsüber habe ich dagegen Energieschübe, die mich antreiben, im Haus sauber zu machen und aufzuräumen. Harriet hält das für einen Nestinstinkt, für eine Vorbereitung auf das Kind, ich halte es bei ihr eher für einen Instinkt, um sich und anderen ihre unverhohlene Missachtung der Haushaltspflichten schönzureden. Anders im Leuchtturm: Dort lerne ich von ihr, übernehme viele der kleinen Aufgaben, die ihre Tage ausfüllen. Wenn sie meine endlosen Fragen leid ist, ziehe ich mich in das gemütliche kleine Schlafzimmer zurück und fahre fort, das Durcheinander aus Zeitungsausschnitten und Erinnerungsstücken in der Teekiste zu sortieren. Wenn ich mich zu erschöpft oder nicht fit genug fühle, um die Überfahrt nach Newport zu machen, verbringen wir sogar die Nacht im Leuchtturm, wo ich viel besser schlafe.

Bei ruhigen Abendmahlzeiten und wenn Harriet in der Stimmung ist zuzuhören, erzähle ich ihr von meinen neuesten Entdeckungen in der Teekiste und zeige ihr die Sammelalben, in denen ich sorgfältig die Zeitungsausschnitte zusammengetragen habe, die ihre Großmutter und der alte Boots ebenso aufbewahrt haben wie Briefe. Ich lese ihr aus einem Brief von Grace Darling vor, in dem es um die Ehe geht.

Ich bin noch nicht den Bund der Ehe eingegangen, denn man sagt, der Mann sei der Gebieter, und es wird viel über schlechte Gebieter geredet, was sie hinterher durchstrich und ersetzte mit *denn ich habe die Leute sagen hören, in der Muße liege das Glück …*

Harriet lacht. »Klingt vernünftig. Wie immer wird die Ehe überbewertet.« Sie sieht mich über den Rand ihres Buches hinweg an. »Eine Ehe ist harte Arbeit, Matilda. Meiner Meinung nach sind wir Frauen ohne Mann besser dran.«

»Dann hast du also nie geheiratet?«

»Ich und heiraten? Kannst du dir das vorstellen?«

»Nein. Nicht wirklich.«

»Etwas Schlimmeres vermag ich mir nicht vorzustellen. Ich bin mit diesem Turm auf der Insel verheiratet, da habe ich keine Zeit für einen Ehemann. An deiner Stelle hätte ich es nicht eilig, mir einen zu suchen. Männer machen einem viel mehr Probleme, als sie es wert sind. Selbst Joseph Kinsella.«

Ich erröte heftig und wehre reflexartig solche Behauptungen über Joseph oder irgendeinen anderen Mann ab. »Keine Sorge, ich suche keinen Ehemann. Meine Situation ist ohnehin kompliziert genug.«

»Gut.« Harriet legt ihr Buch beiseite und beugt sich zu mir vor. »Lass dir nie von einem Mann sagen, was du sein kannst oder nicht sein kannst. Oder dass du nicht gut genug bist oder nicht hübsch genug oder nicht klug genug. Du gehst da raus und machst etwas aus dir, hast du verstanden?« In ihren Worten schwingt eine unerwartete Ernsthaftigkeit mit und eine Emotionalität, die ich noch nicht von ihr kenne.

»Ja. Ich habe verstanden«, sage ich und meine es ernst.

Als die Sonne am Abend untergeht und die Bucht in die Farben eines Indian Summer taucht, lege ich eine Decke über meine Beine und lese wieder in den Zeitungsausschnitten aus der Teekiste, froh darüber, eine weitere Nacht mit Harriet im Leuchtturm zu verbringen. Je mehr ich über die mutigen Frauen lese, die sich über Jahrzehnte hinweg um das Licht kümmerten, desto mehr bewundere und verstehe ich sie, bis ihre sepiagefärbte Vergangenheit gar nicht mehr so weit entfernt zu sein scheint und ihr Leben einem gar nicht mehr so ungewöhnlich vorkommt. Ich muss an Ballycotton denken: an Mutters steife Mittagstafeln, an den ständigen Druck, sich anständig zu benehmen, an die ewig gleiche Leier, eine pflichtbewusste Tochter zu sein, eine gute Partie zu machen, das Ansehen der Familie zu wahren. Ich fühlte mich immer wie eine unbeteiligte Zuschauerin, die hinter einer beschlagenen Scheibe stand und nicht wirklich begriff, was sich abspielte oder warum ich ein Teil davon war. Hier dagegen, umgeben von den ruhigen Gewässern der Narragansett Bay und den Holzwänden des Leuchtturms, habe ich das Gefühl, als würde ich alles verstehen und das Leben einen Sinn ergeben, selbst in einer Zeit, in der es am wenigsten Sinn machen sollte.

Als ich gerade mein Kramen in der Teekiste beenden will, stoße ich auf ein altes, verstaubtes Bündel, das von einer Schnur zusammengehalten wird. Beim Durchblättern stelle ich erstaunt fest, dass es sich um eine Chronik über die Familie Dawson aus Hull handelt, handschriftlich verfasst von Sarah, meiner Ururgroßmutter. Ich vertiefe mich in die Seiten, die mich ungemein berühren, weil es sich um Sarahs Erinnerungen an ihre Kinder und ihren Mann und die glücklichen Zeiten handelt, die sie zusammen erlebten, bevor sie auf tragische Weise auseinandergerissen wurden. Zwischen den Seiten entdecke ich ein weiteres Manuskript mit dem Titel *Der Untergang der Forfarshire, September 1838.* Allerdings kann ich lediglich die Namen James und Matilda sowie Grace Darling entziffern, der Rest ist ein unleserliches Chaos aus Tintenklecksen und wirren Überlegungen einer trauernden Mutter. Ich lege die Manuskripte zurück in die Teekiste und wünsche beinahe, ich hätte sie nie entdeckt.

In dieser Nacht träume ich von einer jungen Frau in einem Sturm, die von einem Leuchtturm aus losrudert, um eine Gruppe von Schiffbrüchigen zu retten, darunter eine Mutter und ihre zwei Kinder. Aber die junge Frau gelangt nicht rechtzeitig zu den Menschen, die ins offene Meer hinaustreiben, da ein heulender Wind um sie und ihr Boot tobt. Als sie schließlich verzweifelt wendet, um zum Leuchtturm zurückzurudern und sich in Sicherheit zu bringen, sehe ich ihr Gesicht. Die junge Frau bin ich. Die Schreie des Sturmes sind meine Schreie. Doch egal, wie verzweifelt ich rufe, es ist niemand da, um mich zu retten, und die Wellen um mich herum steigen immer höher, bis sie über dem Boot zusammenschlagen, meine langen Röcke durchtränken und mich in die nasse Tiefe ziehen.

Ruckartig fahre ich aus meinem Traum hoch und setze mich im Bett auf, mit feuchtkalten Händen. Das Bettlaken ist nass, genau wie mein Nachthemd. Erst da spüre ich die erste Schmerzwelle, die mich überrollt.

»Harriet!«, rufe ich laut. »Harriet!« Einen Augenblick später ist sie da, und ich bin so froh über ihr Erscheinen, wie ich es gar nicht beschreiben kann. »Meine Fruchtblase ist geplatzt. Das Baby kommt!«

KAPITEL 40

Matilda
Newport, Rhode Island, September 1938

Die Schmerzen kommen in beständigen Wellen, die sich langsam aufbauen und mir die Luft zum Atmen rauben. Ich rolle mich auf meinem Bett zusammen, ziehe meine Knie eng an die Brust, kralle mich am Laken fest, um den Krämpfen entgegenzuwirken, aber sie hören nicht auf.

Harriet besteht darauf, dass ich aufstehe. »Du musst dich bewegen. Das beschleunigt die Sache, glaub mir.«

Mühsam rappele ich mich vom Bett hoch, stehe gebeugt da wie eine alte Frau. »Es ist noch zu früh. Einen ganzen Monat.« Meine Angst verwandelt sich in Panik, weil ich nicht bereit bin und mir das im Augenblick nicht zutraue.

»Babys haben ihren eigenen Willen. Sie kommen, wenn sie so weit sind, und dieses hier hat es offenbar eilig. Ob es dir gefällt oder nicht, ich werde dir Geburtshilfe leisten, gleich hier und jetzt. Je früher du dich damit abfindest, desto besser.«

Als mich die nächste Schmerzwelle übermannt, umklammere ich das Fußteil des Bettes, stemme mich gegen das kalte Metall und bete, dass es aufhören möge. Zwischen den Wehen drückt Harriet zunächst eine Wärmflasche in meinen Rücken und probiert es irgendwann, mich mit

Musik abzulenken. Sie legt Schallplatten auf, zu denen wir mit voller Lautstärke singen, etwa zu Ella Fitzgerald. Meine Stimme schraubt sich alle zehn Minuten in ungeahnte Höhen, wenn die nächste Wehe kommt.

»Nur keine falsche Scham«, sagt Harriet. »Du kannst nach Belieben schreien und brüllen. Oder auch fluchen, wenn es sein muss. Hier draußen hört dich bestimmt keiner.«

Also gebe ich alle Zurückhaltung auf und lasse zu, dass der Schmerz meine Scham überwiegt. Ich brülle in meine Daunendecke und zerre an meinem Nachthemd, reiße es hoch bis zu den Brüsten, weil ich den Stoff auf meiner Haut nicht mehr ertragen kann. Ich wünsche mir so verzweifelt, dass es bald vorbei ist, dass das Kind endlich aus meinem Körper rutscht und die Schmerzen aufhören.

Es vergehen Stunden, es wird Nacht, und es kommt mir vor, als würden die Nacht und die qualvollen Krämpfe niemals ein Ende nehmen. Harriet bleibt die ganze Zeit an meiner Seite, was meine Mutter vermutlich nicht getan hätte. In den wenigen Wehenpausen gehe ich im Zimmer umher und frage sie, wie lange ihre Niederkunft damals dauerte. Es ist das erste Mal, dass wir über Cora sprechen, seit Harriet mich damals in ihrem Zimmer überraschte.

»Zwei Tage«, antwortet sie, »plus/minus ein paar Stunden.«

»Zwei Tage!«, rufe ich entsetzt, als die nächste Wehe anrollt, und stemme mich gegen die Wand, bis der Schmerz nachlässt.

»Bei mir fing es viel langsamer an als bei dir«, erklärt sie und zählt die Zeit zwischen den Wehen, erinnert mich daran, langsam zu atmen, tief ein und wieder aus, ein und wieder aus. »Und ich hatte zwei Babys, die ich zur Welt bringen musste.«

Bevor ich antworten kann, nimmt mich der Schmerz erneut in die Mangel, diesmal so heftig, dass mein Bauch in Flammen steht und durch das unkontrollierte Ziehen und Dehnen zu zerreißen droht. Tränen schießen mir in die Augen, und wenn der Schmerz seinen Gipfel erreicht, komme ich mir vor wie einer dieser modernen Wellenreiter, die es rund um Newports Strände mit hohen Wogen aufnehmen. Mit dem Unterschied, dass mein Körper von der Anstrengung mittlerweile völlig ausgelaugt ist und unaufhörlich zittert und bebt.

»Niemand wusste, dass gleich zwei Kinder unterwegs waren«, fährt Harriet fort und lässt sich auf den Stuhl neben dem Bett sinken. »Ich wusste eine Zeitlang nicht einmal, dass ich eines erwartete.«

Harriet scheint bereit, sich zu öffnen und Geheimnisse preiszugeben. »Was ist passiert?«, frage ich, nachdem sie mein Gesicht mit einem feuchten Tuch abgewischt hat.

»Der Krieg ist passiert. Ich war neunzehn. Im selben Alter wie du. Und er war ein Junge aus unserer Gegend, einer der Glücklichen, die nach dem Krieg aus Frankreich zurückgekehrt waren. Es brauchte nicht mehr als ein paar leidenschaftliche Minuten, um all die Jahre des Leidens loszulassen. Hinterher weinte er wie ein Kind. Er sagte, es sei sein erstes Mal gewesen.« Sie macht eine Pause, weil ich von der nächsten Wehe abgelenkt werde. »Der arme Kerl starb an der Spanischen Grippe, bevor ich überhaupt wusste, dass ich sein Kind in mir trug.«

»Was hast du gemacht, als du es erfahren hast?«, will ich wissen, bevor eine neue Wehe kommt.

»Ich habe Vorkehrungen getroffen – du weißt schon –, um die Sache aus der Welt zu schaffen, aber mein Vater redete mir zu, es mir noch einmal zu überlegen.«

»Er wollte, dass du es behältst?« Ich muss an den enttäuschten Ausdruck in den Augen meines Vaters denken, als er leise die Tür hinter sich zuzog und mich aus seinem Leben ausschloss. Alles wäre bestimmt anders gelaufen, wenn er mich unterstützt hätte.

»Nachdem der Krieg so viele Todesopfer gefordert hatte, war Pa der Meinung, dass jedes neue Leben wichtig sei. Eines Abends bat er mich dann zu sich und erzählte mir von einem Cousin, dessen Frau keine Kinder bekommen könne. Sie hatte Interesse an einer Adoption. Damals war die Situation für unverheiratete Mütter noch schwieriger als heute. Und da ich nicht einmal volljährig war, kam man überein, dass dieser Cousin und seine Frau mein Kind als ihr eigenes aufziehen sollten.«

Ich hole tief Luft, als die nächste Wehe beginnt, und atme langsam wieder aus, während vor dem Fenster das Licht im Rhythmus meines Atems blinkt. »Und dann?«

»Schätzungsweise wäre alles gut gegangen, hätte ich nicht meine Meinung geändert«, fährt Harriet fort. »Was ich nicht bedacht hatte, als ich dem Plan meines Vaters zustimmte, war, welche Wirkung dieses kleine Leben, das sich in mir bewegte, auf mich haben würde. Je näher der Geburtstermin rückte, umso mehr wuchs mein Entschluss, das Kind selbst großzuziehen.«

»Was hat dein Vater dazu gesagt?«

»Ich denke, er verstand es in gewisser Weise, meinte allerdings, es sei zu spät, um meine Meinung zu ändern, zumal die Frau dieses Cousins bereits herumerzählte, dass sie schwanger sei und sich in einen Erholungsurlaub begeben würde. Angeblich litt sie an einer Nervenkrankheit, und es hieß, dass es sie ins Verderben stürzen würde, wenn sie das

Kind nicht bekäme.« Harriet unterbricht sich und nimmt einen langen Zug aus ihrer Zigarette. »Was niemand ahnte, war, dass ich Zwillinge erwartete. Ich brachte zwei perfekte kleine Mädchen zur Welt, die fast identisch aussahen. Natürlich flehte ich meinen Vater an, beide behalten zu dürfen, obschon mir bewusst war, dass es schwer genug sein würde, *ein* Kind alleine großzuziehen, ganz zu schweigen von zweien.« Zudem gab es die Absprache mit den Verwandten, die auf ein Baby warteten. Als sie mich anblickt, sehe ich einen weichen Ausdruck in ihren Augen. »Eine von beiden wegzugeben war das Härteste, was ich jemals tun musste.«

Ich muss an das Foto von Cora denken, als ich mich durch die nächste Wehe kämpfe und Harriet meinen Rücken kreisförmig massiert, um die Schmerzen zu lindern. Genauso sicher, wie ich weiß, dass mein Baby zur Welt kommt, weiß ich, dass das Ende von Harriets Geschichte alles ändern wird.

Eine Weile lang spricht keine von uns. Ich trinke Wasser in kleinen Schlucken und drücke ein kühles Tuch auf mein Gesicht, während Harriet kurz verschwindet und mit einem Holzlöffel zurückkehrt. »Du bist fast so weit, um zu pressen«, sagt sie. »Beiß auf den Löffelstiel, wenn die nächste Wehe kommt.«

Ich sehe sie ungläubig mit weit aufgerissenen Augen an. »Wird es okay sein?«

»Das Baby? Natürlich. Tu, was ich dir sage, und euch beiden wird nichts geschehen.«

Die Wehen kommen zum Ende hin sehr heftig und in kurzen Abständen, und ich presse instinktiv mit jeder neuen Welle. Harriet beruhigt und tröstet mich, dass es nun nicht mehr lange dauern werde.

»Was ist aus dem anderen Baby geworden?«, frage ich in einer Pause, fürchte mich vor der Antwort und ebenso davor, mich länger vor der Wahrheit zu verstecken.

»Nach der Geburt hatte ich einen Blutsturz. Als ich im Krankenhaus zu mir kam, lag bloß ein Baby in der Wiege. Das andere hatte mein Vater schon zu seinem Cousin gebracht. Sobald ich mich erholt hatte, verließen wir Irland, um hier in Newport ein neues Leben zu beginnen. Diese Reise war die längste meines Lebens. Seitdem ist kein Tag vergangen, an dem ich nicht an dieses Kind dachte.

Die Jahre vergingen, ohne dass wir etwas von dem Cousin hörten. Vaters Briefe wurden nie beantwortet. Von einem anderen Verwandten erfuhr ich lediglich, dass das Kind gesund war. Das war alles, was ich wusste. Das, und ihren Namen. Ich hatte sie nach der Geburt Grace Rose genannt, die Frau des Cousins änderte das.« Es war ein Name, der mir vertraut war und aus ferner Vergangenheit zu mir zu kommen schien.

»Und welchen Namen gab sie ihr?«, frage ich, als Harriet mich auffordert, zu pressen. Ich beiße auf den Holzlöffel und schiebe mit, so fest ich kann, ohne dass ich das zweite Kind aus den Augen verliere. »Harriet«, keuche ich. »Welchen Namen gab sie ihr?«

Als die letzten Momente der Geburt mir die Worte rauben, fügt sich alles zusammen. Die Art, wie Harriet mich seit meiner Ankunft ansieht und für mich sorgt. Die Art, wie meine Mutter mich immer wie eine Fremde behandelte. Die auffällige Ähnlichkeit zwischen Cora und mir.

Ich presse und hechele, wenn Harriet mich dazu auffordert, höre auf, wenn sie es untersagt, und das geht so, bis mein Baby nach einem letzten qualvollen Kraftaufwand zwischen meinen Beinen herausgleitet. Nach all diesen langen Monaten und den stundenlangen Wehen reduziert sich alles auf diesen einzigen Moment der Erleichterung. Mir kommt es vor, als wäre ich unter Wasser gewesen und in dem Moment aufgetaucht, als Harriet mir meine Tochter auf die Brust legt. Ich kann nicht fassen, dass dieser kleine Mensch mir gehört. »Sie ist perfekt«, flüstere ich. »Absolut perfekt.«

Harriet dreht mein Gesicht sanft zu sich. »Das ist sie. Absolut perfekt.« Sie holt tief Luft. »Die Verwandten nannten meine Tochter Matilda. Matilda Sarah Emmerson.«

KAPITEL 41

Grace
Longstone Lighthouse, 1840

Die Ankunft des neuen Jahres bringt einen pastellrosa Himmel und den ersten Winterschnee. Der frostige Nordwind zwickt in meine Wangen, als ich die Hühner versorge, und ich bin ewig dankbar für den wasserfesten Regenumhang, den mir die Verwaltung von Schloss Alnwick im Namen des Dukes und der Duchess als Weihnachtsgeschenk hat zukommen lassen. Seit unserem Besuch vor zwei Jahren wurden wir immer mal wieder bedacht. Mam ist überglücklich mit ihrer neuen silbernen Teekanne, die sie mindestens viermal am Tag benutzt, und ich freue mich über meine neue Uhr. Sie ist wunderschön, selbst wenn sie mir die Vergänglichkeit der Zeit und die wachsende Kluft zwischen dem einfachen Leben und einem Leben im Fokus der Öffentlichkeit sehr bewusst macht.

Einmal in der Woche setze ich mich an mein Schreibpult und beantworte neue Briefe, wobei die Anzahl der Zuschriften deutlich geringer und das Schreiben von Briefen dadurch weniger mühselig geworden ist. Um geschäftliche und finanzielle Dinge kümmert sich nach wie vor die herzogliche Kanzlei. Ich habe mich einverstanden erklärt, alle sechs Monate höchstens fünf Pfund zu erhalten. Und wie ich es jüngst in einem Dankesbrief an den Duke zum Ausdruck brachte, war »meine Wohlhabenheit weder erwartet noch erwünscht«. Vielmehr sei es mein Wunsch, »hier weiter meine Pflicht zu erfüllen und eine gute Tochter zu sein«.

Wenngleich die anfängliche Begeisterung gottlob ein wenig nachließ, haben die profitgierigen Fischer in den zurückliegenden Sommermonaten ihre Ausflugsfahrten wieder aufgenommen, die Decks überfüllt mit Menschen, die erpicht darauf waren, die Heldin von Longstone Island zu sehen. Es widerstrebt mir inzwischen, das Festland zu besuchen, wo mein Erscheinen stets unerwünschte Aufmerksamkeit erregt, und ich verbringe mehr und mehr Zeit im Leuchtturm und konzentriere mich darauf, die sieben Räume sauber zu halten und meinem Vater und meinem Bruder zu assistieren, wenn es nötig ist.

Ich schreibe oft an meine Schwester Thomasin, mit der ich mich immer am stärksten verbunden fühlte und die mir im vergangenen Jahr am meisten Verständnis entgegenbrachte. Sie allein weiß zudem von meiner heimlichen Leidenschaft für George Emmerson. Sie weiß, dass es mir Kummer und Freude zugleich bereitet, von Sarah Dawson Neuigkeiten über ihn zu erfahren. Die Zeit heilt alle Wunden, sagt man, und doch spüre ich nach wie vor einen tiefen Stich des Bedauerns, wenn ich mein Medaillon öffne und die kleinen Porträts darin betrachte und an den Morgen zurückdenke, als Mr Emmerson mir zum Abschied die Miesmuschel in die Hand drückte.

Sarah berichtete mir von George und Elizas Hochzeit im vergangenen Sommer, die verschoben werden musste, weil Eliza im Winter schwer erkrankte. Sarah berichtete Grace darüber.

Die Hochzeit war eine sehr fröhliche Angelegenheit. Es wurde viel getanzt und gelacht. Wie Ihr wisst, Miss Darling, zweifelte ich an dieser Verbindung, jetzt glaube ich, dass die beiden sehr glücklich miteinander sind, und George ist, zu unser aller Überraschung, sehr häuslich geworden. Ich gehe davon aus, dass sie bald eine Familie gründen werden. Eliza macht kein Geheimnis aus ihrem Wunsch nach einem großen Kindersegen, und George war James und Matilda immer ein liebevoller Onkel. Es wäre schön, ihn auch als liebevollen Vater zu erleben.

Gezwungenermaßen antwortete ich, dass ich mich sehr über das Glück des jungen Paares freue, und ebenso darüber, dass George, nachdem er sein Studium in Dundee abgeschlossen hatte, eine kleine Galerie in Durham eröffnete und dort mit Eliza sesshaft geworden sei. Ich erwähnte nichts davon, wie oft ich das Medaillon aufklappe, um die kleinen Porträts zu betrachten, und wie oft ich an jene verzauberten Tage zurückdenke, die Mr Emmerson bei uns auf Longstone Island verbrachte.

Die ersten Wochen des neuen Jahres bringen zudem die frohe Kunde, dass meine Schwester Mary Ann ein Kind erwartet. Da sie bereits vier Kinder in der Schwangerschaft verloren hat, ist ihr verständlicherweise angst und bange. Wir tun unser Bestes, um ihr die Furcht zu nehmen, die indes bleibt. Ich bete dafür, dass das Kind gesund zur Welt kommt und Mary Ann die Niederkunft heil übersteht. Für mich sind all diese Probleme ein weiterer Grund, um die Institution Ehe zu meiden.

Als der Winter seinen Griff um die Farne-Inseln lockert und die Papageientaucher und Dreizehenmöwen zu ihren Nistplätzen zurückkehren, werden wir mit einer Schar hinreißender Eiderküken gesegnet, die in der Gegend umherwatscheln. Ich beobachte sie, wann immer ich Zeit habe, und erfreue mich an ihrem Piepen und Zwitschern. Nun, da nach den Winterstürmen die Sonne die Oberhand gewinnt und meine Knochen wärmt, spüre ich eine wundervolle Leichtigkeit, die ich eigentlich für immer verloren glaubte.

Leider verdrängt eine tiefe Trauer plötzlich die Freuden des Frühlings, als uns die Nachricht ereilt, dass Mary Anns Ehemann George plötzlich und unerwartet aus dem Leben gerissen wurde. Mam verlangt daraufhin, dass Mary Ann nach Longstone Island zurückkehrt, damit wir uns in den letzten Monaten ihrer Schwangerschaft um sie kümmern können.

Die Ärmste ist untröstlich. Wir tun, was wir können, doch vergebens, sie weint immerzu, das Gesicht weiß wie Kalk, das Strahlen in ihren Augen erloschen. Es ist eine Tragödie, ihren Bauch anschwellen zu sehen und zu wissen, dass das Kind seinen Vater niemals kennenlernen wird. George war ein guter Mann, und offenbar müssen die immer als Erste von uns gehen.

Trotz einer schwierigen Geburt, bei der wir alle auf die eine oder andere Art assistieren, bringt Mary Ann im Sommer ein entzückendes, rosiges, pausbäckiges Mädchen zur Welt, das sie Georgiann nach dem toten Vater nennt. Ich bin fasziniert davon, wie das Kind auf meinem Arm zappelt und maunzt wie die Kätzchen, die wir auf Brownsman aufgezogen haben. Stundenlang sitze ich mit ihr da und schaue ihr zu, wie sie ihre kleinen Finger um meinen Daumen krümmt. Kein Wunder, dass ich sie schnell in mein Herz schließe. Als uns Brooks dann noch eröffnet, dass er sich mit einem reizenden Mädchen aus Craster vermählen will, sitzt Mam den ganzen Tag an ihrem Spinnrad, um ausreichend Garn zu haben für die Kleider und Hauben, die wir alle brauchen werden.

Im Herbst ist es dann so weit, dass mein Bruder seine frisch angetraute Ehefrau Jane zu uns nach Longstone Island holt. Unsere Anzahl im Turm nimmt wie bei einer Springflut zu, und sie wird vermutlich bald weiterwachsen, denn Jane wandelt umher wie ein Geist und muss bei dem Geruch von Speckschwarten und anderen kräftigen Gerichten heftig würgen, das Gesicht grau wie die Robben. Mam dagegen ist restlos entzückt, wieder so viel Familie um sich zu haben – eine Begeisterung, die ich nicht teile.

Meiner Schwester Thomasin schreibe ich, dass es im Leuchtturm inzwischen zugehe wie auf dem Markt in Bamburgh, dass ein endloses Geschnatter herrsche und jeder Forderungen stelle. Tatsächlich fühle ich mich angesichts so vieler Bedürfnisse, die es zu berücksichtigen gilt, und so vieler hungriger Mägen, die gefüllt werden müssen, nicht mehr richtig wohl in meiner Haut. Es ist eine Ewigkeit her, dass ich nach Fossilien suchen oder mich in die Lektüre von Gedichten vertiefen konnte. Stattdessen bin ich leicht gereizt, schnell abgelenkt und ungewöhnlich aufbrausend, ohne allerdings meine Familie für meine schlechte Stimmung verantwortlich zu machen. Seit Sarah mir zu Beginn des Jahres mitteilte, dass Eliza ein Kind erwartet, bin ich einfach aus dem Gleichgewicht. Nicht einmal meine Antwort an Sarah, dass ich mich für die werdenden Eltern freuen würde, war ehrlich. In Wirklichkeit plagten mich tief drinnen Eifersucht und Neid.

In den langen Stunden der Nachtwache frage ich mich immer wieder, ob ich über meinen Verbleib auf der Insel anders gedacht hätte, wenn meine Geschwister mit ihrem Anhang ein Jahr früher eingezogen wären. Vielleicht hätte ich mich weniger stark verpflichtet gefühlt, zu bleiben und meine Eltern zu unterstützen, wenn es damals schon so viele fähige und hilfsbereite Hände gegeben hätte. Und wer weiß, was passiert wäre, wenn ich Mr Emmerson in seiner offensichtlichen Zuneigung für mich bestärkt hätte.

Leider ist es völlig utopisch, sich zu wünschen, die Dinge wären anders verlaufen. So wie Knut der Große, im elften Jahrhundert Herrscher über ein nordisches Großreich, es nicht vermochte, die Flut zur Umkehr zu zwingen, wie die Legende berichtet, so kann ich den Lauf des Schicksals weder aufhalten noch umlenken.

Kingston Upon Hull, Yorkshire

Briefe von Longstone Island versüßen Sarah Dawson den Tag, es bekümmert sie höchstens, zu lesen, wie schwer das Joch der unerwarteten Popularität auf Miss Darlings Schultern lastet. *Ich sage Euch ganz offen, liebe Sarah, ich wünschte, ich wäre endlich davon befreit. Es hängt mir wie ein Mühlstein am Hals und schwächt mich. Ich fühle mich nicht mehr wie ich selbst.*

Für eine junge Frau, die ihr Leben überwiegend auf einer winzigen Insel verbrachte, ist es wahrscheinlich kein Wunder, wenn es ihr Unbehagen bereitet, plötzlich im Rampenlicht zu stehen, erkennt Grace mehr und mehr.

Anders Sarah. Sie war gezwungen gewesen, ganz neu anzufangen, und ist inzwischen mehr als froh, dass sie im vergangenen Jahr eine Anstellung als Köchin und Haushälterin bei Eamonn Flaherty, einem Buchbinder irischer Herkunft, gefunden hat, dessen singenden Tonfall sie liebt. Er ist ein freundlicher Mann, selbst verwitwet, und behandelt sie mit dem größten Respekt, schämt sich fast dafür, dass er auf die Hilfe einer Frau angewiesen ist und Sarah mit seiner schmutzigen Wäsche belästigen muss. Als sich zwischen ihnen eine zarte Freundschaft entwickelt, erzählt Mr Flaherty ihr von Irlands grünen Hügeln und dass er hoffe, eines Tages in seine Heimat nach Donegal zurückzukehren, wo sein Vater über einen Leuchtturm an der Atlantikküste wacht. Es sei der schönste Ort der Welt, erklärt er, und Sarah erwidert, sie würde den Ort in Irland gerne eines Tages ebenfalls sehen, was Mr Flaherty ins Grübeln bringt.

Wenn George sich wieder fangen könnte, wäre Sarah zum ersten Mal seit dem Schiffsunglück der *Forfarshire* ziemlich zufrieden mit ihrer Situation, aber den Gefallen tut er ihr nicht. Ihr Bruder ist fahrig, wenn er ihr schreibt, und noch fahriger, wenn er sie besucht. Sarah weiß, dass Eliza ihm zwar am Herzen liegt, ohne dass er die Liebe für sie empfindet, die er für Miss Darling empfand. Das hat er ihr in seinen Briefen gestanden und zugleich der Hoffnung Ausdruck verliehen, dass die Situation sich bessern werde, wenn das Kind auf der Welt sei. Sarah mahnte ihn daraufhin, dass ein Kind, und sei es noch so kostbar, nicht reparieren könne, was zerbrochen sei, und dass er darüber hinaus zu hohe Erwartungen an ein Kind stelle, das noch nicht einmal das Licht der Welt erblickt habe. Das alles beunruhigt sie, und als sie den Teig für den Apfelkuchen ausrollt, den sie für Mr Flahertys Abendessen zubereitet, wünscht sie sich, sie könnte ebenso leicht ihrem Bruder eine glückliche Zukunft bereiten.

KAPITEL 42

George
Durham, Nordostengland, September 1840

Als der schwangere Leib von Georges Frau Eliza immer größer wird, vergrößert sich auch ihre Angst. Er tröstet und beruhigt sie, macht ihr bewusst, dass sie jung und gesund sei. Doch als der Tag der erwarteten Geburt anbricht und ergebnislos verstreicht, wird er selbst nervös und unruhig. Jedes Mal, wenn Eliza hustet oder ihre Hände in den Rücken stemmt oder plötzlich aufsteht, eilt er zu ihr, bereit, die Hebamme zu holen.

Schlaflos setzt er sich an seine Staffelei und arbeitet im Kerzenschein. Es sind beileibe nicht seine besten Werke, die er in diesen Nächten hervorbringt, aber immerhin nehmen seine Küstenimpressionen Gestalt an. Er arbeitet anhand von groben Skizzen, die er bei Tageslicht anfertigt und mit denen er das Lebensgefühl in den umliegenden Hafengemeinden einfängt: die Fischersfrauen, die mit ihren Körben am Strand warten, Muschelsammler im Flachwasser bei Sonnenaufgang, Männer, die vor dem Hintergrund einer wild schäumenden See das Rettungsboot an Land ziehen. Er malt Spiegelungen in den Pfützen, die von der Flut hinterlassen wurden, stellt sich Miss Darling vor, die in eines ihrer Gezeitenbecken späht, ihr

Lächeln für immer im Wasser eingefangen. Er wendet sich Eliza zu, als sie im Schlaf aufstöhnt, und kehrt an seine Arbeit zurück, als sie wieder ruhig ist. Er trägt eine weitere Farbschicht auf, übermalt Miss Darling, tilgt seine Erinnerungen an sie unter himmelblauem Wasser und ockergelben Wolken.

So geht es immerfort, Nacht für Nacht, bis ein hohes Aufkeuchen vom Bett ihn zusammenfahren lässt. Eliza setzt sich auf und beugt sich vor, nimmt sich einen Moment, um Atem zu schöpfen.

George eilt an ihre Seite und umfasst ihre Hand. »Ist es so weit?«

Sie nickt, mit Angst in ihren Augen. »Ja, George. Geh und hol Nancy. Und beeil dich.«

Versehentlich stößt er seine Farbpalette um, als er hastig seinen Umhang überwirft und Eliza versichert, dass es nicht lange dauern werde. Er kehrt so rasch wie möglich mit Nancy, der Hebamme, zurück, lässt die Frauen unter sich und bricht zur Kathedrale auf, wo er sich einen Platz sucht, um still zu beten.

Bei Sonnenaufgang macht er sich auf den Weg nach Hause, ohne das Drama zu ahnen, das sich dort in den dunklen Stunden entfaltete; ohne zu ahnen, dass er in das Haus, das er als nervöser Ehemann verließ, als Vater und Witwer zurückkehrt.

Nancy erwartet ihn an der Tür mit aschfahlem Gesicht, umklammert seine Hände und erzählt ihm weinend, dass sie ihr Bestes getan habe, dass Eliza jedoch zu viel Blut verlor und in eine Bewusstlosigkeit fiel, aus der sie nicht mehr erwachte. George stürzt an ihr Bett, ist unfähig, ihre kalte Reglosigkeit zu begreifen.

Für einen Moment vergisst er das Kind. Erst als er ein leises Wimmern vernimmt, fällt es ihm wieder ein.

Er geht zu der Wiege vor dem Kamin, wo seine winzige, schwache Tochter sich an den dünnen Lebensfaden klammert, den sie in ihren winzigen Rosenknospenfäusten hält. Und George liebt sie mehr, als er jemals einen Menschen geliebt hat.

Er liebt sie zwei ganze Tage lang.

Und dann verliert er sie.

KAPITEL 43

Grace
Longstone Lighthouse, März 1842

Der Frühling ist diesmal wie ein zerknirschter Gast, der verspätet zu einer Feier erscheint, und Longstone Island schüttelt bereitwillig und mit einem dankbaren Seufzen den letzten Rest der Winterstürme ab. Heute ist ein Tag, um die Wäsche auf der Leine flattern zu lassen; ein Tag, um sich vernachlässigten Aufgaben zu widmen. Ich genieße die Wärme und das Licht, als ich hinüber nach Brownsman rudere, um den Boden umzugraben und ihn für die neue Aussaat vorzubereiten. Bei uns im Leuchtturm herrscht rege Betriebsamkeit, und zu jeder Essenszeit wollen viele hungrige Mäuler gefüttert werden.

Meine kleine Nichte und mein jüngerer Neffe wachsen heran, dick und rund wie Klöße. Ihr Quietschen und Glucksen ist mir inzwischen vertraut, und ich erschrecke nicht mehr über ihre Wutausbrüche, wenn ihre Gesichter sich rot wie Sommererdbeeren färben. Ich habe mich daran gewöhnt, dass unsere halbe Familie hier ist, und genieße ihre Gesellschaft sehr, aber hin und wieder, und zwar in zunehmendem Maße, fühle ich mich wie eine Zuschauerin, die still am Rande des Lebens sitzt und das Spektakel um sich herum beobachtet, statt wie früher mittendrin zu sein. Es gibt inzwischen mehr als genug helfende Hände, um die Räume zu reinigen und die Reflektoren zu polieren. Oft steige ich zur Laterne empor und stelle fest, dass die Dochte bereits gekürzt und die Petroleumbehälter bereits aufgefüllt und die Linsen bereits sorgfältig mit den Staublaken abgedeckt sind.

Besonders meine Schwägerin Jane macht sich gerne nützlich. Verständlich, dass sie als neues Familienmitglied helfen möchte, doch irgendwie fühle ich mich von ihr zur Seite gedrängt. Ohne einen Ehemann oder Kinder, die meine Aufmerksamkeit und Zuneigung verlangen, ist es schwer, mich nicht an die Dinge zu klammern, die ich immer als meinen Aufgabenbereich betrachtet habe: den Leuchtturm und die Lampen. Inzwischen bin ich eher zu einer Art Ersatzteil geworden. Eine Wahrheit, die mich sehr kränkt.

Da der Leuchtturm so vollgestopft ist mit Menschen wie die Salzfässer mit Heringen, wird schließlich beschlossen, für Brooks und Jane und ihre wachsende Nachkommenschaft neue Unterkünfte zu errichten. Arbeiter werden zur Insel gebracht, und ihr Aufbauen und Hämmern und ihre lauten Zurufe verwandeln mein ruhiges, bescheidenes Zuhause in eine kleine Industriestadt. Hinzu kommt, dass mir mittlerweile Energie und Kraft fehlen und ich im Turmaufgang auf halbem Wege innehalten muss, um Atem zu holen, damit ich den Aufstieg fortsetzen kann. Ich sage meiner Familie nichts davon, aber mein Vater nimmt es wahr.

»Du bist in letzter Zeit nicht mehr du selbst, Grace. Ich sehe, dass du dich zunehmend von dem ganzen Trubel zurückziehst. Ich dagegen habe fast vergessen, wie viele wir mittlerweile sind.«

»Ich freue mich, dass die anderen hier sind, nur fühle ich mich manchmal schlapp«, gestehe ich.

Lächelnd nimmt er meine Hand. »Vielleicht solltest du dir eine Pause von uns allen nehmen. Du könntest mit Thomasin eine Reise nach Coquet Island unternehmen und schauen, wie euer Bruder dort als Leuchtturmwärter zurechtkommt.«

Mir liegt es schon auf der Zunge, dass sie mich hier sicher nicht entbehren können, doch sie können es sehr wohl, wie ich weiß.

»Geh ruhig, Grace. Bring wieder frischen Wind in deine Segel. Es ist eine ganze Weile her, dass du und Thomasin Zeit miteinander verbracht habt. Eine kleine Erholung mit deiner Schwester wird dir guttun, und William und Ann werden sich bestimmt über euren Besuch freuen. Geh. Wir kommen zurecht ohne dich.«

Es ist dieser letzte Satz, der meine Entscheidung beeinflusst. Wenn sie es ohne mich schaffen, muss ich im Gegenzug lernen, ohne sie zurechtzukommen. Ich schreibe an Thomasin, um ihr mitzuteilen, dass ich am nächsten Freitag in Alnwick eintreffe, von wo aus wir mit dem Dampfschiff nach Coquet Island übersetzen werden. Trotzdem verlasse ich meine Insel mit schwerem Herzen, und als Longstone Island langsam aus meiner Sicht entschwindet, habe ich unweigerlich das Gefühl, dass ich nicht allein wegen einer Luftveränderung fortgehe, sondern dass ein Teil von mir nie mehr zurückkehren wird.

Coquet Island, Northumberland

Die Insel, ungefähr eine Meile vor dem kleinen Seehafen Amble gelegen, ist ein wundervoller Ort, und ich weiß sofort, dass es die richtige Entscheidung war hierherzukommen. Coquet Island erinnert mich an Longstone Island in den ruhigen Zeiten vor dem Untergang der *Forfarshire* und daran, wer und wie ich früher einmal war. Deshalb hoffe ich, dass ein kurzer Urlaub an dem hellen Sandstrand und dem kristallklaren Wasser rund um das Eiland mich in jene glückliche, unbeschwerte junge Frau von damals zurückverwandelt.

Bei Ebbe, wenn die tiefen Bruchsteinschichten frei liegen, spazieren Thomasin und ich über die Insel, auf der sich noch Ruinen eines mittelalterlichen Benediktinerklosters befinden. Im gleißenden Sonnenlicht leuchtet der Sandstrand beinahe schneeweiß, schimmert das Wasser beinahe türkisblau. Zwischen den Dünen hoppeln Kaninchen umher. Papageientaucher und Rosenseeschwalben brüten in großer Anzahl, und ich wünschte, wir könnten lange genug bleiben, um zu beobachten, wie die Küken aus den Nisthöhlen schlüpfen. Mein Bruder erzählt mir, dass die Robbenkolonie, die früher die Nordseite der Insel bevölkerte, in den letzten Jahren geschrumpft ist, vertrieben von den vielen Touristen, die im Sommer vom Festland zu der Insel fahren und dadurch die Ruhe vieler Tiere stören. Ich bin offenbar nicht die Einzige, die aus dem vertrauten Heim geflohen ist.

Ich schreibe nach Hause, um Papa von Mr Walkers beeindruckender Leuchtturmkonstruktion zu berichten und Mama zu versichern, dass ihr geliebter Laddie, wie mein

Bruder William immer zärtlich genannt wurde, sich bester Gesundheit erfreut. Dass er mit stolzgeschwellter Brust umherstolziert, weil er als erster Lichtwächter die gerade erst von der Royal Society errichtete Leuchtstation übernehmen durfte.

Auf dieser friedlichen kleinen Insel Zeit mit Thomasin zu verbringen wirkt wie ein Tonikum. Ich hatte ganz vergessen, wie es ist, nicht jedem Boot, das sich nähert, mit einem mulmigen Gefühl im Bauch entgegenzusehen, und genieße es, in Ruhe gelassen zu werden. Es ist wirklich ein Segen, und obwohl ich Heimweh verspüre, bedaure ich es sehr, als der Zeitpunkt des Abschieds gekommen ist.

Im Nieselregen stehe ich an der Reling, als das Dampfschiff in Richtung Norden davonstampft, und beobachte, wie die Insel mit jeder Welle, die wir hinter uns lassen, kleiner wird. Im Gegensatz zu meiner Schwester ignoriere ich den stärker werdenden Regen erst einmal, bleibe an Deck und lasse mich nass regnen. Sobald die Feuchtigkeit durch meine Kleidung dringt, fühle ich mich gereinigt und befreit und bereit, zu dem ganzen Rummel auf Longstone Island zurückzukehren. Irgendwann gebe ich klein bei und steige widerstrebend zu meiner Schwester unter Deck. Die Kälte in meinen Knochen kann ich nicht abschütteln.

Thomasin merkt es und schimpft mit mir, weil ich so lange draußen war. »Du hast dich bestimmt verkühlt, Grace, und Mam wird mir dafür die Schuld geben.«

»Ich garantiere dir, dass ich mich nicht verkühlt habe. Dennoch wäre es nicht schlecht, wenn du mir ein heißes Getränk besorgst.«

Verärgert lässt meine Schwester mich allein, um eine Kanne Tee für uns zu holen. Es hilft nicht. Ich zittere den ganzen Tag und lege mich sofort ins Bett, als ich am Abend auf Longstone Island eintreffe. Aber nicht einmal der gute alte Leuchtturm kann mich aufwärmen.

KAPITEL 44

Grace
Longstone Lighthouse, Juli 1842

Der Sommer versteckt sich unter einer grauen Wolkendecke und mit kühlen Temperaturen, die seit dem Frühlingsbeginn praktisch unverändert sind, sodass mir nie richtig warm wird. Wenn ich nicht beschäftigt bin, kauere ich am Feuer der Wohnstube wie eine alte Frau, kaum fähig, mich aufzuraffen, nicht einmal dann, wenn Papa auf seiner Fiedel spielt und Fröhlichkeit von den runden Wänden widerhallt. Die längeren Tage und ruhelosen Nächte gehen einher mit einem hartnäckigen Husten und Schmerzen in der Brust, die ich nicht abschütteln kann. Jede Anstrengung raubt mir den Atem, sodass ich mich oft auf halbem Weg zum Laternenraum auf die Treppe setzen muss, zusammengesunken wie eine von Georgianns Flickenpuppen. Ich hatte bisher nie größere Beschwerden, war nie ernsthaft krank, daher ist es für mich eine ungewohnte Situation, dass jeder sich um mein Wohlergehen sorgt.

Ich tue mein Bestes, um mir meine Beschwerden nicht anmerken zu lassen, und verrichte weiter meine Arbeit. Mama versorgt mich mit heißer Brühe und Kräuteraufgüssen, verordnet mir eine endlose Reihe von Tinkturen und warmen Wickeln, sodass der Leuchtturm inzwischen einer

Apotheke ähnelt. Ich wische die Besorgnis der anderen beiseite, zwinge mich zu einem Lächeln und ignoriere die Hitzeschübe, die meine Wangen zum Glühen bringen.

Mr Shield, ein Freund der Familie, der durch meinen Vater von meiner Erkrankung erfahren hat, lädt Thomasin und mich ein, ihn in seinem Haus in Wooler am Rande der Cheviot Hills zu besuchen, da er fest davon überzeugt ist, dass die reine Luft in den grünen Hügeln und Wäldern mir guttun wird. Allerdings ist noch nicht klar, ob ich überhaupt kräftig genug bin, eine Reise anzutreten.

Da ich keine schweren Arbeiten erledigen kann, habe ich angefangen, mehr Briefe zu schreiben. Vor allem an Thomasin, die im Gegenzug stets etwas Aufmunterndes oder Interessantes zu berichten hat. Zusätzlich habe ich eine Korrespondenz mit Mr Emmerson begonnen, nachdem ich mit großer Betroffenheit von Elizas Tod erfahren habe und von dem seiner kleinen Tochter, die wie eine Blume ohne Wasser verwelkte und zwei Tage nach ihrer Mutter starb. Zunächst widerstrebte es mir, ihm zu schreiben, aber es war mir ein Anliegen, ihm mein tiefstes Beileid auszusprechen. Er antwortete rasch, dass er sich sehr gefreut habe, von mir zu hören, und dass es seine trübe Stimmung erhelle, ein Lebenszeichen von alten Freunden zu bekommen und zu wissen, dass ich in seinen dunkelsten Tagen an ihn denke. Unsere Briefe sind höflich und kurz, erwähnen unsere gemeinsame Vergangenheit nicht, weil die Jahre uns beide so stark verändert haben und nichts mehr so sein kann, wie es einmal war.

Wenngleich die Korrespondenz mit Mr Emmerson meiner Seele guttut, bessert sich mein körperlicher Zustand nicht. Auf Rat des Arztes werde ich deshalb mit Thomasin zur Erholung nach Wooler reisen und dort für ein paar Wochen bei Mr Shield und seiner Frau wohnen.

»Kehre gesund zu uns zurück, mein Engel«, sagt mein Vater. »Wir möchten gerne die alte Grace wiederhaben.«

»Das möchte ich ebenfalls«, erwidere ich, bin mir allerdings nicht einmal mehr sicher, wer die alte Grace war.

Vielleicht denkt Papa wehmütig an das kleine Mädchen, das ihm mit großer Ernsthaftigkeit von den frisch geschlüpften Entenküken erzählte. Oder an die zufriedene junge Frau, die ich war, bevor der unerwünschte Ruhm mich einholte, und an die Tochter, deren Wangen er erröten sah, als Mr Emmerson auftauchte, um mich zu porträtieren. Wer immer die alte Grace war, ich fürchte, dass wir sie für alle Zeit verloren haben.

Wooler, Northumberland

Wooler ist ein überaus angenehmer Ort. Hier oben in den Hügeln ist die Luft frisch und klar und kann meine Gesundung im Gegensatz zum feuchten Seeklima hoffentlich fördern. Wir unternehmen sogar leichte Ponyausritte in die Cheviot Hills mit ihrer atemberaubenden Landschaft. Eine Szenerie, die Mr Emmerson sicher gerne abbilden würde, kommt mir mit einem Mal in den Sinn. Das Farnkraut in brünierter Bronze, die Sonne als schmelzende Goldmünze, die sich in Richtung Horizont auflöst. Ich sehe die Falte vor mir, die zwischen seinen Brauen erscheint, höre das Seufzen und Scharren, wenn er seine Position ausrichtet, das leise Hüsteln als Zeichen dafür, dass er fertig ist. Ob es an der klaren Luft liegt oder an der friedlichen Atmosphäre, die den Gedanken Freiraum lässt, vermag ich nicht zu sagen, doch ich werde Mr Emmerson nach meiner Rückkehr schreiben und ihn nach Longstone Island einladen. Die Insel ist sicher eine gute Inspiration für seine Küstenimpressionen, mit denen er sich bereits einen Namen gemacht hat. Ich weihe Thomasin in mein Vorhaben ein, während unsere Ponys auf dem beschaulichen Reitpfad entlangtrotten, und gebe zögernd meine Hoffnung zu, dass Mr Emmerson und ich noch etwas von der Leidenschaft wiederfinden, die wir damals wegen seiner bestehenden Verlobung unterdrückt haben.

Gestärkt von der frischen Luft und dem geruhsamen Ausritt, fühle ich mich am Nachmittag insgesamt ein wenig besser, aber der Husten lässt mir keine Ruhe, und selbst ein köstliches Abendessen mit frisch gebackenen *Singing Hinnies,* einem traditionellen Gebäck, und Bücklingen aus Craster kann mich nicht in Versuchung führen. Ich entschuldige mich und ziehe mich früh zurück, falle ins Bett und dämmere in den Schlaf hinüber. Meine Absicht, an Mr Emmerson zu schreiben, muss ich fallen lassen. Hustend und schwitzend verbringe ich eine unruhige Nacht, wälze mich hin und her, bis bei Tagesanbruch Thomasin neben meinem Bett steht und mich sorgenvoll anblickt.

»Ich denke, Grace, wir sollten besser wieder abreisen«, sagt sie leise und drückt einen kalten Wickel auf meine Stirn. »Du hast hohes Fieber.«

»Werden wir gleich nach Longstone zurückkehren?«

Sie lächelt und streicht eine Haarsträhne von meiner Wange. »Wir werden zuerst einen kleinen Umweg nach Alnwick machen und unsere Cousinen besuchen. Sobald du dich erholt hast, wird Vater dich natürlich sofort zurück nach Longstone holen, teure Schwester.«

Sie hat recht. Wenn ich nach Hause zurückkehren möchte, muss ich zuerst gesund werden. Und die beste Medizin von allen ist das Wissen, dass ich dieses Fieber mit aller Kraft bekämpfen muss; schaffe ich das nicht, werde ich mein geliebtes Longstone Island nicht wiedersehen.

Nichtsdestotrotz tue ich mich schwer. Als Thomasin mir beim Ankleiden hilft, zucke ich bei jeder Berührung des Stoffes auf meiner Haut zurück, und ich sehe in ihren Augen dieselbe Frage, die durch meinen Kopf geistert: Was, wenn mein Zustand sich nicht bessert? Was dann?

Donegal, Irland

Im Cottage des Leuchtturmwärters, das sie nun ihr Zuhause nennt, wacht Sarah Flaherty, vormals Sarah Dawson, über ihre schlummernden Babys. Sie konnte es kaum glauben, dass sie wieder mit einem Kind gesegnet wurde, und erst recht vermochte sie es nicht zu fassen, dass es Zwillinge waren, für ihren Mann Eamonn ebenfalls eine große Überraschung. Ihr Herz fließt über vor Dankbarkeit und Liebe für die kleine Grace Matilda und den kleinen William James, benannt nach jenen, die ihr einst das Leben retteten, und jenen, die zu früh aus ihrem Leben schieden.

Für sie fühlt es sich richtig an, dass sie an Irlands zerklüfteter Küste ein neues Leben begonnen hat. Das Licht hier ist anders, die Luft reiner als im stickigen Hull mit seiner Hafenindustrie. Endlich ist sie in der Lage, die dunkle

Melancholie und Schwermut der letzten Jahre beiseitezuschieben. Der schmerzhafte Verlust ihres Ehemanns und ihrer Kinder wird nie vergessen sein, aber die unerwarteten Veränderungen ihres Lebens, die das Schicksal für sie bereitgehalten hatte, waren kostbare Geschenke gewesen. Ihr liebenswerter neuer Gefährte, die gemeinsamen Kinder, die Übersiedlung nach Irland an den Rand des Atlantischen Ozeans, all das hatte Sarah neue Perspektiven, eine neue Zukunft und neue Hoffnung gegeben. Sämtliche Neuigkeiten hat sie Grace Darling mitgeteilt – aus dem Bewusstsein heraus, dass sie ohne den Mut, den diese junge Frau am Morgen nach dem *Forfarshire*-Unglück bewiesen hatte, überhaupt nicht hier wäre, diese zweite Chance nicht erhalten hätte.

Miss Darlings Antwort ist bislang ausgeblieben, und während die Tage und Wochen verstreichen, beginnt Sarah sich mit Recht zu fragen, ob alles in Ordnung ist.

KAPITEL 45

Matilda
Newport, Rhode Island, September 1938

United States Wetterdienst, 9. September 1938. Unwetterwarnung vor tropischem Wirbelsturm südlich der Kapverdischen Inseln im Ostatlantik. Weitere Vorhersagen folgen, falls erforderlich.

Als sich die Hitze des Sommers verflüchtigt, verrammeln die Touristen ihre Strandhütten und Ferienhäuser und kehren in ihre Stadtwohnungen und zu ihrer Arbeit zurück. T-Shirts und Leinenschuhe werden gegen Kragenhemden und festes Lederschuhwerk getauscht, und die unbeschwerten Sommermonate verblassen zu Erinnerungen, festgehalten auf Fotografien, die auf den Schreibtischen in den Büros der Stadt stehen. Zufrieden beobachte ich die Abreise der Urlauber, weil ich zu den Glücklichen gehöre, die bleiben dürfen. Und das Beste ist, dass ich das alles mit meiner wunderschönen Tochter Grace teilen kann, die nach der Frau benannt ist, die uns alle in vielfacher Hinsicht rettete. Noch immer tue ich mich schwer, zu begreifen, dass sie mir gehört und dass ich sie behalten darf.

Harriet schlug vor, meine Mutter nicht wegen der Geburt zu benachrichtigen, da bis zum errechneten Termin noch ein voller Monat liegt. »Sie braucht es erst mal nicht zu erfahren«, sagte sie. »Nimm dir diese Zeit für dich und geh auf Tauchstation. Die anderen Leute werden dir bestimmt früh genug ihre Meinung und ihren Rat servieren.«

Die Erkenntnis, dass Harriet meine leibliche Mutter ist, hätte eigentlich alles auf den Kopf stellen müssen, doch tatsächlich scheint es alles in Ordnung gebracht zu haben, selbst die Einrichtung der Zimmer. Alles Geschmacklose wurde entfernt, sodass ich mich wohlfühle. Nachdem ich erfahren habe, dass es Harriet war, die das Medaillon und das Handbuch für Leuchtfeuerwärter weitergegeben hat, ist das Rätsel der Widmung für Grace Rose gelöst. Es ist ein Wunder, dass ich die Sachen überhaupt erhalten habe.

»Als ich das Buch und das Medaillon in der alten Teekiste entdeckte, die wir von Irland mitgebracht hatten, schickte ich beides an Constance und fügte einen Brief hinzu«, erzählt mir Harriet eines Abends. »Ich erklärte ihr darin unsere Familientradition, diese Erbstücke an die nächste Generation weiterzugeben, und dass es mir viel bedeuten würde, wenn sie in deine Hände kämen. Eigentlich habe ich nicht wirklich geglaubt, dass deine angebliche Mutter mir die Bitte erfüllen würde. Wenigstens das hat sie richtig gemacht, schätze ich.«

Harriets Enthüllung erklärt die Distanz, die Constance Emmerson mich immer spüren ließ. Im Grunde sollte ich wütend auf sie sein wegen all der Jahre, die sie mich belogen hat, im Rausch der eigenen Mutterschaft empfinde ich hingegen eher Mitleid mit ihr. Sie hat nie eine richtige Bindung zu mir entwickelt, weil sie nie meine Tritte und Purzelbäume während der Schwangerschaft gespürt und die Tortur einer Entbindung durchgemacht hat und erst recht nicht die erschöpfte Ekstase, ihr Kind zum ersten Mal im Arm zu halten. Constance brachte mich mit derselben emotionalen

Verbundenheit in ihrem Haus unter wie eine neue Wohnzimmercouch. Ein Kind war etwas, das sie begehrte, etwas, das sie haben musste, um mitzuhalten mit ihren Bekannten, und etwas, das die Distanz zu ihrem Ehemann überbrücken sollte. Nicht einmal das habe ich für ihre kriselnde Ehe geschafft, genauso wenig hat meine Existenz ihr labiles Selbstwertgefühl gestärkt oder irgendeine andere ihrer Schwächen behoben, vielmehr hat sie alles auf meine schmalen Schultern abgewälzt, hat mir an allem die Schuld gegeben.

Wie ein Einsiedlerkrebs, der sein altes Schneckenhaus ablegt und sich ein neues sucht, schlüpfe ich mit überraschender Leichtigkeit in die Mutterrolle. Zum ersten Mal in meinem Leben habe ich etwas gefunden, in dem ich gut bin. Die mütterlichen Instinkte, von denen ich glaubte, sie würden mir fehlen, haben in gewaltigen Wellen von mir Besitz ergriffen und erzeugen ein endloses Maß an Zuneigung und Fürsorge. Wenn ich die kleine Grace in meinen Armen halte, spüre ich die tiefen Bande der Liebe, nach denen ich mich mein ganzes Leben lang gesehnt habe. Meine Mutter zu finden und gleichzeitig selbst Mutter zu werden hat mich zutiefst berührt.

Auch Harriet ist glücklich über die Veränderungen, immerhin hat sie nach Coras Verlust ihre zweite Tochter und eine Enkelin zurückbekommen. Sie ist ganz vernarrt in die Kleine, und ich bin dankbar für ihre Erfahrung und ihre Ratschläge und für viele Stunden in der Nacht, in denen sie sich um das schreiende Baby kümmert und ich ruhig schlafen kann in der Gewissheit, dass meine Tochter in der Obhut meiner Mutter sicher und geschützt ist. Diese Tage auf Rose Island gehören zweifellos zu den glücklichsten in meinem Leben.

Bei warmem Wetter schiebe ich Grace im Kinderwagen zu dem kleinen Nordstrand der Insel, setze mich dorthin, beobachte die Brandung und denke über das Schicksal und die Vorsehung und die Menschen nach, die zu unserem Leben gehört haben. Etwa über Cora, die Schwester, die mir immer gefehlt hat. Und natürlich stelle ich Überlegungen an, wie unsere Leben verlaufen wären, wenn ich nicht abgegeben worden wäre, sondern bei Harriet hätte bleiben können. Was wäre dann aus mir geworden? Fragen ohne Antworten. Alles, was ich weiß, ist, dass mein Schicksal verschlungene Wege ging. Ich wäre so oder so nicht in Irland geblieben, sondern Rebellion hätte mich vielleicht ohnehin nach Amerika geführt, aber Mut, Entschlossenheit und Liebe sorgen dafür, dass ich bleibe. Wie es mir ergangen wäre, wenn ich statt Cora bei Harriet geblieben wäre, bleibt der Fantasie überlassen. Grace gurrt und gluckst auf der Decke neben mir. Ich nehme sie auf meinen Arm, wiege sie im Takt der rauschenden und flüsternden See. Harriet warnt mich, dass ich das Kind verderbe, wenn ich es ständig hochnehme und herumtrage. Das ist mir egal. Ich hebe Grace weiter hoch, genieße ihr Federgewicht auf meinem Arm, erfreue mich daran, wie sie sich windet und schnieft, und atme ihren süßen Geruch ein. Wer wird sie einmal sein, dieses Überraschungskind? Wohin wird sie gehen? In diesen ruhigen Momenten plane ich unsere gemeinsamen Abenteuer und bin fest entschlossen, Grace all das zu sein, was meine angebliche Mutter mir nicht war. Vor allem werde ich ihr zeigen, wie sehr ich sie liebe und dass wir alle Stürme, die auf uns zukommen, gemeinsam überstehen werden.

KAPITEL 46

Matilda
Newport, Rhode Island, September 1938

United States Wetterdienst, 16. September 1938. Aufziehender Orkan nordöstlich von Puerto Rico. Sturmwarnung über Seefunk um 3.42 Uhr. Westziehend mit voraussichtlichem Landkontakt in Südflorida. Aktualisierung folgt.

Es ist früher Abend im Leuchtturm, und Harriet strickt ein Mützchen für Grace. Ich lächele angesichts der unerwarteten häuslichen Idylle und beobachte das schlafende Baby, dessen winzige Rosenknospenfäuste neben ihren perfekten kleinen Ohrmuscheln ruhen. Wir haben den Radioempfänger angeschaltet, der zwischendurch knistert, während ein Sprecher mit monotoner Stimme über eine erneute Eskalation der Krise in der Tschechoslowakei berichtet. Es erscheint mir unmöglich, dass dort von einem drohenden Krieg gesprochen wird, wenn meine Tochter so voller Unschuld ist.

»Hitler, Mussolini und all die anderen schrecklichen Männer sollten mehr Zeit mit Babys verbringen«, sage ich. »Dann wären sie vielleicht nicht so versessen darauf, Kriege anzuzetteln.«

Harriet gibt ein verächtliches Geräusch von sich. »Männer denken immer, sie wüssten alle Antworten, und glauben, sie könnten sich alles einverleiben, was ihnen in den Weg kommt, egal ob Länder oder Frauen … Sie verlangen nach Macht, dabei sind sie nicht so klug oder so stark, wie sie immer glauben. Sollte es tatsächlich zum Krieg kommen, werden die Männer fortgehen, und es werden die Frauen sein, die sich um die Leuchtfeuer kümmern und in den Fabriken arbeiten und all die Aufgaben übernehmen, die uns die Männer in Friedenszeiten nicht zutrauten. Beim letzten Mal war es genauso.«

Jetzt, wo wir offener miteinander reden und Harriet als meine Mutter mehr Geduld für meine Fragen aufbringt, will ich so viel wie möglich über die Geschichte meiner Familie erfahren.

»Wolltest du schon immer Leuchtturmwärterin werden?«, frage ich.

»Nein.« Sie schüttelt den Kopf. »Ich wollte gar nichts werden. Weil ich nicht das besaß, was man Ehrgeiz nennt. Im Grunde ging ich davon aus, dass ich eine Ehefrau und Mutter sein würde, die das Essen kocht und das Haus in Schuss hält.«

Ungläubig ziehe ich eine Augenbraue hoch. »Du? Wirklich?«

Sie antwortet mit einem finsteren Blick. »Dass ich schwanger wurde, war sogar eine Art Segen. Mein Vater war ein seltener Vertreter seiner Generation. Nachdem meine Mutter bei meiner Geburt gestorben war, zog er mich alleine groß und steckte mich nicht, wie die meisten Väter es getan hätten, in ein Mutter-Kind-Heim.«

Ich hatte davon gehört, wie es mutterlosen Babys unter der sogenannten Fürsorge der Nonnen erging, die weder gottgefällig noch fromm war. »Verglichen damit hatte ich verdammtes Glück. Pa brachte mich und diese alte Teekiste seiner Mutter hierher, in der alles war, was wir besaßen. Er war ein fürsorglicher Mann und Vater, Gott hab ihn selig.«

Ich gebe ihr einen Moment, als sie sich bekreuzigt und ein stilles Gebet spricht.

»Woher kannte er sich mit Leuchttürmen aus?«, frage ich, als sie ihre Stricknadeln wieder aufnimmt. »Lag das in unserer Familie?«

»Die Flahertys stammen von einer langen Reihe von Lichtwächtern ab«, erklärt Harriet. »Deine Ururgroßmutter Sarah Flaherty, verwitwete Dawson, widmete ihr zweites Leben dem Leuchtfeuer. Sie sagte immer, dass sie dieses Leben Grace Darling und deren Vater verdanke. Ein paar Jahre nach dem *Forfarshire*-Unglück heiratete sie einen Iren namens Eamonn Flaherty. Gemeinsam begannen sie ein neues Leben in Donegal, wo Eamonn seinen Vater als Leuchtturmwärter ablöste. Nach dem Tod ihres Mannes kümmerte Sarah sich weiter um das Licht, und als sie starb, trat ihr Sohn in ihre Fußstapfen. Er wurde dann mit seiner jungen Frau nach Ballycotton versetzt. Dort kamen ein paar Flahertys zur Welt, darunter Eoin, mein Vater, der später den Posten bis zum Krieg übernahm. Damals blieben sogar die Leuchtfeuer aus, um zu verhindern, dass der Feind unsere Häfen und Landmarken identifizierte. Und nun bin ich noch da, die Letzte in der Reihe.«

Fasziniert von der nicht abgebrochenen Tradition von Leuchtturmwärterinnen in unserer Familie, die erst meine Ururgroßmutter Sarah wirklich begründet hat, frage ich mich, was das für mich bedeutet. Meine Mutter Harriet kommt mir zuvor.

»Du solltest vielleicht selbst ein Leben im Leuchtturm in Betracht ziehen. Ich habe den Ausdruck in deinen Augen gesehen, wenn du das Licht einschaltest. Es liegt dir im Blut. Ich sehe es dir an.«

Sie hat recht. Im Laufe des Sommers ist der Leuchtturm für mich weniger zu einem Orientierungspunkt für die Schifffahrt und mehr zu einem Zuhause geworden, hat mein Herz erfasst und ist in meine hintersten Gedanken eingedrungen. Auf eine seltsame Art ist der Leuchtturm mir immer vertraut vorgekommen, wie ein Traum, an den man sich halb erinnert. Die Form der Treppe, der glatte walnussbraune Glanz des Handlaufs, der Salzgeruch in den Wänden, das ständige Klicken der Lampe, wenn sie sich dreht. Wie bei einem Lebewesen erkenne ich verschiedene Stimmungen in seinen Wänden: fröhlich in der Nachmittagssonne, ernster im matten Grau des frühen Morgens, vollständig zum Leben erwachend am Abend, wenn die Nachtfinsternis dem Licht befiehlt, sich in den Mittelpunkt zu stellen und die Blicke aller auf sich zu ziehen. Der Leuchtturm hat mich verzaubert. Das lässt sich nicht bestreiten.

»Würdest du mich unterrichten im Lichthüten?«, frage ich meine Mutter, die vor mir in der Reihe der Frauen im Leuchtturm rangiert.

Harriet sieht mich an mit einem Schmunzeln auf den Lippen. »Was glaubst du denn, was ich in den vergangenen Monaten getan habe, als ich dich hierherbrachte oder als ich dir das alte Handbuch vermachte und dich die Zeitungsausschnitte lesen ließ und deinen Kopf mit Geschichten über Ida Lewis und Grace Darling füllte? Ich brauche dich nicht mehr zu unterrichten, Matilda. Du weißt bereits alles.«

In der folgenden Woche, als Harriet hinüber nach Newport gerudert ist, um in dem Haus auf der Cherry Street nach dem Rechten zu schauen und ein paar Sachen für das Baby einzupacken, erlebe ich eine Überraschung.

Von draußen höre ich das Knirschen von Schritten, und da ich allein bin, nehme ich mein Kind auf den Arm und gehe nach unten. Ein vertrauter blumiger Duft steigt mir in der Nase. Maiglöckchen?

»Mrs O'Driscoll! Wie ist das möglich?« Ich bin so verdattert und erfreut über ihren Anblick, dass ich in Tränen ausbreche, bevor ich auf sie zustürme. Sie fängt mich auf und schließt Grace und mich in ihre Arme.

»Was machen Sie hier?«, frage ich lachend und weinend zugleich. »Ich kann es nicht glauben!«

»Ganz einfach, ich habe an Harriets Adresse geschrieben, die du mir bei unserem Abschied gegeben hast, und sie schrieb mir zurück und berichtete mir von den Neuigkeiten. Wie ich sehe, war jemand schneller als ich und der errechnete Termin.« Behutsam zieht sie das Wickeltuch zurück, um Grace ins Gesicht zu sehen. »Oh, du liebe Güte. Sie ist ja eine Schönheit, eine absolute Schönheit.«

»Kommen Sie, setzen Sie sich«, sage ich und geleite sie zu einem Stuhl, lege ihr dann Grace in den Arm. »Es ist so schön, Sie zu sehen. Ich habe oft an Sie gedacht seit unserem Abschied.«

Zärtlich wedelt sie über meine Hand. »Hast du nicht. Warum solltest du an mich denken?«

Wenn sie bloß wüsste, wie viele Male ich ihren Zettel in die Hand genommen und die Botschaft gelesen habe, die sie unter ihre Adresse geschrieben hatte: *Nur Mut!* »Ich wollte Ihnen schreiben, dass das Baby da ist, bin leider nicht dazu gekommen.«

»Nun, das macht nichts. Ich nehme an, du hattest alle Hände voll zu tun mit einem Neugeborenen.«

Harriet kocht Tee, während Mrs O'Driscoll und ich Neuigkeiten austauschen. Unter anderem erzähle ich ihr von meiner tatsächlichen Herkunft und davon, dass ich mit meinem Kind hierzubleiben gedenke und nicht nach Irland zurückzukehren will.

»Nun, das freut mich«, sagt sie ehrlich und schäkert nebenbei mit meiner Tochter. »Ich halte es für richtig, dass das Kind bei seiner Mutter bleibt. Ich finde, du bist eine sehr tapfere junge Frau, Matilda Emmerson. Habe ich dir nicht gesagt, Amerika könnte der richtige Weg für dich sein?«

»Das haben Sie. Was für eine Tortur allerdings eine Geburt ist, das haben Sie mir nicht verraten.«

Sie lächelt. »Natürlich nicht. Ich wollte dir schließlich keine Angst machen. Übrigens«, sagt sie mit gedämpfter Stimme, weil Grace in ihren Armen einzuschlafen beginnt, »ich bin nicht hier, weil deine Mutter mich geschickt hat, sei also unbesorgt. Sie weiß nichts von meinem Besuch, und ich werde ganz sicher kein Wort darüber verlieren. Das ist deine Angelegenheit, nicht meine.«

Ich greife nach ihrer Hand. »Und ich, Mrs O'Driscoll, habe Ihnen noch so einiges zu berichten.«

Meine ehemalige Reisebegleiterin erklärt sich bereit, zum Lunch zu bleiben, dann noch zum Tee und schließlich auch über Nacht. Harriet hat keine Zeit, sich zu uns zu setzen, ihr gefallen die Wellen in der Bucht nicht, und sie rechnet angesichts des Zusammentreffens von Tag-und-Nacht-

Gleiche mit dem Vollmond mit einer höheren Flut. Deshalb freue ich mich, dass Mrs O'Driscoll da ist und wir uns lange bis in den Abend hinein unterhalten können.

Später sitze ich noch allein mit meiner Tochter am Fenster und beobachte den feuerroten Herbstmond, der tief über der Narragansett Bay hängt, und verfolge die Sterne, die nach und nach zu funkeln beginnen und einen Nachthimmel bilden, wie ich ihn schöner nie gesehen habe. Meine Augen geschlossen, meine Wange an Graces samtweiches Babyhaar gedrückt, wiege ich meine Tochter zu der Melodie des Windes und singe das Lied von Lavendel blau, Lavendel grün. Trotz der drohenden Kriegsgefahr hat sich in meinem Leuchtturm, wo das Meer unter mir grollt und der Wind ums Haus pfeift, die Welt nie sicherer angefühlt, ist mir das Leben nie vollkommener oder friedlicher erschienen.

KAPITEL 47

Grace
Alnwick, Northumberland, September 1842

Wir bleiben eine Woche bei den MacFarlanes, unseren Verwandten in Alnwick, dann brauche ich einen Ortswechsel, weil das Haus im Schatten steht und keinen Sonnenstrahl abbekommt, sodass ich wie eine Pflanze, der das Licht fehlt, zu verkümmern beginne. Auf eine Vermittlung der Duchess, der ich gleich zu Anfang meine Aufwartung gemacht habe, erhalte ich ein Haus in der Prudhoe Street, wo das Licht und die Luft viel besser sind. Außerdem macht sie für mich einen Termin bei Dr. Barnfather, dem Leibarzt des Duke, einem schlaksigen Gentleman mit einem Zwicker auf der Nase, der mit allerhand Instrumenten an mir herumhantiert. Meine Schwester hat mich begleitet und wartet hoffnungsvoll auf die Diagnose. Sie ist nicht gut. Trotz aller Gebete und guten Wünsche erklärt der Arzt in leisem Ton, dass meine Symptome keinen Zweifel daran lassen würden, dass ich an der Schwindsucht erkrankt sei.

Das Wort hängt wie ein Damoklesschwert über uns, und in dem abgedunkelten Zimmer ist es still bis auf das Ticken der Kaminuhr. Mir wird bewusst, dass kostbare Minuten meines Lebens verrinnen. Ich bitte darum, mich für eine Weile alleine zu lassen, um die weitere Planung zu überdenken. Ich bin dankbar dafür, dass ich so gut umsorgt werde, auch bei meiner Schwester, fühle mich indes belastet durch deren offenkundige Angst und Verzweiflung, die meine eigene nur schlimmer machen. Ich sehne mich danach, auf meine Insel zurückzukehren, und wende mich erneut an den Arzt.

»Doktor, ich würde mich auf Longstone Island sicher viel besser fühlen«, dränge ich, doch er beharrt darauf, dass die Reise bei meiner körperlichen Verfassung zu anstrengend sei. »Tut mir leid, Grace, ich kann zu diesem Vorhaben nicht meine Zustimmung geben. Das wäre zu riskant.«

Wie kann ich einem praktischen Mann der Medizin und der Wissenschaft erklären, dass ich mich fern meiner Inselheimat wie ein Fisch auf dem Trockenen fühle, ausgehungert nach den Dingen, die ich brauche, um zu gedeihen, um zu überleben, um zu atmen? Wie kann ich einem Mann vom Festland meine tiefe Hingabe an zerklüftete Klippen und tosende Wellen begreiflich machen? Ich denke daran, wie leicht mir das alles früher fiel, wie mühelos ich von Longstone Island nach North Sunderland gerudert bin. Wahrscheinlich hätte ich solch einfache Freuden stärker gewürdigt, würde ich geahnt haben, wie wenig davon übrig bleiben sollte. Und noch weniger Ahnung hatte ich, was mich noch erwartete.

Zu viele Male habe ich erlebt, dass das Leben sich ebenso rasch ändern kann wie die Tide, und selbst wenn der beste Arzt der Region mich behandelt und die Duchess für meine Genesung betet, werde ich mit jedem Untergehen der Sonne schwächer, und es gibt nichts, was man dagegen tun kann.

KAPITEL 48

Matilda
Newport, Rhode Island, 21. September 1938

United States Wetterdienst, 21. September 1938. Sturmböen in Orkanstärke über Long Island, anhaltende Windgeschwindigkeiten von 200 km/h. Hurrikan der Kategorie drei mit direktem Kollisionskurs auf Rhode Island. Bevölkerung kann nicht mehr rechtzeitig evakuiert werden.

Ich wache aus einem kurzen Nachmittagsschlaf auf und sehe, dass der zuvor blaue Himmel eine eigenartige dunkelviolette Färbung angenommen hat, die an einen starken Bluterguss erinnert. Die Fischer in der Bucht machen angesichts der Unheil verkündenden Naturerscheinung kehrt, um im Hafen Schutz zu suchen, und ein plötzlicher starker Wellengang bringt ihre Boote ins Schwanken. Strandbesucher packen eilig ihre Picknickkörbe zusammen, Strohhüte werden von Köpfen geweht, Sonnenschirme über den Strand getrieben, die Seevögel bringen sich an der Küste in Sicherheit.

Schnell verfrachte ich Grace in ihr Bettchen, wo sie friedlich weiterschlummert, und nehme das Fernglas vom Tisch, suche das Wasser nach einem Zeichen von Harriet oder Joseph ab, die ich beide aus der Stadt zurückerwarte. Draußen heult laut der Wind, Regen peitscht gegen die

Fenster. Die Bäume entlang der Küste biegen sich wie roher Brotteig. Mrs O'Driscoll stellt sich neben mich ans Fenster, und keine von uns hat den Mut, unsere Ängste auszusprechen.

Innerhalb von einer Stunde wechselt die Farbe des Himmels von Violett zu Schwarz, und in der Ferne vernehme ich Donnergrollen. Erneut greife ich nach dem Fernglas und suche den Horizont ab, und dabei wird mir bewusst, dass das Grollen nicht vom Donner herrührt. Es ist das Meer. Eine gewaltige Flutwelle rast auf die Küste zu, eine Wand aus Wasser, die über den Stränden brechen und zu den ersten Häusern am Ufer hochjagen wird, wütende graue Wellen, die immer höher steigen und die Schindelhäuser auf der Hafenseite verschlingen. Ich muss an Joseph und Harriet denken, die beide irgendwo dort draußen sind, und mit einer schrecklichen Gewissheit wird mir klar, dass der einzig sichere Ort im Moment hier im Leuchtturm ist.

Unten höre ich plötzlich ein hektisches Bellen, dann ein Kratzen und Scharren an der Tür.

»Captain!« Ich stürme nach unten und reiße die Tür auf, das Brüllen des Orkans ist ohrenbetäubend, als ich den kleinen Hund rasch hochnehme und mit ihm in den Leuchtturm gehe. Drinnen stürze ich ans Fenster, reibe mit dem Ärmel die beschlagene Scheibe klar und halte nach Joseph Ausschau. Ich kann ihn nirgendwo entdecken. »Wo ist er, Captain?«

Düstere Gedanken schießen mir durch den Kopf, und mein Instinkt sagt mir, so weit wie möglich nach oben zu gehen. Ich dränge Mrs O'Driscoll, mir in den Laternenraum zu folgen, mein Baby eng an meine Brust gedrückt, Captain treu an meinen Fersen. Als wir die Turmspitze erreichen, sehe ich, dass die Flutwelle, zwei Stockwerke hoch, unmittelbar vor uns aufragt und die Lichter der Häuser entlang der Küste einmal kurz aufflackern, bevor sie erlöschen und alles in Dunkelheit tauchen.

KAPITEL 49

Harriet
Newport, Rhode Island, 21. September 1838

Als ich die Tür des Hauses in der Cherry Street abschließe, werde ich durch das Verhalten der Vögel zum ersten Mal darauf aufmerksam, dass Gefahr im Verzug ist. Sie kommen in riesigen Schwärmen vom Meer herein, eine dunkle Masse am Himmel. Die Menschen um mich herum bleiben stehen, um das Schauspiel zu beobachten, und bemerken, wie eigenartig es ist, den Grund dafür erkennen sie nicht. Im Gegensatz zu ihnen weiß ich, warum der Himmel über dem Meer sich verdüstert: Er nimmt die unverwechselbare Tönung eines Sturmes an. Ich renne zu meinem Boot, habe den einzigen Gedanken, zu Matilda und ihrem Baby im Leuchtturm zurückzukehren. Es gefällt mir zwar nicht, wie das Wasser in der Bucht aussieht, aber ich muss es versuchen.

Der Regen prasselt so heftig herunter, dass er einen Vorhang bildet und sich anfühlt wie Nadeln auf meiner Haut. Schwere Brecher donnern gegen die Hafenmauer und reißen die dort ankernden Boote aus ihren Befestigungen. Die Bäume entlang der Uferpromenade biegen sich wehrlos im Wind, ihre Äste knicken einfach ab wie Zunderholz, das über einem Knie gebrochen wird. Gerissene Stromleitungen hängen nutzlos zwischen schwankenden Telegrafenmasten, Straßenschilder werden scheppernd über den Asphalt getrieben. Laub und Abfälle aus umgekippten Mülltonnen wirbeln den wenigen Passanten um die Beine. Das Wasser steigt. Es ist zwei Uhr nachmittags.

Erleichtert erreiche ich das Boot und fürchte mich gleichzeitig vor dem, womit ich mich konfrontiert sehe: durch das unberechenbare Wasser zur Insel zu fahren. Entschlossen stoße ich mich von der Hafenmauer ab und wappne mich für einen Kampf. Dies hier ist mein Sturm, meine Chance, alles wiedergutzumachen. All die Jahre des Verlusts und der Wut werden weggetragen vom Wind, der in Orkanstärke tost und heult und mein Boot heftig zum Schaukeln bringt. Ich bemühe mich, den Sturm nicht zu fürchten, sondern anzunehmen, und ziehe hart am Ruder, akzeptiere das brennende Gefühl in meinen Armen, denn mit jedem Schlag und jeder Muskelspannung komme ich Rose Island ein Stück näher. Ein letzter Kampf, sage ich mir. Eine letzte Chance auf Erlösung.

In meiner Vorstellung sehe ich Cora und ihren kleinen Hund, die in ruhiger See abtreiben, erfasst von einer Strömung, die zu schnell für sie war. Um das zu verhindern, richte ich meinen Kurs und meine Konzentration auf das vor mir liegende Ziel.

»Du wirst mich nicht besiegen!«, schreie ich, blind vom Regen, als eine Welle mich direkt gegen den Wind dreht. »Dieses Mal nicht!«

Während der Orkan und ich unser Duell fortsetzen und ich mich langsam dem Leuchtturm nähere, erwachen die Lampen plötzlich zum Leben, und mein Herz ist erfüllt von einer Welle der Energie, weil ich weiß, dass Matilda dort ist und mich nach Hause lotst.

Ich kämpfe mich weiter voran, bin schon kurz vor der Landungstreppe, als Matilda im Eingang des Leuchtturms erscheint. »Harriet!«, ruft sie. »Gott sei Dank! Beeil dich! Es wird immer schlimmer!«

»Geh wieder rein!«, brülle ich, habe Mühe, das Boot zu kontrollieren. »Hier ist es nicht sicher!«

Als sie sieht, dass ich in Schwierigkeiten bin, eilt sie zur Landungstreppe. »Harriet!«, ruft sie über das brutale Toben der Elemente hinweg. »Ich habe Angst! Was kann ich tun, um dir zu helfen?«

Hinter ihr baut sich eine Wand aus Wasser auf, die sie jedoch nicht sehen kann. »Geh zurück!«, schreie ich. »Geh wieder rein!«

Meine Worte werden vom Donnern des Wassers fortgerissen, und die Wand bricht mit einer grauenhaften Wucht über uns zusammen. Mein Boot wird von einer riesigen Welle hochgeschleudert, die Matilda zu Fall bringt und sie mit sich ins Meer reißt.

KAPITEL 50

Grace
Bamburgh, Northumberland, Oktober 1842

Es ist Oktober, und die Nachmittagssonne färbt die Wellen um Longstone Island golden. Ihre Strahlen werfen einen bernsteinfarbenen Schimmer auf den Leuchtturm und erhellen den Laternenraum, wo mein Vater Vorbereitungen fürs Entzünden der Lampen trifft. Meine Mutter sitzt unten an ihrem Spinnrad und massiert den dumpfen Schmerz in ihrem Rücken. Normalerweise würde sie sich beklagen, aber es ist niemand in der Nähe, bei dem sie jammern könnte. Draußen vor dem Fenster überwacht mein Bruder den Bau des Cottage, das er und seine Familie bald beziehen werden, damit alle mehr Platz haben. Besonders meine Schwester Mary Ann, die nach wie vor um ihren Mann trauert, ihren Kummer jedoch verbirgt und sich in sich hineinzieht wie eine Muschel in ihre Schale.

Der Bilderreigen, den ich im Fieberwahn sehe, leistet mir im Haus meiner Schwester in Bamburgh Gesellschaft, nachdem ich auf Drängen meines Vaters die Unterkunft in Alnwick verlassen habe. Ich finde einen kleinen Trost darin, dass ich hier, zwischen den roten Sandsteinmauern des hübschen Ortes, in dem ich geboren wurde, meiner Heimat näher bin. Dennoch wünsche ich mir nichts sehnlicher, als nach Longstone Island zurückzukehren, wo die Wechselfälle des Lebens mir so vertraut sind, dass ich mir mühelos vorstellen kann, dass ich wirklich dort bin.

Was ich vermisse, ist das rhythmische Atmen der Gezeiten, das beruhigende Flüstern der See, das Geschrei der Seeschwalben und Möwen, außerdem das Gefühl von der Weite dieser Erde, das man nur dann spürt, wenn man sich ganz an den Rand stellt, wie ich es seit meiner Kindheit getan habe.

In fiebriger Umnachtung liege ich im Bett, drifte immer wieder in den Schlaf hinein und hinaus. Gelegentlich vernehme ich ein Klopfen an meiner Tür, und ein Besucher kommt herein, um sich nach meinem Befinden zu erkundigen und mir seine Genesungswünsche auszusprechen. Sie meinen es gut, für Thomasin ist es allerdings anstrengend, dieselbe traurige Geschichte von meinen mangelnden Fortschritten ständig aufs Neue zu wiederholen. Ich höre sie weinen und wünschte, ich hätte die Kraft, sie zu trösten.

Gelegentlich kommt sogar die Duchess, um sich nach meinem Befinden zu erkundigen. Sie bringt duftende Veilchensträuße mit, um das düstere kleine Zimmer zu verschönern. Obwohl sie es nicht zeigt, sehe ich ihr an, dass mein verwelkender Anblick sie erschüttert.

Eines Nachmittags höre ich meine Schwester unten mit einem weiteren Besucher sprechen. Leise Schritte auf der Treppe lassen die Dielen knarren, bevor Thomasin meine Tür öffnet und in das Dämmerlicht hineinspäht.

»Grace, Liebes? Bist du wach?« Ihre Stimme klingt weich wie Gänsedaunen. In der jüngsten Zeit spricht jeder sehr behutsam und leise mit mir, als könnte mir zu viel Lärm Schaden zufügen.

Meine Augen flackern schwach hinüber zu dem schmalen Lichtstreifen am Seitenrand des abgedunkelten Fensters. Sein Schimmer macht ihr Gesicht weicher, und ich würde ihr gerne sagen, wie hübsch sie aussieht mit ihrer neuen Haube, deren Bänder die Farbe von Eiderenteneiern haben, doch ich bin zu schwach.

Thomasin hält ein rechteckiges Paket vor ihrer Brust. »Ich habe etwas für dich«, flüstert sie geheimnisvoll und kommt zu mir ans Bett, hält sich dabei lange genug zurück, bis mein Puls erwartungsvoll höherschlägt. »Ein Geschenk von George. Ein Buch, allem Anschein nach«, fügt sie hinzu und lehnt das Paket an den Krug auf dem Waschtisch, um ihre Handschuhe aufzuknöpfen. »Und offenbar ein sehr großes.« Sie hilft mir, mich kurz aufzusetzen, damit sie meine Kissen aufschütteln kann.

»Ist er hier?« Meine Stimme ist kaum ein Flüstern, nicht einmal lächeln kann ich.

Sie nickt und drückt sanft meine Hand. »Er ist unten, hat mich aber gebeten, dich nicht zu stören, falls du schläfst.« Ein Lächeln tanzt in ihren Augen, da meine Schwester das Ausmaß meiner Leidenschaft für George Emmerson kennt. Und in den vergangenen langen Wochen hat sie ihm regelmäßig Nachrichten über meinen Zustand geschickt. Sie weiß, dass mein Herz bei seinem Anblick aufblühen wird wie eine Sommerrose. »Soll ich ihn heraufbitten?«

Ich nicke. Kurz darauf sind vor der Tür gedämpfte Stimmen zu hören, bevor zögernde Schritte sich mir nähern und er vor mir steht.

»Liebste Miss Darling.« Er setzt sich auf den kleinen Stuhl neben dem Bett, seinen Zylinderhut in den Händen, kaum fähig, mich anzusehen, diese blasse Imitation, zu der ich geworden bin. »Ich werde nicht lange bleiben, hatte einfach den Wunsch, Euch für einen kurzen Augenblick zu sehen.«

»Das freut mich«, murmele ich leise, denn mehr schaffe ich nicht.

Er sieht mich an, und in seinen Augen liegt eine unendliche Traurigkeit. »Ich hätte nicht so lange warten sollen.«

»Hauptsache, dass Ihr jetzt hier seid«, sage ich und wünschte, ich könnte noch einmal so viel Energie aufbringen wie in jener Sturmnacht, als wir auf der Außengalerie standen. Was würde ich sagen, wenn wir jene Momente noch einmal erleben würden?

Seine Augen heften sich auf das Medaillon an meinem Hals. »Ihr tragt es noch immer«, sagt er.

Ich greife an den Verschluss und versuche, ihn zu öffnen. Als Mr Emmerson bemerkt, dass ich mich schwertue, kommt er mir zu Hilfe und öffnet den Schmuck für mich, streift mit seinen Fingern flüchtig meine Haut. Er lächelt, als er sieht, dass seine Porträts sich noch sicher in den beiden Hälften befinden.

»Sie passen perfekt«, flüstert er.

Er sitzt eine lange Zeit bei mir, egal, ob ich immer wieder in einen Dämmerschlaf falle. Wenn ich ein wenig zu mir komme und flatternd meine Lider hebe, sehe ich, dass er nach wie vor bei mir sitzt, auf mich achtgibt und mich liebt.

»Zeichnet Ihr mich gerade, Mr Emmerson?«, frage ich, als das Licht vor dem Fenster verblasst.

»In der Tat, Miss Darling. Ja.«

Es gäbe so viel mehr zu sagen und zugleich nichts, weil ich es nicht schaffe, mich zu konzentrieren. Als ich meine Augen erneut öffne, ist das Zimmer in Dunkelheit getaucht, lediglich ganz schwach von der Flamme einer Kerze erhellt. Mr Emmerson ist fort.

Statt seiner sitzt Thomasin neben mir, fühlt mit den Fingern meine Stirn und macht ein ernstes Gesicht, als sie die glühende Hitze dort spürt. »Du bist zu heiß, Grace. Soll ich dir etwas bringen? Wasser? Einen kalten Wickel?«

Ich deute schwach auf die Fensterbank, wo das Schneckenhorn liegt. Meine Schwester gibt es mir mit einem zärtlichen Lächeln. »Du und deine Muscheln«, sagt sie liebevoll. »Du hast sie immer gerne gesammelt, nicht wahr?« Die belegte Stimme verrät ihre Ergriffenheit. Sie streicht meine Daunendecke gerade, als könnte sie, indem sie alle Falten und Knicke glättet, meine Krankheit in Ordnung bringen. »Versuch, ein bisschen zu ruhen, Liebes. Dr. Barnfather wird später noch nach dir schauen.«

Der Doktor ist ein guter Mann und ein guter Arzt, und es ist überaus freundlich, dass der Duke mir seinen Leibarzt zur Verfügung stellt, doch ich mag nicht mehr. Ich bin seiner Pflege überdrüssig, und noch mehr reicht es mir, hier in diesem Bett zu liegen, in diesem Zimmer, fern meines Zuhauses.

Thomasin bemüht sich, mich auf die richtige Spur zu bringen. »Komm, Grace, du darfst jetzt nicht störrisch werden. Lass den Doktor machen, und du wirst dich wieder aufrichten und eins deiner Seemannslieder singen, bevor die Woche zu Ende ist. Und dann können wir dich nach Longstone Island zurückbringen, wo du hingehörst.«

Sie lächelt wie eine Mutter, die versucht, ein ängstliches Kind zu beruhigen, bevor sie das Zimmer verlässt, leise die Tür hinter sich schließt und mich alleine mit meinen Gedanken lässt und dem Lärm eines normalen Markttags. Aber nichts ist mehr normal. Alles ist von einer seltsamen Wehmut durchzogen. Wird es das letzte Mal sein, dass ich das Markttreiben vor meinem Fenster höre? War es das letzte Mal, dass ich das hübsche Gesicht meiner Schwester sah, als sie zur Tür hereinspähte?

Als ich langsam meinen Kopf zur Seite drehe, heftet sich mein Blick auf das in braunes Papier gehüllte Paket, das mit einer Schnur umwickelt ist. Ein Buch, allem Anschein nach, hat Thomasin vermutet …

Es ist kein Buch. Ohne es auszupacken, weiß ich, dass es sein Porträt von mir ist. Noch immer sehe ich seine Hände vor mir, die sich sicher über die Leinwand bewegten, sein nachdenkliches Stirnrunzeln, seine Art, in stiller Konzentration seine Lippen zu befeuchten, die vorsichtigen Blicke, die wir austauschten. Nie zuvor und nicht später wurde ich auf diese Weise angesehen. Ich wagte kaum zu atmen, so sehr bannte mich der Ausdruck seiner Augen. Später gingen wir spazieren. Der Wind ließ die Bänder meiner Haube um meine Wangen flattern, und ich weiß noch gut, wie meine Röcke sich bauschten und an eine Kirchenglocke erinnerten, die unter dem Dachgebälk hin und her schwang, was meine Gedanken auf seine bevorstehende Heirat lenkte und auf die Glocken, die zur Feier des Tages läuten würden. Daran erinnere ich mich so deutlich, als wäre es gestern gewesen, genauso wie an seine Bemerkung, dass ich erst in der freien Natur richtig zum Leben erwachen würde.

Jetzt ist alles viel alltäglicher. Jenseits des schmalen Fensters höre ich das Klappern von Milchkannen und das Rumpeln des Karrens, auf dem sie stehen. Händler preisen laut ihre Ware an. Die Fischerfrauen tratschen an den Straßenecken, ihre Körbe vermutlich gefüllt mit frischen Heringen. Kinder lachen über einen Straßengaukler. Ich schließe meine Augen, bin zu erschöpft, um etwas anderes zu tun, als das cremeweiße Schneckenhorn an mein Ohr zu halten und dem Rauschen der See zu lauschen und den lebenslangen Erinnerungen, die in der Muschel gefangen sind.

KAPITEL 51

Matilda
Newport, Rhode Island, 21. September 1938

Das Letzte, was ich sehe, ist Harriets Gesicht, als die Monsterwelle mich umreißt und ins Wasser katapultiert.

Ich schnappe nach Luft, als ich die Oberfläche durchbreche, und meine Füße suchen nach den Unterwasserklippen.

»Harriet!«, rufe ich. »Harriet!« Ich erhalte keine Antwort, und sehen kann ich nichts.

Mein rosarotes Hauskleid wird schwer und verheddert sich um meine Beine, sodass ich trotz größter Anstrengung kaum vorankomme, obwohl ich verzweifelt versuche, zu den Landungsstufen zu schwimmen. Ich drehe mich auf den Rücken und rufe mir die beruhigende Stimme meines Vaters in Erinnerung, als er mir das Schwimmen beibrachte. *Immer weiter mit den Beinen stoßen. Ich habe dich. Ich werde dich nicht loslassen.* Doch ist dies hier keine friedliche Bucht im Sonnenschein, und ich bin vollständig den Launen des Wassers ausgeliefert, das heute keine Gnade kennt.

Eine riesige Welle trifft mich unvorbereitet und drückt mich unter Wasser, trägt mich wieder nach oben zurück, wo ich prustend nach Luft schnappe. Ein kurzes Aufatmen, dann kommt eine noch größere Welle, die mich emporhebt, mich dann mit der Strömung nach unten zieht oder mich um die eigene Achse wirbelt, sodass ich nicht mehr weiß, wo oben ist und wo unten. Ich strampele und rudere wild mit den Armen und kämpfe beständig um Atemluft.

Als ich wieder auftauche, ist Harriet vor mir. Unsere Blicke treffen sich für einen Moment, unsere Hände strecken sich einander entgegen, aber die Bewegung des Wassers treibt uns auseinander, und ich gehe erneut unter.

Ich öffne meine Augen. Der Lichtstrahl des Leuchtturms kreist über mir, und ich beginne darauf zuzustrampeln, hefte meinen Blick auf das aufblitzende Licht im Wechsel mit der Dunkelheit. Entschlossen, zu meinem Baby zurückzukommen, fällt mir wie aus dem Nichts ein Lied ein, das meine britische Großmutter mir früher immer vorgesungen hat.

Es war im Leuchtturm von Longstone, dort wohnte eine englische Maid, so rein wie die Luft ringsumher, von trefflicher Tapferkeit …

Als ich dieses Mal an die Oberfläche komme, bin ich weiter entfernt vom Leuchtturm als zuvor. Mein Atem geht flach, meine Arme und Beine sind erschöpft von der Anstrengung. Ich lege den Kopf in den Nacken, sauge gierig nach Luft, bis die nächste Welle mich unter Wasser reißt. Inzwischen bin ich zu geschwächt, um weiterzukämpfen.

Über mir dreht sich das Licht und blitzt ein weiteres Mal auf, bevor das Wasser in Dunkelheit getaucht wird und mich verschlingt.

KAPITEL 52

Harriet
Newport, Rhode Island, 21. September 1938

Als ich sehe, wie meine Tochter um ihr Leben kämpfen muss, springe ich aus dem Boot ins Wasser und greife nach Matilda, doch meine Fingerspitzen verfehlen knapp den Stoff ihres Kleides, und ich sehe noch, wie sie in einer großen Welle an mir vorbeirast und verschwindet.

Verzweifelt halte ich nach ihr Ausschau, suche über und unter mir, aber das Wasser ist voller Schlamm und Trümmer, sodass ich praktisch blind bin. Da ich atmen muss, schwimme ich mit letzter Kraft nach oben, und dort ist plötzlich Matilda vor mir.

Für einen Moment sehen wir uns an. All die verlorenen Jahre und die ganze Seelenqual und Verzweiflung kristallisieren sich in diesem verzweifelten Moment. Im Angesicht der ultimativen Wahl zwischen Leben und Tod lernen wir uns wahrscheinlich am besten kennen. Vergeblich versuche ich, ihre Hände zu packen, sie entgleitet mir und geht wieder unter.

Mit einem letzten Atemzug tauche ich und greife nach ihr, meine Finger umklammern ihr Handgelenk, und ich ziehe sie hoch, bis wir beide die Oberfläche durchbrechen. Dort drehe ich mich auf den Rücken und mobilisiere alle meine Kräfte, bin fest entschlossen, sie zu retten, anstatt sie wieder zu verlieren. Eine Welle trägt uns vorwärts und schleudert uns neben den hufeisenförmigen Strand. Ich nutze meine Chance und klettere auf die Klippen, ohne darauf zu achten, dass die scharfen Felskanten meine Haut aufschürfen und aufschneiden, während ich Matilda hinter mir herschleife.

Ein totes Gewicht in meinen Armen, ziehe ich sie mühsam aus dem Wasser, beiße die Zähne zusammen und biete meine ganze Kraft auf, war nie dankbarer für den Wellengang, der mir hilft, sie an Land zu hieven. Sie rutscht aus meinem Griff und sackt auf die Klippen, wobei ihr Kopf mit einem dumpfen Geräusch auf den Fels schlägt.

Neben ihr falle ich auf meine Knie, streiche ihr die Haare aus dem Gesicht und beginne mit der Herzmassage und der Mund-zu-Mund-Beatmung. *Eins, zwei, drei, vier, atme, atme …* Ihre Lippen sind violett, ihre Haut ist grau wie Staub. Ihr Haar ist verfilzt und voller Sand.

Ich umklammere ihren Kopf, meine Finger sind wie ein Schraubstock. »Atme, Matilda! Du musst atmen! Atme!«, schreie ich sie an und beuge mich vor, um von Neuem zu beginnen.

Eins, zwei, drei, vier, atme, atme.

Eins, zwei, drei, vier, atme, atme.

Ich pumpe so fest, wie ich kann, drücke mein Gesicht an ihres und zwinge mein Kind zu atmen, bei mir zu bleiben. Zwischendurch ringe ich nach Luft, damit ich in der Lage bin, sie weiter zu beatmen. Hauptsache, sie wacht auf. Plötzlich zuckt sie in meinen Armen, krampft heftig, und Wasser schießt aus ihrem Mund. Ich rolle sie rasch auf die Seite und halte ihren Kopf so, dass sie das Meerwasser aushusten muss. Noch immer würgt sie es unter Keuchen und Japsen heraus.

»Genau so, Matilda. Atme. So ist es gut. Alles wird wieder gut.«

Während sie erneut hustet, beruhige und tröste ich sie. Inzwischen presst sie sich röchelnd an meine Brust und klammert sich an das Leben, das sie beinahe verlassen hätte. Ihr Atem reguliert sich langsam, und die Farbe kehrt in ihre Lippen und Wangen zurück. Erst dann sieht sie mich an, blauschwarze Augen, die sich auf meine heften, und ohne Worte oder eine Erklärung halten wir uns aneinander fest wegen all der Jahre, die wir versäumt haben und die uns jetzt neu geschenkt wurden.

Nach einer Weile stehen wir auf, stolpern gemeinsam in Richtung Leuchtturm, beide zitternd vor Kälte, sodass ich in letzter Minute, bevor Matilda die Tür erreicht, auf dem Felsen ausrutsche und von einer Riesenwelle zurück in die See geschleudert werde.

Das Wasser verschlingt mich und zieht mich nach unten. Einen Moment lang kämpfe ich, dann merke ich, wie ich mein Bewusstsein verliere, mich verändere, als wäre ich bereits von einer anderen Welt. Offenbar habe ich mein Schicksal akzeptiert und begebe mich auf eine lange Reise. Alles wird eigenartig ruhig, als ich mich verabschiede in der Erkenntnis, geliebt zu haben und selbst geliebt worden zu sein.

Als ich meine Augen öffne, ist Cora da. Sie nimmt meine Hand, und gemeinsam werden wir von den Gezeiten zu den Lichtfragmenten auf der Wasseroberfläche getragen bis in die Ewigkeit.

KAPITEL 53

Matilda
Newport, Rhode Island, September 1938

Zwei Stunden lang zerstört der große Sturm die Stadt, die mir ein Zuhause und eine Zuflucht geboten hat, als ich sie am dringendsten brauchte. Zwei unbarmherzige Stunden lang entfesselt er seine Wut, und dann war es vorüber. Der Hurrikan zog so rasch ab, wie er gekommen war, der dramatische Himmel wurde von einer warmen, strahlenden Sonne gereinigt. Nur dass Newport in Trümmern liegt, und mein Herz ebenso.

Joseph, Mrs O'Driscoll und Captain sind bei mir und meiner kleinen Grace. Mitten unter ihnen werde ich in friedlicher Stille wach, nachdem der Sturm sein zerstörerisches Werk getan hat.

»Hey, du.« Joseph sitzt neben meinem Bett, und ein schüchternes Lächeln huscht über sein Gesicht, als ich seinen Blick erwidere.

»Ist es vorbei?«, frage ich.

Er nickt. »Es ist vorbei.«

Dann erklärt er mir, wie er den Leuchtturm erreichte, kurz bevor die Sturmflut uns traf. »Captain sprang aus dem Boot. Da ich gesehen hatte, dass Harriet hinter mir war, wendete ich, um ihr zu helfen. Das Wasser war der

Wahnsinn. Ich wurde von einer Strömung erfasst und auf die andere Seite der Insel abgetrieben. Das Boot zerschellte an den Klippen, also suchte ich Schutz in dem alten Nebelsignalturm, bis das Schlimmste vorüber war.«

Ich zucke zusammen, als ich meinen Kopf zu heben versuche. »Harriet?«

Er nimmt meine Hand und sieht mich mitleidig an. Ein langsames Kopfschütteln bestätigt, was ich bereits geahnt habe. »Es tut mir so leid, Matilda.«

Tränen rinnen über meine Wangen. »Sie hat mich gerettet«, flüstere ich, aber meine Worte werden von meinem Schluchzen erstickt. »Sie hat mir das Leben gerettet.«

Joseph legt seine Arme um mich. »Das ist die Aufgabe einer Lichtwächterin, Matilda. Dieser Aufgabe hat Harriet ihr Leben gewidmet.«

In den Geschichten, die ich mir als kleines Mädchen ausdachte, hatten meine Figuren immer eine Mutter, von der sie geliebt wurden. Vielleicht habe ich mir Harriet so inbrünstig herbeigewünscht, dass sie zum Schluss real wurde. Sie gab mir ein Zuhause in dem Bewusstsein, dass sie weit mehr als eine schwangere junge Frau in ihr Leben einladen würde. Sie sorgte für mich, ohne mich zu erdrücken, und sie half meiner Tochter sicher auf die Welt, als alle anderen sie mir wegnehmen wollten. Harriet Flaherty hat mich auf mehr Arten gerettet, als ich jemals für möglich gehalten hätte.

Ich gehe den verschütteten Emotionen nach, die ich so lange unerkannt in mir getragen habe, und weine, bis der Sturm meiner Trauer nachlässt und ich im Schlaf einen sicheren Hafen finde. Als ich aufwache und bemerke, dass mein Kind neben mir liegt, weiß ich, dass alles irgendwie gut wird. Indem sie ihr Leben opferte, um meins zu retten, hat Harriet diesem kleinen Mädchen auch eine Mutter gegeben. Es ist das ultimative Opfer, und ich hoffe, dass ich den Mut besitze, dasselbe zu tun, sollte ich je in eine ähnliche Situation kommen.

Immerhin bin ich froh, dass Joseph nichts passiert ist, und auch Mrs O'Driscoll nicht, die sich im Augenblick um alles kümmert: um das Baby, wenn ich schlafe, um uns, damit wir etwas zu essen bekommen, und um die böse Wunde an meinem Hinterkopf, die verarztet werden muss. Wir verbringen gemeinsam lange Tage und Abende, sicher behütet im Leuchtturm. Erst als keine Gefahr mehr besteht, setzt Joseph nach Newport über und kehrt mit schockierenden Berichten von Tod und Verwüstung zurück.

»Es begann vor zwölf Tagen mit einem tropischen Wirbelsturm nahe der Kapverden«, erklärt er. »Als er auf die Küste von Neuengland traf, hatte er sich zu einem ausgewachsenen Hurrikan der Kategorie drei entwickelt. Die Flutwelle war so gewaltig, dass sie nichts auf ihrem Weg verschonte. Inzwischen habe ich erfahren, dass entlang des gesamten Küstenabschnitts, von Providence bis Connecticut, einschließlich der vorgelagerten Inseln Martha's Vineyard und Long Island, ganze Ortschaften weggespült wurden.«

Unwillkürlich denke ich an Harriet, meine Mutter, die ein Opfer dieser Naturkatastrophe wurde und um die ich noch lange trauern werde.

Als ich schließlich kräftig genug bin, um zum Hafen hinüberzurudern, schaue ich mir selbst die Schneise der Verwüstung an, die Newport getroffen hat. Die Häuser in unserer Straße, der Cherry Street, existieren nicht mehr, wurden entfernt aus ihren Fundamenten wie ein Schmutzfleck. Wo noch vor wenigen Tagen gemütliche Eigenheime standen, ist nichts mehr außer einem Chaos aus Schutt und Trümmern übrig geblieben. Das Meer hat alles in sich hineingeschlungen.

Die Opferzahl steigt täglich. Dreihundert Tote. Fünfhundert. Über sechshundert sind es am Schluss. Zudem können viele ihre Angehörigen nicht bestatten, und wir gehören dazu. Trotz tagelangen Suchens bleibt Harriet unauffindbar. Ich stelle mir vor, dass sie jetzt mit Cora wiedervereint ist, und ich hoffe, dass sie dadurch ihren Frieden findet.

Und so kommt es, dass ich zwischen diesen überschwemmten Straßen und dem Erdboden gleichgemachten Häusern sowie kieloben treibenden Booten meine Zukunft finde. Es gibt keinen größeren Wendepunkt als eine Katastrophe dieses Ausmaßes. Die Entscheidung, was ich als Nächstes mache, fällt zu diesem Zeitpunkt, in dieser Umgebung. Ich habe eine zweite Chance erhalten, um alles in Ordnung zu bringen, um Wiedergutmachung zu leisten, um ein besseres Leben zu führen. Wenn ich meiner kleinen Grace in die Augen schaue, weiß ich, dass sie der Grund ist, warum ich verschont wurde – und diese Chance werde ich nicht vergeuden.

Ich schreibe an Constance Emmerson, um ihr alles zu berichten und ihr mitzuteilen, dass ich mein Kind nicht weggebe und nicht nach Irland zurückkehre. Sie müsse mir nicht antworten, füge ich hinzu und wünsche ihr alles Gute. An meinen Vater richte ich lediglich ein paar Worte, sage ihm, dass ich es bedaure, ihn enttäuscht zu haben, allerdings ohne Reue oder Gewissensbisse. Wie sollte ich die verspüren, wenn ich mein wunderbares Kind in den Armen halte. Ich hoffe, dass er es eines Tages vielleicht verstehen wird, schließe ich mein Schreiben an ihn.

Mrs O'Driscoll bleibt einen Monat bei uns und hilft, die Dinge wieder einigermaßen in Ordnung zu bringen. Joseph, der ein paar Sachen gerettet hat, zieht vorübergehend in den Leuchtturm ein, was bei uns allen ein Gefühl von Familie hervorruft, so unkonventionell sie auch sein mag. Und um meine Trauer nicht übermächtig werden zu lassen, stelle ich mir vor, wie glücklich Harriet wäre, dass diese Wände wieder von Liebe und von Lachen erfüllt sind. Als Frau, die sich nie um Konventionen geschert hat, würde es ihr gefallen, wie wir drei plus Baby und Hund uns im Leuchtturm zurechtfinden. In ruhigen Momenten überlege ich mir, wie weit ich gekommen bin, seit ich damals vom Heartbreak Pier aus Irland verließ, voller Ungewissheit und Selbstzweifel. Es gefällt mir, dass die losen Fäden meiner Vergangenheit endlich mit meiner Gegenwart verbunden sind, denn es erinnert mich an ein verschollenes Puzzlestück, das endlich wieder dort ist, wo es hingehört. Und genauso geht es mir.

Das Medaillon hat mir der Sturm zum Glück nicht entrissen, aber die Miniaturporträts von George Emmerson und Grace Darling sind durch das Wasser zerstört worden, genauso wie die Haarlocken der Kinder aus Sarahs zweiter Ehe. Sie habe ich durch eine dünne Babysträhne meiner kleinen Grace ersetzt, um die Verbindungen in unserer Familiengeschichte weiter zu dokumentieren.

Als nach und nach wieder so etwas Ähnliches wie Normalität einkehrt, nehme ich Georges Brief hinter dem Porträt von Grace hervor und öffne erneut den Umschlag. Ich setze mich auf einen sonnigen Platz am Tisch, falte die zerknitterten alten Seiten auf und lese die Worte, die George vor so langer Zeit an die Frau schrieb, die er liebte, mit der er jedoch nie zusammen sein konnte.

Dundee, Schottland
Im Oktober 1838

Meine verehrte Miss Darling,
mir ist bewusst, dass Ihr in letzter Zeit ein genügend Maß an Briefen erhalten habt, aber dieser hier erfordert keine Antwort, daher bitte ich Euch um Nachsicht, während ich versuche, die Landschaft meines Herzens mit meinen Worten zu beschreiben statt mit meinem Pinsel.
Die Sache ist die, Miss Darling, Ihr habt in den zurückliegenden Wochen meine Seele berührt, besonders in jenen Tagen, als der Sturm vor den Mauern des Leuchtturms wütete. Ich habe es nicht im Geringsten bedauert, dass ich auf Eurer Insel festsaß, vielmehr war ich entzückt darüber. Während ich Euer Ebenbild auf meiner Leinwand einfing, habt Ihr im Gegenzug mein Herz eingefangen.
So wie Eure Liebe für Longstone Island Euch an die Insel bindet, so bindet mich mein Verlöbnis an eine andere Frau. Ihr sagtet mir, dass Ihr niemals mit einem Mann den Bund fürs Leben schließen werdet, weil Ihr Euren Eltern und dem Licht verpflichtet seid. Eure Bereitschaft, für Eure Eltern dieses Opfer zu erbringen, hat meine Zuneigung für Euch nur noch verstärkt.
Obwohl die Umstände uns voneinander getrennt haben, sollt Ihr wissen, dass ich Longstone Island nicht leichten Herzens verließ. Tatsächlich war meine Rückkehr nach Dundee wohl eine der schwierigsten Reisen, die ich jemals unternommen

habe. Mit jeder Umdrehung der Kutschenräder zweifelte ich an mir selbst, fragte mich, ob ich mehr hätte sagen sollen, wünschte mir, ich hätte den Mut besessen, Euch, Miss Darling, meine Liebe zu gestehen.

Aber wie der Sturm, der uns zusammenführte, ging der Moment vorüber, und nun kann es bloß noch Schweigen geben. So wie wir wahrscheinlich niemals die wahren Tiefen der Meere erfahren werden, so werdet Ihr niemals die wahre Tiefe meiner Gefühle für Euch erfahren.

Ich werde immer an Euch denken, wenn ich dem Seufzen der See im Inneren des Schneckenhorns lausche, und ich hoffe, auch Ihr werdet von Zeit zu Zeit an mich denken, wenn Ihr die Porträts im Inneren Eures Medaillons betrachtet. Wenn ich schon nicht bei Euch sein kann, schöpfe ich wenigstens einen kleinen Trost aus dem Wissen, dass ein winziges Stück von mir ganz nah an Eurem Herzen ruht.

Vielleicht brachte Shakespeare es am besten auf den Punkt, als er die Worte schrieb: »So grenzenlos ist meine Huld, die Liebe so tief ja wie das Meer.« Dem kann ich nichts hinzufügen, Miss Darling. Ich hoffe inständig, dass ich Euch in meinen Träumen wiederfinden kann.

In ewiger Treue
George Emmerson

Seine Worte legen sich wie ein Siegel auf mein Herz, als ich den Brief wieder hinter das Porträt stecke. Ich hoffe, Grace wusste, wie sehr er sie liebte.

Während meine Tochter in ihrem Kinderwagen liegt, schnappe ich mir einen Besen und fange an, das Erdgeschoss auszufegen, wobei mir Ida Lewis und Grace Darling von ihren Porträts herunter zuschauen. Als die Sonne am

Abend zu sinken beginnt, zünde ich eine alte Handlampe an und steige die Treppe zum Laternenraum hoch. Es gibt viel zu tun.

KAPITEL 54

Grace
Bamburgh, Northumberland, Oktober 1842

Es gibt zahlreiche Arten, auf die ein Mensch gerettet werden kann. Manchmal inmitten tosender Meere und wilder Stürme. Manchmal mit nichts weiter als einem Pinsel und einem sanften Lächeln, das durch blasses Winterlicht dringt. Ich habe beides erfahren.

Mehr als ein Dutzend Künstler kamen nach Longstone Island in den Wochen nach dem Untergang der *Forfarshire.* George Emmerson war indes der Einzige, der mich auf jede erdenkliche Art für sich einnahm, bevor er mich freigab, damit ich an dem Ort bleiben konnte, den ich mehr als jeden anderen liebe. Mein Blick ruht auf seinem Porträt von mir. Wenn ich mir in die Augen schaue, die auf der Leinwand so vollendet getroffen sind, sehe ich eine junge Frau voller Lebenskraft und Leidenschaft, und ich bin froh, dass ich mein kurzes Leben ganz intensiv gelebt habe. So wie das Porträt unvollendet bleibt, so muss auch das lange und glückliche Leben, das ich mir immer erhofft hatte, unvollendet bleiben.

Thomasin berichtet mir, dass George in der vergangenen Woche auf seinem Weg nach Durham erneut hier vorbeischaute, doch ich schlief gerade, und er weigerte sich, mich zu stören. Ich weiß, dass ich ihn in diesem Leben nicht wiedersehen werde.

Während ich dem Wind unter dem Dach und den Klängen des Lebens jenseits meines Fensters lausche, lasse ich meine sechsundzwanzig Lebensjahre vor meinem inneren Auge vorbeiziehen, lasse Erinnerungen an Menschen und an Orte wach werden, die ich am meisten geliebt habe. Jene unerwarteten Tage mit George im Leuchtturm waren vielleicht die zauberhaftesten, die ich jemals erleben durfte, voller Momente so zärtlich und kostbar, dass die Erinnerung daran mein Herz trotz meiner Krankheit mit Glück erfüllt.

Man nennt mich eine Heldin, ohne dass ich eine solche Ehre wirklich verdient hätte. Ich bin nichts als eine junge Frau, die ihre Pflicht tat und die durch ihren Ruhm mehr zu verlieren hatte, als sie gewinnen konnte. Es ist mir bis heute unbegreiflich, dass Gedichte und Balladen und Theaterstücke über Grace Darling, die Heldin der Farne-Inseln, geschrieben wurden und werden.

In den Wochen und Monaten nach der Seenotrettung sind viele Kommentare über meine Tapferkeit veröffentlicht worden. Dass eine junge Frau sich in eine solch stürmische See hinausgewagt hatte, war der eigentliche Kern der Heldenverehrung. In diesen ruhigen Tagen im Haus meiner Schwester habe ich begriffen, dass es dabei nicht um einen einzelnen Akt der Tapferkeit geht. Der Name Grace Darling steht mittlerweile stellvertretend für Courage, und genau das und nicht irgendwelcher Tand, der meinen Namen trägt, ist es, worauf ich stolz sein kann.

Meine Schwester meint, ich würde im Fieberschlaf seltsame Dinge reden, und zu der Duchess, die mich nach wie vor besucht, hat sie gesagt, ich sei wie Schnee, der im Frühjahr schmilzt. Nichts kann mich vor dieser Krankheit bewahren, die meine Haut in Flammen setzt und mir so mühelos den Atem raubt wie ein Straßendieb einer Frau die Handtasche. Es gibt keine Rettung mehr.

So wie das Licht vor dem Fenster langsam verblasst, verblasse ich.

Deshalb habe ich meine Familie zu mir gebeten. Wir alle wissen, dass mir nicht mehr viel Zeit bleibt. Jene, denen es möglich ist, sind rasch gekommen. Mama ist hier, mein geliebter Papa, mein Bruder Brooks sowie meine Schwestern Thomasin und Mary Ann. Ich habe für jeden von ihnen ein kleines Geschenk, ein Andenken, damit sie sich in späteren Jahren an mich erinnern: meine goldene Medaille für meinen Vater, meine silberne Uhr für meine Mutter, ein seidenes Taschentuch für Thomasin, mein kariertes Umhängetuch für Mary Ann, meine Sammlung von Meeresschätzen für Brooks. Mr Emmerson hinterlasse ich meine Fossiliensammlung und die Bitte, das Porträt von mir seiner Schwester zu geben. Außerdem soll das Medaillon, das Sarah mir liebenswürdigerweise schenkte, an sie zurückgegeben werden, damit ihre Tochter es tragen kann und der Kreis sich wieder schließt. Als ich es Thomasin zur Aufbewahrung gebe, muss ich an die Gravur auf der Rückseite denken: *Selbst die Mutigen fürchteten sich einmal!*

Von nun an benötige ich mehr Mut als jemals zuvor.

Es ist Abend, und ein weiterer goldener Tag gleitet mit der untergehenden Sonne davon. Mein Vater nimmt meine Hand in seine. Ich spüre seine Finger, warm und trocken wie Papier, als sie sich um meine schlingen, halte seine Hand fest und schließe meine Augen. Dabei warte ich auf den Einbruch der Dunkelheit, wenn die Lampen entzündet werden und Longstone Island sein helles Leuchtfeuer aussendet, um mich nach Hause zu geleiten.

The Berwick Advertiser
29. Oktober 1842

Grace Horsley Darling, die am Abend des 20. Oktober im Kreis ihrer Familie für immer die Augen schloss, wurde am 24. Oktober in Bamburgh zu Grabe getragen. Wenngleich das Leichenbegräbnis für drei Uhr am Nachmittag angesetzt war, strömten schon Stunden zuvor Menschen von nah und fern in das Dorf, das bald von Fremden aus allen Schichten der Gesellschaft gefüllt war, von denen viele einen weiten Weg auf sich genommen hatten, um der Verstorbenen ihre letzte Ehre zu erweisen. Die riesige Menge gab dem Sarg das letzte Geleit, viele der Trauernden waren in Tränen aufgelöst. Die gesamte Szenerie war zutiefst beeindruckend und bewegend. Der Sarg wurde von vier jungen Männern aus Bamburgh getragen und von vier Würdenträgern eskortiert: William Barnfather, Leibarzt und Repräsentant des Duke of Northumberland, Robert Smeddle, Verwalter von Bamburgh Castle, Hochwürden M. Taylor aus North Sunderland und Dr. Fender aus Bamburgh, der die Heldin der Farne-Inseln bis zu ihrem Tod betreute.
Ein junger Mann aus Durham trug einen Kranz mit dem Traueremblem im Namen von engen Freunden der Familie.

KAPITEL 55

George
Bamburgh, Northumberland, Oktober 1842

George Emmerson sitzt lange Zeit in der Kirche und beobachtet das Sonnenlicht, das durch die Buntglasfenster strömt. Er dreht eine indigoblaue Strandscherbe in seinen Händen und wünscht sich von ganzem Herzen, er könnte die Hand halten, die ihm das Glas einst gab. Ein Schatz aus dem Meer, so nannte sie es. *Ich fand es immer faszinierend, dass aus etwas Gewöhnlichem wie einer weggeworfenen Arzneiflasche mit der Zeit etwas derart Schönes werden kann. Findet Ihr nicht auch, Mr Emmerson?*

Er erinnert sich an seine Antwort. *Ich schätze, mit der Zeit kann alles zu einem kostbaren Schatz für jemanden werden, Miss Darling.* George stellt sich ihr schmales Gesicht vor, ihre leicht aufgeworfenen Lippen, ihr lockiges, von der Sonne beschienenes braunes Haar, ihr leichtes Stirnrunzeln, als könnte sie seine Person nicht richtig einschätzen und müsste sich aus diesem Grund stärker konzentrieren.

Grace Darling. Ihr Name zaubert noch immer ein Lächeln auf seine Lippen, aber sein Herz blutet.

Als die Herbstsonne nach dem Regen der letzten Stunde einen Regenbogen durchs Fenster wirft, denkt er über die kurze Zeit nach, in der er Miss Darlings Bekanntschaft genießen durfte. Vor allem fragt er sich, ob alles anders gekommen wäre, wenn er alles gesagt hätte, was er sagen wollte, wenn er die Worte in seinem Brief laut ausgesprochen hätte. Wäre er mutig genug gewesen, seinem Herzen zu folgen, würde sie dann jetzt noch an seiner Seite sitzen?

Von ihrer ersten Begegnung an zwischen den Sanddünen in Dunstanburgh hatte er bei Miss Darling einen Willen gespürt, der sich keinen Konventionen beugte. Sie war eine Frau gewesen, die ihren eigenen Kopf hatte, und er war sich darüber im Klaren, dass es selbst nach Elizas Tod nicht richtig gewesen wäre, sie um ihre Hand zu bitten. Es hätte sie in eine unmögliche Lage gebracht, hätte sie gezwungen, eine unmögliche Entscheidung zu treffen, die niemand gebilligt hätte. Daher blieb ihm nicht mehr, als dass er Zeit mit ihr verbrachte, dass er sie still und heimlich liebte ohne eine Hoffnung auf mehr. Wie Meeresschaum auf Sand können Versprechen vergänglich sein. Seine Gefühle für Miss Darling dagegen gingen und gehen über alles Vergängliche hinaus.

Was er für sie empfindet, ist in dem Porträt eingefangen, das er an jenem windigen Tag zwischen den Klippen, wo sie sich so gerne aufhielt, skizzierte. Es ist unvollkommen, unvollendet und zugleich das wahrhaftigste Ebenbild von ihr, das er jemals gesehen hat. Die Fragen in ihren Augen. Die flatternden Bänder ihrer Haube, als könnte sie fortfliegen. Wie die Seevögel, die den Wind jagten, ließ sie sich nicht einfangen oder festhalten. Und er wollte nicht derjenige sein, der es versuchte.

Dunkelheit senkt sich über die Kirche, bis das einzige Licht, ein fernes Blinken, von Longstone Island kommt. Ein Leuchtfeuer zum Gedenken an eine junge Frau, die für so viele Menschen so viel tat und sich nie als etwas anderes betrachtete als eine bescheidene Leuchtmeistertochter. Dafür bewundert George sie am meisten; nicht allein für den Mut, den sie bewies, als sie seine Schwester und die anderen rettete, sondern auch für den Mut, den sie in den folgenden Monaten und Jahren zeigte. Den Mut, sich selbst und allem, was ihr im Leben teuer war, treu zu bleiben. Als er die Kirche verlässt, verweilt er kurz an ihrem Grab in dem Bewusstsein, dass ohne sie das Leben künftig immer eine leichte Trübung haben wird.

Dann geht er weiter. Irgendwohin. Einerlei. Er nimmt ein cremeweißes Schneckenhorn aus seinem Umhang und hält es an sein Ohr. Im Muschelinnern hört er das sanfte Seufzen der See und die geflüsterten Worte einer Frau, die er von ganzem Herzen liebte. Zu ihrem Gedenken wird er sein Leben auf die beste und mutigste Art führen. Er wird kein Leben der lauen Lüftchen führen, sondern der wilden Stürme.

Dies ist sein letztes Versprechen an sie.

KAPITEL 56

Matilda
Newport, Rhode Island, September 1939

Im Osten geht der Himmel in Pfirsich- und Rosenfarben auf, eine feierliche Inszenierung zu Graces erstem Geburtstag. Sie zappelt auf meinem Schoß, weil sie unbedingt ins Wasser möchte, meine kleine Meerjungfrau. Ich ziehe sie enger an mich, während wir zusammen den Sonnenaufgang beobachten.

Das erste Jahr verflog in einem Reigen aus Schaukeln und Spielen, Sorgen und Lieben. Ich kann kaum glauben, wie rasch sie wächst, dass sie bereits alleine stehen kann und ihre ersten zaghaften Schritte macht. Es scheint, als habe sie es eilig, im Leben voranzukommen. Ihr Enthusiasmus ist ansteckend.

Ich nehme ein paar Muscheln in die Hand und zeige sie ihr, beobachte, wie ihre kleinen Finger sich an der Schale entlangtasten, bis ihr einfällt, wie sie sie greifen kann. Nachdenklich betrachtet sie sie für einen Moment und gibt sie mir schließlich zurück, als sie merkt, dass sie sie nicht in den Mund stecken kann. Stattdessen grapscht sie nach dem Medaillon an meiner Halskette, ist fasziniert davon, wie das Licht sich darin spiegelt und wie es sich in der Luft dreht, wenn ich mich vorbeuge. Wenn sie alt genug ist, werde ich ihr das alte Handbuch und das Medaillon vermachen und ihr von ihrer Ururgroßmutter Sarah erzählen und von deren Rettung durch Grace Darling. Ebenfalls werde ich ihr von einem Künstler namens George erzählen, der Grace aus vollem Herzen liebte und seine Gefühle in einem Brief offenbarte. Außerdem werde ich ihr ein Foto geben, aufgenommen an jenem ruhigen Morgen im September vor dem Sturm. Das Bild von einer starken, mutigen Frau, die ihr Leben opferte, damit ich meines leben konnte. Sie soll alles über ihre tapfere Großmutter Harriet Flaherty erfahren und über die ebenso tapferen Frauen vor ihrer Zeit.

Ich bin für Grace Mutter und Vater, aber ich bin nicht alleine. Joseph ist da, wann immer ich ihn brauche, und Mrs O'Driscoll desgleichen. Auch sie hat beschlossen, in Amerika zu bleiben, und kommt oft von Long Island zu uns herüber, spendet mir dezent ihren Rat und greift mir unter die Arme, ohne jemals zu versuchen, mich zu ändern oder zu kontrollieren. Das Leben wird immer ein bisschen problematisch sein, doch die Frauen aus meiner Vergangenheit, die in meiner Erinnerung weiterleben, geben mir die Kraft, nicht aufzugeben, so schwierig es sein mag. Dieses Wissen beflügelt mich genau wie die kleinen Fußabdrücke im Sand, die meine Zukunft symbolisieren.

Ich nehme Grace an die Hand, und wir gehen an den Rand der Klippen und beobachten die Wellen, die sich heute sehr sanft brechen. Grace umklammert meine Hand und quietscht begeistert, als das Wasser an ihre Knie spritzt. Mein geliebtes kleines Mädchen. Mein hell strahlendes Leuchtfeuer.

Als sie schließlich müde wird, nehme ich sie hoch und kehre mit ihr zum Leuchtturm zurück, singe ihr von Lavendel blau und Lavendel grün vor. Sie sieht mich an mit Augen, die die Farbe des winterlichen Meeres haben und in denen ich eine höhere Weisheit erkenne – als würde sie verstehen, dass sie nicht einfach meine Tochter ist, sondern Generationen von starken, mutigen Frauen verkörpert, die vor ihr lebten und deren Echo in ihrer Seele nachhallt.

EPILOG

Longstone Lighthouse

Die Morgendämmerung schleicht sich auf Zehenspitzen auf die Farne-Inseln und hinterlässt rötliche Wolken, die am Himmel von einer lebhaften Brise hin und her getrieben werden. Das erste Tageslicht lockt auf dem Festland die Fischersfrauen an den Kai. Neben ihren Körben warten sie auf die Rückkehr der Heringsflotte. Zu ihren Füßen jagen ihre Töchter die Schatten.

Ich richte meinen Blick auf den hoch aufragenden Leuchtturm, dessen Mauern meine Familie beherbergen. Ich beobachte, wie Vater die Lampen löscht, und stelle mich mit seinem Fernrohr ans Fenster, folge einem fliegenden Schwarm Brandseeschwalben, ihre weißen Bäuche vergoldet von der aufgehenden Sonne. Entschlossen nehme ich Anlauf, nutze die Thermik, um mit ihnen zu steigen und zu gleiten, stoße im Sturzflug herunter und drehe mich um die eigene Achse, so frei wie die wogende See unter mir und der kräftige Wind, der mich umgibt.

Ich sehe Vaters Antlitz, in das Traurigkeit eingegraben ist. Ohne mich an seiner Seite spürt er eine Leere.

Aber ich bin bei dir, Papa, rufe ich, während ich mit den Möwen schwebe und kreise. *Sieh nur, ich bin überall!*

Ich bin die sanfte Brise, die über Hände und Wangen

streift und mit dem Saum von Mamas Röcken spielt, wenn sie im Eingang des Leuchtturms steht. Ich bin eine der Meerglasscherben, die darauf warten, bei Niedrigwasser von den eifrigen kleinen Händen meiner Neffen und Nichten zwischen den Felsen und dem Kies gesammelt zu werden. Ich bin das Glitzern der Sonne auf der Wasseroberfläche, ein milder Sommertag und ein wilder Wintersturm. Ich bin das Licht, das leuchtet, um Schiffe auf See zu warnen, und ein Licht zum Gedenken an jene, die nicht gerettet werden konnten.

Ich bin eine Tochter, eine Schwester, ein Name, eine Erinnerung.

Ich bin Longstone Island.

Ich bin die Heimat.

ANMERKUNGEN DER AUTORIN

Die Idee, einen Roman über Grace Darling zu schreiben, kam mir zum ersten Mal vor einigen Jahren, aber wie jede Idee brauchte sie Zeit, um zu reifen. Ich musste schließlich überlegen, wie ich die Geschichte erzählen wollte und ob tatsächlich ich diejenige sein sollte, die sie schrieb.

Die Entscheidung fiel im Sommer 2016, als ich meine Schwester in Northumberland besuchte und sie mit mir zu Barter Books nach Alnwick fuhr. Da Grace aus der Gegend stammte, fragte ich mich, ob ich dort etwas über sie finden könnte, doch wo sollte ich mit der Suche in einem der größten Secondhandbuchläden Europas überhaupt beginnen? Als ich mich zu dem Regal gleich rechts vom Eingang wandte, sah ich einen kleinen grünen Band, dessen Titel so stark verblasst war, dass ich ihn kaum entziffern konnte. Ich nahm das Buch aus dem Regal. Warum? Wer weiß? Das Buch hieß *Grace Darling – Die Heldin der Farne-Inseln*, erschienen 1875. Das bestätigte meine Überzeugung, dass die Geschichte immer ihren Autor findet, denn dieses uralte kleine Buch war der Anfang von *Nur einen Ozean entfernt.*

Ich war immer überzeugt, dass Autoren von historischen Romanen die Verantwortung haben, nicht allein die geschichtlichen Fakten authentisch wiederzugeben, sondern den Personen, über die sie schreiben, Leben einzuhauchen. Natürlich stellt es eine Herausforderung dar, den oft nüchternen Schwarz-Weiß-Fakten in Geschichtsbüchern und Biografien Emotionen und Farbe hinzuzufügen. Eine Verantwortung, die ich im Verlauf des Schreibens ganz besonders stark spürte. Obwohl nach ihrer berühmten Rettungstat sehr umfangreich über Grace berichtet wurde, gewann ich, je mehr ich über sie las, immer stärker den Eindruck, dass wir eine eindimensionale Version von ihr sahen: die klassische viktorianische Heldin. Als Romanautorin wollte ich tiefer nachforschen, um zu erfahren, wer Grace wirklich war. Ich wollte in ihren Schuhen gehen und wie sie ihre Tage in den eingeschränkten Räumlichkeiten des Leuchtturms leben. Ich wollte wissen, worüber sie in der Privatsphäre ihrer Kammer nachdachte, weil Grace nicht allein eine Heldin war, sondern genauso eine junge Frau mit Ideen und Gefühlen und Wünschen. Als ich auf den spannenden Hinweis stieß, dass sie eine romantische Beziehung zu einem jungen Mann aus der Gegend pflegte, wahrscheinlich einer der Künstler, die nach Longstone Island kamen, um sie zu porträtieren, wurde ich neugierig. Grace Darling war verliebt? Jetzt wurde tatsächlich eine Geschichte daraus.

Von diesem Augenblick an legte ich großen Wert darauf herauszufinden, wer Grace vor dem Untergang der *Forfarshire* war und welche Person hinter dem öffentlichen Bild steckte. Unter anderem unternahm ich mit meiner Familie eine Entdeckungsreise nach Wicklow Head, dem östlichsten Punkt des irischen Festlands, wo wir für ein Wochenende zu Hütern des Lichts in einem Leuchtturm wurden. Natürlich besuchten wir auch die Farne-Inseln, und es war eine sehr emotionale Erfahrung, Graces Leuchtturm auf Longstone Island zu betreten, in ihrer Kammer zu stehen, die Treppe zum Laternenraum hochzusteigen und an den Klippen und Stränden entlangzuwandern, wo sie einen großen Teil ihres Lebens verbracht hatte. In Bamburgh besichtigten wir das wundervolle Grace-Darling-Museum, ihr Grabdenkmal auf dem Friedhof der St. Aidan's Church und das Horsley Cottage, in dem sie starb. All das war eine wunderbare Quelle der Erkenntnis, der Inspiration und Verbundenheit mit dieser außergewöhnlichen Frau.

Allerdings gab es außer Grace andere interessante Personen. Ida Lewis vor allem, ebenfalls eine Lichtwächterin, die als amerikanisches Pendant von Grace Darling bekannt wurde. Es war diese Verbindung zwischen den beiden Frauen, die dazu führte, dass ein Teil dieses Romans in Newport, Rhode Island, spielt und ich mich intensiver mit den Frauen befasste, die die Leuchtfeuer in Amerika bewachten. Ihre Geschichten sind absolut faszinierend und inspirierten mich zu der Figur der Harriet Flaherty.

An die bekannten Abläufe beim Untergang der *Forfarshire* und an die Orte, die Grace aufsuchte, habe ich mich möglichst genau gehalten. Sarah Dawson und ihre Kinder fuhren tatsächlich als Passagiere auf der *Forfarshire* mit, und beide Kinder kamen auf tragische Weise um. Sarahs Geschichte nach ihrer Rettung und die Geschichte ihres fiktiven Bruders George Emmerson sind hingegen ein Produkt meiner Fantasie. Man nimmt an, dass Grace eine Romanze mit einem George hatte, zudem taucht in Hugh Cunninghams Biografie über Grace Darling in einer Fußnote der Name George Emmerson auf. Die Verbindung war zu faszinierend, um sie zu ignorieren!

Sämtliche Figuren in dem Erzählstrang, der 1938 spielt, sind frei erfunden mit Ausnahme von Ida Lewis. Der

Leuchtturm auf Rose Island vor Newport existiert tatsächlich, alle Personen und Ereignisse, die dort vorkommen, sind hingegen fiktiv. Der verheerende Hurrikan, der ohne Vorwarnung am 21. September 1938 die amerikanische Ostküste traf, ereignete sich wie beschrieben und kostete zahlreiche Menschen das Leben.

Ich hoffe, dieses Buch inspiriert die Leser dazu, ihr Wissen über Grace Darling, Ida Lewis und die Geschichte der Lichtwächterinnen zu vertiefen. Folgende Werke waren für meine Recherche von unschätzbarem Wert: *Grace Darling. Victorian Heroine* von Hugh Cunningham; *Women Who Kept the Lights. An Illustrated History of Female Lighthouse Keepers* von Mary Louise Clifford und J. Candace Clifford; *Grace Has an English Heart. The Story of Grace Darling, Heroine and Victorian Superstar* von Jessica Mitford; *The Lighthouse Keeper's Daughter. The Remarkable True Story of American Heroine Ida Lewis* von Lenore Skomal.

Grace Darling, Her True Story, verfasst von ihrer Schwester Thomasin Darling, war eine weitere faszinierende und unschätzbare Quelle für meine Recherche und bot spannende Einblicke in Graces Leben. Viele nützliche Informationen fand ich zudem in *Britain's Working Coast in Victorian and Edwardian Times* von John Hannavy und in dem faszinierenden Werk *Die geheimen Zeichen des Wassers: Wie man den Verlauf eines Flusses interpretiert, das Wetter anhand der Wellen vorhersagt – und weitere längst vergessene Fähigkeiten* von Tristan Gooley.

DIE SCHÖPFUNG EINER HELDIN

In Anbetracht der historischen Zeit, in der sich das *Forfarshire*-Unglück ereignete, verbreitete sich die Neuigkeit über die dramatische Rettung, die Grace und ihr Vater unternommen hatten, mit einer erstaunlichen Geschwindigkeit. Schon damals hatten die Journalisten ein Auge für eine gute Story. Bereits die frühesten Berichte übertrieben Graces Part bei der Rettung und blendeten ihren Vater fast vollständig aus, fügten Stimmungen hinzu, die die Fakten gar nicht hergaben. So sind zum Beispiel Beschreibungen, dass Grace die Schreie der Schiffbrüchigen auf Harker's Rock vernahm, wohl eher ein dramatisches Stilmittel, da es für Grace praktisch unmöglich gewesen wäre, über die Entfernung und das Tosen des Sturmes hinweg etwas zu hören. Der Mythos und die Fiktionalisierung ihrer Geschichte nahmen damals ihren Anfang. Die Sensationalisierung von Nachrichten und der Wunsch, aus Tragödien Helden und Heldinnen zu erschaffen, ist eindeutig nichts Neues.

Grace wurde perfekt eingesetzt, um den Wunsch der viktorianischen Gesellschaft nach Romantik und Heldinnen zu erfüllen. Dem Vernehmen nach war sie eine junge Frau von angenehmer Erscheinung und Wesensart. Dass sie auf einer abgelegenen Insel lebte und für die Öffentlichkeit oder die Journalisten nicht direkt greifbar war, hat die Neugier der Menschen offenbar nur verstärkt. Ihr Name diente zweifellos dem eher romantischen Aspekt. Als ich an dem Roman schrieb, dachte ich öfter, dass man mir Übertreibung vorwerfen würde, hätte ich einer fiktiven Heldin den Namen Grace Darling gegeben. Wieder einmal erweist sich die Realität als sonderbarer als die Fiktion.

Grace ist nicht allein für ihre mutige Rettungstat bekannt, sondern ebenso für ihren Widerwillen, ihren Ruhm zu akzeptieren. Es muss für eine solch zurückhaltende Frau erschreckend gewesen sein, sich plötzlich im Mittelpunkt der Öffentlichkeit wiederzufinden, was zu Ausflugsbooten mit Neugierigen führte oder zu Künstlern, die zu ihr geschickt wurden, ganz zu schweigen von den Zuschriften, die sie erhielt. Die meisten Porträts, die die Maler anfertigten, wurden einfach auf Töpferwaren und Küchengeschirr kopiert und fanden als Massenware ihren Weg in die Häuser im ganzen Land. Was natürlich dafür sorgte, dass ihr Name, ihr Bild, ihre Geschichte und ihr Ruhm sich weiter verbreiteten. Die Vorstellungskraft von Dichtern und Schriftstellern füllte die Lücken in ihrer Geschichte, die wieder und wieder in Theaterstücken, Gedichten und Balladen verklärt wurde. Selbst William Wordsworth zollte Grace seinen Tribut mit einer Hymne.

Für viele war Grace damals wirklich ein Engel ohne Flügel. Sie bot die perfekte Vision von Häuslichkeit und war deshalb zu jener Zeit ein Rollenvorbild. Gleichzeitig war sie eine treu ergebene Tochter, die ihr Leben den Eltern widmete, aber hinter Grace steckte sicher mehr. Eine Frau, die bei einem solch heftigen Sturm losruderte, war sicher nicht die typische viktorianische Dame, die dazu neigte, in Ohnmacht zu fallen. Grace hatte Mumm. Was war jedoch mit ihren Gefühlen, ihren Schwächen? Einige Menschen in ihrem Umfeld waren ihr sicher nicht sympathisch. Eltern und Geschwister frustrierten sie bestimmt manchmal. Wo war die Grace, über die die Reporter nicht berichteten, die tüchtige junge Frau, die kämpfte, um der konventionellen Rolle, die ihr bestimmt war, zu entkommen, die leidenschaftliche junge Frau, die verliebt war? Das waren die Fragen, die ich beantworten wollte, als ich diese fiktive Erzählung über ihr Leben schrieb.

Der Ruhm schien Grace definitiv nicht zu behagen, und man kann sich bloß fragen, ob die ungewollte Aufmerksamkeit irgendeine psychologische Auswirkung auf sie hatte. Stress war kein Wort, das von der viktorianischen Gesellschaft verwendet wurde, könnte indes zu ihrem körperlichen Verfall und schließlich zu der Schwindsucht beziehungsweise Tuberkulose geführt haben. Zweifelsfrei steht fest, dass ihr Tod so bald nach den Ereignissen der *Forfarshire*-Katastrophe, im Alter von sechsundzwanzig Jahren, die Flammen der Verehrung noch stärker entfachte und aus der Heldin Grace Darling eine Art Heilige machte. Hätte sie länger gelebt, hätte geheiratet und wäre in der häuslichen Versenkung verschwunden, würden wir wahrscheinlich nicht so viel über sie wissen. Wie bei Marilyn Monroe, Grace Kelly oder Prinzessin Diana bewirkt der tragische Tod einer jungen Frau in der Blüte ihres Lebens nichts anderes, als dass wir mehr wollen. Genau wie das unvollendete Porträt im Roman war ihre Geschichte in vielerlei Hinsicht unvollständig.

Dabei war Grace Darling nicht nur eine Heldin ihrer Zeit, sondern eine Person, die später für Generationen von Schülern auf dem Lehrplan stand. Sei es durch Balladen oder dramatische Kinderbücher, ihre Geschichte wurde in den hundertachtzig Jahren, seit wir zum ersten Mal auf sie aufmerksam wurden, viele Male erzählt. Ich hoffe, wir werden sie ebenfalls an die jüngeren Generationen weiterleiten und dafür sorgen, dass wir uns an Frauen wie Grace erinnern, an vergessene Heldinnen, deren Geschichten in den Regalen von Büchereien, Bibliotheken und Archiven verstauben.

In einer Zeit, in der Frauen noch immer für Gleichberechtigung kämpfen, brauchen wir schließlich alle unsere Heldinnen. Heute vielleicht sogar mehr denn je.

DANKSAGUNG

Kein Schriftsteller schreibt alleine, und ich bin der Weisheit, Führung und Unterstützung einer Armee von Talenten bei HarperCollins zum Dank verpflichtet, bei William Morrow in New York ebenso wie bei HarperFiction in London und Dublin. Ein besonderer Dank geht an meine Verlegerinnen Liate Stehlik und Kate Elton und an meine Lektorinnen Lucia Macro und Kate Bradley, die dieses besondere Schiff mit Geduld, Enthusiasmus und Sorgfalt steuerten. Außerdem möchte ich den nachfolgenden Teams danken: in New York Jennifer Hart, Molly Waxman, Libby Collins, Diahann Sturge und Carolyn Coons; in London Kimberly Young, Emilie Chambeyron, Charlotte Brabbin, Eloisa Clegg, Louis Patel und dem unnachahmlichen Charlie Redmayne; und in Dublin Eoin McHugh, Tony Purdue, Mary Byrne und Ciara Swift. Danke auch an die HarperCollins-Familie, die meine Bücher auf der ganzen Welt veröffentlicht. Wie immer bin ich meiner fabelhaften Agentin Michelle Brower wahnsinnig dankbar für ihren Rat, ihre Anfeuerungsrufe und die Fotos von Jonathan, dem Welpen. Ein weiteres Dankeschön an Chelsey Heller und das Team für Lizenzrechte bei Aevitas Creative.

Ich danke meiner lieben Freundin Heather Webb für ihren Input in der Anfangsphase und das ganze Brainstorming während unserer epischen Lesetour durch Amerika und dafür, dass sie mich seitdem in unseren vielen Chats mit Google Hangouts auf Kurs hielt. Ein weiterer Dank an Catherine Ryan Howard, Carmel Harrington und Sheena Lambert, die meine täglichen Gedanken und Gefühle besser kennen, als wahrscheinlich ratsam ist, die mich zum Lachen bringen, mich beruhigen und mich bei jeder passenden Gelegenheit mit einem guten Gin versorgen. Ohne eure Unterstützung wäre dieses Buch sicher nie vollendet worden. Ihr seid mein Team!

Danke an Max, Sam, Catherine und Helen dafür, dass sie meine überbordende Begeisterung auf unserem Ausflug nach Longstone Island und Bamburgh aushielten. Und danke an Damien dafür, dass er mir die Zeit und den Raum gibt, um zu tun, was ich tue. Ich verspreche, es wird sich alles lohnen, wenn wir uns in unserer Villa am Meer zur Ruhe setzen. Ich möchte mich bei all meinen Freunden, Nachbarn und Angehörigen bedanken, die dafür sorgen, dass ich mit den Füßen auf dem Boden bleibe, wenn mein Kopf in den Wolken schwebt, und ich danke der schreibenden Zunft in Irland und Amerika, die mich gleichermaßen inspiriert und unterstützt.

Ein Riesendank an die Buchhändler, Bibliothekare, Blogger und Instagrammer auf der ganzen Welt, deren Begeisterung und Leidenschaft für Bücher unendlich und ansteckend ist. Danke, dass ihr unsere Champions seid. Ein besonderes Dankeschön an Woodbine Books in Kilcullen für die Eröffnung der besten Buchhandlung Irlands, die bequemerweise bloß ein Stück die Straße runter liegt.

Und zuletzt möchte ich Ihnen, meinen großartigen Lesern, für Ihre unglaubliche Unterstützung danken. Sie sind der Grund, warum ich tue, was ich tue, und ich bin dankbarer, als Sie jemals ahnen können. Wenn Ihnen das Buch gefällt, lassen Sie es mich bitte wissen. Das hilft nämlich, weil ich gerade das nächste schreibe!